4월의 유혹

휴머니스트 세계문학 023

4월의 유혹

THE ENCHANTED APRIL

엘리자베스 폰 아르님 | 이리나 옮김

차례

4월의 유혹 007

해설 | 유혹에 이끌려 구원받다 336

일러두기

1. 번역 대본으로는 Elizabeth von Arnim, *The Enchanted April*(Vintage Classics, 2015)을 사용했다.
2. 주석은 모두 옮긴이 주다.

1

그 일은 2월 어느 오후 런던의 한 여성 클럽에서 시작됐다. 불편한 모임이었고 끔찍한 오후였다. 윌킨스 부인은 햄프스테드에서 쇼핑하러 왔다가 클럽에서 점심을 먹은 뒤 우연히 흡연실 테이블 위에 놓인《타임스》를 보았고, 아무 생각 없이 '고민 상담 코너'를 훑어보다 다음과 같은 내용의 광고를 보게 되었다.

> 등나무와 햇살을 사랑하는 그대에게. 모든 것이 완비된 지중해 연안의 중세 이탈리아식 작은 성에서 4월 한 달을 보낼 기회를 드립니다. 숙련된 하인들도 있습니다. 사서함 1000, Z,《타임스》로 문의 바랍니다.

이런 식이었다. 그러나 다른 많은 경우처럼 당시에는 이걸 마음에 품는지조차 몰랐다.

윌킨스 부인은 그해 4월이 어떻게 될지 그때 그곳에서는 전혀 알지 못했으므로 체념한 듯 짜증스럽게 신문을 내려놓고는 창가로 가서 비 오는 거리를 쓸쓸히 내다보았다.

광고에는 성이 작다는 사실이 굳이 언급되어 있었지만, 중세식 성이라니 가당치도 않았다. 4월의 지중해에서 해변을 거닐고 등나무와 햇살을 즐기다니, 윌킨스 부인으로서는 언감생심 꿈도 못 꿀 일이었다. 그런 기쁨은 부자들만 누리는 특권이었다. 그러나 광고는 이런 것들을 좋아하는 사람이라면 누구나 보라고 게재된 것이다. 그러니 그 누구보다, 부인이 얘기해본 어떤 사람보다 그런 분위기를 좋아하는 윌킨스 부인에게도 해당되는 내용이었다. 그러나 부인은 가난했다. 이 세상에서 부인이 가진 거라곤 옷 사 입을 돈에서 조금씩 떼어내 매년 모아온 90파운드가 전부였다. 부인은 남편의 권유로 어려울 때 방패막이와 은신처가 돼줄 수 있게 이 돈을 긁어모아두었었다. 남편이 옷 사 입으라고 주는 돈은 1년에 100파운드였으므로 윌킨스 부인의 옷은 늘 저축을 강조하는 남편이 얌전하고 적당하다고 부르는 것들뿐이었고, 별로 주목받는 사람이 아니라 그런 일은 드물었지만 부인을 아는 사람들은 부인의 옷차림을 가리켜 정말 볼만하다고 뒤에서 수군대곤 했다.

변호사인 윌킨스 씨는 자기 입에 들어가는 것을 제외하고는 늘 근검절약하기를 장려했다. 그는 그걸 검약이라 하지 않고 긴축재정이라고 불렀다. 부인의 옷차림에 좀이 슬듯 침투해서 스타일을 망치는 절약 정신을 윌킨스 씨는 대단하게 여겼다. "언제 비가 올지 모르는 거요. 그때 비상금이 있으면 얼마나 힘이 되겠소. 우리 둘 다 크게 안심하게 될 거요." 윌킨스 씨가 말했다.

윌킨스 부인은 클럽 창문으로 섀프츠베리 애비뉴를 내다보았다. 클럽은 소박하고 편리했다. 부인이 사는 햄프스테드와 장을 보는 슈브레드에도 잘 어울렸다. 부인은 매우 쓸쓸한 기분으로 잠시 그 자리에 서서 돈 많은 사람들에게만 주어지는 등나무 가득한 4월의 지중해를 마음속으로 그리면서 눈으로는 바삐 움직이는 우산들 위로 쉴 새 없이 떨어지는 빗물과 물을 튀기며 지나가는 승합마차를 바라보았다. 그러다 갑자기 멜러시(윌킨스 씨의 이름이 멜러시였다)가 평소에 대비하라던 비 오는 날은 실제로 이런 날씨를 말하는 게 아니고, 이런 날씨에서 벗어나 작은 중세식 성에 들어가느냐 마느냐 하는 문제에 그녀가 모아둔 돈을 쓰도록 신이 계획한 것은 아닐까 하는 의문이 들었다. 저축한 돈의 일부, 모르긴 해도 아주 조금만 쓰면 될 것 같았다. 성, 그것도 중세식 성이라면 매우 낡았을 것이고, 분명 비용도 비싸지 않을 듯했다. 윌킨스 부인은 성이 오래된 데는 전혀 개의치 않았다. 오히려 성이 이미 퇴락한 상태라면 돈을 많이 주지 않아도 될 테고, 어쩌면 비용을 최대한 깎을 수도 있을 것 같았다. 그러나 그런 생각을 하는 것 자체가 말이 되지 않았고…….

윌킨스 부인은《타임스》를 내려놓을 때처럼 체념과 짜증이 뒤섞인 태도로 창가에서 몸을 돌린 뒤 방을 가로질러 문으로 향했다. 비옷과 우산을 챙겨 혼잡한 승합마차에 끼어 타고 집으로 가는 도중에 멜러시의 저녁상에 올릴 가자미를 몇 마리 살 예정이었다(멜러시는 연어 말고는 가자미만 좋아할 정도로 생선을 가렸다). 그때 아버스넛 부인이 신문과 잡지가 놓인 방 한가운데 테이블에 앉아《타임스》첫 장을 유심히 읽고 있는 게 보였다. 같은 햄프스테드에 사는 클럽 회원이어서 얼굴을 아는 사이였다.

윌킨스 부인은 아버스넛 부인과 한 번도 얘기를 나눠보지 않았지만 아버스넛 부인이 여러 교회 모임에 속해 있고 가난한 사람들을 분석하고 분류한 뒤 등록하는 일을 한다는 건 알고 있었다. 반면 윌킨스 부부는 주로 햄프스테드 지역에 거주하는 인상파 화가들의 파티에 가려고 외출하는 편이었다. 멜러시의 여동생이 화가와 결혼해서 히스에 살았고, 이런 관계 때문에 윌킨스 부인으로서는 상당히 부자연스러운 모임에 끌려가 무시무시한 그림을 질리도록 봐왔다. 부인도 그림에 관해 이야기를 해야 했지만 도무지 무슨 말을 해야 할지 몰랐다. '멋져요'만으로는 늘 미흡한 느낌이었다. 그러나 아무도 신경 쓰지 않았다. 아무도 듣지 않았다. 아무도 윌킨스 부인을 눈여겨보지 않았다. 부인은 무리에서 전혀 주목받지 않는 부류의 사람이었다. 검약 정신을 반영한 옷 때문에 딱히 눈에 띄지 않았고, 얼굴도 그리 눈길을 사로잡는 편이 아니었으며, 달변도 아니었고 소극적이었다. 어떤 사람의 옷과 얼굴과 말솜씨가 대수롭지 않으면 그 사람에게 남은 것이 뭐든 아무도 알아보지 못할 거라고 윌킨스 부인은 생각했다.

그리고 부인은 늘 남편과 함께 있었는데, 남편은 깔끔하게 면도한 말쑥한 신사이며 단지 참석하는 것만으로도 파티에 활력을 주는 사람이었다. 윌킨스 씨는 꽤 존경받았으며 중요 동업자들에게 높이 평가되는 걸로 알려져 있었다. 여동생의 주변 사람들도 그를 존경했다. 그는 예술과 예술가들에 대해 현명한 판단을 적절히 내렸다. 그는 간단명료하고 신중했다. 말을 지나치게 많이 하지 않았고, 동시에 너무 아끼지도 않았다. 그가 내뱉는 한마디 한마디는 깊이 새겨야 할 것 같은 분위기를 풍겼다. 그리고 윌킨스 씨는 워낙 믿을 만해서 그를 모임에서 만난 사람들은 자신의 변호사를 못마땅하게 여기게 됐고 한동안 동요한 뒤에 자진해서 윌킨스 씨의 고객이 되는 일이 종종 벌어졌다.

당연히 윌킨스 부인은 존재감이 없었다. 윌킨스 씨의 여동생이 판관처럼 간결하고도 최종적인 결정을 내려 이렇게 말했다. "오빠, 새언니는 집에 있는 게 낫겠어." 그러나 윌킨스 씨는 아내를 집에 내버려둘 수 없었다. 그는 가정 법률 전문가였고, 그런 사람들은 아내가 있다는 것을 보여줘야 했다. 주중에는 아내와 함께 파티에 갔고, 일요일에는 아내와 함께 교회에 갔다. 윌킨스 씨는 서른아홉 살로 아직 상당히 젊고,

실무에 도움이 되는 노부인들을 충분히 확보하지 못해서 교회를 빼먹을 여유가 없었다. 비록 말을 트지는 않았지만, 윌킨스 부인은 교회에서 아버스넛 부인의 안면을 익혔다.

윌킨스 부인은 아버스넛 부인이 불우한 가정의 아이들을 신도석으로 안내하는 모습을 본 적이 있다. 아버스넛 부인은 정확히 성가가 시작되기 오 분 전에 맨 앞에서 행렬을 이끌고 주일학교에서 예배당으로 들어왔다. 아이들에게 각자 정해진 자리에 들어가 단정히 무릎을 꿇고 예비 기도를 드리게 한 다음 다시 일어나게 했다. 정확히 바로 그때 스웰 오르간• 소리에 맞춰 제의실 문이 열렸고, 성가대와 목사가 호칭기도••와 십계명을 큰 소리로 외며 등장했다. 아버스넛 부인은 슬퍼 보였지만 확실히 유능하기는 했다. 이 어울리지 않는 두 조합에 윌킨스 부인은 놀라곤 했다. 왜냐하면 윌킨스 부인이 가자미를 구한 날 멜러시가 기분이 좋은 김에 떠들기를, 유능한 사람은 우울할 리 없고 자기 일을 잘하면 자동으로 밝고 활기차게 마련이라는 말을 했던 게 기억나서였다.

주일학교 아이들과 함께 있는 아버스넛 부인은 상당히 자연스러워 보였지만 밝고 활기찬 기운이라곤 없었다. 그날 윌킨스 부인이 창가에서 눈을 돌려 클럽에 있는 아버스넛 부인

• 음을 크게 하는 장치가 달린 오르간.

•• 교회 예배에서 사제 등이 먼저 말하면 신도들이 그에 대응하는 형식으로 이어지는 일련의 기도.

을 봤을 때, 그녀는 전혀 즉각적인 반응을 하지 않았고 신문을 들고 눈동자 한번 움직이지 않은 채《타임스》첫 장의 어느 부분에 눈을 고정하고 있었다. 그냥 지그시 응시하고 있었고, 보통 때처럼 참을성 많고 낙담한 성모 마리아의 얼굴을 하고 있었다.

윌킨스 부인은 말 붙일 용기를 짜내가며 잠시 아버스넛 부인을 바라보았다. 아버스넛 부인에게 그 광고를 봤는지 물어보고 싶었다. 왜 그 질문을 하고 싶은지는 몰랐지만 그러고 싶었다. 쉽사리 다가가지 못하는 자신이 정말 바보 같았다. 아버스넛 부인은 사람이 참 좋아 보였다. 그리고 아주 불행해 보였다. 불행한 두 사람이, 그들이 느끼는 감정과 그들이 하고 싶은 것들과 그들이 아직도 희망하기를 염원하는 것들에 관해 잠시 자연스럽고 진솔한 대화를 나눔으로써 이 무미건조한 삶을 이어나가는 데 서로 활력을 불어넣어줘도 좋지 않을까. 윌킨스 부인은 아버스넛 부인도 바로 그 광고를 읽고 있는 것 같다는 느낌을 지울 수 없었다. 아버스넛 부인의 눈이 신문의 바로 그 부분에 머물러 있었다. 부인 역시 그 색깔과 향기와 작은 바위 사이로 바닷물이 부드럽게 철썩이는 소리를 마음속으로 그려보고 있었던 건 아닐까? 섀프츠베리 애비뉴와 축축한 승합마차와 슐브레드의 생선 코너와 햄프스테드까지 가는 지하철과 저녁 식사와 똑같은 내일과 또 똑같은 그다음 날과 항상 똑같은 그다음 다음 날 대신 색깔과 향기와 빛과 바다를…….

윌킨스 부인은 어느새 테이블 위로 몸을 기울여 묻고 있었다. "혹시 중세식 성과 등나무 광고 읽고 있어요?"

당연히 아버스넛 부인은 깜짝 놀랐지만, 어느새 질문을 한 윌킨스 부인이 스스로에게 두 배는 더 놀라고 있었다.

아버스넛 부인은 찌그러지고 젖은 모자를 눌러써 주근깨 가득한 작은 얼굴과 큰 회색 눈을 거의 가린 추레하고 몸매가 호리호리하며 어딘지 정신이 산만해 보이는 여자를 맞은편에서 발견하고는 잠시 말없이 쳐다보았다. 물론 부인은 중세식 성과 등나무 광고를 읽고 있거나 이미 십 분 전에 읽기는 했고, 그 뒤로 빛과 화려한 색깔과 향기와 뜨거운 바위 사이를 부드럽게 찰싹거리는 파도를 아련히 꿈꾸기도 했다.

"그건 왜 물어요?" 아버스넛 부인이 가난한 사람들에게 단련된 진중하고 참을성 있는 목소리로 말했다.

윌킨스 부인은 얼굴이 붉어졌고 매우 부끄럽고 놀란 것 같아 보였다. "아, 그냥 저도 그걸 봤거든요. 그리고 혹시나 해서, 어쨌든……." 부인이 말을 더듬었다.

사람들을 줄 세우고 나누는 데 익숙한 아버스넛 부인은 습관대로 이 사람을 어떤 항목 아래 분류해 넣으면 가장 좋을지 고심하면서 찬찬히 윌킨스 부인을 살폈다.

"우리 안면 있죠?" 내성적인 사람들이 흔히 그러듯 윌킨스 부인도 일단 운을 떼자 자기가 하는 말에 자기가 놀랄 정도로 많은 말을 했다. "매주 일요일, 그러니까 일요일마다 교회에서 봤어요."

"교회에서요?"

"네, 참 이거 굉장하지 않아요? 광고 말이에요. 등나무와……."

못해도 서른 살은 됐을 윌킨스 부인이 갑자기 말을 멈추고는 어색하고 부끄러운지 여고생처럼 의자에서 몸을 비비 꼬았다.

"정말 멋있는 것 같아요." 윌킨스 부인이 참았던 말을 터뜨리듯 계속 이어갔다. "요즘 너무 우울하고……."

그러고는 갇힌 개처럼 처량한 눈빛으로 아버스넛 부인을 바라보았다.

늘 누군가를 돕고 기분을 달래는 일을 하는 아버스넛 부인은 이렇게 생각했다. '이 가련한 사람은 충고가 필요하군.'

그래서 차분히 듣고 뭔가 조언해줄 준비를 했다.

"교회에서 절 봤다면, 당신도 햄프스테드에 사시나보군요." 아버스넛 부인이 다정하고 진중하게 말했다.

"아, 네." 윌킨스 부인이 말했다. 그러고는 햄프스테드라는 단어가 고개를 숙이게 만들기라도 하듯 가늘고 긴 목과 머리를 주억거리며 같은 말을 반복했다. "아, 네."

"햄프스테드 어디에요?" 조언을 해주려면 먼저 정보를 수집해야 한다는 생각에 아버스넛 부인이 물었다.

그러나 윌킨스 부인은 인쇄물조차 소중하다는 듯 신문의 광고란에 손을 부드럽고 조심스럽게 올려놓으며 말했다. "아마 그래서 이게 더 멋지게 보이나봐요."

"저도 멋질 것 같긴 해요." 아버스넛 부인이 방금 전까지 하려던 말을 잊어버리고 희미하게 한숨을 쉬며 윌킨스 부인의 말에 맞장구쳤다.

"부인도 그거 읽고 있던 거 맞죠?"

"네." 아버스넛 부인의 눈이 다시 아련해졌다.

"멋지지 않을까요?" 윌킨스 부인이 중얼거렸다.

"멋질 거예요." 아버스넛 부인의 얼굴이 밝아졌다가 다시 흐려졌다. "정말 멋지겠죠. 하지만 그런 생각을 하며 시간을 낭비해봐야 소용없잖아요."

"소용없긴요." 윌킨스 부인이 빠르고 놀라운 반응을 보였다. 평범한 코트와 스커트, 구겨진 모자, 아무렇게나 뻗은 머리칼과는 너무 달라서 놀라웠다. "생각해보는 자체로도 가치는 있잖아요. 햄프스테드에서 벗어나 분위기 전환이라…… 전 가끔 믿어요. 간절히 바라면 이루어질 수도 있다고요."

아버스넛 부인은 윌킨스 부인을 차분히 관찰했다. 만약 분류해야 한다면 저 사람을 어느 항목에 넣어야 할까?

"그럴지도 모르죠." 아버스넛 부인이 몸을 조금 숙이며 말했다. "우리 친해지려면 이름 정도는 알아야죠." 부인이 의미심장한 미소를 지었다. "우리가 친구가 되길 바라면 처음부터 시작해요."

"아, 네, 맞아요. 전 윌킨스 부인이에요." 아버스넛 부인이 아무 말도 하지 않자 윌킨스 부인이 얼굴을 붉히며 덧붙였다. "그렇게 말해서는 아무것도 알 수 없죠? 때론 제게도 아무 의미가 없는 것 같아요. 하지만…….” 부인이 도움을 청하듯 주위를 둘러보았다. “전 윌킨스 부인이에요.”

윌킨스 부인은 로티라는 자기 이름이 싫었다. 평범하기도 하고 끝이 새끼 퍼그의 꼬리처럼 위로 올라가는 게 너무 경박한 느낌을 주었다. 그러나 그게 자기 이름이니 어쩔 수 없었다. 그래서 여태 윌킨스로 살았고 앞으로도 윌킨스로 불리고 싶었다. 남편은 언제든 멜러시 윌킨스 부인이라 말하라고 하지만, 남편이 듣는 데서만 그렇게 했다. 왜냐하면 빌라의 문기둥에 있는 채츠워스가 빌라를 강조하는 것처럼 멜러시라는 이름이 윌킨스를 더 나쁜 쪽으로 강조한다고 부인은 생각했다.

처음 남편이 이름에 멜러시를 덧붙여 쓰라고 제안했을 때 윌킨스 부인은 위의 이유로 반대했다. 멜러시는 몹시 신중한 사람이라 바로 말하지 않고 잠시 생각할 시간을 가졌는데, 그 사이 앞으로 할 말을 조심스럽게 마음속으로 그려보는 것 같았다. 어쨌든 남편은 잠시 말이 없더니 굉장히 불쾌해하며 자기는 빌라가 아니라고 했고 저런 바보와 결혼하지 말았어야 했다고 후회하는 표정으로 아내를 바라보았다.

당연히 남편이 빌라는 아니라고 윌킨스 부인이 남편에게 말했다. 그렇게 생각해본 적도 없었다. 그런 식으로 의미를 부여할 엄두도…… 단지 생각만…….

윌킨스 부인이 설명을 하면 할수록 멜러시는 더 불쾌해했고, 그때쯤엔 이미 2년째 결혼 생활을 해왔으니 후회해봤자 소용도 없었고, 윌킨스 씨를 빌라라고 생각했든 안 했든 한쪽에서는 입을 꾹 다물고 있고 한쪽은 열심히 사과하는 걸 언쟁이라 부를 수 있다면 그때쯤엔 끝없이 언쟁하는 장면이 익숙하기까지 했다.

드디어 상황이 끝났을 때 윌킨스 부인은 생각했다. '2년 내내 단 하루도 떨어져 있지 않으면 누구라도 서로 티를 뜯고 싸우게 될 거야. 우리 둘에겐 휴가가 필요해.'

윌킨스 부인은 스스로 확신을 갖고 싶어서 아버스넛 부인에게 계속 말을 붙였다. "제 남편은 변호사예요. 남편은……." 부인이 멜러시를 설명하기에 좋을 말을 고심하다 마침내 하나를 발견하고 말했다. "매우 잘생겼어요."

"네, 좋겠네요." 아버스넛 부인이 다정하게 말했다.

"왜요?" 윌킨스 부인이 되물었다.

가난한 사람들과 오래 대화하다보니 사람들이 자신의 말을 아무 의문 없이 받아들이는 데 익숙해진 아버스넛 부인은 움찔했다. "어, 왜냐하면 잘생기거나 예쁜 건 일종의 재능이잖아요. 잘 쓰이기만 하면……."

아버스넛 부인의 목소리가 점점 작아졌다. 윌킨스 부인이 큰 회색 눈으로 자신을 뚫어져라 쳐다보았던 것이다. 아버스넛 부인은 늘 자기 임의대로 하는 일에 동의할 수밖에 없는 청중들과 얘기하다보니 보모처럼 길게 설명하는 습관이 굳어지고 있다는 생각이 문득 들었다. 그들은 끼어들고 싶어도 끼어들 수 없었을 것이다.

그러나 윌킨스 부인은 듣고 있지 않았다. 그 순간 윌킨스 부인은 이름을 알 수 없는 나무를 향해 가지를 뻗은 거대한 등나무 아래 두 사람이 함께 앉아 있는 장면을 상상하고 있었다. 두 사람은 바로 자신과 아버스넛 부인이었다. 부인은 상상 속의 그들을 보았고, 그들도 부인을 바라보았다. 그리고 그들 뒤로는 고색창연한 회색 성벽이 햇빛을 받아 환하게 서 있었고, 그들은 거기에서…….

그래서 윌킨스 부인은 아버스넛 부인을 바라보고 있었지만, 그녀가 하는 말은 한마디도 듣지 못했다. 그리고 아버스넛 부인도 윌킨스 부인의 표정이 상상으로 흥분되는 것을 보고는 말을 멈춘 채 윌킨스 부인을 바라보았다. 윌킨스 부인의 표정은 햇빛을 받은 바다가 한 줄기 바람에 넘실거리듯 찬란했고 가늘게 떨렸다. 이 순간 윌킨스 부인이 파티에 있었다면, 다른 사람들이 관심을 가지고 봐주었을 것 같다.

두 사람은 서로를 바라보았다. 아버스넛 부인이 계시를 받은 사람처럼 뭔가를 묻듯 바라보는 바람에 윌킨스 부인은 깜짝 놀랐다. 당연히 일이 되려면 그런 식이어야 했다. 혼자서는, 윌킨스 부인 혼자서는 감당할 수 없었고, 설사 감당할 수 있다 해도 혼자 그곳에 갈 수는 없을 터였다. 그러나 둘이서 함께라면…….

윌킨스 부인이 테이블 위로 몸을 기울여 속삭였다. "우리 가서 알아보기나 할까요?"

아버스넛 부인의 눈이 조금 전보다 훨씬 더 커졌다. "알아봐요?"

"네." 윌킨스 부인이 여전히 누가 들을세라 나지막이 말했다. "여기 앉아서 얼마나 멋질까 상상만 하지 말고 햄프스테드 집에 가서 우리가 몇 년 동안 했고 앞으로도 수년 동안 할 일을 하자고요. 저녁을 준비하고 생선을 굽고 말이에요." 윌킨스 부인은 자기 입에서 쏟아져 나오는 소리에 스스로도 놀라 이마까지 새빨개졌지만 말을 멈출 수 없었다. "사실 끝이 보이지 않아요. 끝이 없어요. 그러니 휴식이 필요해요. 모두를 위해서 끊어줘야 해요. 잠시 떠나서 행복해지는 건 이기적인 행동이 아닐 거예요. 훨씬 나아져서 돌아올 거니까요. 누구에게나 휴가는 필요해요. 안 그래요?"

"하지만 '알아본다'는 게 무슨 뜻이에요?" 아버스넛 부인이 물었다.

"문의를 해봐야죠." 윌킨스 부인이 말했다.

"문의요?"

"어떻게 집을 빌리고, 사람을 쓰고, 가야 하는지 물어봐야죠."

"당신과 나 둘이서요?"

"네, 우리 둘이 함께요. 그러면 비용이 절반밖에 들지 않을 테고, 보아하니 당신도 나만큼이나 그걸 원하고, 휴식을 취해야 뭔가 좋은 일이 생길 것 같거든요."

"근데 우리는 서로를 모르잖아요."

"한 달 동안 함께 가 있으면 속속들이 알게 되겠죠. 그리고 전 만약을 위해 돈도 모아왔어요."

'너무 들떠 있어.' 아버스넛 부인은 생각했다. 그러나 이상하게 자신도 동요되고 있음을 느꼈다.

"한 달 내내 모든 걸 벗어던지고 천국에 간다고 생각해봐요."

'저렇게 말하면 안 될 텐데. 목사님은…….' 아버스넛 부인은 그런 생각을 하면서도 마음속으로는 이상하리 만치 흥분이 일었다. 잠시 쉬어 가다니 사실 너무 멋질 것 같았다.

그러나 습관이 다시 그녀를 제자리로 돌려놓았다. 가난한 사람들과 수년간 이어온 교류로 생긴 습관 때문에 그녀는 약간 우월감 섞인 투로 설명을 늘어놓았다. "하지만 천국은 다른 곳에 있지 않아요. 여기 이곳이 바로 천국이지요. 그렇게들 말하잖아요."

아버스넛 부인은 가난한 사람들을 도와주고 깨우치려 노력할 때처럼 끈기 있고 진지했다. "천국은 우리 안에 있어요." 부인이 부드럽고 나직한 목소리로 말했다. "우린 그 말을 금과옥조로 여기죠. 그 비슷한 구절 아시죠?"

"천국과 집에 관한 그런 비슷한 말은 수도 없이 많아요." 아버스넛 부인이 익숙한 솜씨로 문장을 끝맺었다. "천국은 우리 가정 안에 있어요."

"그렇지 않아요." 윌킨스 부인이 이번에도 놀라며 말했다.

아버스넛 부인은 잠시 움찔했지만 다시 부드럽게 말했다. "아니, 그래요. 우리가 그러기로 하면, 우리가 마음만 잘 먹으면 집이 천국이에요."

"그렇게 마음도 먹어보고, 노력도 해보지만, 아니에요." 윌킨스 부인이 말했다.

이번에는 아버스넛 부인이 조용했다. 부인 역시 가정에 의문을 품은 적이 있었으니까. 부인은 상대를 분류해내고픈 필요성을 더 절박하게 느끼며 불편한 심정으로 윌킨스 부인을 바라보았다. 윌킨스 부인이 어떤 사람인지 분류해서 적절한 범주에 잘 들여놓기만 해도 이상하게 한쪽으로 기운 것 같은 균형감을 되찾을 수 있을 것 같았다. 왜냐하면 부인도 수년간 휴가를 가지 못했고, 방금 전에 광고를 보고 꿈을 꾸었으며, 광고를 보고 흥분하는 윌킨스 부인의 태도에는 전염성이 있어서 그녀가 하는 충동적이고 이상한 말과 잠에서 깨어난 듯 환한 얼굴을 보고 있자니 안에서 뭔가가 꿈틀거리는 느낌이 들었던 것이다.

확실히 윌킨스 부인은 균형 감각을 잃은 것 같았지만 아버스넛 부인은 전에도 그런 사람들을 만난 적이 있었다. 실은 늘 그런 사람들을 만났다. 그러나 그들은 부인에게 아무런 영향을 끼치지 않았다. 반면 이 사람은 부인을 속수무책으로 뒤흔들었다. 마치 신과 남편과 집과 의무감의 나침반에서 그녀를 어디론가 멀리 데려가(윌킨스 부인은 남편과 함께 가지는 않으려는 것 같았다) 이번 한 번만 행복해지면 대단히 바람직하리라고 말하는 듯했다. 당연히 그렇지 않았다. 분명 그럴 리 없었다. 아버스넛 부인도 우체국 저축은행에 조금씩 모아둔 비상금이 있었다. 그러나 그걸 끄집어내 자신을 위해 써버릴 정도로 의무를 방기하는 건 분명 말이 안 되는 일이었다. 그럴 수 없었다. 어떻게 그런 일을 할 수 있겠는가? 결단코 그렇게 하지는 않을 것이고, 가난한 사람들과 불행한 사람들, 그리고 아픈 사람들을 깡그리 잊어서는 안 될 일이었다. 이탈리아로 여행을 가면 분명 굉장히 좋겠지만, 하고 싶은 즐거운 일은 많고 그중 무엇이 해야 할 일을 잊게 할 만큼 강력할지는 의문이었다.

살면서 아버스넛 부인에게 나침반의 방위만큼 확고한 것은 네 가지였다. 신, 남편, 가정, 의무감. 그녀는 수년 전 아주 비참한 일을 겪은 뒤 이것들을 베개 삼아 머리를 뉘어 잠이 들곤 했다. 그러고는 단순하고 문제없는 상태로 깨어났다. 그러므로 아버스넛 부인은 윌킨스 부인을 어떤 기준에 넣을지 열심히 살폈고, 그렇게 함으로써 자신의 마음을 진정하려 했다. 그리고 윌킨스 부인의 마지막 말에 불안한 눈으로 그녀를 바라보았고, 자신이 점점 더 불안정하고 상대방의 뜻에 물들어 가는 걸 느끼며 당분간 윌킨스 부인을 예배 시간에 목사가 말한 것처럼 '노이로제' 항목에 넣어두기로 마음먹었다. '미친 짓'으로 가는 대기실 격인 '과잉 흥분'으로 분류해도 좋겠으나, 여태 두어 번 분류 과정에서 실수하고 놀란 적이 있었고 일단 한번 정해놓으면 다른 기준으로 옮기기 어려워 빼저린 후회를 했던 기억이 났다.

'그래, 노이로제가 좋겠어.' 윌킨스 부인은 다른 사람들을 위해 규칙적으로 하는 일이 없는 것 같았다. 일이 없으니 굳이 나갈 필요도 없을 것이다. 확실한 방향성 없이 돌풍과 충동에 내몰려 갈피를 못 잡는 것이다. 노이로제 항목에 분류하면 될 듯했고, 아무도 도와주지 않으면 곧 그렇게 될 것 같았다. 불쌍한 사람 같으니. 아버스넛 부인은 동정심과 함께 균형 감각이 돌아오고 있다고 생각했다. 테이블 때문에 다리 길이는 볼 수 없었고 윌킨스 부인에게서 볼 수 있는 거라곤 작고 간절하고 수줍어하는 얼굴 표정과 가녀린 어깨, 자기를 행복하게 해주리라 믿어 의심치 않는 무언가를 향한 유치하고도 강렬한 염원뿐이었다. '아냐, 저런 것들로 사람이 행복해지진 않아. 저렇게 찰나적인 것으로는.' 아버스넛 부인은 남편인 프레더릭과 오래 살아오는 동안(스무 살에 결혼해 서른세 살이 됐다) 어디에서 참된 기쁨을 발견해야 하는지 알게 되었다. 오직 다른 사람들을 위해 사는 매일과 매시간에 그런 기쁨을 찾게 된다는 걸 이제 알았다. 기쁨은 신의 발아래에서만 찾을 수 있었다. 부인은 그 지점에서 거듭 실망하고 낙담했지만 이를 받아들였고 위안을 얻었다.

프레더릭이 아내를 일찌감치 신의 발아래로 가 있게 했다. 남편에게서 신으로 가는 길은 짧았지만 고통스러웠다. 돌아보면 짧아 보였지만 실제로는 결혼 첫해가 꼬박 걸렸고, 한 걸음 한 걸음이 고통이었으며, 당시에는 걸음 하나하나가 자신의 피로 물든 것 같았다. 그 모든 게 이젠 끝났다. 평화를 찾은 지 오래였다. 그리고 프레더릭은 열정적으로 사랑한 신랑과 흠모해마지않는 젊은 남편에서, 어느새 신 다음으로 의무와 참을성을 가지고 견뎌야 할 존재로 자리매김했다. 그는 중요도로는 이인자였고, 아내의 기도로 흰 피를 흘리는 무정한 사람으로 머물렀다. 수년 동안 그녀는 오직 행복을 잊음으로써 행복할 수 있었다. 그녀는 계속 그런 식이기를 원했다. 아름다움을 일깨우는 모든 것을 배제하고 싶었다. 아름다운 것들은 다시 바라고 염원하게 하니까…….

"친구가 되면 정말 좋지요." 아버스넛 부인이 진지하게 말했다. "나 보러 오지 않을래요? 아님 내가 가끔 보러 가도 좋고요. 얘기하고 싶을 때면 언제든 좋아요. 내 주소 줄게요." 부인이 백을 뒤졌다. "이게 있어야 잊어버리지 않겠죠?" 부인이 명함을 찾아 건넸다.

윌킨스 부인은 명함을 받지 않았다.

"참 이상한 얘기지만, 우리 둘은 돌아오는 4월에 중세식 성에서 만날 거예요." 윌킨스 부인은 상대방의 얘기를 전혀 듣지 않는 것 같았다.

아버스넛 부인은 다시 불안해졌다. "그래요?" 환상을 보듯 반짝이는 회색 눈빛에 넘어가지 않으려 애쓰며 부인이 말했다. "그렇게 될까요?"

"어떤 일이 일어나기 전에 눈앞에 뭔가가 번쩍 보인 적 없어요?"

"네, 없어요." 아버스넛 부인이 말했다.

부인은 애써 미소를 지으려고 했다. 가난한 사람들이 필연적으로 가지는 편향되고 불완전한 의견을 들을 때마다 짓곤 하던 동정 어리지만 현명하고 아량 있는 미소를 보이려 노력했다. 그러나 그럴 수 없었다. 미소가 떨리기 시작했다.

부인은 마치 목사와 저축은행이 들을까봐 걱정하듯 낮은 목소리로 말했다. "당연히 그곳은 정말 아름다울 거예요. 정말로."

"좋지 않더라도 한 달뿐이잖아요." 윌킨스 부인이 말했다.

"그게……." 그런 관점이 얼마나 하찮은지 잘 아는 아버스넛 부인이 또 무슨 말을 시작했지만 윌킨스 부인이 끼어드는 바람에 말을 끝맺지 못했다.

"아무튼 사람이 비참해질 때까지 너무 오랫동안 착하게만 사는 건 잘못된 일이에요. 그리고 내가 보기에 부인도 수년간 열심히 일만 했어요. 그래서 그렇게 불행해 보이는 거예요. 난, 난 의무를 다했을 뿐이에요. 어렸을 때부터 다른 사람들에게 그래왔어요. 난 날 조금, 조금 사랑하는 사람은 믿지 않아요. 차, 차라리, 다른 걸 바라고……."

'저러다 울겠는걸.' 아버스넛 부인은 매우 불편했고 동정심이 생겼다. 부디 이 여자가 울지 않기를 바랐다. 여기에서는, 낯선 사람들이 오고 가는 삭막한 곳에서는.

그러나 윌킨스 부인은 좀처럼 주머니에서 나오지 않으려는 손수건을 억지로 꺼내 코를 팽 풀고는 눈을 재빨리 깜빡거리며 반은 겸손한 듯, 반은 겁에 질려 사과하듯 아버스넛 부인을 보며 미소를 지었다.

윌킨스 부인이 갑자기 몹시 부끄러워하면서 입을 앙다물려고 애를 쓰며 귓속말했다. "나 이런 말 누군가에게 평생 해본 적 없다고 하면 믿겠어요? 도대체 뭐가 씌었는지 나도 모르겠어요."

"광고 때문이죠, 뭐." 아버스넛 부인이 심각한 투로 고개를 끄덕이며 말했다.

"맞아요." 윌킨스 부인이 눈을 톡톡 두드리며 말했다. "그리고 우리 둘 다 너무……." 그러고는 다시 코를 풀었다. "비참해서 그래요."

2

물론 아버스넛 부인은 비참하지 않았지만(신이 보살펴주시는데 어떻게 비참할 수 있겠냐고 자문했다) 여기 자신의 도움이 간절히 필요한 또 다른 사람이 있다는 확신이 들어 그 점은 잠시 부정되도록 놔두기로 했다. 다만 이 사람은 부츠와 담요와 더 나은 위생 용품만이 아니라 적확한 말을 찾아내 더 섬세하게 도와야 할 형편이었다.

아버스넛 부인은 시간을 더 들여 생각해보면 어떨지 모르지만, 적어도 지금으로선 앞뒤가 맞지 않고 대답하기도 어려운 윌킨스 부인의 말을 이해해보려고 했다. 다른 사람들을 위한 삶과 기도와 자신을 거리낌 없이 신의 손에 맡김으로써 찾아낸 평화 등에 관해 여러모로 생각해본 끝에 적확한 말을 찾아냈다. 그것은 바로 광고에 응답해도 별로 해될 것은 없으리라는 의견이었다. 물론 어정쩡했고, 문의는 해보겠다는 정도에 불과했다. 그리고 이런 의견을 내며 윌킨스 부인만큼이나 아버스넛 부인도 마음이 편해졌다는 게 불안했다. 아버스넛 부인은 자신도 이상하게 중세식 성을 염원하게 돼서 그런 의견을 냈던 거였다.

이건 굉장히 충격적이었다. 오래전 프레더릭을 신에게 맡기는 법을 터득한 뒤로 프레더릭을 제외한 모두에게 지시를 내리고 이끌고 조언하고 도와주는 데 익숙해진 부인이 단지 광고 때문에, 단지 횡설수설하는 낯선 사람 때문에 이끌리고 영향을 받고 발을 떼고 있었다. 정말 불안한 일이었다. 부인은 수년간 그런 갈망을 해본 적이 없는데 이제 와 갑자기 방탕한 것을 염원하다니 이해가 되지 않았다.

"그냥 물어보는 건 괜찮잖아요." 아버스넛 부인은 목사와 저축은행과 자신을 의지하며 기다리는 모든 가난한 사람이 그 이야기를 듣고 비난하기라도 하듯 목소리를 낮춰 말했다.

"꼭 어떻게 하자는 건 아니니까요." 윌킨스 부인도 낮은 목소리로 말했지만, 목소리가 떨렸다.

두 사람은 동시에 일어나(아버스넛 부인은 윌킨스 부인의 키가 그렇게 큰 줄 모르고 있다가 깜짝 놀랐다) 필기용 테이블로 갔고, 아버스넛 부인은 상세한 내용을 물어보기 위해《타임스》, 사서함 1000으로 편지를 썼다. 많은 내용을 물었지만 그들이 진짜 알고 싶은 것은 집세뿐이었다. 두 사람은 아버스넛 부인이 편지를 써야 한다는 데 바로 동의했다. 아버스넛 부인이 실용적인 일에 능숙할 뿐 아니라 나이도 더 많고 훨씬 더 차분했다. 그리고 자기가 더 똑똑하다고 아버스넛 부인 본인도 믿었다. 윌킨스 부인은 이 점에 이의가 없었고, 아버스넛 부인이 가르마 타는 방식만 봐도 일 처리를 제대로 할 차분한 사람이란 걸 알 수 있었다.

그러나 아버스넛 부인이 더 똑똑하고, 나이가 더 많고, 더 차분하다 해도 추진력 면에서는 윌킨스 부인이 더 나아 보였다. 조리는 없지만 확실히 추동력은 있어 보였다. 윌킨스 부인은 도움이 필요한 점만 빼면 사람의 마음을 휘저을 수 있는 성격의 소유자인 것 같았다. 이상하게 전염성이 있었고 사람을 이끌 줄 알았다. 그러나 불안정한 마음 상태로 결론에 이르는 방식(물론 잘못된 결론들 말이다. 그중 하나를 아버스넛 부인이 목격했고 끔찍했다)은 당황스러웠다.

그러나 윌킨스 부인이 어떤 사람이든 불안정성이 어느 정도이든 간에 아버스넛 부인은 윌킨스 부인의 흥분과 갈망을 어느새 공유하고 있었다. 편지를 복도에 있는 편지함에 넣고 돌이킬 수 없는 상황에 이르자 두 사람은 같은 종류의 죄책감을 느꼈다.

편지함에서 몸을 돌리며 윌킨스 부인이 속삭였다. "거봐요, 우리가 얼마나 티 하나 없이 깨끗하게 살아온 사람들이냐고요. 남편들이 모르는 일을 난생처음 하고는 이렇게 죄책감을 느끼잖아요."

"내가 티 하나 없이 깨끗했다곤 말할 수 없을 것 같아요."

아버스넛 부인은 죄책감에 관해서는 한마디도 하지 않았으므로 이번에도 윌킨스 부인이 싸잡아 훌쩍 결론에 도달하는 게 불편해서 부드럽게 반론을 제기했다.

"아, 하지만 부인은 분명 착해요. 내 눈엔 그게 보여요. 그래서 행복하지 않은 거고요."

'저런 말은 왜 하지! 저러지 않게 해야겠어.'

그러고는 심각한 어조로 소리 내 말했다. "왜 자꾸 나더러 행복하지 않다고 하는지 모르겠네요. 날 좀 더 알면 그렇게 말하지 않을 거예요. 그리고 설마 착하게만 살면 사람이 불행해진다고 말하고 싶은 건 아닐 테죠?"

"아뇨, 그런 말을 하고 싶었어요. 우리처럼 선한 사람들은 그래요. 우리는 선해서 불행해요. 선함에도 끔찍한 것과 행복한 것이 있어요. 예를 들어 중세식 성에서 우리가 가지게 될 것은 행복한 종류의 선함이죠."

"만약 우리가 거기 간다면 그렇겠죠." 아버스넛 부인이 서둘러 말을 끊었다. 윌킨스 부인을 붙잡아야 할 것 같았다. "어쨌든 우린 문의만 해둔 상태잖아요. 누구라도 그 정돈 할 수 있어요. 아마 조건이 안 맞을 가능성이 커요. 그리고 조건이 맞더라도 내일쯤 우리가 안 가고 싶을 수도 있고요."

"우린 거기 가게 될 거예요." 그게 윌킨스 부인의 대답이었다.

아버스넛 부인은 이 모든 게 매우 불편했다. 비 내리는 거리를 걸어 연설하러 모임에 가면서 전에 없이 마음이 혼란스러웠다. 부인은 마음속 동요를 숨긴 채 윌킨스 부인에게는 자신이 매우 차분하고 실용적이며 냉철해 보이기를 바랐다. 그러나 실제로는 엄청나게 흔들렸고, 기뻤고, 죄책감을 느꼈고, 두려웠고, 모든 감정에 휩싸였다. 잘은 모르지만 연인과 비밀 데이트를 마치고 온 여자가 꼭 이럴 것 같았다. 사실 연단에 늦게 도착했을 때 부인은 틀림없이 그런 모습이었다. 그랬다. 각자의 절실한 이유로 기부가 필요한 햄프스테드 빈민들의 긴급한 요구를 조금이라도 줄일 수 있게 기부해달라고 설득하는 자리였는데, 부인의 연설을 기다리는 무표정한 얼굴을 마주한 부인의 표정은 은밀해 보이기까지 했다. 뭔가 남부끄럽지만 기쁜 일을 숨기고 있는 것 같았다. 확실히 평소의 솔직담백한 표정은 온데간데없고, 억눌리고 두려운 기쁨이 대신 자리하고 있었다. 그 모습에 세속적인 청중은 그녀가 최근에 열정적인 사랑을 했다고 바로 확신해버렸다.

아름다움, 아름다움, 아름다움……. 연단에 서서 몇 안 되는 청중에게 슬픈 이야기를 하는 동안에도 그 단어가 계속 부인의 귓전을 울렸다. 부인은 이탈리아에 가본 적이 없었다. 정녕 비상금이 쓰일 곳이 이탈리아일까? 윌킨스 부인은 마치 선택의 여지가 없는 것처럼, 고통스러운 것처럼, 심지어 생각하는 것조차 무의미한 것처럼 이탈리아로 가는 일이 이미 정해진 운명이라며 설레발을 쳤다. 거기에 다 동의할 수는 없었지만, 분명 자신도 영향을 받고 있었다. 윌킨스 부인의 눈은 예언자 같았다. 원래 그런 사람이 있긴 했다. 그리고 만약 윌킨스 부인이 중세식 성에 자신이 가 있는 걸 실제로 봤다면 반항해봤자 시간 낭비일지도 몰랐다. 그럼에도 비상금을 사치스러운 일에 쓰려면(비상금의 원래 취지는 이미 훼손돼버렸다) 적어도 목적은 훌륭해야 할 것 같았다. 의도된 바에서 방향을 바꿔서 마음껏 즐기는 네 써야 할까?

아버스넛 부인은 그런 연설을 하고 또 해서 이젠 자면서도 중얼거릴 수 있을 정도였지만, 연설 마지막에 남모르는 상상을 하느라 아무도 기부하도록 설득해내지 못했다는 사실조차 알아채지 못했다.

그러나 목사는 뭔가 낌새를 알아채고 실망했다. 목사의 믿음직한 친구이자 후원자인 아버스넛 부인은 보통 때 이보다 훨씬 잘해내는 사람이었다. 게다가 부인이 그런 사실에 신경조차 쓰지 않는 게 더 이상해 보였다.

청중들과 부인에게 화가 난 목사는 헤어지면서 짜증스럽게 말했다. "이 사람들이 왜 여기 왔는지 아시잖아요. 그들은 전혀 감동하고 감화받은 것 같지 않습니다."

"아마 다들 휴가가 필요한지도 모르죠." 아버스넛 부인이 말했다. 목사는 마음에 안 드는 이상한 대답이라고 생각했다.

"2월에요?" 목사가 뒤에서 비꼬듯 부인에게 말했다.

"아뇨, 4월까지는 기다려야죠." 아버스넛 부인이 어깨 너머로 대답했다.

'이상하네. 진짜 이상해.' 목사는 생각했다. 그러고는 집에 갔고, 아마 아내에게도 목사의 본분을 잊고 짜증을 냈을 것이다.

그날 밤 아버스넛 부인은 기도로 인도를 청했다. 부인은 이미 다른 사람이 중세식 성을 차지해버려 더는 고민할 필요가 없게 해달라고 부탁하려 했지만, 용기가 따라주지 않았다. '기도에 응답해주시면 어쩌려고. 안 돼. 그런 부탁을 할 순 없어.' 부인은 위험을 감수하기 싫었다. 결국 부인은 현재 가지고 있는 비상금을 휴가에 써버려도 금방 다시 모을 수 있다는 점을 신에게 강조할 뻔했다. 프레더릭이 돈 얘기를 하겠지만 두 번째 비상금을 굴리는 동안 잠시 교구 자선단체에 기부하는 돈을 조금 줄이면 될 것 같았다. 그리고 두 번째 모은 비상금을 좋은 곳에 쓰면 첫 번째 저지른 죄가 다 씻겨나가고 결국은 훌륭한 비상금이 될 수 있을 터였다.

벌이가 없는 아버스넛 부인은 남편이 일해서 번 돈으로 살아야 했으니 자신의 비상금 역시 죄의 열매였다. 프레더릭이 돈을 버는 방식은 부인의 삶에 늘 고통을 주었다. 그는 해마다 왕의 정부에 관한 회고록을 썼고 아주 인기가 좋았다. 역사적으로 정부가 있었던 왕은 셀 수 없이 많았고, 왕을 가진 정부들은 그보다 더 많았다. 그러므로 그는 결혼 후 해마다 회고록을 출간할 수 있었고, 장차 그의 고객이 되고 싶어 하는 부인들도 어마어마하게 많았다. 아버스넛 부인은 어쩔 수 없었다. 좋든 싫든 부인은 그 수입으로 살 수밖에 없었다. 한 번은 남편이 뒤바리•의 회고록을 성공적으로 써낸 뒤에 푹신푹신하고 부드럽고 보들보들한 소파를 부인에게 선물했다.

• 루이 15세의 정부로, 정치적 영향력과 실권을 행사했다고 알려진 인물.

부인은 죽은 프랑스 죄인이 자신의 집에서 부활한 걸 과시라도 해야 할 듯해서 끔찍하기만 했다.

도덕이 행복의 기본이라고 확신하는 사람으로서 부인은 수 세기가 지난 일이긴 해도 그들 부부가 죄를 지어가며 생계를 유지해야 한다는 사실 때문에 늘 슬펐다. 귀부인의 행실이 악할수록 프레더릭이 쓴 회고록은 더 많이 읽혔고, 프레더릭은 아내에게 더 많은 돈을 주었다. 아버스닛 부인은 언젠가 사람들이 그런 사악한 책을 읽으려 하지 않을 때가 올 테고, 프레더릭도 도움이 필요할 때가 있으리라 기대하고 믿었기에 남편이 주는 돈을 비상금으로 조금 떼어놓은 뒤 가난한 사람들을 위해 다 써버렸다. 교구는 뒤바리, 몽테스팡, 퐁파두르, 니농 드 랑클로, 그리고 심지어 교양 있는 맹트농이 저지른 나쁜 행실의 결과로 한 움큼씩 가져다 바친 돈 덕분에 번성했다. 그 돈이 가난한 사람들이라는 필터를 통과해 부디 정화되기를 아버스닛 부인은 희망했다. 더는 어떻게 할 방법이 없었다. 한때는 자신이 감당할 수 있는 옳은 방법을 찾아내 상황을 해결하려고 노력해보았지만, 프레더릭을 신에게 맡긴 것처럼 그 일 역시 어렵다는 사실을 알게 되었다. 아버스닛 부인은 그 돈으로 집이나 옷을 사지는 않았다. 크고 부드럽고 푹신푹신한 소파만이 남아 있었다. 이익을 얻은 건 가난한 사람들이었다. 그들이 신는 신발은 죄악으로 튼튼해졌다. 그러나 그걸 참아내는 것도 어렵기는 마찬가지였다. 아버스닛 부인은 도움이 필요한 곳을 찾아내가며 돈이 소진되기를 기도

했다. 돈의 근원이 된 죄를 피하겠다고 돈에 손을 대지 않는 게 옳았을까? 교구의 신발은 또 어떻게 생각해야 할까? 아버스넛 부인은 섬세하고 신중한 단어를 골라 조심스럽게 그에 대한 목사의 생각을 물어보았다. 결국 목사는 신발에 찬성하는 걸로 드러났다.

프레더릭이 그 일을 시작한 건 결혼 직후였는데, 남편이 끔찍한 일을 시작했을 때 적어도 아버스넛 부인이 남편을 설득하기는 했다. 결혼 당시 남편은 대영박물관 도서관 소속의 건실한 공무원이었고, 다른 이름으로 회고록을 썼기 때문에 부인이 공공연하게 낙인찍히지는 않았다. 햄프스테드 사람들은 기꺼이 남편이 쓴 책들을 읽었고, 회고록을 쓴 작가가 주변에 사는 사람이라는 건 전혀 몰랐다. 햄프스테드에서는 프레더릭의 얼굴을 봐도 거의 알아보는 사람이 없었다. 그는 지역 모임에 전혀 나가지 않았다. 런던에서 오락 삼아 행해지는 일에 참여할 때도 프레더릭은 자기가 무슨 일을 하는지 어떤 사람을 만나는지 절대 말하지 않았다. 그리고 그가 친하게 지내는 사람들에 관해서는 아내에게도 말하는 법이 없었다. 교회에 내는 돈의 출처가 어디인지 아는 사람은 목사밖에 없었고, 목사는 그걸 언급하지 않는 것이 명예에 관한 문제라고 아버스넛 부인에게 말했다.

그리고 최소한 부인이 사는 작은 집은 방탕한 귀부인들의 망령에 시달리지 않았다. 프레더릭이 집과 떨어진 곳에서 일했기 때문이다. 그는 대영박물관 근처에서 방 두 개짜리 집을 발굴해내듯 찾아내 매일 아침 거기에 갔고 아내가 깊이 잠든 후에 집으로 돌아왔다. 아예 돌아오지 않을 때도 있었고, 며칠 동안 남편의 얼굴을 보지 못할 때도 있었다. 말없이 현관 열쇠로 문을 따고 들어와서는 문득 아침 식사 시간에 나타나곤 했다. 프레더릭은 부인이 뭔가를 받아주기만 해도 아주 쾌활하고 유쾌하며 씀씀이가 좋고 기꺼울 사람이었으며 세상만사에 만족하고 혈색 좋은 성공한 남자였다. 그리고 아내도 겉으로는 늘 부드러웠고 남편에게 내려주는 커피가 취향에 맞기를 염려했다.

그는 매우 행복해 보였다. 사람들이 아무리 많은 도식을 그려내도 인생은 여전히 미스터리라고 부인은 생각했다. 어떤 부류인지 규정해낼 수 없는 사람도 늘 있었다. 프레더릭이 그랬다. 그는 원래의 프레더릭과 조금도 닮지 않은 것 같았다. 그가 매우 중요하고 아름답다고 말했던 것들, 사랑, 집, 사상의 완벽한 교감, 서로의 취향에 완벽하게 녹아들려는 노력 같은 것들이 이젠 그에게 조금도 필요치 않아 보였다. 초기에 부인은 두 사람이 손을 맞잡고 결혼 생활을 훌륭하게 시작했던 지점으로 남편을 끌어당기려고 피나는 노력을 했지만, 그 과정에서 너무 깊이 상처 입었고, 결혼 당시의 프레더릭이라면 절대 하지 않았을 몇 가지 사건을 겪은 뒤로는 남편을 기도의 주된 재료로 침대맡에 묶어두고 나머지는 모두 신에게 맡겨버렸다. 부인은 프레더릭을 너무 깊이 사랑한 나머지 그를 위해 기도하는 것 외에는 이제 아무것도 할 수 없었다. 프레더릭은 이미 끝나버린 사랑의 작은 메아리처럼 아내 곁을 맴돌았고 아내가 그런 마음으로 자신을 축복해준다는 사실은 꿈에도 모른 채 집을 나서곤 했다. 부인은 남편을 그들이 사랑하던 결혼 초기의 환상적인 프레더릭으로 조금도 생각하지 않았다. 아이는 죽었고, 부인에겐 아무것도 없었으며, 기꺼이 헌신할 대상도 없었다. 가난한 사람들이 그녀의 아이들이 되었고, 신이 사랑의 대상이 되었다. 그녀는 그보다 더 행복한 삶이 어디 있겠냐고 가끔 자문하곤 했다. 그러나 부인의 얼굴은, 특히 눈은 슬픔에서 벗어나지 못했다.

'어쩌면 우리가 늙어…… 우리 둘 다 많이 늙으면…….' 부인은 아쉬운 듯 생각에 잠기곤 했다.

3

중세식 성의 주인은 브리그스 씨라는 영국인으로 지금은 런던에 있었다. 그가 적어 보내기를 성에는 여덟 명을 수용할 수 있는 침대가 있고, 계산에 들어가지 않는 하인들이 있으며, 세 개의 응접실과 흉벽•과 지하 감옥과 전기가 있다고 했다. 집세는 4월 한 달에 60파운드이고 하인들의 급료는 별도였다. 집주인 브리그스 씨는 신원보증서를 원했다. 집세의 절

• 방파제 또는 제방의 꼭대기 부분에 파도를 막기 위해 쌓는 벽.

반은 선입금하고 나머지 절반도 제대로 들어오리라는 확신이 필요하므로 변호사나 의사 혹은 목사의 보증이 있어야 안심을 할 모양이었다. 그는 아주 정중한 말투로 자신이 보증서를 원하는 건 흔히 있는 일이니 형식적인 절차로 여겨달라고 설명했다.

아버스넛 부인과 윌킨스 부인은 신원보증서가 필요하리라고는 생각하지 않았고, 집세가 그렇게 비쌀 줄은 상상도 하지 못했다. 작고 낡으니 대충 일주일에 3기니 안팎일 거라 마음속으로 가늠하고 있었다.

딱 한 달에 60파운드라.

그들에겐 확실히 충격적인 금액이었다.

아버스넛 부인의 눈앞에 신발들이 떠올랐다. 60파운드로 살 수 있는 튼튼한 신발이 끝도 없이 펼쳐졌다. 그리고 집세 외에도 하인들의 급료와 식비, 왕복 기찻삯도 필요했다. 또 신원보증서가 큰 장애물로 여겨졌다. 의도했던 것보다 더 널리 그들의 계획을 알리지 않고는 그걸 받는 게 불가능했다.

두 사람은, 심지어 아버스넛 부인까지, 공연히 어설픈 설명으로 비판과 문제를 일으키지 말고 이번만은 조금 덜 솔직해져야겠다는 유혹을 느꼈다. 다행히도 두 사람은 생활 반경이 머니 각자 이탈리아에 집이 있는 친구가 있어 거기 머물 거라고 말하면 될 듯했다. 윌킨스 부인은 이게 멜러시의 입을 다물게 할 유일한 방법이라고 말했다. 오직 이탈리아에 가기 위해 돈을 쓴다고 하면 멜러시는 분명 화를 낼 것이다. 오로지 자신을 위해 중세식 성을 빌린다는 걸 알면 그가 뭐라고 할지 생각도 하기 싫었다. 비록 비상금은 부인이 모은 돈이지 그가 땡전 한 푼 보태지 않았지만 남편은 몇 날 며칠 동안 그 얘기만 할 터였다.

"당신 남편도 같을걸요. 결국 남편들은 다 똑같으니까요." 윌킨스 부인이 말했다.

아버스넛 부인은 아무 말도 하지 않았다. 프레더릭한테 말하지 않으려는 이유가 정반대였기 때문이다. 프레더릭은 아내가 간다고 해도 전혀 상관하지 않고 오히려 지나치게 기뻐할 터였다. 사실 그는 아내에게 상처가 될 정도로 기뻐하고, 아내가 방종과 속됨을 드러내는 데 찬사를 보내며 공연히 서둘러 돌아올 생각 말고 즐거운 시간을 보내라고 할 게 뻔했다. 아버스넛 부인은 프레더릭처럼 빨리 가주기를 바라는 것보다 멜러시처럼 왜 빨리 오지 않냐고 안달하는 편이 훨씬 낫다고 생각했다. 동기야 어떻든 누군가가 필요로 하고 와주기를 바라는 것이 아무도 필요로 하지 않고 오기를 바라지 않아 철저히 외로운 것보다는 나을 것 같았다.

그래서 아버스넛 부인은 아무 말도 하지 않았고 윌킨스 부인이 더 이상 진행하지 않는 쪽으로 결론 내리게 내버려두었다. 두 사람 다 온종일 중세식 성을 포기할 수밖에 없다고 느꼈다. 그리고 이렇게 쓰라린 결론에 도달하는 과정에서 그들이 얼마나 그곳에 가고 싶은지 비로소 깨닫게 되었다.

이제 어려운 일이 있을 때마다 거기에서 빠져나올 방법을 찾는 데 길든 아버스넛 부인은 예의 어려움에서 벗어날 궁리를 했고, 동시에 윌킨스 부인은 집세를 줄일 방법을 아버스넛 부인에게 말해봐야겠다는 뜻을 품었다.

아버스넛 부인의 계획은 단순했고 아주 성공적이었다. 지축은행에서(이번에도 은행원이 사치할 목적으로 돈을 찾는다는 걸 알기라도 하듯 수상쩍고 미안해하는 표정을 지으며) 인출한 10파운드짜리 지폐 여섯 장을 가방에 넣어 성 주인이 사는 브롬프턴 오러토리 근처로 직접 가지고 가서 반만 내도 되는 권리를 포기한 채 집세 전액을 건넸다. 주인이 부인의 얼굴과 가르마 탄 머리와 부드럽고 까만 눈과 점잖은 옷차림과 진중한 목소리를 확인하고는 신원보증서에 대해서는 신경 쓰지 말라고 말했다.

"그거면 충분합니다." 주인이 집세를 받았다는 영수증을 끼적이며 말했다. "좀 앉으시죠. 날씨가 아주 고약하군요. 오래된 성에 가시면 햇살을 마음껏 누릴 수 있을 겁니다. 다른 어디에서도 느껴보지 못한 즐거움이 있을 거예요. 남편도 가시나요?"

거짓말에 익숙하지 않은 아버스넛 부인은 이 질문이 불편해서 우물쭈물 말을 버벅대기 시작했고, 주인은 부인이 남편을 여의었을 거라고 생각했다. 보통 남편을 잃은 여자들은 나이가 많은데 이 부인은 나이가 젊은 걸 보니 아마 남편을 전쟁으로 잃었으리라고, 그 정도 추측도 못 하는 바보는 아니라고 스스로 결론 내렸다.

"아, 죄송합니다." 주인이 귀 끝까지 벌게지며 황급히 말했다. "전 그런 의도가…… 아…… 그러니까……."

성 주인이 자기가 쓴 영수증을 훑어보았다. "네, 이제 된 것 같습니다." 남자가 일어나 영수증을 아버스낫 부인에게 내밀었다. "아." 아버스낫 부인의 기분이 꽤 좋아 보이자 부인이 내민 지폐 여섯 장을 웃는 얼굴로 받아 들며 남자가 덧붙였다. "저는 더 부자가 됐고, 부인은 더 행복해지셨네요. 저는 돈을 벌었고 부인은 산 살바토레를 가지셨습니다. 뭐가 더 좋은지 모르겠네요."

"아실 텐데요." 아버스낫 부인이 화사하게 웃으며 말했다.

주인이 소리 내 웃으며 아버스낫 부인을 위해 문을 열어주었다. 만남이 끝나 아쉬웠다. 주인 남자는 아버스낫 부인에게 점심 식사를 청하고 싶었다. 그는 부인을 보고 어머니나 유모를 떠올렸다. 그 외에도 다정하고 편안함을 느끼게 하는 모든 매력이 그녀에겐 있었다.

"그곳이 부인 마음에 들기를 바랍니다." 주인 남자가 문간에서 잠시 부인의 손을 잡으며 말했다. 장갑을 끼고 있었는데도 부인의 손을 잡으니 마음이 평화로워지는 기분이었다. 깜깜한 어둠 속에서 아이들이 잡고 싶어 할 그런 느낌을 지닌 손이었다. "4월에는 아시다시피 꽃이 만발합니다. 그리고 바다도 있고요. 흰옷을 입으셔야 해요. 아주 잘 어울리시겠네요. 거기에 부인의 초상화도 여러 점 있답니다."

"초상화요?"

"성모 마리아 말입니다. 계단 위에 부인과 꼭 닮은 게 하나 있습니다."

아버스넛 부인은 살짝 웃은 뒤 감사의 말과 함께 작별 인사를 했다. 부인은 조금의 망설임도 없이 당장 남자를 적확하게 분류해냈다. 그는 예술가이고 활기찬 기질을 지닌 사람이었다.

부인은 악수한 뒤 떠났고, 남자는 그녀가 가지 않기를 바랐다. 부인이 간 뒤 주인 남자는 신원보증서를 요구했어야 했다고 후회했다. 부인이 너무 사무적이지 않다고 생각할 것 같았다. 그러나 곧 그는 그 진중하고 아리따운 여인에게 신원보증서를 요구하는 것은 후광을 입은 성자에게 그러는 것과 같다고 생각했다.

로즈 아버스넛.

약속을 정하려고 그녀가 보낸 편지가 테이블 위에 놓여 있었다.

예쁜 이름이군.

그리하여 그 어려운 일이 해결됐다. 그러나 여전히 다른 문제가 남아 있었다. 일단 비상금으로 집세를 다 치렀지만, 아버스넛 부인에 비해 윌킨스 부인이 가진 비상금은 조금뿐이어서 이제는 윌킨스 부인의 계획대로 그걸 해결해야 할 차례였다. 아름답고 종교적인 이름이어서 더 매력적인 산 살바토레를 차지하게 됐으니 이제 그들이 《타임스》 고민 상담란에 광고해서 그들과 비슷한 욕망을 지닌 여인 두 명을 찾아내 비용을 나눌 생각이었다.

당장 비상금의 부담이 절반에서 4분의 1로 줄어들 것이다. 윌킨스 부인은 자신의 비상금 전체를 산 살바토레행에 털어 넣을 준비가 되어 있었지만, 그게 90파운드를 넘어 6펜스까지 치러야 한다면 입장이 아주 곤란해질 것 같았다. 멜러시에게 빚이 있다고 말하는 장면이 떠올랐다. 어느 날 '나 비상금이 없어요'라고 말하는 건 생각만 해도 끔찍했지만, 일단 그런 일이 생기면 그 비상금은 자신이 따로 모은 거라고 강력히 주장할 작정이었다. 부인은 자기가 가진 돈을 박박 긁어 모험에 쏟아부을 참이었지만, 명백히 자기 것이 아닌 돈은 단 1파딩•도 투입할 준비가 되어 있지 않았다. 만약 집세의 할당량이 15파운드로 줄어든다면 다른 경비에 쓸 돈에도 여유가 생길 것 같았다. 어쩌면 나무에서 올리브를 따거나 생선을 잡는 식으로 음식비를 크게 절약할 수 있을지도 몰랐다.

물론 그들이 서로에게 지적했듯 집을 여러 사람과 공유해서 아주 적은 금액으로 집세를 줄일 수 있었다. 원하기만 하면 침대가 여덟 개니 두 사람 대신 여섯 사람을 더 모아도 좋았다. 그러나 침대 여덟 개를 방 네 개에 두 개씩 배정한다고 치면, 낯선 사람과 방을 함께 써야 하는데 그건 그들이 원하는 바가 아니었다. 게다가 그렇게 많은 사람이 함께 있으면 평화롭지 못할 수도 있었다. 결국 그들이 산 살바토레에 가는 이유는 평화롭게 쉬고 즐기기 위해서인데 여섯 명이 추가되

• 1페니의 4분의 1에 해당하는 영국의 옛 화폐단위.

어 침실을 공유하면 그것만으로도 조금 방해가 될 것 같았다.

그러나 당시에는 그들이 낸 광고에 응답한 사람이 둘뿐이었으니 그들과 함께하고 싶어 하는 사람이 영국 전체에서 오직 두 사람뿐인 모양이었다.

"뭐, 우리도 두 사람만 원했잖아요." 굉장히 많은 사람이 관심을 가질 줄 알았던 윌킨스 부인은 서둘러 태세를 바꿔 말했다.

"선택하는 것도 좋을 듯했거든요." 아버스넛 부인이 말했다.

"그럼 레이디 캐럴라인 데스터는 끼워주지 말자는 뜻이에요?"

"그런 말은 아니었어요." 아버스넛 부인이 가볍게 항변했다.

"그 사람은 없어도 돼요. 한 사람만 더 있어도 우리가 집세를 덜 내는 데 크게 도움이 되니까요. 굳이 두 명까지 있을 필욘 없어요." 윌킨스 부인이 말했다.

"하지만 그분도 안 될 이유는 없죠. 우리가 원하는 조건에 부합하는 것 같잖아요."

"네, 편지로는 그럴 것 같기도 해요." 윌킨스 부인이 미심쩍은 듯 말했다.

윌킨스 부인은 레이디 캐럴라인이 내키지 않는 듯했다. 그들이 하는 일을 생각하면 믿기 힘들지만, 윌킨스 부인은 귀족들과 만난 적이 한 번도 없었다.

그들은 레이디 캐럴라인과 만나 얘기했고, 다른 지원자인 피셔 부인과도 만나보았다.

레이디 캐럴라인은 섀프츠베리 애비뉴에 있는 클럽으로 왔는데, 알고 지내는 모든 사람에게서 벗어나고픈 한 가지 큰 열망에만 사로잡힌 것 같았다. 그녀는 클럽과 아버스넛 부인과 윌킨스 부인을 보고는 자신이 원하는 것이 바로 여기에 있다고 확신했다. 캐럴라인은 이 팀과 합류하면 사랑해마지않는 이탈리아에 갈 수 있고, 끔찍이 싫어하는 호텔에 머물지 않아도 되며, 마음에 들지 않는 사람들과 함께 있지 않아도 됐다. 아는 사람에 관해서는 단 한마디도 하지 않을 완벽한 이방인들과 함께 있게 되는 것도 좋았다. 그들은 자신이 아는 사람들을 만난 적이 없고, 만날 수도 없었을 것이며, 앞으로 만날 일도 없기 때문이었다. 레이디 캐럴라인은 제4의 인물에 관해서 몇 가지 질문을 했고 대답에 만족했다. 남편을 여의고 프린스 오브 웨일스 주택가에 사는 피셔 부인. 그녀 역시 자신의 친구들과는 일면식도 없을 터였다. 레이디 캐럴라인은 프린스 오브 웨일스 주택가가 어디에 있는지조차 몰랐다.

"런던에 있어요." 아버스넛 부인이 말했다.

"그래요?" 레이디 캐럴라인이 말했다.

모든 조건이 완벽해 보였다.

피셔 부인은 지팡이 없이는 걸을 수 없어서 클럽에 올 수 없었다. 그래서 아버스넛 부인과 윌킨스 부인이 만나러 갔다.

"클럽에 못 오는데 이탈리아에는 어떻게 갈 수 있지?" 윌킨스 부인이 의아하게 생각하다 자기도 모르게 소리 내어 말했다.

"부인 입으로 직접 들어보죠, 뭐." 아버스넛 부인이 말했다.

꼬치꼬치 캐묻는 질문에 피셔 부인이 직접 답하길, 기차에 앉아 있는 것과 걸어 다니는 것은 다르다고 했다. 그들도 그건 익히 알았다. 어쨌든 지팡이만 제외하면 피셔 부인이 네 번째 동행인이 되기에 가장 바람직해 보였다. 조용하고, 교양 있고, 나이도 있었다. 피셔 부인은 그들이나 레이디 캐럴라인(캐럴라인 말로는 자기가 스물여덟 살이라고 했다)보다 훨씬 나이가 많았지만 적극성을 잃을 정도는 아니었다. 실제로 꽤 점잖았고, 남편이 죽은 지 11년이 지났는데도 여전히 검은 정장을 갖춰 입고 있었다. 부인의 집은 고인이 된 빅토리아 시대 사람들의 서명이 있는 사진들로 가득했다. 모두 부인이 어렸을 때부터 알고 지내던 사람들이라고 했다. 부인의 아버지가 유명한 비평가였던 덕분에 부인은 집에서 문학계와 예술계 사람들을 실제로 만났다고 했다. 칼라일•은 부인을 보고 얼굴을 찡그렸고, 매슈 아널드••는 부인을 무릎 위에 앉혔다. 테니슨•••은 부인의 땋은 머리 길이에 대해 격조 있게 놀렸다. 부인은 신이 나서 지팡이로 서명을 짚어가며 벽에 가득 걸려 있는 사진들을 그들에게 하나하나 소개했다. 그러나 남편에 관해서는 아무 말도 하지 않았고, 방문객들의 남편에 관

• 영국의 역사가이자 사상가인 토머스 칼라일(1795~1881).

•• 영국의 시인이자 평론가인 매슈 아널드(1822~1888).

••• 영국의 계관시인 앨프리드 테니슨(1809~1892).

해서도 일절 묻지 않았다. 덕분에 두 사람은 크게 안심했다. 사실 피셔 부인은 그들 역시 사별했을 거라고 생각하는 듯했다. 네 번째 동행인이 누구냐는 물음에 캐럴라인 데스터라고 말하자 "그 사람도 사별했나요?"라고 물었던 것이다. 그들이 레이디 캐럴라인은 아직 결혼하지 않았다고 설명하자 부인은 정신을 딴 데 팔고 있었는지 '머지않아'라는 엉뚱한 소리를 했다.

피셔 부인은 자기가 알고 지낸 흥미로운 사람들과 그들의 기념사진에 푹 빠져 아주 멍한 상태였고 인터뷰하는 내내 칼라일과 메러디스, 매슈 아널드, 테니슨, 그리고 다른 많은 사람과 얽힌 일화를 소개하느라 여념이 없었다(부인이 몰두한 것은 의외로 신원보증서였다). 부인은 햇살 좋은 곳에 조용히 앉아 옛 추억을 되새기기만 하면 된다고 말했다. 그야말로 아버스넛 부인과 윌킨스 부인이 집을 공유하는 사람에게 바라는 거의 전부였다. 피셔 부인이 햇살 좋은 곳에서 조용히 앉아 옛일을 회상하다가 토요일 저녁이 되면 몸을 일으켜 자기 몫의 비용을 지불하는 장면은 그들이 생각하는 완벽한 그림이었다. 피셔 부인은 꽃을 매우 좋아한다고도 말했다. "한번은 박스 힐에서 아버지와 주말을 보냈는데……."

"박스 힐에는 누가 살았는데요?" 피셔 부인이 옛 추억에 푹 빠져 있는데 윌킨스 부인이 끼어들었다. 윌킨스 부인은 위대한 사람들을 실제로 보았고, 그들이 이야기하는 것을 들었으며 그들을 만지기까지 했던 사람과 직접 마주하고 있다는 데 상당히 흥분한 상태였다.

피셔 부인은 놀라서 안경테 너머로 윌킨스 부인을 건너다 보았다. 윌킨스 부인은 피셔 부인이 들려주는 얘기에서 얼른 핵심을 파악하고 싶은데, 혹시 아버스넛 부인이 가자고 해 이야기의 절반도 못 들을까봐 안달이 나서 벌써 몇 번째나 피셔 부인이 말하는 데 끼어들어 무례한 질문을 했다.

"당연히 메러디스죠." 피셔 부인이 즉시 대답했다. "어느 주말이 기억나요." 부인이 계속 말을 이었다. "아버지가 종종 나를 데리고 다니셨지만, 난 언제나 이 주말만 특히 기억나요."

"키츠•도 알고 지내셨어요?" 윌킨스 부인이 못 기다리겠다는 듯 끼어들었다.

잠시 후 피셔 부인은 키츠와 셰익스피어는 알고 지내지 못했다고 비꼬듯 말했다.

"아, 맞아요. 제가 이렇게 바보 같다니까요!" 윌킨스 부인이 얼굴을 붉히며 소리쳤다. "그게 그러니까……." 윌킨스 부인이 허둥대며 변명했다. "만세에 이름을 남기는 분들은 늘 살아 있는 것 같잖아요. 마치 주변에 있어서 언제든 방으로 걸어 들어올 것 같고 말이죠. 그래서 위인들이 죽었다는 사실을 잊게 돼요. 실은 그들이 죽지 않았다는 걸 사람들은 완벽하게 잘 알아요. 심지어 지금 부인과 제가 죽지 않은 것과 거의 비슷하게 말이에요." 안경 위로 유심히 살피는 피셔 부인에게

• 영국의 시인 존 키츠(1795~1821).

윌킨스 부인이 힘주어 말했다.

“전 며칠 전에도 키츠를 본 것 같아요.” 윌킨스 부인이 피셔 부인의 눈초리에 떠밀려 앞뒤 맥락 없는 소리를 계속했다. “햄프스테드에서, 그러니까 그 사람이 사는 집 앞 거리를 걷고 있는데…….”

아버스넛 부인이 가야 한다고 말했다.

피셔 부인도 굳이 그들을 막지 않았다.

“진짜 본 것 같다니까요.” 윌킨스 부인이 얼굴을 붉으락푸르락해가며 믿어달라는 듯 처음에는 이 사람을, 다음에는 저 사람을 넘겨다보았고, 안경 위로 올려다보는 피셔 부인의 끈질긴 눈빛 때문에 이제는 도저히 말을 멈출 수가 없는 눈치였다. “전 봤다고 믿어요. 그 사람 입은 옷이…….”

이제 아버스넛 부인도 윌킨스 부인을 쳐다보았고, 최대한 상냥한 목소리로 점심에 늦겠다고 말했다.

이 시점에서 피셔 부인이 신원보증서를 요구했다. 부인은 환각을 일으키는 사람과 한 달 동안 어쩔 수 없이 함께 있고 싶지는 않았다. 산 살바토레에는 정원과 흉벽 외에도 응접실이 세 개 있어서 윌킨스 부인과 함께 있지 않아도 될 것 같긴 했지만, 예를 들어 윌킨스 부인이 갑자기 피셔 씨가 보인다고 우겨대면 피셔 부인으로선 상당히 난감할 것 같았다. 죽은 피셔 씨는 죽은 대로 놔둬야 하는 법인데 말이다. 피셔 씨가 정원을 서성이고 있다는 말은 듣고 싶지 않았다. 피셔 부인이 원하는 유일한 보증서는 윌킨스 부인의 건강에 관한 것이었다. 피셔 부인은 자신에게 문제가 될 의심스러운 동료를 옆에 두기에는 너무 나이가 많고 세상에서 차지하는 위치도 확고했다. 저 여자의 건강에는 문제가 없을까? 과연 저 사람이 일상을 제대로 영위하는 분별 있는 여사인가? 피셔 부인은 주소만 알아도 필요한 정보를 알아낼 수 있을 것 같았다. 그래서 신원보증서를 요구했고, 두 여자는 깜짝 놀랐다. 윌킨스 부인이 즉시 제정신을 차리고는 덧붙였다. "네, 그러셔야죠."

윌킨스 부인이 우선 그렇게 말했다. "하지만 신원보증서는 저희가 부인께 요구해야 하는 것 아닌가요?"

아버스넛 부인도 뒤늦게 이게 옳은 태도라고 생각했다. 분명 피셔 부인을 일행에 넣고자 하는 사람들은 그들이지 피셔 부인이 그들을 산 살바토레에 데려가려고 하는 건 아니지 않은가!

그에 대한 대답으로 피셔 부인은 지팡이에 의지한 채 필기용 테이블에 가서 펜을 단단히 잡고는 이름 세 개를 쓴 다음 윌킨스 부인에게 건넸다. 종이에 적힌 이름들은 아주 훌륭하고, 게다가 굉장히 중요하고 위엄 있는 사람들이어서 이름을 읽는 것만으로 충분했다. 로열 아카데미 원장, 캔터베리 대주교, 영국 은행 총재. 누가 감히 여성 친구의 자격을 묻는 질문으로 그런 유명 인사들의 명상을 방해할 수 있단 말인가?

"모두 어릴 때부터 알던 사람들입니다." 피셔 부인이 말했다. 부인은 어릴 때부터 모르는 사람이 없는 모양이었다.

"신원보증이란 게 품위 있는 사람들 사이에서는 전혀 필요

없는 것 같군요." 궁지에 몰리자 더욱 용기백배한 윌킨스 부인이 버럭 내질렀다. 자신은 아무 문제 없이 신원보증서를 받을 수 있는 곳이 '슐브레드'뿐이고 그나마도 멜러시의 생선 때문에 알게 된 사이이므로 딱히 자신이 없었다. "우리가 함께 일을 할 것도 아니잖아요. 서로 불신할 필요는……."

그리고 아버스넛 부인도 다정하지만 위엄 있는 목소리로 말했다. "신원보증서 때문에 우리 휴가 계획이 이상한 방향으로 흘러갈까봐 걱정이에요. 그러니 저희가 부인의 보증서를 받지도 말고 부인에게 저희들 것을 주지도 않는 게 좋겠습니다. 부인이 저희와 함께 있고 싶지 않을 수도 있으니까요."

그리고 아버스넛 부인이 손을 내밀어 작별 인사를 청했다.

그러자 영국 지하철 임원들 사이에서도 신뢰와 호감을 주는 피셔 부인이 아버스넛 부인을 바라보며 특별한 조건이 제공되는 이탈리아에서의 휴가를 놓치는 것은 어리석은 일이고, 혹시 윌킨스 부인이 공격을 해도 자신과 이 차분한 여인이 다른 한쪽을 억제하면 되리라 생각했다. 그래서 아버스넛 부인이 내민 손을 잡으며 말했다. "좋아요. 내가 신원보증서를 포기할게요."

피셔 부인이 신원보증서를 포기했다.

두 사람은 켄싱턴 하이 스트리트에 있는 역으로 걸어가면서 역시 이렇게 하는 게 가장 이상적이라고 생각할 수밖에 없었다. 실수에 대한 변명을 남발하는 아버스넛 부인조차 피셔 부인이 다른 말을 했을 수도 있다고 생각했다. 그리고 역에 도착할 무렵 우산을 쓴 사람들로 복잡한 도로를 힘겹게 건넌 윌킨스 부인은 피셔 부인이 신원보증서를 포기하게 만든 데 피가 뜨거워지는 걸 느꼈다.

"만약 포기를 해야 한다면 우리가 합시다." 윌킨스 부인이 간절히 말했다.

아버스넛 부인은 늘 그러듯 윌킨스 부인을 말렸다. 이제 기차에서 마음을 가다듬은 윌킨스 부인은 피셔 부인이 분명 산 살바토레에 가면 자신의 수준에 맞는다고 여기게 될 거라고 말했다. "거기에서 잘 적응하는 피셔 부인의 모습이 내 눈에는 보여요." 부인이 눈을 반짝이며 말했다.

그러자 손을 포개고 조용히 앉아 있던 아버스넛 부인은 마음속으로 윌킨스 부인이 많을 걸 보지 못하게 하려면, 혹은 보더라도 아무 소리 못 하게 하려면 어떻게 해야 할까 곰곰이 생각해보았다.

4

아버스넛 부인과 윌킨스 부인은 3월 31일 저녁에 산 살바토레에 도착할 수 있도록 함께 떠나기로 했다. 그곳에 가는 방법을 말해준 주인은 그들이 4월 1일에 일정을 시작하지 않으려는 데 감사했다. 레이디 캐럴라인과 피셔 부인은 아직 서로 모르는 사이였으므로 공연히 다 같이 지루하게 여행할 필요는 없었다. 두 사람은 4월 2일 아침에 도착해 서로 소개하면서 알아가면 될 터였다. 이런 식으로 하면 집은 공평하게 나눠 쓰되 상대적으로 더 손님 같은 나머지 두 사람을 위한 준비에도 소홀하지 않을 것 같았다.

3월 말로 접어들면서 불쾌한 일들이 있었다. 윌킨스 부인이 불안해서 미칠 것 같고 죄책감과 공포와 투지가 뒤섞인 표정으로 이탈리아로 초대받았다고 말했지만 남편은 믿지 않았다. 당연히 남편은 그 말을 믿으려 하지 않았다. 아내는 여태 한 번도 이탈리아에 초대된 적이 없었으니까. 전례가 없었다. 남편은 그 말을 믿을 수 있도록 증명해내라고 했다. 윌킨스 부인이 내세울 만한 사람은 아버스넛 부인뿐이어서 결국 아버스넛 부인을 이탈리아로 초대한 지인으로 내세웠다. 그것도 간절하고도 열정적으로 설득해야 했다. 아버스넛 부인은 윌킨스 씨를 대면하고 전혀 사실이 아닌 말을 하게 되리라고는 상상도 못 했던 터라 부인이 한동안 의심해오던 것, 즉 자신이 점점 신에게서 멀어지고 있음을 뼈저리게 느꼈다.

사실 3월 내내 기분 나쁘고 걱정스러운 일들이 이어졌다. 어수선한 한 달이었다. 수년간 착실히 산 덕분에 아버스넛 부인은 양심이 바르고 도덕적 기준이 높아서 지금 하고 있는 일을 제대로 받아들이지 못했다. 마음이 안정되지 않았고, 기도할 때도 좌불안석이었다. '너 위선자 아니니? 그게 정말 네 진심이야? 솔직히 그 기도에 응답을 받으면 실망하지 않을 수 있겠어?' 같은 괴로운 질문들 때문에 신의 인도를 바라고 원할 수 없었다.

축축하고 쌀쌀한 날씨가 이어지면서 가난한 사람들 사이에 평소보다 아픈 환자가 많이 발생해 양심의 가책은 더 커졌다. 기관지염을 앓거나 열이 나거나 끝없는 고통에 시달리는 사람들을 놔두고 오로지 행복해지겠답시고 귀한 돈을 써서 멀리 달아날 생각을 하다니. 여자 하나. 행복해지려는 여자 하나와 이 수많은 불쌍한 사람…….

아버스넛 부인은 목사의 얼굴을 쳐다볼 수 없었다. 목사는 물론이고 아무도 그녀가 무엇을 할 계획인지 알지 못했지만 처음부터 부인은 어느 누구의 얼굴도 똑바로 볼 수 없었다. 돈을 모금하기 위한 연설도 마다했다. 어떻게 자신의 즐거움만을 위해 그렇게 많은 돈을 쓰면서 사람들 앞에 당당히 서서 돈을 달라고 부탁할 수 있단 말인가! 사실 아버스넛 부인은 낭비하고 있는 돈을 벌충하고자 프레더릭에게 돈을 좀 달라고 했고, 남편이 바로 100파운드짜리 수표를 주었지만 아버스넛 부인에게는 전혀 도움이 되지 않았으며 시끄러운 속이 잠잠해지지도 않았다. 프레더릭은 아무것도 묻지 않았다. 아버스넛 부인은 얼굴이 시뻘게졌다. 프레더릭은 잠시 아내를 쳐다보고는 외면해버렸다. 아내가 돈을 좀 받아주는 게 프레더릭으로서는 오히려 다행이었다. 아내는 즉시 그 돈을 전부터 일하던 협회에 몽땅 줘버렸고, 자신이 지금 벌이는 일에 대한 의심은 전보다 더 커졌다.

반면 윌킨스 부인은 의심하지 않았다. 부인은 휴가를 가는 건 실로 적절한 일이고, 행복해지는 데 열심히 모아둔 돈을 쓰는 건 옳을 뿐 아니라 아름답다고 굳게 믿었다.

"돌아왔을 때 우리가 얼마나 더 멋진 사람이 되어 있을지 생각해봐요." 윌킨스 부인이 얼굴이 핼쑥해진 아버스넛 부인을 설득했다.

윌킨스 부인은 의심하지 않았지만 두렵기는 했다. 3월 한 달은 그녀에게도 몹시 불안한 달이었다. 아무것도 모르는 남편은 매일 저녁 마음 편히 생선을 먹었다.

일도 아주 이상하게 돌아갔다. 일이 진행되는 방식이 얼마나 어색한지 놀라울 따름이었다. 3월 내내 윌킨스 부인은 멜러시가 좋아하는 음식을 평소보다 더 정성 들여 요리해냈고, 멜러시는 매우 흡족해했다. 얼마나 기분이 좋았던지 멜러시는 자기가 잘못된 사람과 결혼한 게 아닌가 하는 종전의 의심 대신 이상적인 아내와 결혼한 걸지도 모른다고 생각하기 시작했다. 결국 그달 세 번째 일요일이 돼서야 윌킨스 부인은 남편에게 이탈리아 건을 언제 어떻게 알릴지 떨리는 심정으로 계획을 세웠다. 3월에는 일요일이 다섯 번이고 다섯 번째 일요일에 아버스넛 부인과 함께 출발하기로 되어 있었으므로 네 번째 일요일에는 멜러시에게 친구가 이탈리아로 초대했다는 말을 해야 했다. 그런데 세 번째 일요일에 멜러시가 입에서 사르르 녹는 요크셔푸딩과 완벽 그 자체인 살구 타르트로 구성된 훌륭한 점심을 말끔히 먹고 난 뒤 거센 빗방울이 창문을 때리는 가운데 발갛게 타오르는 난롯가에서 담배를 피우다 말고 말했다. "부활절에 당신을 이탈리아로 데려갈 생각이오." 그러고는 아내가 놀라고 감탄하고 흥분하기를 기다렸다.

그러나 아무 반응이 없었다. 창을 두드리는 빗방울과 타닥타닥 타오르는 화톳불 소리 외에는 적막만이 감돌았다. 윌킨스 부인은 아무 말도 할 수 없었다. 입이 얼어붙은 것 같았다. 다음 일요일에 남편에게 계획을 얘기할 작정이었고 아직 어떤 식으로 말을 꺼내야 할지 미처 준비도 돼 있지 않은 상태였다.

윌킨스 씨는 전쟁 이후로 해외에 나간 적이 없었는데, 몇 주에 걸친 비바람과 궂은 날씨가 지긋지긋해져서 부활절에는 영국 밖으로 나가고 싶다는 바람을 서서히 품게 되었다. 하는 일이 매우 잘되고 있어서 여행 갈 여유도 있었다. 스위스는 4월에 가기엔 별 매력이 없었다. 이탈리아라면 부활절에 가도 좋으리란 소리도 들은 것 같았다. 그도 이탈리아라면 가고 싶었다. 아내를 데려가지 않으면 원성을 살지도 몰라서 반드시 데려가야 했다. 게다가 아내를 데려가면 쓸모도 있을 것 같았다. 언어가 통하지 않는 나라에서 짐을 지키려면 두 사람이 필요하니까.

윌킨스 씨는 아내가 고맙고 들떠서 폭발적인 반응을 보이리라 기대했는데 아무 일도 일어나지 않자 어안이 벙벙했다. 아내가 말도 안 되는 백일몽에 빠져 있느라 듣지 못한 모양이라고 결론을 내렸다. 아직도 저렇게 유치하다니 한심했다.

난로 앞에 나란히 앉아 있던 윌킨스 씨는 고개를 돌려 아내를 보았다. 아내는 불을 똑바로 들여다보았고, 불빛에 반사되어 얼굴이 벌겠다.

"나 말이오." 그런 순간에 말이 제대로 전달되지 않으면 매우 유감스러울 것 같아 윌킨스 씨는 목청을 가다듬은 뒤 크고 분명한 목소리로 같은 말을 반복했다. "부활절에 당신 데리고 이탈리아로 갈 생각이야. 내 말 못 들었소?"

당연히 윌킨스 부인은 남편의 말을 들었고, 이 범상치 않은 우연에 놀라고 있었다. 금방이라도 친구에게 초대를 받았고, 친구가 초대를 했고, 부활절에, 마침 부활절에, 4월에, 이탈리아에 집이 있는 친구가, 초대를 했다고 말하려던 참에.

사실 윌킨스 부인은 공포와 죄책감과 놀라움에 사로잡혀서(그게 가능한지는 모르겠지만) 평소보다 남편의 말을 더 건성으로 듣고 있었다.

끔찍한 오후였다. 자신의 계획이 엉망진창이 된 데 격분한 윌킨스 씨는 최대한 엄중하게 아내를 문초했다. 그는 아내가 친구의 초대를 거절해야 한다고 주장했다. 자신에게 물어보지도 않고 그런 말도 안 되는 초대를 받아들였으니 당연히 편지를 써서 초대 수락을 없던 일로 해야 한다고 우겼다. 아내가 충격적일 정도로 완고하게 나오자 윌킨스 씨는 아내가 이탈리아에 초대받았다는 사실 자체를 믿지 않으려 했다. 그때껏 아버스넛이라는 이름을 들어본 적도 없었으므로 더더욱 믿을 수 없었다. 그러다 아버스넛 부인이 어렵사리 불려와 진실이 아닌 지어낸 이야기로 윌킨스 부인의 말을 입증하자 윌킨스 씨도 비로소 믿어주었다. 아버스넛 부인을 믿지 않을 수 없었던 것이다. 아버스넛 부인은 직장에서처럼 윌킨스 씨에게도 신뢰가 가고 안정감 있는 인상을 남겼다. 부인은 거의 아무 말도 할 필요가 없었다. 그에게 불충분한 인상을 남겼다는 걸 잊지 못할 듯했지만 양심에는 별 차이가 없었다. 부인은 양심에 대고 물어보았다. '불충분한 표현과 명백한 거짓말이 뭐 그렇게 달라? 어차피 신은 모르는데.'

남은 3월 동안은 복잡한 악몽을 꾸는 것 같았다. 아버스넛 부인과 윌킨스 부인은 완전히 지쳐버렸다. 그러지 않으려 노력했지만 둘 다 심한 죄책감에 시달렸다. 그리고 30일 아침 마침내 이탈리아로 떠나게 됐을 때는 출발에 대한 기쁨도 휴가에 대한 기대도 전혀 느낄 수 없었다.

"우린 너무 잘해왔어요. 지나칠 정도로요." 그들은 예상 시간보다 한 시간이나 일찍 빅토리아역에 도착했고, 윌킨스 부인은 플랫폼을 오르내리며 계속 중얼거렸다. "그래서 우리가 지금 잘못하고 있는 게 아닌가 걱정이 되는 거예요. 우린 늘 강요당했고, 그래서 더는 진정한 인간이 아니에요. 진정한 인간이라면 우리처럼 늘 착하기만 할 순 없어요. 우리가 지금 바로 이 역에서 출발을 앞두고 꼭 행복해져야 한다고 생각하는 걸 보면 우리가 여태 행복하지 않았던 게 틀림없어요. 우리가 다른 사람들을 망쳤다는 이유로 우리도 그렇게 돼가고 있잖아요. 우리가 한 일이 도대체 뭔지 알고 싶어요." 윌킨스 부인이 여윈 손을 불끈 쥐며 아버스넛 부인에게 화가 나서 물어보았다. "우리가 딱 한 번 우리끼리 멀리 가서 좀 쉬겠다는데 그게 그렇게 잘못된 건가요?"

아버스넛 부인은 천천히 걸을 뿐 윌킨스 부인이 말하는 그들이 누구인지 묻지 않았다. 묻지 않아도 알았다. 바로 각자의 남편들이었다. 프레더릭도 자기 아내가 떠나는 데 대해 멜러시만큼이나 화가 났으리라 추측하고 하는 말이었지만, 사실 프레더릭은 아내가 가는 것도 몰랐다.

아버스넛 부인은 남편 얘기를 잘 하지 않았고, 윌킨스 부인에게도 이야기하지 않았다. 프레더릭은 부인의 가슴속에 너무 깊이 숨겨져 있었다. 그는 이번에도 끔찍한 책 한 권을 마감하느라 바빴고, 지난 몇 주 동안 사실 계속 밖에 나가 있었으며, 부인이 여행길에 나설 때도 집에 없었다. 그러니 부인은 미리 얘기할 필요를 느끼지 못했다. 물론 아버스넛 부인은 자기가 무슨 일을 하든 남편은 반대하지 않으리라는 게 너무 비참해서 그냥 간단히 메모를 써 남편이 집에 돌아오면 볼 수 있도록 복도 장식 테이블 위에 올려두었다. 메모에는 한동안 일만 열심히 했더니 쉬고 싶어서 한 달간 휴가를 갈 것이고, 일 잘하는 하녀 글래디스에게 불편하지 않게 시중을 들어달라 부탁해놓았다고 썼다. 어디에 가는지는 말하지 않았다. 그래야 할 이유가 없었다. 남편은 관심이 없을 테고 신경도 쓰지 않을 게 뻔했다.

그날은 비바람 불고, 날씨가 엉망진창이었다. 바다를 건너

가는 일은 끔찍했고, 그들은 몹시 아팠다. 그러나 많이 아프고 난 뒤 칼레•에 멀쩡하게 도착한 것만으로도 기뻤고, 그제야 비로소 그들이 하려는 일이 얼마나 대단한지 실감이 나면서 처음으로 기분이 좋아지기 시작했다. 처음에는 윌킨스 부인만 조금 들떴지만, 곧 창백하던 아버스넛 부인의 얼굴에도 홍조가 번졌다. 칼레에서는 윌킨스 부인이 멜러시가 먹고 있지 않은 가운데 가자미를 먹어보고 싶다고 했고, 그렇게 함으로써 원기를 되찾았다. 칼레에서 이미 멜러시 생각은 점점 줄어들었고 덜 중요하게 여겨졌다. 프랑스의 짐꾼들 누구도 멜러시를 알지 못했다. 칼레에 있는 공무원 중 그 누구도 멜러시 따위에 신경 쓰지 않았다. 파리에서는 기차가 늦어져 리옹역에서 토리노선을 잡아타야 했으므로 멜러시를 생각할 겨를이 없었다. 그리고 다음 날 오후에 이탈리아에 들어서자 영국도, 프레더릭도, 멜러시도, 목사도, 가난한 사람도, 햄프스테드도, 클럽도, 슐브레드도, 지긋지긋하고 짜증 나는 모든 사람과 모든 것이 꿈처럼 아련하게 사라져버렸다.

5

놀랍게도 이탈리아는 날씨가 흐렸다. 그들은 눈부신 햇빛

• 도버 해협에 면한 프랑스의 항구도시.

을 기대했었다. 그러나 걱정하지 않았다. 다른 어느 곳도 아닌 이탈리아였고, 구름도 뭉게구름이었으니까. 두 사람 다 이탈리아는 초행이었다. 둘은 넋 나간 표정으로 창밖을 내다보았다. 해가 있는 동안은 시간이 쏜살같이 지나갔고, 그 뒤로는 그곳으로 가까이, 더 가까이, 꽤 가까이 가고 있다는 데 흥분했다.

제노바에서는 비가 오기 시작했다, 제노바라니! 그다지 특별한 것 없다는 듯 역에 무심하게 붙은 제노바라는 이름을 직접 보리라고 상상이나 했겠는가! 네르비•에 이르자 비가 억수같이 퍼부었고, 기차가 또 연착해서 자정 무렵에야 겨우 메차고에 도착했을 때는 비 때문에 앞이 하나도 보이지 않았다. 그러나 이탈리아 아닌가! 나쁠 건 하나도 없었다. 비만 봐도 확실히 달랐다. 비가 정확히 수직으로 우산에 떨어졌다. 사방팔방으로 어지럽게 날리는 영국의 비와는 달랐다. 비는 곧 그쳤고, 비를 머금은 땅은 온통 장미 천지일 터였다.

산 살바토레의 주인인 브리그스 씨는 메차고에서 내린 다음은 마차를 타야 한다고 말했다. 그러나 이탈리아에서는 간혹 기차가 늦는다는 익숙한 사실을 잊었고, 세입자들이 8시에 메차고에 도착하면 골라 탈 수 있는 마차가 얼마든지 있으리라 생각했다.

기차는 네 시간이나 늦었다. 아버스넛 부인과 윌킨스 부인

● 이탈리아 북서부의 어촌.

은 손에 든 짐 때문에 치맛자락을 시키면 물웅덩이에 끌어가며 사다리처럼 높은 계단을 비틀비틀 내려왔다. 그때 산 살바토레의 정원사인 도메니코가 미리 신경을 써주지 않았다면 그들이 타고 갈 교통편이 하나도 없을 뻔했다. 일반 마차는 모두 영업을 마치고 집에 들어간 지 오래였다. 이런 상황을 예견한 도메니코가 숙모의 아들이자 그의 사촌이 모는 숙모의 마차를 보냈다. 숙모의 마차는 카스타네토라는 산 살바토레 어귀 마을에 주차되어 있었으므로 기차가 아무리 늦어도 손님들을 집으로 데려올 수 있었다.

도메니코의 사촌인 베포가, 기차에서 내린 뒤 어떻게 해야 할지 모르고 어둠 속에 서 있는 아버스넛 부인과 윌킨스 부인에게 보내졌다. 두 사람은 기차에서 내렸는데도 짐꾼이 보이지 않자 직감적으로 자신들이 플랫폼이 아니라 철로 위에 서 있다고 생각하고는 안절부절못했다.

그들을 찾으러 온 베포가 어둠 속에서 덮치듯 뛰어나와 이탈리아어로 크게 소리를 질렀다. 베포는 아주 괜찮은 청년이었지만 불행하게도 외모는 그렇지 않았고(특히 어두운 데서는), 모자까지 한쪽으로 삐딱하게 눌러쓰고 있었다. 베포가 짐 가방을 낚아채자 두 사람은 화들짝 놀랐다. 그들은 이 이상한 사람이 짐꾼일 리 없다고 생각했다. 그러나 베포가 속사포처럼 쏟아내는 말 속에서 산 살바토레라는 단어를 알아듣고, 그 후로 자신들이 아는 유일한 이탈리아어인 그 단어를 계속 반복하며 짐 가방을 시야에서 놓치지 않으려고 철로를 가로지르고 웅덩이에 빠져가며 작고 높은 마차가 서 있는 길로 비틀거리며 따라갔다.

마차의 덮개는 열려 있었고, 말은 생각에 잠긴 듯했다. 두 사람은 마차 안으로 기어 들어갔다. 그들이 안에 들어가자(사실 윌킨스 부인은 미처 다 타지도 않았다) 몽상에서 깨어난 말은 곧장 집으로 내달리기 시작했다. 베포도 없이, 짐 가방도 없이.

베포는 밤공기가 쩌렁쩌렁 울리도록 고함을 질러가며 뒤를 쫓아와 때맞춰 고삐를 잡아챘다. 그는 방금 한 행동이 완벽했다고 생각하고는 말이 혈기 왕성해서 항상 저런다고, 자기가 말을 아들처럼 보살펴준다고 자랑삼아 늘어놓았지만 부인들은 많이 놀랐는지 서로를 꼭 끌어안고는 아무 반응을 보이지 않았다. 그러거나 말거나 베포는 분명하고 큰 목소리로 알아듣기 어려운 말을 지껄였고, 그들은 멍하니 베포를 쳐다보기만 했다.

베포는 조만간 그들도 자기 말을 이해하리라 믿으며 최대한 말을 크게 하고 몸동작을 단순하게 표현해가며 짐을 실었지만, 그들은 계속 그를 바라보기만 했다. 베포는 두 사람 다 얼굴이 희고 피곤한 기색이 역력한 데다 눈이 크고 힘들어 보여서 안타까웠다. 베포는 짐 가방(트렁크는 없고 다소 작은 여행 가방뿐이었다) 위로 그가 하는 모든 행동을 주의 깊게 살피는 아름다운 여인들이 성모 마리아를 닮았다고 생각했다. 두 사람은 마차가 출발하고도 미덥지 않은지 몇 분에 한 번씩 운전석에 앉은 베포를 불러 쳐다보게 한 다음 "산 살바토레?"

라고 계속 같은 말만 반복했다.

그러면 베포는 번번이 큰 소리로 격려하듯 소리쳤다. "시, 시, 산 살바토레."

"저 사람이 우리를 제대로 데려가고 있는지 모르겠어요." 아버스넛 부인이 나지막이 말했다. 그들은 오랫동안 마차를 타고 간 다음 고요히 잠든 마을의 포장도로에 접어들었다. 왼편에는 낮은 담벽에 보이지 않았고 그 위로 깜깜하고 아득한 어둠과 바닷소리만 느껴졌다. 오른쪽에는 가깝고 높고 경사진 검은 바위 같은 것이 있었다. 그들은 서로의 귀에 대고 거대한 바위 같다고 속삭였다.

그들은 굉장히 불안했다. 너무 늦은 시각이었고, 너무 어두웠다.

길에는 인적이 드물었다. 그런 곳에서 바퀴가 빠지거나 파시스트 혹은 파시스트의 반대파를 만난다면……. 이제 그들은 제노바에서 자고 다음 날 아침이 밝을 때 출발하지 않은 걸 진심으로 후회했다. "그랬다면 4월 1일이 됐을 거잖아요." 윌킨스 부인이 목소리를 낮춰 말했다.

"지금이 4월 1일이에요." 아버스넛 부인이 소곤거렸다.

"그러게요." 윌킨스 부인이 중얼거렸다.

두 사람은 입을 다물었다.

베포가 운전석에서 뒤를 돌아보고는(말을 조심해서 몰아야 하는데 아까부터 자꾸 이렇게 불안한 행동을 했다) 스스로 명쾌하다고 확신하는 내용을 제대로 설명하고 싶은지 행동을 곁들여 계속 그들에게 말을 걸었다.

두 사람은 어렸을 때 부모님들이 이탈리아어를 배우게 해줬으면 얼마나 좋았겠냐고 한탄했다. 지금 이탈리아어를 알았다면 이렇게 말했을 것이다. '좀 똑바로 앉아서 말이나 제대로 몰아요.' 그러나 그들은 말이 이탈리아어로 무엇인지조차 몰랐다. 무식이 한이었다.

그들에게 무슨 일이 일어났을 때 바다에 빠지지 않게끔 그들을 보호해줄 수 있는 거라곤 오른편의 낮은 벽밖에 없고, 길은 거대한 바위 옆으로 구불구불 나 있는 게 걱정돼서 베포에게 앞쪽을 가리키며 손짓 발짓 해가며 신호를 보내기 시작했다. 그들은 베포가 다시 뒤를 돌아 말을 제대로 몰아주기를 바랐다. 그게 다였다. 그런데 베포는 그들이 더 빨리 운전하라고 하는 줄 알고 기대에 부응하고자 십 분 동안 무섭게 질주했다. 베포는 그렇게 빨리 달릴 수 있는 말이 자랑스러웠다. 베포가 자리에서 일어나 채찍을 내리치자 말이 앞으로 내달렸고, 바위는 그들을 향해 다가왔다 멀어졌으며, 작은 마차는 요동쳤다. 아버스넛 부인과 윌킨스 부인이 끌어안고 있는 짐 가방이 들썩거렸다. 이런 식으로 요동치고 들썩거리고 쨍그랑거리고 대롱대롱 매달린 채 카스타네토 근처에 이르자 갑자기 길이 위로 솟았고, 경사가 시작되는 입구에 도착하자마자 말이 갑자기 걸음을 멈추는 바람에 마차 안에 있는 모든 것이 앞으로 무너져 내렸다. 그러고는 말은 아무 일 없다는 듯 천천히 위로 계속 걸어갔다.

베포는 말에 대한 자부심으로 껄껄 웃으며 그들의 동의를 구하려고 또 몸을 틀었다.

아름다운 부인들은 따라 웃어주지 않았다. 베포에게 고정된 눈은 어느 때보다 컸고, 까만 밤이었는데도 얼굴은 백지장처럼 하얘 보였다.

그러나 적어도 비탈길에 올라서고 나니 집들이 보였다. 바위가 물러나고 집들이 나타난 것이다. 낮은 벽이 사라졌다. 바다가 없어졌고, 파도 소리가 그쳤으며, 적막한 길도 끝이 났다. 물론 어디에도 빛은 없었고, 지나가는 사람도 없었다. 집이 나타나자 베포가 어깨 너머로 건너다보며 '카스타네토'라고 부인들에게 소리를 질렀고 다시 한번 자리에서 벌떡 일어서더니 채찍을 휘둘러 말을 내달리게 했다.

"우리 곧 거기 도착하겠죠." 아버스넛 부인이 간신히 견디며 혼잣말했다.

"곧 멈출 거예요." 윌킨스 부인도 혼잣말에 가깝게 중얼거렸다. 두 사람은 베포가 말을 재촉하고 채찍을 내리치는 소리와 바퀴가 덜컹거리는 소리 때문에 아무것도 들리지 않을 걸 알아서 굳이 크게 말하지 않았다.

두 사람은 산 살바토레가 나타나기를 기다리며 불안한 듯 눈만 똑바로 뜨고 있었다.

그들은 마을이 어느 정도 이어지고 나면 중세식 아치길이 어렴풋이 나타나기를, 그곳을 통과해 정원으로 들어서면 안에서 불빛이 새어 나오는 열린 문이 있기를, 그리고 광고에 적혀 있었듯 거기 남아 있는 하인들이 문안에 서서 기다리고 있기를 추측하고 희망했다.

대신 마차가 불현듯 멈춰 섰다.

주위를 둘러보니 양쪽에 작고 어두운 집들이 즐비한 마을 길에서 벗어나지 못한 상태였고, 이번에는 베포가 말이 멀리 가지 못하게 하려는 듯 고삐를 죄고 자리에서 내려섰다. 바로 그때 남자 한 명과 소년 여러 명이 난데없이 차 양쪽에 모습을 드러내더니 짐 가방을 끌어 내리기 시작했다.

"아니, 아니, 산 살바토레, 산 살바토레." 윌킨스 부인은 혼신의 힘을 다해 짐 가방을 붙잡으며 소리쳤다.

"시, 시, 산 살바토레." 모두가 가방을 끌어당기며 소리쳤다.

"여기가 산 살바토레일 리 없잖아요." 윌킨스 부인이 아버스넛 부인을 돌아보며 말했다. 아버스넛 부인은 큰일 아니라는 듯 사람들이 짐 가방을 가져가는 장면을 조용히 앉아서 지켜보고 있었다. 이 사람들이 짐 가방을 가져가기로 마음먹은 나쁜 사람들이어도 어쩔 도리가 없다고 생각했다.

"그러니까요. 산 살바토레가 아닐 거예요." 아버스넛 부인도 맞장구를 쳤고, 신의 뜻을 잠시도 의심하려 하지 않았다. 여행을 계획하느라 그렇게 많은 어려움과 염려와 난관을 겪은 것도 모자라 온갖 기만과 얼버무림까지 동원한 결과가 겨우 이런…….

남루한 청년들이 짐 가방을 들고 어두운 곳으로 사라졌고, 랜턴을 든 남자가 베포를 도와 아버스넛 부인에게서 무릎 담요를 걸어주는 동안, 그녀는 자신의 생각을 점검하고는 윌킨스 부인에게 이제 그들의 운명은 신에게 달려 있다고 부드럽게 말했다. 이 얘기를 듣자마자 윌킨스 부인은 처음으로 두려운 생각이 들었다.

그러나 밖으로 나갈 수밖에 없었다. 마차에 앉아 계속 산 살바토레만 되풀이해봤자 아무 소용이 없었다. 그들이 산 살바토레를 말하는 목소리는 점점 안으로 기어들었고 베포와 다른 사람들은 큰 목소리로 그 단어만 반복했다. 어릴 때 이탈리아어를 배우기만 했어도, 만약 그랬다면 이렇게 말할 수 있었을 것이다. '우리 문 앞까지 마차를 타고 갈 순 없나요?' 그러나 그들은 문이 이탈리아어로 무엇인지조차 알지 못했다. 그런 무지는 한심할 뿐만 아니라 이제 보니 상당히 위험하기까지 했다. 그러나 지금에 와 한탄해봤자 소용이 없었다. 어찌 됐든 마차에 계속 앉아 앞으로 일어날 일을 미루기만 해서는 안 되었다. 두 사람은 마차에서 내렸다.

남자 두 명이 그들에게 우산을 펴 건넸다. 이 행동에서 그들은 약간 용기를 얻었다. 나쁜 사람이라면 가던 길을 멈추고 우산을 펴주지는 않을 것 같았다. 게다가 랜턴을 든 사람은 큰 목소리로 무슨 말인가 하면서 얼른 따라오라는 신호를 보냈고, 베포는 뒤에 남아 있었다. 베포에게 돈을 주어야 할까? 아니라고, 그들이 물건을 빼앗기거나 살해당할 상황이 아니라면 그럴 필요는 없다고 생각했다. 분명 그런 상황에서는 돈을 주지 않았다. 게다가 어쨌든 베포는 그들을 산 살바토레

끝까지 데려다주지도 않았다. 그들이 도착한 곳은 분명 전혀 다른 곳이었다. 더불어 베포는 돈을 원하는 기색이 전혀 없었다. 아무 소동 없이 그들이 어둠 속으로 들어가게 놔뒀다. 이건 나쁜 징조라는 생각을 지울 수 없었다. 그는 이제 너무 많은 것을 가지게 될 터였으므로 무엇도 요구하지 않는 것 같았다.

그들은 계단이 있는 곳에 도착했다. 길은 교회와 하향 계단 앞에서 뚝 끊겼다. 남자가 그들이 계단을 볼 수 있게 랜턴을 아래로 비춰주었다.

"산 살바토레?" 윌킨스 부인이 계단을 내려가기 전에 다시 한번 희미한 목소리로 말했다. 물론 지금 그 얘기를 하는 게 무슨 의미인가 싶었지만, 잠자코 계단만 내려갈 수는 없었다. 계단 아래에 중세식 성을 짓는 법은 없다고 확신하면서도.

그러나 이번에도 이런 외침이 돌아왔다. "시, 시, 산 살바토레."

그들은 부디 다음에도 치마 입을 일이 있기를 간절히 바라듯 치마를 꽉 부여잡고 조심조심 계단을 내려갔다.

가운데 평평한 석판이 있는 가파른 경사 길에서 계단은 끝이 났다. 그들이 축축한 석판에 미끄러지자 랜턴을 든 남자가 뭐라고 크고 빠르게 소리를 지르며 그들을 부축해주었다. 다행히 부축하는 남자의 태도는 공손했다.

"어쩌면 결국은 다 괜찮을지도 모르겠어요." 윌킨스 부인이 낮은 목소리로 아버스넛 부인에게 말했다.

"신의 손에 달렸죠." 아버스넛 부인이 다시 말했다. 윌킨스 부인은 다시 겁이 났다.

그들이 가파른 길의 맨 아래에 도착하자 삼면에 있는 집들의 빈 공간 위로 랜턴 불빛이 깜빡거렸다. 집이 없는 쪽에는 바다가 자갈밭을 유유히 씻어 내리고 있었다.

"산 살바토레." 남자가 랜턴을 흔들어 물 주변에 있는 검은 덩어리를 가리키며 말했다.

그들은 눈을 크게 뜨고 검은 덩어리와 그 위를 비추는 불빛을 바라보았다.

"산 살바토레?" 두 사람이 못 미더운지 되물었다. 짐 가방은 어디에 있는지, 왜 마차에서 굳이 내려야 했는지 의아하기만 했다.

"시, 시, 산 살바토레."

그들은 바닷가 오른편에 있는 부두로 보이는 곳으로 걸어갔다. 여기에는 낮은 담조차 없었다. 랜턴을 든 남자가 못된 마음을 먹고 그들을 민다 해도 막아줄 게 아무것도 없었다. 그러나 그는 그들을 밀지 않았다. 어쩌면 이제 다 괜찮을지도 모른다고 윌킨스 부인이 다시 아버스넛 부인에게 말했다. 이번에는 아버스넛 부인도 그렇게 생각하기 시작했고, 더는 신의 손을 운운하지 않았다.

랜턴 불빛이 부두의 젖은 도로에 반사되었다. 왼편 제방 끝자락으로 보이는 어두운 곳에서 빨간 불빛이 비쳤다. 그들은 무거운 쇠문이 달린 아치형 입구에 도착했다. 랜턴을 든 남자가 문을 밀어 열었다. 이번에는 내려가는 대신 머리 위로 꽃이 있는 작은 굽잇길이 나왔다. 보이지는 않았지만 온 천지에 꽃이 가득하다는 걸 알 수 있었다.

윌킨스 부인은 마차가 그들을 문까지 실어주지 못했던 이유가 아마도 마차가 지나가는 길은 없고 걸어가는 길밖에 없어서였던 것 같다는 생각이 퍼뜩 들었다. 그렇다면 짐 가방이 사라진 것도 설명이 되었다. 꼭대기에 도착하면 짐 가방이 그들을 기다리고 있을 것 같다는 확신이 들기 시작했다. 산 살바토레는 여느 중세식 성이 흔히 그렇듯 언덕 꼭대기에 있는 것 같았다. 길모퉁이에서 그들은 부두에서 보았던 빛이 이제 훨씬 더 가까운 곳에서 더 밝게 빛나고 있음을 확인했다. 윌킨스 부인은 아버스넛 부인에게 이제 좀 믿음이 간다고 말했고, 아버스넛 부인도 그런 것 같다고 맞장구쳤다.

윌킨스 부인이 다시 한번, 그러나 이번에는 확실히 희망에 찬 말투로 어스름한 검은 하늘에 비친 검은색 윤곽을 가리키며 물었다. "산 살바토레?" 그랬더니 또 한 번, 그러나 이번에는 안심시키듯 확신에 찬 목소리가 대답했다. "시, 시, 산 살바토레."

그들은 협곡으로 보이는 곳 위에 놓인 작은 다리를 건넌 다음, 가장자리에 긴 풀과 꽃이 가득 핀 평지로 들어섰다. 축축한 풀의 감촉이 스타킹에 와 닿았고, 보이지는 않았지만 온 천지가 꽃인 듯했다. 꽃향기가 진동하는 구불구불한 길을 따라간 뒤 나무 사이로 다시 올라갔다. 따뜻한 비 덕분에 식물들이 달콤한 향기를 내뿜고 있었다. 그들은 달콤한 어둠 속에서 점점 더 높이 올라갔고, 부두의 붉은빛은 발아래로 점점 더 멀어져갔다.

길은 삭은 반도로 보이는 곳의 반대편으로 굽었다. 부두와 붉은빛은 완전히 사라졌고 텅 빈 왼편 너머로 아스라이 먼 불빛이 보였다.

"메차고." 남자가 랜턴을 흔들어 불빛을 가리키며 말했다.

"시, 시." 이제 '시, 시'의 의미는 알게 돼서 그렇게 대답했다. 그러자 남자가 공손한 말투로 축하의 말을 쏟아냈다. 그러나 그들의 대단한 이탈리아어 실력으로는 한마디도 알아들을 수 없었다. 이 사람은 산 살바토레의 빈틈없고 재주 많은 정원사, 그 시설의 핵심 세력, 지략이 뛰어나고 똑똑한 달변가이자 예의 바르고 지적인 도메니코였다. 그들은 아직 몰랐지만, 도메니코는 칼처럼 날카롭고 거무스름한 얼굴과 표범처럼 날랜 움직임 때문에 어두운 데서는, 아니 때론 밝은 데서조차 악독한 사람처럼 보였다.

그들은 오른편으로 높은 벽 같은 검은 형체가 우뚝 솟은 또 다른 편평한 길을 통과했다. 이제 길은 격자 구조물 아래를 지나 다시 위로 향했고, 향기 나는 무언가의 비말과 빗방울이 머리 위로 떨어졌다. 랜턴 불빛이 백합 위를 비추자 수 세기는 된 낡은 계단이 나타나는가 싶더니 또 다른 철문이 등장했다. 그런 다음 그들은 안으로 들어갔다. 그러고도 지하 감옥 같은 오래된 벽과 둥근 천장이 있는 구불구불한 돌계단을 기어 올라가야 했다.

꼭대기에 연철 문이 있었고, 문틈으로 전깃불이 쏟아져 나왔다.

"에코."• 도메니코가 마지막 계단 몇 개를 성큼성큼 뛰어 올라가 문을 밀어 열며 말했다.

마침내 도착했다. 이곳이 산 살바토레였다. 짐 가방이 그들을 기다리고 있었고, 그들은 살해당하지 않았다.

두 사람은 서로의 흰 얼굴과 깜빡거리는 눈을 매우 진지하게 바라보았다.

대단하고 장엄한 순간이었다. 마침내 그들이 중세식 성에 도착한 것이다. 발에 성의 돌들이 느껴졌다.

윌킨스 부인이 아버스넛 부인의 목을 껴안고 키스했다.

"이 집에서 가장 먼저 해야 할 일은 키스겠죠." 윌킨스 부인이 부드럽고 진지하게 말했다.

"로티에게 키스를." 아버스넛 부인이 말했다.

"로즈에게 키스를." 윌킨스 부인이 활짝 웃으며 말했다.

도메니코는 기뻤다. 아름다운 부인들이 키스하는 장면을 보고 기분이 좋아졌다. 그는 두 사람에게 가장 인상적인 환영 인사를 해주었지만 그들은 한마디도 알아듣지 못했고 너무 피곤한 나머지 서로 팔짱을 낀 채 그를 보고 웃으며 눈만 깜빡이고 서 있었다.

• '여기'라는 뜻의 이탈리아어.

6

다음 날 아침, 잠에서 깬 윌킨스 부인은 침대에서 일어나 덧문을 열기 전에 몇 분 동안 침대에 누워 있었다. 창밖으로 무엇이 보일까? 빛나는 세상 아니면 비? 그러나 아름다울 것이다. 어쨌든 아름다울 것이다.

윌킨스 부인은 흰 벽과 돌바닥, 그리고 오래된 가구 몇 점으로 장식한 작은 침실에 있었다. 검은색 에나멜이 칠해진 쇠 침대 두 개에는 화려한 꽃이 여러 송이 그려져 있었다. 부인은 소중한 편지를 차마 뜯지 못하고 흐뭇해하며 바라보듯 창가로 갈 멋진 순간을 미루고 있었다. 지금이 몇 시인지 알 수가 없었다. 지난번 햄프스테드에서 잠자리에 든 이후 시계에 밥 주는 걸 잊었다. 그때가 마치 수 세기 전의 일 같았다. 집 안에서 아무 소리도 들리지 않는 걸로 봐서 아주 이른 시각이라고 추측할 뿐이었다. 그런데도 상당히 오래 잔 것 같았고, 푹 쉰 듯했으며, 충만한 느낌이었다. 부인은 두 팔을 머리 뒤에 놓고 누운 채 행복에 겨워 입꼬리를 올리며 기쁨의 미소를 지었다. 침대에 혼자 누워 있었고, 매력적인 상태였다. 그녀는 지난 5년 내내 멜러시 없이 침대에 누워 있어본 적이 없었다. 시원하고 넓은 공간, 마음껏 움직여도 되는 자유, 그리고 싶으면 얼마든지 담요를 잡아당기거나 베개 위치를 바꿀 수 있는 무모함과 배짱을 누려보지 못했다. 이곳에 와 전혀 새로운 기쁨을 발견한 것 같았다.

윌킨스 부인은 일어나 덧문을 열고 싶었지만, 지금 이 상황이 정말이지 너무나 좋았다. 만족스럽게 옅은 숨을 내뱉고는 계속 자리에 누워 주위를 둘러보며 방에 있는 모든 것을 음미했다. 그녀만의 작은 방, 이 축복받은 4월 한 달 동안 원하는 대로 정리해도 좋을 그녀의 방, 자기가 모은 돈으로 빌린 방, 최대한 정중하게 거절한 대가로 얻은 결실, 원한다면 빗장을 걸어 잠글 수도 있고 아무도 들이지 않아도 되는 방. 너무나 낯설고 작았지만, 여태 알던 것과 완전히 다르고 너무나 멋진 방이었다. 마치 수도실 같았다. 침대가 두 개 있는 것을 제외하면 행복한 금욕 생활을 해야 할 것 같았다. '그 방의 이름은 평화였어.' 부인은 어디선가 들은 문구를 생각해내곤 빙긋이 웃었다.

음, 여기에 누워 얼마나 행복한지 음미해보는 것 자체가 아주 즐거웠다. 그러나 덧문 밖은 훨씬 더 좋을 터였다. 윌킨스 부인은 벌떡 일어나 슬리퍼를 끌어당겼다. 돌로 된 바닥에는 작은 깔개 외에는 아무것도 없어서 슬리퍼를 신고 창문으로 달려가 덧문을 열어젖혔다.

"맙소사!" 윌킨스 부인이 소리쳤다.

이탈리아에서 볼 수 있는 4월의 모든 빛이 그녀의 발치에 모여 있었다. 햇빛이 방 안으로 쏟아졌다. 햇빛을 받고 있는 바다는 미동도 없이 고요히 잠들어 있었다. 만 너머에는 완전히 다른 색채의 아름다운 산맥이 역시 햇빛을 머금은 채 잠자고 있었다. 창문 밑, 성벽에서 솟아오른 경사진 꽃밭에는 꽃들이 만발했고 맨 아래쪽에는 거대한 사이프러스가 크고 검은 칼처럼 버티고 서서 바다와 연한 푸른색, 자주색, 장미색 산맥 사이를 갈라놓았다.

가만히 바라봤다. 정말 예뻤다. 이걸 보려고 여기 온 것 같았다. 정말 아름다웠다. 이걸 느끼려고 살아 있는 듯했다. 빛이 얼굴로 쏟아졌다. 좋은 향기가 창으로 새어 들어와 그녀를 껴안았다. 산들바람 한 자락이 머리카락을 부드럽게 들어 올렸다. 멀리 만에는 고깃배들이 흰 새 떼처럼 평화로운 바다 위에 미동도 없이 멈춰 있었다. '진짜 아름답다. 정말 아름다워. 이걸 보고 호흡하고 느끼기 위해 아직 살아 있었던 모양…….' 부인은 입을 떡 벌린 채 가만히 풍경을 응시했다. 행복? 행복이란 단어는 너무 진부하고 평범했다. 그러나 대관절 무슨 말을 할 수 있고, 어떤 단어로 묘사할 수 있을까? 그건 마치 자기 안에 머물 수 없는 것과 비슷했다. 이 엄청난 기쁨을 담아내기엔 자신이 너무 작은 것 같았고, 빛으로 말갛게 씻기는 기분이었다. 여기에서는 이타적인 행동은 단 하나도 하지 않고, 앞으로도 하지 않을 것이며 원하지 않는 일은 하지 않아도 된다는 게, 이런 진정한 기쁨을 느낀다는 게 너무나 놀라웠다. 여태 만난 모든 이들의 말을 떠올려볼 때 부인도 최소한 한 가지 정도는 찝찝한 구석을 발견해야 했다. 그러나 부인은 그런 게 하나도 없었다. 뭔가 잘못된 것 같았다. 집에 있을 때 이렇게 좋았어야 했는데 그때는 들볶이는 느낌뿐이었다는 게 이상했다. 부인에게는 고통과 상처와 낙담 같은 온갖 종류의 아픔이 있었다. 그리고 부인은 시종일관 남을 위해 살아야 했다. 이제 그녀는 선량함을 비에 젖은 옷을 벗듯 벗어서 등 뒤에 감추고 오직 희열만 느꼈다. 선량함을 벗고, 벌거벗은 상태의 홀가분함을 누렸다. 모든 것을 벗어버렸고, 환희에 찼다. 그리고 멜러시는 멀고 어둡고 후텁지근한 곳에 화가 난 상태로 있었다.

부인은 멜러시를 마음속으로 그려보려 애썼다. 남편이 아침을 먹으며 자신을 못마땅해하고 있는 장면을 떠올려보았다. 그러나, 하, 멜러시가 흐려지기 시작하더니 장밋빛과 연한 보랏빛을 거쳐 매혹적인 파란색으로 변했고 이내 형체 없는 무지갯빛이 되었다. 그렇게 멜러시는 잠시 흔들리다가 빛 속으로 사라졌다.

"음." 윌킨스 부인은 남편이 앞에 있기라도 하듯 빤히 쳐다보았다. 남편의 특징과 표정 하나까지 다 아는데 멜러시를 그려볼 수 없다는 게 정말 이상했다. 부인은 남편을 있는 그대로 볼 수 없었다. 남편이 아름다운 것에 녹아서 다른 것들과 조화를 이뤄가는 것만 볼 수 있었다. '감사 기도' 같은 익숙한 단어들이 자연스럽게 마음으로 흘러 들어와 자기도 모르는 사이에 창조와 보존과 이 생애의 모든 좋은 점에 대해 신께 감사했고, 무엇보다도 헤아릴 수 없는 신의 사랑을 불현듯 깨닫고는 소리 높여 감사 기도를 드렸다. 한편 그 순간 멜러시는 신발을 거칠게 당겨 신고서 비 내리는 거리로 나섰고, 아내에 관한 언짢은 것들만 생각하고 있었다.

윌킨스 부인은 짐을 풀고 사랑스러운 작은 방을 정리해가면서 따뜻한 날씨를 기념하기 위해 깨끗하고 흰 옷을 골라 입기 시작했다. 그러고는 길고 야윈 몸을 똑바로 세운 뒤 온갖 걱정과 일로 찌든 작은 얼굴을 활짝 펴고서 빠르고 결의에 찬 자세로 조금 움직여보았다. 그날 아침 이전의 모든 일과 느낌과 걱정은 사라지고 없었다. 걱정들 하나하나가 멜러시의 모습이 사라지듯 색과 빛 속으로 녹아들어버렸다. 그러고는 얼굴이 비치는 유리 앞에서 머리를 만지며 수년간 알아채지 못했던 것들을 알게 되었다. '세상에, 내가 이렇게 예뻤어?' 여러 해 동안 그녀는 신발끈을 묶었다 풀듯 무심하게 저녁이면 땋고 아침이면 풀기만 했을 뿐 이렇게 아름다운 머리칼을 가지고 있다는 사실을 잊고 지냈다. 이제 갑자기 그걸 보고는 유리 앞에 서서 손가락으로 머리카락을 꼬았고, 예뻐진 모습에 만족했다. 멜러시가 한 번도 그런 말을 하지 않은 걸 보면 그도 부인의 이런 모습을 보지 못한 모양이었다. 음, 집에 돌아가면 남편을 불러 말해볼 작정이었다. '멜러시, 내 머리 좀 봐요. 이렇게 머리가 곱슬곱슬하고 예쁜 아내가 있는 게 기쁘지 않아요?'

윌킨스 부인은 피식 웃었다. 멜러시에게 그런 말은 한 번도 해본 적이 없어서 생각만으로도 즐거웠다. 왜 그런 말을 해보지 않았을까. 그렇다. 윌킨스 부인은 남편을 두려워했다. 누군가를 무서워하다니 우스웠다. 하물며 잠잘 때 코를 드렁드렁 고는 단순한 습관까지 다 아는 남편을 두려워하다니.

윌킨스 부인은 준비를 마친 뒤 문을 열고 나가 길을 건넜다. 피곤해하는 여자 하인의 안내로 맞은편 방에 가서 묵은 로즈가 일어났는지 보러 갈 참이었다. 우선 로즈에게 아침 인사를 건넨 뒤 아래로 내려가 아침 식사 때까지 사이프러스 옆에 있을 계획이었고, 아침을 먹고 나서는 창밖만 멍하니 바라보다 로즈를 도와 레이디 캐럴라인과 피셔 부인을 맞을 준비를 할 생각이었다. 그날은 짐을 풀고 여러 방을 정돈하는 등 할 일이 많았다. 로즈가 혼자 그 일을 다 하도록 내버려둘 수는 없었다. 그들은 두 사람을 위해 작은 방을 꽃으로 장식해 화려한 볼거리를 제공할 생각이었다. 윌킨스 부인은 레이디 캐럴라인이 오지 않았으면 좋겠다고 생각한 게 기억났다. 그 사람이 왠지 자기를 내켜 하지 않을 것 같다는 이유로 천국에 들어오지 못하게 할 생각을 하다니! 혹시 그럴 수도 있지만, 그게 그렇게 중요한 것처럼 행동하다니. 그 이유란 게 얼마나 하찮은가! 부인은 그 문제에 관한 한 자신을 선하다고 할 수 없었다. 마찬가지로 피셔 부인 역시 오만해 보인다는 이유로 오지 않기를 바랐던 게 기억났다. 그런 사소한 것들을 중요하게 여기고 걱정하다니 스스로가 몹시 한심했다.

산 살바토레의 꼭대기 층에는 침실 여러 개와 응접실 두 개가 있었고, 넓은 유리창으로 된 북쪽 끝까지 큰 복도가 이어졌다. 산 살바토레에는 여러 높이와 장소에 작은 정원들이 있었다. 꼭대기 층 유리창에서 내려다보이는 정원은 벽의 가장 높은 부분에 있었는데 아래층에 있는 큰 복도를 통과해야 들어갈 수 있었다. 윌킨스 부인이 방에서 나왔을 때 이 창문은 활짝 열려 있었고, 그 너머로 박태기나무가 꽃을 활짝 피운 채 햇빛을 받고 서 있었다. 아무도 보이지 않았고, 목소리나 발소리도 들리지 않았다. 돌바닥에는 칼라 화분이 놓여 있었고 테이블에는 큰 금련화 다발이 불타듯 빛을 발하고 있었다. 꽃이 가득했고, 너르고 고요했으며, 넓은 창문은 정원으로 이어졌고, 햇살을 받은 박태기나무는 터무니없을 정도로 아름다웠다. 윌킨스 부인은 아버스넛 부인에게 가는 길이 너무 좋아서 꿈인지 생시인지 분간이 가지 않았다. 진정 이곳에서 한 달 내내 살게 된단 말인가? 여태 그녀는 지나가다 스치는 것들, 이를테면 어느 화창한 날 햄프스테드 들판에 흐드러지게 핀 데이지, 두 개의 굴뚝 통풍관 사이로 비쳐 드는 저녁노을 같은 것들로만 아름다움을 느꼈다. 지금껏 이렇게 완전무결하게 아름다운 장소에는 와본 적이 없었다. 이렇게 유서 깊은 저택에 들어와본 적도 없었다. 꽃으로 가득한 방 같은 건 실현 불가능한 꿈과 같았다. 봄이 오면 가끔 멜러시가 쓸데없는 데 돈을 썼다고 타박할 줄 알면서도 도저히 참을 수 없어 슐브레드에서 튤립 몇 송이를 샀다. 그러나 튤립은 금방 시들어 버렸고, 그러고 나면 끝이었다. 박태기나무가 무엇인지도 몰랐다. 그런데 지금 천국에 온 듯 넋 빠진 표정으로 하늘을 등지고 선 아름다운 박태기나무를 보고 있었다.

아버스넛 부인이 방에서 나오다 복도 한가운데 서서 그러고 있는 윌킨스 부인을 발견했다.

'로티는 지금 무슨 생각을 하며 저걸 보고 있을까.' 아버스넛 부인은 궁금했다.

"확실히 우리는 신의 손에 있나봐요." 윌킨스 부인이 아버스넛 부인을 돌아보며 확신에 차서 말했다.

"아!" 아버스넛 부인이 방에서 나올 때 지었던 미소를 거두며 서둘러 물었다. "그새 무슨 일이 있었어요?"

안정감과 안도감에 몹시 기뻐하며 잠에서 깬 아버스넛 부인은 혹시라도 피난처가 필요한 상황에서 결국 벗어나지 못했다는 소리를 듣고 싶지 않았다. 부인은 프레더릭 꿈조차 꾸지 않았다. 몇 년 만에 처음으로 남편과 함께 있어야 하고, 둘 사이에는 뭐든 털어놓아야 하며, 비참한 심경으로 깨어나야 하는 일상에서 벗어났다. 아기처럼 잤고, 만족한 상태로 깨어났다. '감사하다'는 말 외에 그 어떤 말로도 아침기도를 채우고 싶지 않았다. 그런 상태에서 '신의 손에 있다'는 말을 듣는 게 당황스러웠다.

"아무 일도 없기를 바라도 될까요?" 아버스넛 부인이 불안한 듯 물었다.

윌킨스 부인이 잠시 바라보더니 소리 내 웃었다. "정말 웃겨요." 부인이 아버스넛 부인에게 키스하며 말했다.

"뭐가 웃겨요?" 윌킨스 부인이 웃는 걸 보고야 아버스넛 부인도 얼굴을 펴고 물었다.

"우리가요. 이곳이요. 모든 게 다요. 모든 게 너무 아름다워요. 우리가 이 안에 있다는 게 너무 우습고 너무 기막혀요. 흔한 말로 천국에 있대도 이보다 아름답지는 않을 거예요."

아버스넛 부인이 다시 안도의 미소를 지어 보이며 말했다. "정말 멋지죠?"

"살면서 이렇게 행복해본 적 있어요?" 윌킨스 부인이 아버스넛 부인의 팔을 잡으며 물었다.

"아뇨." 아버스넛 부인이 말했다. 이렇게 행복해본 적이 없었다. 한 번도. 첫사랑 상대인 프레더릭과 함께한 날들도 지금 같진 않았다. 다른 행복한 순간에도 고통은 늘 가까이 있으면서 의심이 되어 자신을 괴롭힐 준비를 했고, 사랑이 넘쳐흐를 때조차 끔찍하게 괴로웠다. 반면 이 상황은 주변 환경과 완벽한 조화를 이루는 단순한 행복이었고, 아무것도 요구하지 않았으며, 그저 받아들이고 마냥 호흡만 하면 되었다.

"저 나무 가까이 보러 가요. 저게 그냥 나무라는 게 믿기지 않거든요." 윌킨스 부인이 말했다.

두 사람은 팔짱을 끼고 복도를 따라 걸어갔다. 두 사람의 남편들은 그들이 열의에 들떠 이렇게 젊어 보이리라고는, 두 사람이 열린 창가에 함께 서 있을 줄은, 놀랍도록 아름다운 핑크색 식물에 감탄해가며 아름다운 정원을 하염없이 헤맬 줄은, 동쪽 끝에 있는 낮은 벽에 앉아 만을 내다보다 백합을 밟고 있는 레이디 캐럴라인을 보게 될 줄은 꿈에도 모르고 있었다.

두 사람은 깜짝 놀랐다. 놀라서 아무 말도 못 하고 팔짱을 낀 채 꼼짝 않고 서서 낯선 여인을 내려다보았다.

여인도 흰색 원피스를 입고 있었고, 모자는 쓰고 있지 않았다. 그날 런던에서는 모자를 코까지 눌러쓰고 털 코트를 귀까지 올려 입고 있어서 그토록 예쁜 줄 몰랐다. 그들은 그저 여인을 클럽에 있는 다른 여자들과는 다르다고 생각했고, 여인이 모퉁이에 앉아 있을 때 다른 여자들과 여종업원들이 모두 지나가다 곁눈질하는 것도 모자라 다시 돌아보곤 하는데도 그 여인이 이렇게 예쁜 줄 몰랐다. 여인은 지나치게 예뻤다. 어느 곳 하나 빠지는 데가 없었다. 반짝이는 금발은 매우 반짝였고, 사랑스러운 회색 눈은 매우 사랑스럽고 선명했으며, 짙은 속눈썹은 매우 짙었고, 하얀 피부는 매우 하얐고, 붉은 입술은 매우 붉었다. 몸매는 소녀처럼 깡말랐지만, 어김없이 있어야 할 굴곡이 얇은 원피스 아래로 훤히 비쳤다. 여인은 만을 건너다보고 있었는데 푸르고 광활한 바다를 배경으로 몸매가 그대로 드러났다. 여인은 백합이야 꺾이든 멍 들든 알 바 아니라는 듯 백합 사이로 발을 흔들어대며 햇볕을 쬐고 있었다.

"햇빛을 다 맞아가며 저러고 앉아 있으면 머리 아플 텐데." 아버스넛 부인이 속삭였다.

"모자가 없나." 윌킨스 부인도 귀엣말을 했다.

"백합 다 으스러지겠네."

"하지만 백합이 우리 것만은 아니잖아요."

"4분의 1만 저 사람 거죠."

레이디 캐럴라인이 고개를 돌렸다. 잠시 그들을 올려다보고는 클럽에서 만난 날보다 그들이 훨씬 더 젊어 보이고 매력적이라는 데 놀랐다. 어울리지 않는 옷을 입고도 꽤 매력적일 수 있다면, 그들이 바로 그런 사람들 같았다. 그녀는 0.5초 만에 둘을 면밀히 살펴 파악하고는 웃으며 손을 흔들었고, 아침 인사를 건넸다. 그들의 옷차림에서 흥미로운 부분은 전혀 없었다. 캐럴라인은 애써 이런 생각을 하지는 않았다. 레이디 캐럴라인은 아름다운 옷과 그것이 사람에게 부여하는 구속력에 격한 반응을 보였다. 경험상 입은 옷을 보기만 해도 당장 그 사람이 어떤 유형인지 파악할 수 있었지만, 일단 옷이 모두의 눈에 띌 때까지는 사람을 성급하게 판단하지 않았다. 사람이 옷을 파티에 가져가지 않는다. 옷이 사람을 데려간다. 여자가, 정말 옷을 잘 입는 여자가 옷을 초라하게 만든다고 생각하면 큰 오산이다. 밤낮없이 끌고 다니면서 사람을 지치게 만드는 건 바로 옷이다. 남자들이 젊음을 더 오래 유지하는 것도 놀라운 일이 아니다. 새 바지 하나로 남자들은 흥분하지 않는다. 레이디 캐럴라인은 정말 멋있는 새 바지조차 남자들에게는 아무런 영향도 끼치지 않는다고 생각했다. 그녀는 어수선한 모습이었지만, 생각은 골라서 했고, 자기가 좋아하는 이미지를 이용했다. 캐럴라인은 벽에서 몸을 떼 창문 쪽으로 가면서 다섯 해 전에나 유행했을 법한 옷을 입은 사람들과 한 달 내내 보내게 되리란 걸 알고는 마음이 편해졌다.

"전 어제 아침에 여기 왔어요." 레이디 캐럴라인이 그들을 올려다보며 미소 지었다. 정말 매력적인 여인이었다. 빠지는 곳 하나 없었다. 보조개까지.

아버스넛 부인이 미소에 화답하며 말했다. "저희가 제일 좋은 방을 골라드리려 했는데 아쉽네요."

"아, 그랬군요. 어찌 됐든 제가 고른 게 제일 좋은 방 같아요. 두 방향이 보이거든요. 아, 두 쪽이 보이는 방이 좋잖아요. 안 그래요? 서쪽으로는 바다가 보이고, 북쪽으로는 이 박태기나무가 보이고요."

"우리가 방을 꽃으로 예쁘게 장식해드릴 생각이었거든요." 윌킨스 부인이 말했다.

"도메니코가 해줬어요. 여기 도착한 즉시 해달라고 했죠. 그 사람이 정원사더라고요. 훌륭한 사람이에요."

"그럼요. 고객이 원하는 걸 알아서 해주는 건 좋은 일이죠." 아버스넛 부인이 약간 머뭇거리며 말했다.

"네, 그래야 수고스럽지 않죠." 레이디 캐럴라인이 맞장구쳤다.

"그래도 다른 사람들이 좋은 일을 할 기회도 좀 남겨두면 좋잖아요." 윌킨스 부인이 말했다.

아버스넛 부인을 바라보던 레이디 캐럴라인이 이제 윌킨스 부인을 쳐다봤다. 그날 괴상한 클럽에서 본 윌킨스 부인의 인상은 희미하기만 했다. 그날은 아버스넛 부인이 계속 말을 했고, 윌킨스 부인은 말이 없고 뭔가 어색해 보여서 딱히 주의를 기울이지 않았다. 윌킨스 부인은 심지어 뭐가 그렇게 괴로운지 얼굴을 붉히고 진땀까지 흘리느라 작별 인사도 제대로 못 했다. 이제 레이디 캐럴라인은 놀란 눈으로 윌킨스 부인을 바라보았다. 부인이 진심으로 탄복하는 표정으로 자신을 바라보며 이렇게 예쁜 분인지 몰랐다고 솔직한 감정을 드러내는 걸 보고는 더더욱 놀랐다. 레이디 캐럴라인이 윌킨스 부인을 물끄러미 바라보았다. 보통 이런 얘기는 그렇게 빨리, 그것도 강하게 하지 않는다. 이런 얘기에 익숙할 대로 익숙한 캐럴라인이지만, 여자가 무덤덤한 말투로 그런 말을 하는 건 놀라웠다.

"그렇게 생각해주니 감사하군요." 레이디 캐럴라인이 말했다.

"정말 아름다우세요. 정말, 정말로요." 윌킨스 부인이 말했다.

"최대한 아름다움을 누리시면 좋겠어요." 아버스넛 부인이 유쾌하게 말했다.

레이디 캐럴라인은 다시 아버스넛 부인을 바라보았다. "아, 네, 그렇게 하고 있어요. 줄곧 그래왔던 것 같아요."

아버스넛 부인이 미소 지으며 검지를 세워 경고하듯 말했다. "미모는 영원하지 않을 테니까요."

이제 레이디 캐럴라인은 이 두 사람이 안주인 노릇을 할까 봐 두려워졌다. 그런다면 따분할 것 같았다. 스스로 주인입네 하는 사람들보다 더 따분한 건 없었다. 그들이 주인 행세를 하면 언제고 와서 듣기 싫은 말을 해댈 것이고 기다리게 만들 테니까. 그리고 예쁘다면서 한 번이라도 더 보겠다고 졸졸 따라다니면 피곤하기 짝이 없을 것 같았다. 캐럴라인은 이 휴가만큼은 이전의 모든 것에서 벗어나 완벽하게 휴식을 취하고 싶었다. 누군가에게 흠모의 대상이 되고, 뒤를 밟히는 것은 이전과 다르지 않았다. 그저 반복일 뿐이었다. 그것도 쉽게 드나들지 못하도록 지어진 중세식 성의 가파른 언덕 꼭대기에서 주인입네 하는 두 사람을 피해 다니려고 신경을 써야 한다면 특히나 더 편안하지 못할 것 같았다. 어쩌면 좀 덜 상냥한 태도를 유지하는 게 나을 수도 있었다. 그들은 상당히 소심해 보였고, 심지어 얼굴이 조금 검은 쪽은(레이디 캐럴라인은 그들의 이름도 기억하지 못했다) 그날 클럽에서는 꽤 같이 지낼 만한 사람으로 여겨졌는데, 여기에서는 이미 껍질을 깨고 나온 듯 다른 느낌이었다. 그것도 단번에. 여기에서는 둘 중 누구도 전혀 소심한 기색이 없었다. 그들이 첫 대면에서 그렇게 빨리 껍질을 깨고 나왔으니 캐럴라인이 조치를 취하지 않으면 곧 자신을 억누르기 시작할 것 같았다. 삼십 일 동안 햇살 가득한 곳에서 방해받지 않고 누워 차분히 쉬면서 누구와도 얘기하지 않고, 누구의 시중도 받지 않으며, 누구에게 붙잡히거나 독점당하지도 않은 채 지친 심신을 위로하면서 피로를 회복하는 데 집중해가며 조용하고 평화롭게 지내리란 꿈은 영영 물 건너가게 될 것 같았다.

거기다 피셔 부인도 있었다. 피셔 부인 또한 어떤 사람인지 아직 몰랐다. 레이디 캐럴라인은 두 가지 이유로 약속보다 이틀 먼저 여정을 시작했다. 첫째, 자기가 좋아하는 방을 하나 혹은 여러 개 고르려면 다른 사람들보다 먼저 도착해야 한다. 둘째, 그렇게 하지 않으면 피셔 부인과 동행하게 될 가능성이 크다고 판단했던 것이다. 레이디 캐럴라인은 피셔 부인과 여정을 함께하고 싶지 않았다. 이유야 뭐든 간에 피셔 부인과는 한순간도 뭔가를 함께하고 싶지 않았다.

그러나 불행하게도 피셔 부인 또한 산 살바토레에 일찍 도착해서 자기가 선호하는 방을 고를 욕심이 있었다. 그래서 두 사람은 결국 함께 그곳으로 오게 됐다. 칼레에 이르자 두 사람은 서로를 의심하기 시작했고, 파리에서는 두려워했으며, 모단•에서는 서로를 알아보았고, 메차고에서는 그걸 숨긴 채 두 대의 차량에 나눠 타고 한 대가 다른 한 대를 호위하듯 각각 카스타녜토로 갔다. 그러나 교회에서 길이 갑자기 끊기고 더는 다른 곳으로 피해 가기가 불가능해지자 동행할 수밖에 없었다.

피셔 부인이 들고 있는 지팡이 때문에 레이디 캐럴라인은 모든 것을 살펴야 했다. 이제 두 사람이 함께 산 살바토레에 갈 동행이라는 게 확인되자 피셔 부인은 자신이 탄 마차에서 자신은 뭐든 하고 싶지만 지팡이 때문에 못 하는 게 많다고 설명했다. 두 운전사는 레이디 캐럴라인에게 청년들이 성까지 짐을 올려다주면 그걸 찾으러 가야 한다고 말했다. 그사이 피셔 부인은 지팡이 때문에 마차 안에서 기다리고만 있었다. 피셔 부인은 이탈리아어를 할 줄 알았지만, 자기 말로는 어릴 적 매슈 아널드가 자기한테 책을 읽어줄 때 썼던 단테식 이

• 프랑스 남동부의 도시.

탈리아어밖에 모른다고 했다. 그러나 피셔 부인은 자신의 이탈리아어 실력이 청년들의 우두머리보다 나은 정도일 거라고 생각했다. 그러므로 일상적인 이탈리아어를 매우 잘하는 캐럴라인이 당연히 가서 일을 처리하는 역할을 맡아야 했다.

"잘 부탁해요." 피셔 부인이 차에 꼼짝 않고 앉아서 말했다. "나를 지팡이 든 노친네로만 봐주면 되겠어요."

그래서 계단을 내려가 자갈길로 된 광장을 거쳐 부두를 따라간 뒤 다시 구불구불한 오르막길을 오르는 내내 캐럴라인은 피셔 부인을 친할머니 대하듯 하며 천천히 함께 걸어야 했다.

"내 지팡이 역할을 해주는군요." 피셔 부인이 간간이 만족스러운 듯 말했다.

그리고 갈지자형 길모퉁이에 앉아 쉴 때도 레이디 캐럴라인은 얼른 꼭대기까지 뛰어 올라가고 싶은 마음을 억누르고 인류애를 발휘하여 지팡이를 든 피셔 부인과 함께 행동했다. 피셔 부인은 레이디 캐럴라인에게 언젠가 테니슨과 함께 이 비슷한 갈지자형 길을 걸은 적이 있다고 말했다.

"그분 크리켓 실력 좋지 않아요?" 레이디 캐럴라인이 아무 생각 없이 말했다.

"테니슨이?" 피셔 부인이 고개를 돌려 안경 너머로 레이디 캐럴라인을 관찰하며 말했다.

"아닌가요?"

"이상할 정도로 이곳과 비슷한 길이었어요." 피셔 부인이 심각한 어조로 계속 말을 이었다. "유칼립투스는 없었지만 그것만 빼면 희한하게 이 길과 비슷해요. 그리고 어느 모퉁이에서 고개를 돌려 내게 말했어요. 지금도 테니슨이 내게 말했던 게 다…….”

음, 확실히 피셔 부인도 문제를 점검해야 할 인물이었다. 그리고 창가에 있는 이 두 사람 역시 마찬가지였다. 지금 당장 시작하는 게 좋을 듯했다. 레이디 캐럴라인은 벽에서 내려오지 말걸 그랬다고 후회했다. 그냥 손만 흔들고 그들이 내려와 정원으로 나가기를 기다렸어야 했다.

그래서 레이디 캐럴라인은 아버스넛 부인의 말을 무시하고 검지를 들어 올려 냉정한 말투로(최소한 단호하게 들리도록 노력했다) 아침 식사를 하러 가는 길인 것 같은데 자신은 이미 아침을 먹었다고 말했다. 그러나 아무리 냉정하게 말을 내뱉는다고 해도 틀림없이 아주 상냥하고 호의적으로 들릴 게 뻔했다. 순전히 후두와 입천장의 특별한 구조 덕분에 자신이 어떤 감정이든 상관없이 목소리는 정감 넘치고 활기찼던 것이다. 결과적으로 아무도 거부당한다고 믿지 않았다. 정말 피곤한 일이었다. 그리고 캐럴라인이 상대를 차갑게 바라봐도 눈 때문에 전혀 냉정해 보이지 않았다. 우선 눈매가 사랑스러웠고, 길고 부드럽고 짙은 속눈썹이 사랑스러움을 더했다. 그런 눈에서 차가운 표정이 나올 수는 없었다. 부드러운 눈썹에 갇혀 냉기는 온데간데없어져버렸다. 그런 눈길을 받은 사람들은 칭찬받고 깊이 배려받고 있다고 여길 뿐이었다. 그리고 간혹 캐럴라인이 유머 감각을 잃거나 두드러지게 화를 내면(그런 상황에 처하고 싶지 않은 사람이 누가 있을까?), 모두 애처로워하며 위로하려고 달려들었고, 가능하다면 키스라도 할 기세였다. 이건 피곤 정도가 아니라 사람을 미치게 했다. 그녀는 본질적으로 천사 같아 보일 수밖에 없도록 태어났다. 누가 철저히 오해하지 않는다면 불쾌하거나 무례해 보일 수 없었다.

"난 방에서 아침 먹었어요." 레이디 캐럴라인이 최대한 퉁명스러워 보이도록 노력하며 말했다. "나중에 보든가요."

그러고는 고개를 까딱인 뒤 좀 전까지 앉아 있던 백합이 멋지게 핀 벽 위로 돌아갔다.

7

그들은 계속 레이디 캐럴라인을 감탄하며 바라보았다. 무시당했다는 생각은 들지 않았다. 물론 자신들에게 기선을 제압하려 하는 태도는 실망스러웠고, 미리 준비해놓은 뒤 그녀가 도착해서 기뻐하는 모습을 못 보게 돼서 서운했지만, 피셔 부인이 올 때까지는 기회가 있었다. 그들은 피셔 부인에게 집중하기로 하고 대신 캐럴라인의 얼굴이나 감상할 참이었다. 다른 사람들처럼 그들도 레이디 캐럴라인의 얼굴을 보는 게 더 좋았다.

어쩌면 레이디 캐럴라인이 아침 식사 얘기를 꺼냈을 때 가서 아침을 먹기 시작하는 편이 나았을지도 모른다. 그날 하인들의 면접을 보고, 집을 살피고 점검해야 했으며, 마지막으로 피셔 부인의 방을 청소하고 장식하는 등 할 일이 많아 경치를 보는 데 더 많은 시간을 보내기는 어려울 듯했다.

그들은 신이 나서 레이디 캐럴라인에게 손을 흔들었다. 캐럴라인은 무언가를 보느라 정신이 팔려 그들을 보지 못한 것 같았다. 문득 고개를 돌려보니 전날 밤에 안내를 맡았던 하녀가 끈 달린 천 슬리퍼를 신고 그들 뒤로 조용히 다가오고 있었다.

그녀는 연로한 하녀 프란체스카로 주인 밑에서 수년간 함께 일한 베테랑이라 그녀만 있으면 재고 조사가 필요 없을 정도라고 브리그스 씨가 말한 적이 있었다. 프란체스카가 그들에게 간밤에 잘 잤냐고 아침 인사를 한 다음 아침 식사는 아래층에 있는 식당에 준비되어 있으니 따라올 생각이면 안내하겠다고 말했다.

그들은 프란체스카가 이 단순한 정보를 전달하기 위해 쏟아낸 많은 말 중에서 단 한마디도 알아듣지 못했지만 적어도 가보기는 해야 할 것 같아 그녀를 따라 계단을 내려간 뒤 끝에 유리문이 있다는 것만 제외하면 위층과 구조가 흡사한 넓은 복도를 지나갔고, 이어 식당으로 안내되었다. 거기, 테이블 머리에 앉아 아침 식사를 하고 있는 사람은 피셔 부인이었다.

이번에는 그들이 놀라서 소리를 질렀다. '오'라는 짧은 감탄사이긴 했지만 아버스넛 부인조차 놀라움을 금치 못했다.

윌킨스 부인은 좀 더 길고 큰 감탄사를 터뜨렸다. "맙소사, 이렇게 또 선수 치는군요."

"반가워요. 지팡이 때문에 일어날 수 없으니 이해해요." 그러고는 손을 테이블 위로 내밀었다.

그들은 다가가 피셔 부인과 악수했다.

"여기 계신 줄 몰랐어요." 아버스넛 부인이 말했다.

"아, 네." 피셔 부인이 다시 식사하며 말했다. "네, 여기 와 있었어요." 그러고는 침착하게 달걀 꼭대기를 잘라냈다.

"부인을 크게 환영해드릴 생각이었는데 실패했네요." 윌킨스 부인이 말했다.

피셔 부인은 힐끔 쳐다보고는 윌킨스 부인이 프린스 오브 웨일스 주택가에서 키츠를 봤다고 말했던 사람임을 기억해냈다.

그래서 윌킨스 부인을 무시했고, 의미를 알 수 없는 차분한 표정으로 달걀을 굽어보며 진지하게 말했다. "네, 어제 레이디 캐럴라인과 함께 도착했어요."

"진짜 너무하네요." 윌킨스 부인이 정확히 무시당하지는 않은 것처럼 말했다. "이제 더는 도움을 줄 사람이 없군요. 참담해요. 꼭 신나게 씹으려는 찰나에 누가 제 입에서 빵을 꺼내가버린 것 같은 기분이에요."

"어디에 앉을래요?" 피셔 부인이 아버스넛 부인을 특정해서 물어보았다. 윌킨스 부인의 빵 비유가 몹시 거슬린 모양이었다.

"아, 감사합니다." 아버스넛 부인이 서둘러 피셔 부인 옆자리에 앉았다.

앉을 수 있는 자리는 피셔 부인 양쪽에 놓인 의자 두 개밖에 없었다. 그래서 아버스넛 부인은 그중 하나에 앉았고, 윌킨스 부인은 반대쪽에 가 앉았다.

피셔 부인은 테이블의 머리에 앉아 있었다. 그 주변으로 커피와 차가 놓여 있었다. 당연히 그들 모두 산 살바토레를 공평하게 나눠 쓰지만, 집을 찾고 세를 얻어 한 달을 살기로 한 뒤 피셔 부인을 합류시키기로 결정한 사람은 아버스넛 부인 자신과 로티였다고 아버스넛 부인은 조심스럽게 돌이켜보았다. 그들이 아니었으면 피셔 부인이 그곳에 있을 수 없었으리란 생각을 지울 수 없었다. 원칙적으로 피셔 부인은 손님이었다. 이 무리에 안주인은 없지만, 안주인이 있어야 한다면 피셔 부인이나 레이디 캐럴라인이 아닌 로즈 자신이나 로티가 돼야 할 터였다. 이런 생각을 떨치지 못한 채 아버스넛 부인은 자리에 앉았고, 피셔 부인은 러스킨•과 악수한 손을 앞에 있는 주전자 위에 올려놓으며 물었다. "차 마실래요, 아니면 커피?" 피셔 부인이 어릴 때부터 그런 테이블과 종에 익숙한 듯 옆에 있는 작은 종을 눌렀고, 프란체스카가 나타나자 단테식 언어로 우유를 더 가져오라고 명령했다. 아버스넛 부인은 마치 자기 것인 양 행동하는 피셔 부인이 좀 이상하다고 생

• 영국의 미술평론가이자 사회사상가인 존 러스킨(1819~1900).

각했고, 자기가 산 살바토레에 와서 참 행복해하고 있으니 다행이지 그렇지 않았다면 꽤 거슬릴 것 같았다.

윌킨스 부인도 그런 점을 눈치챘지만, 산만한 부인은 그저 뻐꾸기 생각만 했다. 지난번에 피셔 부인을 만났을 때처럼 윌킨스 부인이 잔뜩 긴장하고 수줍은 상태였다면 분명 뜬금없이, 자기도 모르게, 개탄스러울 정도로 불쑥 뻐꾸기 얘기를 시작했을 것이다. 그러나 마음속이 충만하니 수줍음이 사라졌고, 아주 평온한 상태로 대화를 조절할 수 있었다. 적어도 겁에 질린 채 무슨 말부터 시작해야 할지 모르는 상태는 아니었다. 꽤 편안했고, 아주 자연스러웠다. 미리 준비해서 피셔 부인을 맞았어야 했는데 그러지 못한 데 대한 실망감도 금세 날아가버렸다. 천국에서는 계속 실망만 하는 게 불가능했다. 또한 피셔 부인이 안주인처럼 행동하는 것도 고깝지 않았다. 그게 무슨 대수란 말인가! 천국에서는 어떤 것도 신경 쓰이지 않았다. 그래서 윌킨스 부인과 아버스넛 부인은 그 반대의 상황이었을 때보다 더 흔쾌히 피셔 부인의 양쪽에 앉았다. 동쪽으로 향한 두 개의 창문을 통해 해가 방으로 쏟아져 들어왔고, 열린 문은 정원으로 이어졌으며, 정원에는 사랑스러운 것들, 특히 프리지어가 가득 피어 있었다.

부드럽고 달콤한 프리지어 향기가 문으로 새어 들어와 윌킨스 부인의 콧구멍을 간질였다. 런던의 프리지어는 그녀의 관심 밖이었다. 가끔 가게에 들어가 꽃 세 송이에 1실링 정도 한다는 걸 잘 알면서도 한 다발을 들어 올려 향기를 맡고선

공연한 핑계를 대려고 얼마인지 물어보기는 했다. 여기서는 프리지어가 지천에 피어 장미 화단을 덮을 지경이었다. 상상해보라. 눈부신 태양이 방으로 쏟아져 들어오는 가운데 여름 원피스를 입고서 원하기만 하면 프리지어를 한 아름 꺾을 수 있는데, 이제 겨우 여행의 첫날이라니!

"지금 천국에 온 것 같다고 느끼고 계시죠?" 윌킨스 부인이 동료 천사처럼 친숙하게 활짝 웃으며 말했다.

'저들은 내가 생각했던 것보다 훨씬 더 젊고 평범하기 짝이 없군.' 피셔 부인은 윌킨스 부인의 호들갑을 무시한 채 그날 프린스 오브 웨일스 주택가에서 만났을 때 신원보증서를 주고받는 것과 관련해서 그들이 얼마나 즉각적이고 격앙된 어조로 거부했는지 잠시 떠올렸다.

물론 아무것도 부인에게 영향을 줄 수는 없었다. 누가 무슨 일을 하든. 피셔 부인은 존경받는 자리에 확고히 자리 잡고 있었다. 부인의 뒤에는 그때 언급한 세 명의 위인 외에도 그 정도 되는 사람이 줄지어 버티고 있었고, 지지와 후원을 받을 수 있는 사람들은 그보다 더 많았다. 정원에 있는 사람이 듣던 대로 진짜 레이디 캐럴라인 데스터라 믿을 근거는 없으니 설사 이 젊은 여인 모두가 브라우닝•의 놀랍고 기발한 표현대로 '한탕을 노리는' 사람들일지라도 그게 과연 무슨 대수

● 테니슨과 함께 빅토리아 시대를 대표하는 영국의 시인 로버트 브라우닝(1812~1889).

겠는가. 그러고 싶다면 얼마든지 한몫 잡아보라지. 예순다섯이란 나이는 그냥 먹는 게 아니다. 어쨌든 사 주만 있으면 되고, 사 주 후에는 그들을 볼 일이 없을 것이다. 그리고 그동안에도 그들을 피해 조용히 앉아 추억을 회상할 장소는 많았다. 또 창문은 제노바로 향하는 바다에 면해 있고 문은 흉벽으로 이어지는, 베이지색 가구와 그림이 있는 자신만의 매력적인 응접실이 있었다. 그 집에는 응접실이 세 개 있었고, 피셔 부인은 예쁜 레이디 캐럴라인(그 여자가 누군지 몰라도 확실히 예쁘긴 했다. 테니슨이 봤다면 그녀를 데리고 멋진 경치를 보러 다녔을 것이다. 하여튼 캐럴라인은 베이지색 응접실을 제 것으로 만들고 싶어 하는 듯했다)에게 지팡이를 짚어야 해서 자기만의 작은 안식처가 필요하다고 설명했다.

"늙은 여자가 여기저기 절뚝거리며 돌아다니는 걸 보고 싶어 하는 사람은 없지요. 난 여기서 혼자 시간을 보내거나 나가기 편한 흉벽에 가 앉아 있기만 해도 만족해요." 피셔 부인은 말했었다.

그리고 피셔 부인에게는 아주 멋진 침실도 있었다. 침실에서는 아침 해가 뜨는 만과(부인은 아침 해를 좋아했다) 정원이 내다보였다. 이 집에서 다른 두 경치를 볼 수 있고 바람이 잘 통하는 침실은 이 두 개가 유일하다는 것을 피셔 부인과 레이디 캐럴라인은 알게 되었다. 두 침실에는 각각 침대가 두 개씩 있었는데, 두 사람은 즉시 남는 침대를 밖으로 가지고 나가 다른 방에 두게 했다. 이렇게 하니 공간이 훨씬 넓고 편해졌다. 실제로 레이디 캐럴라인은 더 큰 응접실에서 소파와 필기용 테이블과 아주 편한 의자를 가져와 자기 방을 침실과 응접실이 합해진 공간으로 꾸몄다. 그러나 필요한 모든 게 갖춰진 전용 응접실이 있으므로 굳이 자기가 나서서 그럴 필요는 없었다. 처음에 레이디 캐럴라인은 더 큰 전용 응접실을 차지할 생각이었다. 아래층 식당은 멋진 의자가 있는 아주 쾌적한 방이어서 식사를 마치고 다른 두 사람이 앉아 있기 쉬웠기 때문이다. 그러나 캐럴라인은 더 큰 응접실이 탑 안에 있어 모양이 둥글고 육중한 벽에 좁고 기다란 유리창이 나 있으며 둥그렇고 골이 진 천장은 우산같이 보이는 데다 약간 어둡기까지 해서 마음에 들지 않았다. 당연히 레이디 캐럴라인은 베이지색 방에 눈독을 들였고 만약 피셔 부인의 의지가 덜 확고했다면 그 방을 차지할 터였다. 그러나 어림없는 일일 것 같았다.

아버스넛 부인은 애써 미소를 지으며 피셔 부인이 정확히 손님은 아니지만 그렇다고 안주인도 아니라는 사실을 전할 의도로 이렇게 말했다. "부인 방이 편안했으면 좋겠어요."

"꽤 그런 편이에요. 커피 더 마실래요?"

"아뇨, 괜찮습니다. 부인은요?"

"나도 괜찮아요. 내 방에는 침대가 두 개라 쓸데없이 복잡하기만 해서 한 개를 밖으로 꺼냈어요. 그랬더니 훨씬 편해지더군요."

"아, 그래서 내 방에 침대가 두 개군요!" 윌킨스 부인이 뭔가를 알아챈 듯 외쳤다. 작은 수도실에 침대가 두 개나 있는 건 어쩐지 부자연스럽고 마땅찮아 보였었다.

"내가 지시를 내린 건 아니에요." 피셔 부인이 아버스넛 부인에게 말했다. "그저 프란체스카에게 옮겨달라고만 했을 뿐."

"제 방에도 침대가 두 개예요." 아버스넛 부인이 말했다.

"그건 레이디 캐럴라인 방에 있던 거겠네요. 캐럴라인도 옮겨달라고 했거든요. 쓸 사람도 없는데 방에 침대가 더 있는 게 이상하잖아요." 피셔 부인이 말했다.

"우리도 남편과 같이 오진 않았어요. 그러니 누구든 남편이 올 게 아니면 여유분의 침대가 필요 없어요. 우리도 빼달라고 하면 안 될까요?" 윌킨스 부인이 말했다.

"침대를 이리저리 옮길 순 없죠. 어딘가엔 있어야 해요." 피셔 부인이 냉정하게 말했다.

윌킨스 부인의 말 때문에 피셔 부인은 계속 기분이 상했다. 이 여자는 입을 열 때마다 안 해야 좋을 말들을 내뱉었다. 피셔 부인 주변에는 남편에 관해 말하는 사람이 없었다. 부인이 왕성하게 활동한 '80년대'에는 남편이란 말을 하는 게 죄악시되었다. 침대 역시 굳이 언급해야 한다면 조심스럽게 접근해야 했다. 그리고 품위 있는 사람은 남편과 침대를 숨도 쉬지 않고 한달음에 말하지 않았다.

피셔 부인은 아버스넛 부인 쪽으로 눈에 띄게 몸을 돌리고 말했다. "커피 좀 더 들어요."

"아뇨, 괜찮습니다. 부인은 더 드시지 그러세요."

"아뇨, 난 아침 먹을 때는 두 잔 이상 마시지 않아요. 오렌지는 어때요?"

"괜찮습니다. 드시겠어요?"

"아뇨, 아침 식사 때는 과일 안 먹습니다. 미국 스타일에 적응하기엔 내 나이가 이미 너무 많네요. 양껏 먹었나요?"

"네, 부인은요?"

피셔 부인은 대답하기 전에 잠시 망설였다. 질문을 하면 꼭 같은 질문으로 되묻는 것은 버릇인가? 만약 그렇다면 못 하도록 해야 했다. 나쁜 버릇이 있는 사람과 사 주 동안 편하게 있기는 어려운 법이니까.

피셔 부인은 아버스넛 부인을 힐끗 쳐다보았다. 부인의 곱게 갈라 빗은 머리와 부드러운 이마를 보니 확신이 들었다. 아니다. 같은 질문을 반복한 것은 버릇이 아니고 우연이었다. 아버스넛 부인처럼 성가신 버릇을 가진 사람을 곧 상상할 수 있었다. 고려해보건대 그녀는 가난한 칼라일에게 헌신했던 그의 훌륭한 아내와 비슷해 보였다. 그 지독하고 영리한 제인보다 훨씬 나을 것 같았다. 저런 여자라면 칼라일을 위로해주었을 듯했다.

"그럼 우리 갈까요?" 피셔 부인이 제안했다.

"제가 위로 모셔다드릴게요." 아버스넛 부인이 사려 깊게 말했다.

"아, 고마워요. 그런데 나 혼자 잘 갈 수 있어요. 가끔 지팡이가 길을 막을……."

피셔 부인이 쉽게 일어났다. 아버스넛 부인은 공연히 피셔 부인의 주변을 맴돌았다.

"전 이 맛있어 보이는 오렌지나 하나 먹을래요." 윌킨스 부인이 앉은 자리에서 오렌지가 가득 담긴 검은색 그릇에 손을 뻗으며 말했다. "로즈, 저걸 어떻게 안 먹을 수 있어요. 이거 봐요. 너무 예쁘잖아요." 그러고는 큰 오렌지 하나를 내밀었다.

"아뇨, 난 내 할 일을 하러 가야겠어요." 아버스넛 부인이 문 쪽으로 걸어가며 말했다. "잠시 부인을 혼자 있게 해서 죄송합니다." 부인이 피셔 부인에게 예의를 갖춰 덧붙였다.

피셔 부인도 문 쪽으로 갔다. 쉽고 빠른 걸음걸이였다. 지팡이는 전혀 방해가 되지 않았다. 피셔 부인은 윌킨스 부인과 단둘이 남고 싶지 않았다.

"점심은 몇 시가 좋을까요?" 아버스넛 부인이 정확히 안주인은 아니지만 적어도 손님답지는 않으려 애쓰며 질문했다.

"점심은 12시 반에 먹어요." 피셔 부인이 말했다.

"네, 12시 반, 알겠습니다. 제가 요리사에게 얘기할게요. 고생은 좀 하겠지만 제가 작은 사전을 가지고 와서……." 아버스넛 부인이 웃으며 말을 이었다.

"요리사가 알아요." 피셔 부인이 말했다.

"네?" 아버스넛 부인이 말했다.

"레이디 캐럴러인이 벌써 말했거든요." 피셔 부인이 말했다.

"네?" 아버스넛 부인이 놀라서 되물었다.

"레이디 캐럴라인이 이탈리아인 요리사가 이해할 정도의

이탈리아어는 할 줄 알더군요. 나는 지팡이 때문에 주방에 못 들어오게 하네요. 갈 수 있다 해도 내 이탈리아어를 알아들을지는 모르겠지만……."

"하지만……." 아버스넛 부인이 직당한 말을 찾아 고민했다.

"와, 굉장해요." 윌킨스 부인은 자신과 로즈의 일이 줄어든 걸 기뻐하며 식사를 끝냈다. "이제 우리 행복해지는 것 말고는 여기서 할 일이 없네요. 긍정적인 의미로요." 그러더니 어느 손엔가 오렌지를 들고 고개를 돌려 피셔 부인을 똑바로 바라보며 말했다. "믿으실지 모르겠지만, 로즈와 저는 몇 년 동안 쉼 없이 너무나 열심히 달려왔어요. 우리한테 완벽한 휴식이 얼마나 필요했는지 몰라요."

그러자 피셔 부인이 윌킨스 부인의 말에는 반응도 하지 않고 방 밖으로 나가며 혼잣말했다. "눌러야겠어. 암, 그래야 해."

8

이제 의무적으로 해야 할 일이 없어진 윌킨스 부인과 아버스넛 부인은 밖으로 나가 오래된 돌계단을 내려간 뒤 퍼걸러• 아래를 통과했다. 윌킨스 부인이 깊은 생각에 빠진 아버스넛 부인에게 말을 걸었다. "주문을 다른 사람이 해주면 우리야 더

• 정원에 덩굴식물이 타고 올라가도록 만들어놓은 아치형 구조물.

편해지는 것 아닌가요?"

아버스넛 부인은 그럴 것 같다고 말은 했지만 모든 걸 다 손에서 놓는 건 어리석은 짓 같다고 생각했다.

"난 일을 안 하는 게 좋아요." 윌킨스 부인이 말했다.

"하지만 산 살바토레를 발견한 사람은 우린데 피셔 부인이 자기 것인 양 행동하는 게 좀 웃기지 않아요?" 아버스넛 부인이 말했다.

"마음에 두지 마요. 자유를 희생해서 권한을 얻는 건 조금도 중요하지 않잖아요." 윌킨스 부인이 아주 침착하게 말했다.

아버스넛 부인은 두 가지 이유로 거기에 대해 아무 말도 하지 않았다. 첫째, 그때까지 비논리적이고 들떠 보이기만 했던 로티가 갑자기 눈에 띄게 차분해졌다는 데 감동받았고, 둘째, 지금 보고 있는 풍경이 너무 아름답기 때문이었다.

양쪽 돌계단을 따라 페리윙클•이 가득 피어 있었고, 전날 밤 얼굴을 스치고 지나간 축축하고 향기 나는 것들이 뭔지도 알 수 있었다. 바로 등나무였다. 등나무와 햇살……. 그제야 광고 문구가 떠올랐다. 실제로 여기에는 그 두 가지가 넘쳐났다. 등나무 꽃이 제철을 맞아 흐드러지게 피어 있었고, 퍼걸러가 끝나는 곳에는 자주색 제라늄과 금련화가 무리 지어 핀 채 태양을 받아 눈부시게 빛났다. 마리골드는 너무 찬란해서 불타는 것 같았고 빨간색과 분홍색 금어초들이 시새우듯 선

• 줄기가 가늘고 늘어지는 남보라색 여러해살이 덩굴식물.

명하고 화려한 색을 자랑했다. 이 화려한 것들 뒤 공터는 바다로 가는 테라스들로 연결됐다. 어떤 테라스에는 올리브가 격자 구조물 위를 기어올랐고, 또 어떤 테라스는 무화과나무, 복숭아나무, 체리나무로 이루어진 작은 과수원 같았다. 체리나무와 복숭아나무는 가늘게 떨고 있는 올리브 사이에서 희고 진한 장밋빛의 사랑스러운 꽃송이를 활짝 피웠다. 무화과 잎들은 무화과 냄새를 맡기에 충분히 컸고, 덩굴의 싹은 이제 겨우 모습을 보이기 시작했다. 그리고 이 나무들 아래에는 파란색과 보라색 아이리스와 라벤더 덤불과 날카로운 회색 선인장들이 있었고, 풀밭은 민들레와 데이지로 빽빽했으며, 바로 그 밑에는 바다가 있었다. 어디에서나 어떤 식으로든 색이 화려함을 뽐내고 있었다. 온갖 종류의 색이 무리를 이루어 바다로 흘러 들어갔고(일일초는 계단을 기어 내려가고 있는 것 같아 보였다), 영국에서는 국경에만 자라는 자존심 센 꽃들이 그곳에 외따로 피어 있었다. 가령 크고 푸른 아이리스와 라벤더는 민들레와 데이지, 흰 종 모양의 달래 같은 작고 수수한 것들에 떠밀려 오히려 더 풍성하게 자라는 것 같았다.

그들은 이 사랑스러운 무리를, 이 행복한 조합을 말없이 바라보았다. 그래, 피셔 부인이 무슨 일을 하든 중요하지 않다. 여기에서는, 이렇게 아름다운 곳에서는. 아버스넛 부인의 불만이 녹아 없어졌다. 지금 바라보고 있는 것, 신의 새로운 면이 발현된 빛과 온기 속에서 어떻게 불만을 품을 수 있겠는가! 프레더릭과 처음 연애할 때, 그녀가 본 것을 그가 보고 그가 사랑한 것을 그녀가 사랑하던 그때처럼 이 모든 것을 함께 볼 수만 있다면…….

부인은 한숨을 쉬었다.

"천국에서 웬 한숨이에요. 그럼 안 되죠." 윌킨스 부인이 말했다.

"아름다운 광경을 보고 있자니 사랑하는 사람과 함께 있고 싶은 마음이 더 간절해요. 그런 생각을 하는 중이었어요." 아버스넛 부인이 말했다.

"천국에선 바라면 안 돼요. 완벽해야 하잖아요. 천국이잖아요. 안 그래요, 로즈? 모든 게 얼마나 조화로운지 봐요. 민들레와 아이리스, 천한 사람과 높은 사람, 나와 피셔 부인, 모두 환영받고, 모두 어떻게든 조화를 이루고, 모두 눈에 띄게 행복하고 즐거운 시간을 보내고 있잖아요."

"피셔 부인은 행복해 보이지 않아요. 어쨌든 겉으로 보기에는요." 아버스넛 부인이 웃으며 말했다.

"부인도 곧 그렇게 될 거예요. 두고 봐요."

아버스넛 부인은 특정한 나이가 지나면 사람들은 아무것도 시작할 수 없는 것 같다고 말했다.

윌킨스 부인은 아무리 나이가 많고 사는 게 힘들어도 완벽하게 아름다운 것을 도외시할 수는 없다고 말했다. 며칠, 어쩌면 몇 시간도 안 돼서 그들은 피셔 부인이 생기에 넘치는 모습을 보게 될지 몰랐다. "우리가 천국에 와 있는 건 틀림없잖아요. 피셔 부인도 그걸 깨닫기만 하면 달라질 거예요. 두고 봐요. 경직을 풀고 유연해질걸요. 그럼 그때는…… 우리가 피셔 부인을 아주 좋아하게 된대도 놀랍지 않을 거예요."

지극히 경직돼 보이는 피셔 부인이 어떤 일로 감정을 터뜨릴 수 있다고 생각하니 아버스넛 부인은 웃음이 났다. 그녀는 로티가 한가하게 천국 타령하는 것을 받아들였다. 그런 곳에서, 그런 아침에는 뭐든 받아들이기 쉬웠다. 게다가 핑계도 그럴싸했다.

두 사람이 아침 식사 전에 머물렀던 벽 위에 앉아 있던 레이디 캐럴라인은 웃음소리를 듣고 그들이 아래 서 있는 것을 확인했다. 그들이 근처에 올라와서 웃고 떠들지 않는 게 천만다행이라고 생각했다. 레이디 캐럴라인은 보통 때도 왁자지껄한 걸 싫어했지만, 아침에는 더 싫었다. 가까운 곳에서 귀가 쟁쟁 울리도록 떠들어대는 건 특히 더 싫었다. 캐럴라인은 두 사람이 부디 산책을 다녀오는 길이 아니고 나가는 길이기를 바랐다. 그들의 웃음소리가 점점 더 커졌다. 도대체 어떤 일이 있어야 저렇게 웃어댈 수 있을까?

레이디 캐럴라인은 저렇게 웃는 사람들과 한 달을 보내야 한다는 게 두려워 심각한 표정으로 그들의 머리 꼭대기를 내려다보았고, 그들은 캐럴라인의 눈길을 느끼기라도 한 듯 갑자기 위를 올려다보았다.

저 여자들은 무시무시할 정도로 상냥해서…….

레이디 캐럴라인은 손 흔들고 미소 짓는 그들을 피해 몸을 움츠렸지만 백합에 넘어지지 않고는 그들의 시선을 피할 수 없었다. 캐럴라인은 웃지도 손을 흔들지도 않았고, 더 멀리 있는 산맥으로 눈길을 돌린 뒤 그들이 손 흔드는 데 지쳐 발걸음을 옮겨서 모퉁이를 돌아 사라질 때까지 먼 산만 하염없이 바라보았다.

이번에는 두 사람 다 레이디 캐럴라인이 반응하지는 않았지만 적어도 그들을 보기는 했다는 사실을 눈치챘다.

"우리가 천국에 있지 않다면 무시당했다고 말하겠지만, 천국에서는 아무도 누군가를 모욕하지 않으니 우리도 무시당한 건 아니에요. 그렇죠?" 윌킨스 부인이 차분하게 말했다.

"저분은 행복하지 않나봐요." 아버스넛 부인이 말했다.

"뭐든 여기서 극복해낼 거예요." 윌킨스 부인이 확신에 차서 말했다.

"우리가 힘써서 도와야겠군요." 아버스넛 부인이 말했다.

"네, 하지만 천국에서는 아무도 다른 사람을 돕지 않아요. 그럴 필요가 없죠. 무엇이 되려고 하거나 뭘 하려고 노력하지 않아요. 그냥 그렇게 있으면 돼요."

음, 아버스넛 부인은 오늘, 여기에서 그걸 굳이 따지려 하지 않았다. 목사가 들었다면 로티가 하는 말을 신성모독 혹은 경솔한 처신이라고 부를 것 같았다. 여기에서 생각하니 그는 참으로 늙은 사람 같았다. 늙고, 늙은 목사.

그들은 길을 나선 뒤 올리브 테라스를 힘겹게 걸어 잔잔하고 따뜻한 바닷물이 바위틈에서 부드럽게 철썩거리는 곳까지 내려갔다. 그들은 바다 가까이에 있는 소나무 그늘에 앉았다. 몇 미터 떨어진 곳에 고기잡이배가 미동도 없이 떠 있었다. 파도가 발밑에서 작게 쏴 하는 소리를 냈다. 그들은 눈을 가늘게 뜨고 나뭇가지 사이로 비치는 눈부신 빛을 바라보았다. 솔잎과 바위 사이 공간을 채운 야생 백리향의 강한 향이 코를 찔렀고, 햇빛이 강렬하게 내리쬐는 뒤편 아이리스 군락에서 나는 꿀 향기가 얼굴을 어루만지고 지나갔다. 곧 윌킨스 부인이 신발과 스타킹을 벗고는 발로 물을 찰박거렸다. 잠시 지켜보던 아버스넛 부인도 따라 했다. 그제야 행복이 정점에 이르렀다. 두 사람의 남편들은 그들이 이러고 있는 줄은 꿈에도 모를 터였다. 두 사람은 이제 말이 없었다. 천국 운운하던 것도 멈췄다. 그저 모든 걸 받아들일 자세가 되었다.

한편 레이디 캐럴라인은 벽에 앉아 자신이 앉은 자리에 관해 생각해보고 있었다. 흉벽 꼭대기에 있는 정원은 멋졌지만 그 때문에 방해받기 쉬웠다. 홀과 식당 두 곳 모두에 정원으로 연결되는 문이 있으므로 언제고 다른 사람들이 정원에 들어가고 싶어 할 것 같았다. 정원을 오롯이 차지할 방법을 찾아야 했다. 피셔 부인은 아주 좋은 방을 꿰찼을 뿐 아니라 꽃이 만발한 흉벽과 망루도 독차지했다. 윌킨스 부인과 아버스넛 부인이 갈 수 있는 장소는 많았다. 캐럴라인이 보기에 적어도 작은 정원이 두 개는 더 있었다. 그런가 하면 성이 서 있는 언덕 자체가 산책로와 벤치가 있는 정원이었다. 그러니 이곳을 독차지 못 할 이유는 없는 듯했다. 캐럴라인은 이곳이 좋았다. 그 어느 곳보다 제일. 정원에는 박태기나무와 우산

소나무가 있고, 프리지어와 백합이 있으며, 핑크빛으로 물들기 시작한 위성류도 있었다. 낮은 벽은 앉기 편했고 세 면의 경치도 멋졌다. 동쪽으로는 만과 산맥이, 북쪽으로는 깨끗하고 조용한 작은 항구 맞은편 마을과 흰 집과 오렌지 과수원이 산재한 언덕이, 서쪽으로는 산 살바토레를 본토와 연결하는 얇은 땅과 푸르고 어둑어둑한 프랑스로 이어지는 제노바 너머의 넓은 바다와 해안선이 보였다. 그랬다. 캐럴라인은 이곳을 온전히 독점하고 싶었다. 그들이 각자 따로 떨어져 있을 수 있는 자신만의 특별한 공간을 가지면 더없이 좋을 것 같았다. 캐럴라인은 따로 떨어져 누구에게도 방해받지 않아야 편하게 지낼 수 있었다. 다른 사람들도 그런 조건을 좋아해야 한다. 떼로 몰려다닐 이유가 뭔가? 그런 생활은 영국에서 친척들과 친구들 틈에서 할 만큼 했다. 참 많은 사람이 늘 함께 있기를 강요했다. 그들에게서 사 주 동안 성공적으로 탈출해 놓고서 그럴 이유가 하나도 없는 사람들과 왜 계속 몰려다녀야 하나?

캐럴라인은 담배에 불을 붙였다. 비로소 안정을 얻었다. 저 두 사람은 산책하러 갔다. 피셔 부인은 그림자도 비치지 않았다. 이 얼마나 쾌적한 환경인가.

이제 좀 살 것 같다고 깊은숨을 내뱉으려는 찰나 누군가가 유리문을 통해 밖으로 나왔다. 설마 피셔 부인이 함께 있고 싶어서 나오는 건 아니겠지? 피셔 부인에게는 흉벽이 있다. 부인이 흉벽을 꿰찼으니 거기에 있어야 마땅했다. 그곳과 응접실에만 있는 게 싫어서 이 정원까지 차지하려 한다면 여간 성가신 일이 아닐 터였다.

다행히 피셔 부인이 아니고 요리사였다.

캐럴라인은 눈살을 찌푸렸다. 앞으로도 자기가 계속 음식을 주문해야 하는 걸까? 이젠 캐럴라인에게 손을 흔드는 저 두 여자 중 한 명이 그 일을 맡아야 마땅했다.

요리사는 점심 메뉴를 무엇으로 해야 할지 결정되지 않아 불안한 심정으로 주방에서 기다리다가 점심시간이 다가오자 하는 수 없이 피셔 부인에게 갔지만, 부인은 손사래를 쳤다. 이제 요리사는 음식 메뉴를 정해줄 책임 있는 사람을 찾아 온 집을 돌아다녔지만 아무도 찾지 못했고, 사람들이 어디에 있는지 잘 아는 프란체스카가 말해줘서 마침내 레이디 캐럴라인이 있는 이곳으로 찾아온 것이다.

이 요리사를 산 살바토레에 데려온 사람은 도메니코였다. 요리사 코스탄차는 광장에서 레스토랑을 운영하는 도메니코의 사촌 여동생이었다. 코스탄차는 시간이 날 때마다 오빠의 레스토랑 일을 도왔기 때문에 한낮에 레스토랑으로 몰려오는 카스타녜토 노동자들이나 일요일에 찾아오는 메차고 주민들이 좋아하는 기름기 많고 신기한 이탈리아 음식들을 잘 알았다. 나이 쉰에 머리는 희끗희끗하고 민첩하며 말 많고 비쩍 마른 독신자 코스탄차는 레이디 캐럴라인이 그때껏 본 어떤 사람보다 아름다웠다. 도메니코도 그렇게 생각했다. 도메니코를 돕는 그의 조카 주세페라는 소년의 생각도 같았다. 그리고 프란체스카를 돕는 도메니코의 여자 조카 안젤라 역시 마찬가지였다. 그리고 프란체스카 본인도 캐럴라인이 절세미인이라고 감탄했다. 네 명의 여인을 모두 본 도메니코와 프란체스카는 뒤에 도착한 부인 두 사람도 매우 아름답지만, 먼저 도착한 아름다운 젊은 여인과 비교하면 그들은 최근에 설치한 전기와 비교되는 촛불 같고, 주인이 지난번 방문 때 마련해준 멋진 새 욕실과 비교되는 양철 욕조와 같다고 생각했다.

레이디 캐럴라인은 요리사를 보고 얼굴을 찌푸렸다. 늘 그렇듯 캐럴라인이 기분 나쁜 표정을 지어도 상대방은 자신의 말에 집중하는 아름다운 태도로 받아들였고, 코스탄차는 여기 성모 마리아의 현신이 있다고 두 손을 들어 올리며 놀라워했다.

레이디 캐럴라인이 코스탄차에게 쌀쌀맞은 태도로 원하는 것이 무엇이냐고 묻자 코스탄차는 천상의 음악과도 같은 목소리에 기뻐하며 고개도 똑바로 들지 못했다. 코스탄차는 혹시 계속될 수도 있는 음악을 잠시 기다린 뒤, 메뉴 주문을 받으려고 아가씨의 어머니에게 갔지만 받지 못했다며 캐럴라인에게 주문을 부탁했다.

“그분은 제 어머니가 아니에요.” 레이디 캐럴라인은 화가 나서 펄쩍 뛰었다. 목소리 좋은 고아가 내는 슬픈 울부짖음 같았다.

코스탄차는 동정심이 일었다. 그녀 역시 어머니가 없다고 설명…….

레이디 캐럴라인이 코스탄차의 말을 끊고는 자기 어머니는 런던에 멀쩡히 살아 있다고 퉁명스럽게 말했다.

코스탄차는 그 젊은 여인이 어머니 없는 삶을 겪지 않은 데 신과 성자들께 감사했다. 불운이 사람을 덮치는 것은 순식간이었다. 분명 젊은 여인에게 남편은 있으리라 코스탄차는 확신했다.

"아뇨." 레이디 캐럴라인이 쌀쌀맞게 말했다. 캐럴라인은 아침에 하는 시시껄렁한 농담보다 남편 얘기를 더 싫어했다. 친지들과 친구들, 심지어 석간신문들까지 모두 틈만 나면 캐럴라인에게 남편 얘기를 들먹이며 압력을 가했다. 결국 어찌됐든 오직 한 사람과 결혼할 수 있지만, 사람들이 이야기하는 식이라면, 특히 남편이 되고 싶어 하는 사람들의 주장대로라면 적어도 열두어 번은 결혼하고도 남았다.

캐럴라인이 부드럽고 애처로운 목소리로 결혼하지 않았다고 하자 가까이 서 있던 코스탄차는 동정심이 일었다.

"아, 가여워라." 코스탄차는 캐럴라인의 어깨라도 두드려주려고 앞으로 다가섰다. "희망을 가져요. 아직 시간은 있어요."

"점심으로는……." 레이디 캐럴라인은 다른 것도 마찬가지지만 어깨를 토닥이는 억압적인 행동을 피해 멀고 은밀한 장소로 힘들게 왔는데 코스탄차가 어깨를 두드릴 것 같은 태도를 취하자 놀라서 쌀쌀맞게 반응했다. "우리……."

코스탄차가 곧 사무적인 태도를 취하고는 이런저런 제안을 했다. 하나같이 감탄할 만하고 비싼 것들이었다.

레이디 캐럴라인은 그것들이 비싸다는 사실도 모르고 당장 몇 가지를 골랐다. 아주 맛있을 것 같았다. 갖가지 어린 채소와 과일, 풍부한 버터와 크림, 그리고 엄청나게 많은 수의 계란이 들어가는 음식들이었다. 코스탄차는 자신의 제안을 받아들여준 데 대한 고마움의 표시로, 임시직으로 일할 때 음식을 대접한 많은 신사 숙녀 중에서 자신은 특히 영국인들이 좋더라는 말을 마지막으로 덧붙였다. 아니, 코스탄차는 영국인들을 좋아하는 정도가 아니었다. 영국인들은 헌신하고 싶은 마음이 들게 했다. 그들은 항상 준비된 자세로 주문을 했고, 돈을 크게 아끼지 않았으며, 빈민을 학대하지 않았다.

이쯤 되자 레이디 캐럴라인은 너무 과하게 주문했다는 결론에 이르렀고, 당장 크림을 주문 목록에서 빼버렸다.

코스탄차의 얼굴이 어두워졌다. 그녀에겐 젖소를 키우는 사촌이 있었고, 크림은 사촌의 소한테서 나오는 것이었으니까.

"그리고 닭고기도 먹지 않는 편이 낫겠어요." 레이디 캐럴라인이 말했다.

코스탄차의 얼굴이 한층 더 어두워졌다. 레스토랑에서 일하는 오빠가 뒤뜰에서 닭을 키웠고 당장 여러 마리를 죽일 준비가 되어 있었던 것이다.

"아, 내가 다른 분들한테 물어볼 때까지는 딸기도 주문하지 마세요." 레이디 캐럴라인은 지금이 4월 초이고 햄프스테드 사람들은 가난할 수도 있다는 데 생각이 미쳤다. '분명 가난할 거야. 그렇지 않다면 왜 햄프스테드에서 살겠어.' "여기 임시 주인이 제가 아니라서요."

"나이 드신 그분인가요?" 코스탄차가 여전히 침울한 표정으로 물었다.

"아뇨."

"다른 부인 두 분 중 어느 쪽이십니까?"

"둘 다 아니에요."

그때 코스탄차의 얼굴에 미소가 돌아왔다. 이 젊은 숙녀가 자기를 데리고 농담하고 장난을 친다고 생각했다. 실제로 상냥한 이탈리아식으로 밝게 웃으며 캐럴라인에게 그 말을 했다.

"난 농담 같은 거 안 해요. 이제 가보세요. 안 그럼 12시 반까지 점심 준비가 안 될 텐데요." 레이디 캐럴라인이 불쑥 말했다.

그러나 이 퉁명스러운 말도 너무나 달콤하게 들린 나머지 코스탄차는 마치 칭찬을 받은 것 같았고 크림과 닭고기에 실망한 것도 잊은 채 감사 인사를 한 뒤 미소를 지으며 멀어졌다.

'이러면 안 돼. 난 살림하려고 여기 온 게 아니야. 안 할래.' 레이디 캐럴라인이 생각했다.

레이디 캐럴라인이 코스탄차를 다시 불러 세웠다. 코스탄차가 달려왔다. 그 아름다운 목소리로 자기 이름이 불리는 것을 듣자니 코스탄차는 황홀했다.

"난 오늘 점심을 주문했어요." 레이디 캐럴라인이 화났을 때 짓는 심각하지만 천사 같은 얼굴로 말했다. "저녁 주문도 했고요. 이제부턴 다른 부인 중에서 한 사람을 골라 주문받으러 가세요. 난 더는 싫어요."

레이디 캐럴라인은 계속 주문을 한다는 건 말도 안 된다고 생각했다. 그녀는 집에서도 주문이나 명령을 하지 않았다. 집에서는 누구도 캐럴라인에게 무얼 하라고 요구할 꿈도 꾸지 않았다. 그런 따분한 행위가 단지 이탈리아어를 할 줄 안다는 이유로 캐럴라인에게 맡겨지는 건 우스운 일이었다. 피셔 부인이 거절하면 두 여자가 그 일을 맡는 게 옳았다. 물론 피셔 부인 자체가 그런 목적에 잘 맞는 사람이었다. 부인에게는 유능한 가정주부의 분위기가 물씬 풍겼다. 옷차림이나 머리 모양도 그랬다.

비록 전달되는 도중에 부드러워지긴 했지만 신랄하게 최후통첩을 했고, 축복을 내리듯 우아하고 자애로운 태도였으나 얼른 가라는 식으로 위압적인 눈빛을 보였는데도 코스탄차가 여전히 머리를 한쪽으로 조아린 채 기쁜 표정으로 자신을 바라보는 광경에 캐럴라인은 짜증이 났다.

"아, 그만 가요!" 레이디 캐럴라인이 갑자기 화를 내며 영어로 외쳤다.

그날 아침 캐럴라인의 방에는 코스탄차처럼 찰싹 붙어서 떨어지지 않는 파리가 한 마리 있었다. 보이는 건 딱 한 마리였지만 여러 마리가 있을지도 몰라서 동틀 무렵부터 계속 신경이 쓰였다. 파리는 캐럴라인의 얼굴에 붙으려 했고, 캐럴라인은 파리가 붙지 못하게 할 작정이었다. 어찌나 끈질기던지 잠이 깬 뒤 다시 눈을 붙일 수가 없었다. 캐럴라인은 파리를 때려잡으려 했지만, 녀석은 아무 일도 없다는 듯 유유히 빠져나갔고, 캐럴라인은 자기 손만 아파했다. 파리는 바로 다시 돌아와서 웽웽 시끄러운 소리를 내며 뺨에 앉았다. 이번에도 손으로 때려잡으려 했지만, 파리는 우아하게 몸을 빼내 달아났고, 캐럴라인은 자기 뺨만 때린 꼴이 되었다. 캐럴라인은 화가 머리 꼭대기까지 나서 침대에 일어나 앉아 파리를 때려죽일 기회를 넘봤다. 급기야 파리가 자신을 미치게 하려고 일부러 도발을 일삼는 적이라도 되는 양 화가 나서 온 힘을 다해 파리를 내리쳤다. 이번에도 파리는 화난 기색도 없이 캐럴라인의 손을 유연하게 피했고 바로 다시 돌아왔다. 녀석은 매번 성공적으로 얼굴에 착지했고 몇 번을 쫓겨나도 개의치 않았다. 녀석 덕분에 캐럴라인은 옷을 입고 일찌감치 방에서 나와버렸던 것이다. 캐럴라인은 두 번 다시 이런 식으로 화를 내고 싶지 않아서 프란체스카에게 얼른 침대에 모기장을 쳐달라고 말해두었다. 사람들도 파리와 꼭 같았다. 사람들을 못 오게 하는 그물도 있으면 얼마나 좋을까. 캐럴라인은 사람들을 찌푸린 표정과 말로 내리쳤지만, 그들은 파리처럼 털끝 하나 다치지 않고 일격을 피해 달아났다. 하긴 캐럴라인이 때려잡으려 했다는 사실조차 모르는 듯하니 사람들은 파리보다 더 못했다. 적어도 파리는 잠시 도망이라도 갔다. 인간들을 제거하는 유일한 방법은 자신이 사라지는 것밖에 없었다. 바로 그런 피곤한 일을 캐럴라인은 지금 4월에 또 하고 있었던 것이다. 산 살바토레에서는 편하게 지내게 되나 했는데, 그런 성가신 일이 또 생겨 그녀를 가만 내버려두지 않았다.

런던에서는 이런 세부적인 내용을 알지 못했다. 멀리서 본 산 살바토레는 아름답고 텅 비어 있었다. 그러나 산 살바토레에 온 지 고작 이십사 시간 만에 캐럴라인은 여기가 전혀 텅 비어 있지 않고 여느 때보다 더 적극적으로 사람들을 물리쳐야 하는 곳이라는 사실을 알게 됐다. 이미 많은 것이 그녀에게 달라붙어 성가시게 했다. 전날에는 피셔 부인이 거의 내내 붙어 있었고, 오늘 아침에는 단 십 분도 방해받지 않고 혼자 평화롭게 있지 못했다.

코스탄차는 요리를 해야 해서 마침내 떠났지만, 그녀가 가기 무섭게 도메니코가 왔다. 식물에 물을 주고 벌어진 가지를 끈으로 묶기 위해서였다. 정원사인 도메니코로서는 당연히 할 일이었지만 그가 캐럴라인 바로 옆에서 계속 물을 주고 정리하는 게 문제였다. 그는 주변을 계속 얼쩡거렸고, 과할 정도로 식물에 물을 주었다. 화살처럼 곧게 자란 식물들을 묶고 또 묶었다. 적어도 도메니코는 남자여서 그렇게까지 성가시지는 않았다. 그가 웃으며 아침 인사를 하자 캐럴라인도 웃으며 응대했다. 그 모습에 도메니코는 가족과 아내와 어머니와 다 자란 자식들과 모든 임무를 잊고 오로지 이 젊은 숙녀분의 발에 키스하고 싶었다.

아쉽게도 도메니코는 그렇게 할 수 없었지만, 일하는 내내 말은 할 수 있었다. 그는 알고 있는 정보란 정보는 모조리 읊었고, 조금이라도 더 생동감 있게 설명하고 싶어서 물 조리개를 내려놓고 몸짓까지 하느라 물 주는 일은 더디기만 했다.

레이디 캐럴라인은 잠시 참았지만 이제는 도저히 견딜 수 없는 지경에 이르렀다. 그런데도 도메니코는 가려고 하지 않았다. 캐럴라인은 그가 자기 일을 하는 걸 가시고 뭐라 말도 하지 못했고 떠나야 하는 사람은 오히려 자신이라고 생각했다.

캐럴라인은 벽에서 내려와 정원의 반대편 끝으로 갔다. 나무 쉼터에 편하고 낮은 등의자들이 놓여 있었다. 캐럴라인은 의자 하나를 돌려 도메니코를 등진 채 제노바로 향하는 바다를 보고 싶었다. 그녀가 원하는 건 그저 이런 사소한 일이었다. 다른 사람들은 그 정도 일쯤은 방해받지 않고 할 수 있으리라 여길 것이다. 그러나 캐럴라인의 일거수일투족을 눈여겨보던 도메니코가 캐럴라인이 의자에 다가가는 걸 보고는 그곳으로 쏜살같이 달려가 의자를 들어 올리며 어디에 놓을지 얘기해달라고 부탁했다.

캐럴라인은 받들어 모셔지고, 편안하도록 살펴지고, 물건을 어디에 두고 싶은지 질문받고, 고맙다고 말해야 하는 삶에서 결코 벗어날 수 없는 운명인 것 같았다. 캐럴라인은 도메니코에게 퉁명스럽게 굴었다. 그랬더니 도메니코는 햇빛 때문에 캐럴라인의 머리가 아픈 거라 결론을 내리곤 바로 안으로 뛰어 들어가 햇빛 가리개와 쿠션과 발 받침대를 가져왔다. 어찌나 능숙하고 태도가 선선한지 타고난 신사 같았다.

캐럴라인은 체념하고는 눈을 질끈 감았다. 도메니코에게는 도저히 불친절할 수 없었다. 다른 사람이었다면 일어나 안으로 들어가버렸을 텐데 그럴 수 없었다. 도메니코는 똑똑하고 유능했다. 캐럴라인은 집 운영과 관련한 모든 일을 하는 사람이 도메니코라는 사실을 바로 알아챘다. 그리고 태도도 확실히 유쾌했고, 매력적인 사람임에는 틀림없었다. 캐럴라인이 혼자 있기를 간절하게 원하는 것이 잘못이라면 잘못이었다. 이 한 달 동안 아주 조용히 보내려면 속깨나 썩어야 할 것 같았다.

캐럴라인은 눈을 꼭 감았다. 그래야 자고 싶어 한다고 생각하고 도메니코가 갈 것 같았다.

낭만적인 이탈리아 남자 도메니코는 그 광경을 보고 마음이 사르르 녹아내렸다. 눈을 감은 캐럴라인의 모습이 그녀에게 너무나 잘 어울렸던 것이다. 그는 넋을 잃은 채 미동도 없이 서 있었다. 캐럴라인은 도메니코가 가버렸다고 생각하고는 다시 눈을 떴다.

어이쿠, 도메니코가 아직 그곳에서 그녀를 바라보고 있었다. 결국 도메니코마저. 캐럴라인은 사람들이 바라보는 눈길에서 벗어날 방법이 없었다.

"나 머리 아파요." 캐럴라인이 다시 눈을 질끈 감으며 말했다.

"해가 강한데 모자를 쓰지 않아서 그렇습니다."

"나 자고 싶어요."

"시, 시뇨리나."• 도메니코가 다정하게 말하고는 조용히 멀

• '네, 아가씨'라는 뜻의 이탈리아어.

어졌다.

캐럴라인은 안도의 한숨을 쉬며 눈을 떴다. 유리문이 조용히 닫히는 걸 보니 도메니코는 그 자리를 떠났을 뿐 아니라 캐럴라인이 방해받지 않고 정원에 혼자 있게 해주고 싶은 모양이었다. 이젠 점심시간까지는 혼자 있게 될 것 같았다.

아주 이상하고, 세상 누구보다 스스로가 더 놀랄 수밖에 없었지만, 이제 캐럴라인은 생각이란 걸 해보고 싶었다. 이전에는 생각 따윌 해보고 싶은 적이 한 번도 없었다. 인생의 어느 시기에 이르러 다른 것들은 별 부담 없이 해보고 싶었지만, 생각을 해보고 싶었던 적은 없었다. 캐럴라인은 부모님과 친구들이 없는 곳에서 모든 걸 잊은 채 밥 먹을 때만 겨우 몸을 일으켜가며 햇볕 따스한 곳에서 사 주 동안 오로지 잠만 자고 싶다는 일념으로 산 살바토레에 왔고, 이 이상하고 새로운 욕망에 사로잡힌 지 불과 몇 시간도 지나지 않았다.

전날 저녁에는 별이 아름다웠다. 캐럴라인은 저녁 식사 후에 피셔 부인 혼자 백합이 가득한 곳의 성벽에 앉아 견과류와 와인을 즐기게 놔두고는 꼭대기 정원으로 나가 어두운 만을 내다보았다. 문득 그녀의 인생이 아무것도 아닌 소음인 것 같다는 느낌이 들었다.

캐럴라인은 깜짝 놀랐다. 다른 사람들과 함께 별을 본 적은 있어서 별과 어둠이 특별한 감정을 자아낸다는 사실은 알았지만, 혼자 그런 경험을 해본 적은 없었다. 아무것도 아닌 소음이라니. 갑자기 이래도 되는 걸까. 캐럴라인은 궁금했다.

오랫동안 캐럴라인은 자신의 삶이 소음이란 걸 알았다. 그러나 무언가가 굉장히 과장된 것 같았다. 사실 소음이 너무 과해서 잠시 아무것도 들리지 않는 곳으로 멀어져야 한다고 느꼈다. 그러지 않으면 완전히, 그리고 아마 영원히 귀가 멀어버릴 터였다. 그러나 아무것도 아닌 소음뿐이라는 생각을?

전에는 마음속으로 그런 질문을 해본 적이 없었다. 그런 생각을 하면 외로워졌다. 캐럴라인은 혼자 있고 싶지만 외롭긴 싫었다. 그건 매우 달랐다. 외로움은 가슴속이 아리도록 상처 입는 것이었다. 사람이 가장 두려워하는 것이기도 했다. 그 때문에 사람이 그토록 많은 파티에 가게 되는 거였다. 그리고 최근 한두 번은 파티조차 캐럴라인을 확실히 보호해주지 못했다. 외로움은 상황이 아니라 그 상황에 처하게 된 방식과 연관이 있다고 하면 말이 될까? 캐럴라인은 자러 가는 게 좋겠다고 생각했다. 상태가 안 좋아서 그럴 수도 있으니까.

캐럴라인은 잠자리에 들었다. 그리고 파리를 쫓아내고 아침 식사를 한 뒤 다시 정원에 나갔는데 똑같은 감정을 느꼈다. 백주 대낮에. 지금까지의 삶이 요란했을 뿐 아니라 공허하기까지 했다는 기분 나쁜 의심이 다시금 똬리를 틀었다. 만약 그렇다면, 그리고 만약 그녀의 황금기였던 첫 28년이 단지 의미 없는 소음 속으로 사라져버렸다면 잠시 멈추고 주변을 둘러보는 게 좋을 것 같았다. 소설에서 지겹게 언급하듯 멈춰서 생각을 해야 할 시점인 듯했다. 캐럴라인은 28년을 아직 한 번밖에 살아보지 못했다. 28년을 한 번 더 살면 피셔 부인처럼 될지 모른다. 두 번 더 살면…… 캐럴라인은 눈을 돌렸다.

캐럴라인이 이런 생각을 한다는 걸 어머니가 알았다면 걱정했을 것이다. 캐럴라인의 어머니는 그녀에게 맹목적인 사랑을 퍼부었다. 아버지 역시 딸을 한량없이 사랑했으므로 마찬가지로 염려했을 것이다. 모두 그녀를 애지중지했다. 그래서 캐럴라인이 하녀도 없이 이탈리아에 가서 광고로 만난 이상한 사람들과 한 달 내내 지내겠다고 완강하게 고집했을 때, 그 가난한 사람들이 심하게 유난을 떨어서 캐럴라인이 정신을 못 차리게 됐을 거라고 이해할 수밖에 없었다.

캐럴라인의 어머니는 딸이 떠나는 걸 몹시 고통스러워했다. 딸이 그런 일을 계획하다니 너무 이상했고, 뭔가에 실망했다는 표시 같았다. 어머니는 딸이 신경쇠약 직전이 아닐까 의심했다. 캐럴라인의 어머니가 이 자랑스럽고 지켜보기만 해도 즐겁고 모든 희망의 원천인 딸이 혼자 앉아 28년이 세 번 지났을 때를 상상하며 텅 빈 지중해를 바라보는 장면을 목격했다면 정말 비참했을 것이다. 가슴이 미어졌을 것이다. 딸이 혼자 멀리 가는 것도 좋지 않았지만, 생각하는 것은 더 나빴다. 젊고 아름다운 여인은 생각한다고 좋은 게 나올 수 없었다. 아름다운 사람의 생각은 망설임과 반항과 불행을 야기하게 마련이었다. 만약 어머니가 자기 딸이 이곳에 앉아 열심히 생각하는 모습을 봤다면 어떤 기분이었을까. 그런 것들, 그런 낡은 것들. 적어도 마흔이 될 때까지는 아무도 생각하지 않는 것들을 딸이 생각하고 있는 모습을 봤다면.

9

피셔 부인이 독점한 응접실은 매력과 개성이 넘치는 방이었다. 피셔 부인은 아침 식사를 마치자마자 만족스러운 표정으로 방을 둘러보았고, 그 응접실이 자신의 것임을 기뻐했다. 바닥에는 타일이 깔려 있었고, 벽은 베이지색이었으며, 호박색 상감 가구와 표지가 아이보리나 레몬색인 읽기 편한 책들이 있었다. 제노바로 향하는 바다를 굽어보는 큰 창문, 흉벽과 진귀하고 매력적인 조망 탑으로 나갈 수 있는 유리문이 있었다. 그 안에는 의자 여러 개와 필기용 테이블이 놓인 방이 있었고, 탑 반대편은 대리석 의자가 있는 흉벽 끝이어서 서쪽 만과 스페치아만이 시작되는 지점을 볼 수 있었다. 남쪽으로 넓게 펼쳐진 바다의 두 구간 사이에는 산 살바토레보다 높은 언덕이 있었다. 그곳은 작은 반도의 끄트머리로 꼭대기에 사람이 살지 않는 작은 성과 밋밋한 탑이 있었는데, 모든 게 그림자에 잠겼을 때도 그쪽은 여전히 일몰이 눈부셨다. 피셔 부인은 편한 곳에 자리를 잘 잡은 것 같아 기뻤다. 그리고 자세히 살펴보지는 않았지만 돌로 만든 작은 여물통이나 작은 석관 같은 용기에 꽃도 잔뜩 심겨 있었다.

그런 것들을 고려해볼 때 이 흉벽은 그곳으로 연결되는 두 번째 유리문만 없으면 부인이 지팡이를 짚지 않고도 천천히 오르내리거나 쿠션을 올려놓고 대리석 의자에 앉아 있기에 완벽한 장소가 될 것 같았다. 두 번째 유리문은 완벽한 사생활을 망쳤고, 그 장소가 오롯이 피셔 부인만의 것이라는 느낌을 엉망으로 만들었으며, 피셔 부인과 레이디 캐럴라인 모두 너무 어둡다고 거절했던 둥근 응접실에 붙어 있었다. 아마 햄프스테드에서 온 여자들이 그 응접실에 앉아 있게 될 텐데, 그들이 거기에만 있지 않고 유리문으로 나와서 자신의 흉벽을 침범할까봐 걱정이었다. 그러면 흉벽의 가치가 훼손돼버릴 것이다. 피셔 부인이 아는 한 흉벽에 사람이 너무 많이 들끓거나 사람은 많지 않더라도 방 안에서 밖으로 내다보기 쉬우면 분위기가 영 망가질 것 같았다. 누군가가 보고 있다는 게 느껴지면 완벽하게 편해질 수 없었다. 피셔 부인이 원하고 확실히 누리고 싶은 권리는 사생활이었다. 부인은 다른 사람들의 권리를 침해하고 싶지 않았다. 그런데 왜 그들은 부인의 권리를 침해하려 할까? 그리고 피셔 부인은 다른 사람들을 더 많이 알게 되면 자신의 사생활도 풀어놓아야 할 것 같아 부담스러웠다. 물론 그것도 가치 있는 일이긴 하지만, 셋 중 누구와 그런 사이로 발전할 수 있을지는 의문이었다.

부인이 가치 있다고 여기는 건 과거의 일 외에는 거의 없었다. 과거가 현재의 우위에 있다니 놀라웠다. 런던에 있는 친구들은 나이에 걸맞게 속이 꽉 찼고 부인과 같은 추억을 공유하기 때문에 말이 잘 통했으며 부인처럼 과거와 현재를 비교할 수도 있었다. 부인은 세대가 다르고 경험도 일천한 세 사람과 이탈리아에서 잡담이나 하면서 시간을 보내려고 말이 잘 통하고 성숙한 친구들한테서 벗어난 게 아니었다. 그저 4월의 런던을 견디기 힘들 것 같아 훌쩍 떠나온 것이었다. 두 사람이 프린스 오브 웨일스 주택가로 부인을 찾아왔을 때 부인이 했던 말, 즉 부인은 산 살바토레의 햇빛을 받으며 혼자 앉아 옛일을 추억할 수만 있으면 그걸로 족하다고 했던 말은 사실이었다. 부인이 그들에게 말했으므로 그들도 익히 알고 있었다. 쉽게 말했고 그들도 분명히 이해했다. 그러니 부인은 그들에게 둥근 응접실 안에만 머물고 자신의 흉벽으로는 불쑥 나오지 말기를 기대할 권리가 있었다.

그러나 그들이 그래줄까? 그런 의심 때문에 오전 내내 기분이 좋지 않았다. 부인은 그나마 점심시간 무렵이 되어서야 괜찮은 방법을 찾았다. 부인은 당장 프란체스카를 불러 느릿하고 위엄 넘치는 이탈리아어로 둥근 응접실 유리문의 가리개를 닫으라고 명령한 다음 프란체스카와 함께 그 방으로 들어갔다. 방은 좀 전보다 훨씬 어두워졌지만 프란체스카가 보기에 부인은 왠지 어두워서 기분이 더 좋은 것 같았다. 그렇게 하고도 빛이 들어올 수 있는 좁고 기다란 창문이 있었다. 부인은 그리로 빛이 새어 들어오는 것과는 아무 상관이 없어 보이는데도 문 안쪽에 문을 가로질러 장식장을 놓아달라고 지시했다.

이 정도면 나갈 생각을 하지 못할 것이다.

그러고는 또 도메니코를 불러 꽃이 가득 담긴 돌 화분을 유리문 바깥쪽 문 앞에 가져다놓게 했다.

이거면 안으로 들어올 생각도 하지 못할 것이다.

도메니코가 쭈뼛거리며 말했다. "아무도 그 문을 사용하지 못하겠는데요."

피셔 부인이 단호하게 말했다. "아무도 꿈도 못 꾸겠지."

이제 부인은 응접실로 돌아가 그쪽을 똑바로 바라볼 수 있는 자리에 의자를 놓고 앉아 이제야말로 완벽해진 흉벽을 평온한 마음으로 흡족하게 바라보았다.

부인은 다른 사람들의 접근을 막기만 하면 이곳이 호텔보다 훨씬 싸고 더 쾌적한 환경이라고 생각했다. 이제 모든 걸 정리 정돈해 아주 기분 좋은 상태가 되었고, 방값이 일주일에 3파운드니까 하루 8실링으로 흉벽과 망루 등 모든 것을 차지할 수 있어 기뻤다. 해외의 다른 어느 곳에서 하루 8실링이라는 적은 비용으로 실컷 목욕도 하고 이렇게 잘 지낼 수 있겠는가! 물론 아직 음식 비용이 얼마인지는 모르지만 그 부분에 대해서 신중을 기해달라고, 신중하면서도 음식은 훌륭해야 한다고 주장할 생각이었다. 음식을 공급하는 사람이 애를 써주면 비용과 음식의 질은 얼마든지 양립할 수 있었다. 하인들의 급료는 유리한 환율 덕분에 문제 될 것이 없다고 확신했다. 그러니 걱정되는 건 오로지 음식뿐이었다. 너무 과하다 싶은 징후가 보이면 비용을 담당하는 캐럴라인에게 매주 각자 합리적인 금액을 건넨 뒤 쓰지 않은 돈은 돌려받고, 만약 넘치면 음식 공급자가 책임지게 할 생각이었다.

피셔 부인은 부유했고 나이에 걸맞은 안락함을 추구했지만 비용이 나가는 건 싫어했다. 부인은 형편이 좋고 선택받은 삶을 살았기에 런던 부유층이 모여 사는 곳에서 롤스로이스를 굴리며 살 수 있었다. 그러나 부인은 그런 욕심이 없었다. 부유한 동네에 있는 집과 롤스로이스가 주는 안락함보다는 활력이 필요했다. 많이 가지면 돈으로 야기되는 모든 종류의 걱정이 뒤따랐다. 길 끝에 버스 승강장이 있는 수수한 프린스 오브 웨일스 주택가에서 피셔 부인은 야수 같은 남자 하인이나 자선을 바라는 모금 운동가들에게 낚이지 않고 비싼 비용에 대한 걱정도 없이 진정 편안하게 삶을 즐길 수 있었다. 피셔 부인이 쓰는 연간 경비는 적었다. 집은 물려받았다. 죽음이 부인에게 집을 선사한 것이다. 부인은 조상 대대로 내려온 터키풍 융단이 깔린 식당 안을 걸었다. 어릴 때부터 벽난로 선반 위에 있던 멋지고 검은 대리석 시계를 보며 매일 규칙적으로 생활했다. 벽에는 이미 고인이 된 저명한 친구들의 사진이 꽉 차 있었다. 사진의 주인공들이 사진 아랫부분에 직접 서명을 해 부인이나 부인의 아버지에게 준 것들이었다. 그리고 언제나 적갈색 커튼으로 가려진 창문 앞에는 수족관들이 놓여 있었다. 그 수족관으로 부인은 바다에 관한 지식을 배웠고, 거기에서는 어린 시절을 함께했던 금붕어들이 아직도 천천히 헤엄치고 있었다.

그것들이 옛날에 있던 것과 같은 금붕어인지는 알 수 없었다. 어쩌면 금붕어도 잉어처럼 사람보다 더 오래 살 수도 있다. 혹은 금붕어를 위해 바닥에 마련한 심해 식물 뒤로 이따금 금붕어들이 빠져나가고 다른 것들로 대체되었을 수도 있었다. 피셔 부인은 혼자 있을 때 그 금붕어가 칼라일과 관계있는 금붕어들인지 아닌지 가끔 궁금했다. 부인은 그날 일을 환하게 기억했다. 그날 칼라일은 잔뜩 열이 오른 아버지와 언쟁을 벌이다가 화가 나서 금붕어들에게 성큼성큼 걸어가 주먹으로 유리를 쳐 금붕어들을 달아나게 했다. 그러고는 도망가는 금붕어들에게 소리쳤다. "야, 이 귀머거리 악마들아! 야, 지지리도 운 좋은 먹통 악마들아! 너희들은 그 빌어먹도록 주절대는 늙은 바보가 하는 말은 전혀 못 듣지. 안 그래?" 그 비슷한 말이었던 것 같다.

맙소사, 칼라일은 참으로 대단했다. 어쩌면 그런 말을 자연스럽게 쏟아내는지. 대단히 신선하고 굉장히 장엄했다. 이젠 누가 그의 옆에 있어줄까? 누가 그와 관련된 일화를 말해줄까? 누구보다 재능이 많던 부인의 아버지는 말했다. "토머스 칼라일은 불사신이야." 여기 있는 이 세대는 의심이 들어도 목소리를 거의 높이지 않았다. 더 최악은 목소리를 높이려는 수고조차 하지 않으려 했고(믿을 수는 없지만 부인은 그렇게 알고 있었다), 심지어 토머스 칼라일의 책을 읽을 생각도 하지 않았다. 피셔 부인도 최근에는 그의 책을 읽지 않았지만, 예전에는 분명히 읽었으니 요즘 세대들과는 엄연히 달랐다. 토이펠스드뢰크,• 부인은 토이펠스드뢰크라는 재단사를 선명하게 기억하고 있었다. 상세한 내용은 당연히 잊었지만 읽은 기억은 확실히 있었다.

종이 울렸다. 피셔 부인은 회상에 잠겨 시간을 잊고 있다가 서둘러 침실에 가서 손을 씻고 머리를 매만졌다. 늦어서 나쁜 본보기를 보이거나 테이블 머리 자리를 다른 사람에게 빼앗기고 싶지 않았다. 젊은 사람들에게는 예의를 바랄 수 없었다. 특히 그 윌킨스 부인이라는 사람에게는.

그러나 피셔 부인이 식당에 맨 먼저 도착했다. 프란체스카가 흰 앞치마를 두르고 뜨겁고 윤기 나는 마카로니가 담긴 거대한 접시를 들고 서 있었지만, 아직 아무도 와서 먹지 않았다.

피셔 부인은 엄한 얼굴로 자리에 앉았다. 자, 마음 풀고 여유롭게.

"음식 가져다줘요." 피셔 부인이 말했지만 프란체스카는 다른 사람들을 기다리는 눈치였다.

결국 프란체스카가 피셔 부인에게 음식을 가져다주었다. 그녀는 네 명 중에서 피셔 부인을 가장 덜 좋아했다. 사실 전혀 좋아하지 않았다. 여태 한 번도 웃지 않은 사람은 피셔 부인밖에 없었다. 늙은 것도 사실이고, 예쁘지 않은 것도 사실이며, 그러므로 웃을 이유가 없다는 것 또한 사실이지만 친절한 부인들은 이유가 있든 없든 웃어주었다. 사람들은 행복해

● 토머스 칼라일의 대표 저서《의상 철학》의 주인공.

서가 아니라 행복해지고 싶어서 웃었다. 그런데도 숙녀 네 명 중에서 이 부인만은 친절할 수 없는 모양이라고 프란체스카는 생각했다. 그래서 감정을 조금도 숨기지 못하고 뚱한 표정으로 피셔 부인에게 마카로니를 건넸다.

요리는 아주 잘됐지만, 피셔 부인은 마카로니를 전혀 좋아하지 않았다. 특히나 이렇게 길고 벌레같이 생긴 건 딱 질색이었다. 집어서 입에 넣으려 할 때 마카로니가 포크 끝에서 미끈거리고 꼼지락거리는 게 채신없어 보였고, 끝부분이 입에 매달려 달랑거리는 등 먹기가 까다로웠다. 또 마카로니를 먹을 때면 꼭 피셔 씨가 떠올랐다. 결혼 기간 동안 남편은 마카로니처럼 굴었다. 미끈거렸고, 꿈틀거렸으며 자신을 채신없는 사람으로 느끼게 했다. 남편은 죽었지만 여전히 남편의 작은 조각이 남아 변함없이 입가에 매달려 있는 것 같았다.

프란체스카는 사이드보드• 옆에 서서 피셔 부인이 마카로니를 탐탁잖아 하는 걸 보고 기분이 우울했고, 부인이 급기야 칼로 마카로니를 잘게 자르는 걸 보고는 한층 더 낙담했다.

피셔 부인은 달리 어떻게 해야 할지 몰랐다. 이런 상황에서 칼이 적당하지 않다는 건 알았지만 끝내 인내심을 잃어버렸던 것이다. 런던에서는 테이블에 절대 마카로니를 올리지 못하게 했다. 싫증 나는 것과 별개로 부인은 마카로니가 싫어서 레이디 캐럴라인에게 다시는 그걸 주문하지 말라고 말할 작

• 주방에서 상에 내갈 음식을 얹어두는 작은 탁자.

정이었다. 부인은 실제로 이탈리아에서 살려면 마카로니 자르는 기술을 몇 년이나 연습해야 할 것 같았다. 브라우닝은 마카로니를 제대로 다뤘다. 어느 날 브라우닝이 부인의 아버지와 점심을 먹으러 와서는 자기가 이탈리아와 관계있다는 것을 자랑하려고 굳이 마카로니를 주문했던 게 떠올랐다. 브라우닝이 마카로니를 먹는 방식은 매력적이었다. 접시를 붙잡지도 않았고, 포크가 미끄러지는 법도 없었으며, 마카로니 끝이 입에 다 들어가지 못하고 달랑거리지도 않았다. 그저 포크로 집은 뒤 돌돌 말아서 입에 넣고 꿀꺽 삼키면 끝이었다. 시인 중에 누구도 그렇게 깔끔한 태도를 보이는 사람은 없었다.

"제가 가서 젊은 부인을 찾아올까요?" 프란체스카가 맛있는 마카로니를 난도질하는 광경을 더 이상 볼 수 없어 물어보았다.

피셔 부인은 회상에서 어렵사리 빠져나왔다. "12시 반에 점심 먹는다는 걸 모르는 사람도 있나."

"주무시는지도 모르지요. 다른 부인들은 멀리 나가셨는데, 이분은 나가시지 않았거든요."

"그럼 종을 한 번 더 울려봐요." 피셔 부인이 말했다.

'아주 예의가 없군. 예의가 없어.' 피셔 부인은 생각했다. 이곳은 호텔이 아니니 배려는 기본이었다. 안 그래도 아버스넛 부인 때문에 놀란 참이었다. 그 부인은 시간을 지키지 않을 사람으로 보이지 않았다. 레이디 캐럴라인 역시 다른 건 몰라도 사랑스럽고 예의 발라 보였다. 물론 나머지 한 명에게는 아무것도 기대하지 않았다.

프란체스카가 종을 들고 정원으로 나가 레이디 캐럴라인에게 다가가며 쳤다. 캐럴라인은 낮은 의자에 누운 채 소리가 끝나기를 기다렸다가 천천히 고개를 돌렸고, 실은 욕설이지만 감미로운 목소리로 음악 비슷한 소리를 토해냈다.

프란체스카는 그 물 흐르는 듯한 소리를 욕설로 받아들이지 않았다. 그런 소리를 어떻게 욕설로 알아듣겠는가? 이 젊은 여성을 보고는 미소를 짓지 않을 도리가 없어서 프란체스카는 만면에 미소를 지으며 마카로니가 다 식어가고 있다고 말했다.

"내가 식사하러 가지 않을 때는 먹고 싶지 않아서예요. 그러니 다음부터는 방해하지 말아요." 캐럴라인이 짜증스럽게 말했다.

"어디가 편찮으세요?" 프란체스카는 안타까워하면서도 미소를 멈추지 못하고 물었다. 머릿결이 저렇게 아름다운 사람은 본 적이 없었다. 깨끗한 아마 섬유 같고, 북쪽 출신 아가씨들의 머리칼 같았다. 저렇게 작은 머리에는 오직 축복만 내려앉을 수 있겠고, 저렇게 작은 머리에는 가장 신성한 성자들의 은총만 꽉 들어찰 수 있을 것 같았다.

캐럴라인은 눈을 꼭 감고 대답하지 않았다. 이 반응은 부적절했다. 프란체스카가 잔뜩 걱정스러운 표정으로 피셔 부인에게 달려가 캐럴라인의 몸이 좋지 않다고 말하게 했으니까. 피셔 부인은 지팡이 때문에 직접 레이디 캐럴라인에게 가지는 못한다고 설명했고, 마침 온갖 핑계를 대가며 헐레벌떡 들어오는 두 사람을 대신 보냈다. 그러고는 다음 코스인 맛있는 오믈렛을 먹으려 했다. 오믈렛에는 싱싱한 완두콩이 양쪽으로 빼곡하게 장식되어 있었다.

"음식 이리 가져와요." 피셔 부인이 명령을 내리자 프란체스카는 이번에도 다른 사람들을 기다려야 한다는 듯한 태도를 취했다.

"아 참, 왜 다들 날 그냥 내버려두지 않는 거지?" 캐럴라인이 잔디밭에 놓인 작은 자갈돌을 밟으며 누군가가 다가오는 소리를 듣고 혼잣말했다.

이번에는 눈을 더 꼭 감았다. 원하지도 않는데 왜 점심을 먹으러 들어가야 하지? 여긴 개인의 집이 아니었다. 성가신 안주인 때문에 의무적으로 어울릴 이유가 전혀 없었다. 사실상 산 살바토레는 호텔이었고, 실제로 호텔에 있는 것처럼 먹거나 먹지 않기 위해 혼자 있을 수 있어야 했다.

그러나 불행하게도 캐럴라인은 가만히 앉아 눈을 감고 있을 수 없었다. 익숙한 구경꾼들은 자꾸만 그녀를 쓰다듬거나 어루만지고 싶어 했다. 요리사마저 캐럴라인을 어루만지고 싶어 했다. 그리고 이번에는 익히 아는 부드럽지만 부담스러운 손이 불쑥 이마를 짚는 게 느껴졌다.

"몸이 안 좋은 것 같군요." 피셔 부인의 목소리는 아니었으니 필시 다른 두 사람 중 한 명일 것이다.

"머리가 좀 아프네요." 캐럴라인이 웅얼거렸다. 이렇게 말하는 게 가장 좋은 방법 같았다. 이 핑계라면 쉽게 평화를 되찾을 수 있을 듯했다.

“이를 어째.” 부드러운 손의 주인공인 아버스넛 부인이 말했다.

‘여기에 오면 엄마들을 피할 수 있을 줄 알았어.’ 캐럴라인이 마음속으로 중얼거렸다.

“차를 좀 마시면 괜찮지 않을까요?” 아버스넛 부인이 나직이 물었다.

차라고? 생각만 해도 싫었다. 이 더위에, 그것도 한낮에 차를 마신다?

“아뇨.” 캐럴라인이 중얼거렸다.

“조용히 있게 해주는 게 좋지 않을까 싶어요.” 다른 목소리가 말했다.

‘센스 있기는.’ 캐럴라인은 생각했다. 그러고는 한쪽 눈을 살짝 들어 올려 이런 기특한 얘기를 하는 사람이 누군지 확인했다.

주근깨 많은 여자였다. 그렇다면 얼굴이 조금 까무잡잡한 여자가 아까 이마를 짚은 쪽이었다. 주근깨 많은 여자가 조금 더 후한 점수를 얻어냈다.

“그래도 머리가 아픈데 아무것도 안 할 수는 없잖아요.” 아버스넛 부인이 말했다. “진한 블랙커피라도 한잔?”

캐럴라인은 더 이상 말을 하지 않았다. 아버스넛 부인이 손을 치울 때까지 미동도 하지 않고 가만히 기다렸다. 어차피 아버스넛 부인이 종일 거기 있을 수는 없을 테고 다른 데 가려면 손을 거둬야 할 테니까.

주근깨가 말했다. "조용히 해주는 것 말고는 아무것도 바라지 않을 것 같아요."

그러고는 주근깨가 머리에 손을 대고 있던 사람의 소매를 끌어당겼는지 캐럴라인의 이마가 편안해졌고, 잠시 손을 치운 사람이 가만히 있는가 싶더니(과연 그냥 놔두고 가는 게 맞나 고민하는 듯했다) 다시 자갈을 밟는 발소리가 점점 희미해지고 멀어져갔다.

"레이디 캐럴라인은 머리가 아프대요." 아버스넛 부인이 식당에 다시 들어가 피셔 부인 옆자리에 앉으며 말했다. "차나 블랙커피를 권했지만 싫다는군요. 아스피린이 이탈리아어로 뭔지 아시나요?"

"머리가 아플 때는 피마자유가 제일이지." 피셔 부인이 단호하게 말했다.

"레이디 캐럴라인은 머리가 아프지 않아요." 윌킨스 부인이 말했다.

오믈렛을 다 먹고 다음 코스 음식을 기다리던 피셔 부인이 말했다. "칼라일이 한 번씩 두통을 심하게 호소했는데 약으로 계속 피마자유를 먹었지. 심하다 싶을 만큼. 슬픔의 기름이라고 했던 게 기억나요. 우리 아버지는 피마자유가 인생에 대한 전반적인 태도와 철학까지 바꿔버린다고 말씀하셨죠. 그러나 그건 칼라일이 너무 많이 먹어서 그런 거예요. 레이디 캐럴라인도 혹시 원한다면 딱 한 번만 먹어야 해요. 피마자유를 계속 복용하는 건 안 될 말이지요."

"그걸 이탈리아어로 뭐라고 하는지 아세요?" 아버스넛 부인이 물었다.

"아, 그건 모르겠네요. 캐럴라인은 알 거예요. 가서 물어봐요."

"머리 안 아프다니까요." 윌킨스 부인이 마카로니를 먹느라 낑낑대며 똑같은 말을 반복했다. "그냥 혼자 있고 싶어서 그런 거예요."

두 사람이 윌킨스 부인을 바라보았다. 그 말을 할 때 윌킨스 부인이 보인 행동 때문에 피셔 부인은 퍼뜩 뭔가를 떠올렸다.

"그럼 왜 아프다고 했을까요?" 아버스넛 부인이 물었다.

"최대한 예의를 차리려고 그랬겠지요. 장소에 익숙해지면 그런 노력도 안 할 거예요. 노력도 하지 않고, 자연스럽게."

"로티는 그러니까……." 아버스넛 부인이 다음 코스 음식이 나오기를 끈질기게 기다리고 있는 피셔 부인에게 웃으며 설명하려다 말고 잠시 기다렸다. 윌킨스 부인이 식어서 굳이 빨리 먹을 이유도 없는 마카로니를 먹으려 애쓰고 있었기 때문이다. "로티가 말한 장소에 대한 이론은……."

그러나 피셔 부인은 윌킨스 부인의 이론 따윈 듣고 싶지 않았다.

"난 모르겠네요." 피셔 부인이 윌킨스 부인을 엄하게 바라보며 말을 끊었다. "왜 레이디 캐럴라인이 진실을 말하지 않는다고 생각하는 거죠?"

"그냥 아는 거죠." 윌킨스 부인이 말했다.

"어떻게 그냥 알죠?" 프란체스카에게 마카로니를 더 주문해 열심히 먹고 있는 윌킨스 부인을 보고는 피셔 부인이 싸늘한 태도로 물었다.

"아까 나갔을 때 레이디 캐럴라인의 마음을 읽었거든요."

피셔 부인은 그에 대해선 어떤 말도 하려고 들지 않았다. 저런 백치 같은 사람에겐 굳이 신경 써서 답할 생각이 없었다. 대신 프란체스카가 사이드보드 쪽에 서 있는데도 옆에 있는 작은 식탁 종을 신경질적으로 두드리고는 다음 음식을 더는 기다릴 수 없다는 듯 말했다. "음식 줘요."

그랬더니 일부러 그러는지 프란체스카가 피셔 부인에게 또 마카로니를 가져다주었다.

10

불행하게도 나란히 있는 식당과 복도의 유리문 두 개를 통과하지 않고 산 살바토레의 꼭대기 정원을 드나들 방법은 없었다. 사람들 눈에 띄지 않고 정원을 탈출하고 싶어도 도중에 누군가를 만나지 않기가 어려웠다. 정원은 작고 길쭉해서 몸을 숨기는 게 불가능했다. 정원에는 박태기나무, 능수버들, 반송 같은 나무들이 낮은 난간 가까이에서 자랐다. 장미 덤불도 사람을 숨겨주지는 못했다. 덤불에서 오른쪽이나 왼쪽으로 한 걸음만 가도 금세 들켜버리고 말았다. 북서쪽 모퉁이에 거대한 벽에서 튀어나온 작은 공간이 있었는데, 옛날 불신이 팽배했던 시기에 관찰을 하기 위해 만들어 사용했을 법한 고리나 돌출물이었다. 그것과 집 사이에는 서향나무가 두껍게 자라 있어서 거기에서라면 사람들 눈에 띄지 않고 앉아 있는 것이 가능했다.

캐럴라인은 누가 보고 있지는 않은지 주변을 살핀 다음 죄짓는 사람처럼 까치발을 하고 조심스럽게 걸어 의자를 그곳으로 옮겼다. 북동쪽 모퉁이에도 이것과 꼭 닮은 구조물이 벽에 붙어 있고, 거기에서는 메차고 뒤의 아름다운 산맥과 만이 보여 풍경은 훨씬 더 아름다웠지만 노출이 되어 있어서 곤란했다. 주변에 덤불도 자라지 않았고, 그늘도 없었다. 그래서 북서쪽 구조물에 앉아야 했고, 거기에 자리를 잡은 뒤 쿠션에 머리를 대고 난간 위에 편하게 발을 올렸다. 아래 광장에서 마을 사람들이 보면 발 두 개가 두 마리 흰 비둘기처럼 보일 터여서 캐럴라인은 이제야 안전하게 몸을 피할 수 있다고 생각했다.

피셔 부인은 담배 냄새에 이끌려 캐럴라인이 그곳에 있다는 걸 알아챘다. 신중하지 못한 캐럴라인이 거기까지는 생각하지 못했던 것이다. 피셔 부인은 담배를 피우지 않았고 다른 사람들의 담배 냄새도 귀신같이 맡아냈다. 부인은 점심을 먹고 난 뒤 커피를 마시려고 식당에서 정원으로 나오기 무섭게 강한 담배 냄새를 맡았다. 피셔 부인은 프란체스카에게 유리문 바로 바깥 그늘에 커피를 가져다달라고 부탁했다. 윌킨스 부인은 그곳으로 테이블이 옮겨진 것을 보고는 피셔 부인에게 레이디 캐럴라인은 혼자 있고 싶어 한다는 사실을 상기시켰고(피셔 부인은 윌킨스 부인의 그런 모습을 보고 매우 눈치 없이 거들먹거린다고 생각했다), 정원은 모두를 위한 거라고 피셔 부인이 적절하게 되받아쳤다.

피셔 부인은 그런 생각들을 하며 정원으로 들어갔고, 바로 레이디 캐럴라인이 담배를 피우고 있다는 것을 알게 되었다. 부인은 혼잣말을 했다. "요즘 젊은 여자들이란." 그러고는 캐럴라인을 찾으러 갔다. 이제 점심을 먹고 나니 식사하기 전보다 행동하는 데 지팡이가 훨씬 덜 거치적거렸다.

서향나무 숲으로 곧장 걸어가며 이제는 아무도 기분 전환에 도움을 주지 않는다고 피셔 부인은 생각했다. 세상은 매우 따분해졌고 유머 감각을 깡그리 잃어버렸다. 펀치•가 계속되고 있는 걸 보면 그들도 여전히 우스갯소리를 하겠지만 진행되는 과정도 판이하게 달랐고 농담의 수준도 달랐다. 새커리••가 있었다면 이 세대들이 찍소리도 하지 못하게 만들어줬을 텐데. 그 신랄한 글솜씨에 기운을 북돋우는 성분이 얼마나 많이

• 장날이나 축제에서 연희된 거리 인형극 〈펀치와 주디〉의 주인공.

•• 19세기 영국을 대표하는 소설가 윌리엄 새커리(1811~1863). 적절히 억제된 교양 있는 문체와 날카로운 역사 감각으로 유명했다.

담겨 있는지는 물론 알지 못했다. 더는 특별히 존경받을 정도로 많지는 않아도 있긴 할 터였다. 피셔 부인은 그것을 볼 수 있는 눈과 들을 수 있는 귀와 이해할 수 있는 가슴을 줄 수는 없지만, 레이디 캐럴라인 같은 사람에게 꽤 도움이 될 만한 약은 줄 수 있고 또 줄 생각이었다.

"몸이 좋지 않다면서요." 피셔 부인이 구조물의 좁은 입구에 서서 착한 일을 하기로 작심한 사람다운 굳건한 표정으로 미동 없이 자고 있는 캐럴라인을 내려다보며 말했다.

피셔 부인은 남자처럼 목소리가 깊고 굵었다. 인생 후기 여성에게 간혹 찾아오는 이상한 남성성이 부인에게도 찾아왔던 것이다.

캐럴라인은 자는 척하려 했지만, 그러려면 담배가 손가락에 끼여 있지 않고 땅에 떨어져 있어야 했다.

캐럴라인은 이걸 잊고 있었다. 피셔 부인은 그걸 간파했으므로 구조물 안으로 들어와 좁은 돌의자에 앉았다. 그러나 곧 한기가 들기 시작해서 오래 앉아 있기 어려웠다.

피셔 부인은 앞에 있는 사람에 관해 곰곰이 생각해보았다. 틀림없이 예쁘고 패링퍼드•에 있어도 먹힐 만한 얼굴이었다. 위대한 남자들조차 겉모습에 쉽게 마음이 동하니 참 이상한 노릇이었다. 피셔 부인은 실제로 테니슨이 모두의 눈을 피해, 그에게 경의를 표하려고 모여든 저명한 모든 사람을 저버린

• 영국의 와이트섬 서해안에 있는 테니슨의 집.

채 아무도 들어본 적 없고 우연히 그곳에 들른, 장점이 있다면 오직 예쁘다는 것밖에 없는 젊은 여자와 창가로 가는 걸 직접 본 적이 있었다. 미녀는 눈앞에 있는 모든 사람을 돌아보게 할 수 있다. 찰나의 순간에 벌어지는 일이라고까지 말할 수 있다. 그 상황이 지속되는 동안 미녀는 남자들에게 무엇이든 할 수 있을 것 같아 보였다. 아내가 있는 사람들조차 예외가 될 수 없었다. 피셔 씨도 살면서 그런 시기가 있었다…….

"오는 길이 힘들었나보군요." 피셔 부인이 굵은 목소리로 말했다. "간단하면서도 잘 듣는 약이 필요하겠네요. 마을에 피마자유 같은 게 있는지 도메니코에게 물어볼게요."

캐럴라인이 눈을 뜨고 피셔 부인을 똑바로 쳐다보았다.

"아, 자지 않을 줄 알았어요. 잤다면 담배가 바닥에 떨어져 있었을 테니까." 피셔 부인이 말했다.

"이건 낭비잖아요. 난 여자들이 담배 피우는 게 싫지만 아깝게 버리는 건 더 싫군요."

'이런 사람들은 어떻게 대해야 하지?' 캐럴라인은 화가 나서 피셔 부인을 빤히 응시했지만, 부인에게는 매력적이면서도 유순한 눈길로 보였다.

"자, 내 말 듣고 몸을 추스를 생각을 해요. 우리는 이탈리아에 있으니 조심해야지. 우선 잠부터 좀 자는 게 좋겠군요." 피셔 부인이 말했다.

"전 자러 가지 않겠어요." 캐럴라인이 딱 잘라 말했다. 마치 《황폐한 집》•의 드라마 판에서 불쌍한 조 역할을 하는 여배

우가 오래전에 읊었던 대사처럼 가슴 뭉클하고 황량한 느낌이었다. 그 연극에서 불쌍한 조는 경찰관이 자리 가라고 재촉하자 "난 언제든 떠날 준비가 돼 있어요"라고 말했다. 그 대사를 듣고 당시 소녀였던 피서 부인은 극장 특별석 맨 앞줄 붉은 벨벳 난간에 머리를 뉘고 크게 소리 내 울었다.

캐럴라인의 목소리는 멋졌다. 그녀는 태어난 지 10년 만에 지성과 재치가 듬뿍 묻어나는 목소리를 가지게 됐다. 덕분에 무슨 말을 하든 사람들의 뇌리에 남았다. 가수가 돼야 했겠지만 음악에는 젬병이었다. 대신 말하는 목소리가 너무나 매혹적이어서 마치 주문을 거는 것 같았다. 얼굴은 생기발랄했고 낯빛은 아름다웠다. 캐럴라인을 보기만 하면 어떤 남자든 지대한 관심을 가졌다. 거기다 목소리까지 들으면 남자의 눈에 불꽃이 일었다. 배웠든 안 배웠든, 늙었든 젊었든, 욕망이 있든 없든 모든 남자가 똑같았다. 캐럴라인의 세계에 있는 남자들과 버스 차장들이, 장군들과 전쟁 중에 난감한 시간을 보냈던 영국 병사들이, 교회 관리인들과 주교가(그녀의 견진성사 때는 놀라운 일이 벌어졌다), 건강이 좋든 안 좋든, 부자든 무일푼이든, 똑똑하든 멍청하든, 그들이 누구든 또는 얼마나 오랫동안 안정적으로 결혼 생활을 유지했든 상관없이 캐럴라인만 보면 모든 남자의 눈에 불길이 활활 타올랐고, 캐럴라인의 목소리까지 들으면 타오른 불길이 꺼질 줄 몰랐다.

● 찰스 디킨스(1812~1870)의 장편소설.

캐럴라인은 이런 상황에 넌더리가 났다. 그건 난관으로 이어질 뿐이었다. 처음에는 캐럴라인도 즐겼다. 흥분했고 승리감에 도취했다. 확실히 잘못된 행동을 하거나 허투루 말할 수 없었고, 박수와 주목을 받았으며, 어루만져졌고, 어디에 가든 호평을 받았다. 집에서도 너그럽고 기꺼운 대접만 받았다. 퍽 기뻤고, 매우 쉬웠다. 이런 성취에는 아무 준비나 노력, 공부가 필요치 않았다. 아무 수고도 들일 필요가 없었다. 그냥 나타나서 무슨 말이든 하면 됐다.

그러나 점점 경험이 쌓였다. 결국 캐럴라인은 애를 써야 했고, 노력을 해야 했다. 놀라움과 분노에 차서 자기방어를 해야 한다는 사실을 발견하게 되었다. 그 외모, 그 잘난 외모는 늘 사람들의 집착을 낳았다. 그런 외모를 지닌 사람 중에도 특히 어렸을 때는 다른 사람들보다 겸손한 경우가 더러 있었다. 그러나 여러 능력 덕분에 그들은 모두를 휘어잡았다. 그리고 캐럴라인은 머리를 꼿꼿이 세운 채 유력한 사람의 전적인 신뢰를 받으며 흔쾌히 그 세계에 들어서지만 곧 불신이 싹트고, 다음에는 염증을 느꼈고, 곧 위축됐으며 끝에 가서는 분개하기에 이르렀다. 가끔 캐럴라인은 자기 자신은 없어지고 보편적인 존재가 되어버렸거나 아무 일이나 하는 한낱 미녀처럼 여겨졌다. 실제로 남자들은……. 그리고 걸핏하면 이상하고 애매한 언쟁에 휘말렸고 이유도 없이 미움을 샀다. 전쟁이 터지자 캐럴라인도 다른 사람과 함께 전쟁에 뛰어들었는데 완전히 지쳐버렸다. 장군들이란…….

전쟁은 캐럴라인을 끝장내버렸다. 함께 있으면 마음이 편해서 결혼하려 했던 남자가 있었는데 전쟁 때문에 죽어버렸고, 캐럴라인은 사랑에 넌더리가 났다. 그 뒤로 캐럴라인은 늘 비통했다. 캐럴라인은 꿀에 처박힌 말벌처럼 인생의 달콤함 속에서 맹렬하게 허우적대고 있었다. 날개를 빼내려 필사적으로 노력하는 것 같았다. 다른 여자들을 능가하는 것은 캐럴라인에게 아무런 기쁨도 주지 못했다. 캐럴라인은 그들의 성가신 남자들을 원치 않았다. 임자가 있는 남자들과 무엇을 할 수 있단 말인가? 그들은 사랑 비슷한 것 말고는 그녀에게 어떤 말도 하려 하지 않았고 금세 너무나 우습고 피곤해져버렸다. 정상적인 허기를 가진 건강한 사람에게 설탕만 퍼 먹이는 꼴이었다. 사랑, 사랑…… 그 단어만 들으면 캐럴라인은 누군가를 찰싹 때리고 싶었다. 그녀는 누군가가, 그런 일은 항상 있지만, 프러포즈하려 할 때면 기가 질려 묻곤 했다. "왜 내가 당신을 사랑해야 하죠? 왜 내가?" 그러나 제대로 된 대답 대신 모순된 말만 듣게 될 뿐이었다.

불행한 캐럴라인은 깊은 냉소에 사로잡혔다. 우아하고 매력적인 겉모습은 세상을 계속 더 아름답게 만들었지만, 내면은 환멸로 시들어갔다. 미래는 도대체 어떤 모습일까? 아무리 준비해도 도무지 알 수 없을 것 같았다. 그녀는 아무 쓸모가 없었다. 아름다움으로 시간을 낭비해버렸다. 이제 아름답지 않은 날이 올 텐데, 그때는 어떻게 해야 하나? 캐럴라인은 도무지 알 수 없었고, 궁금해하는 것만으로도 간담이 서늘했다. 눈에 띄는 데 염증을 느끼면서도 그것에 익숙해졌고, 다른 것은 전혀 알지 못했다. 이목을 끌지 못하고, 빛이 바래고, 추레하고 어둑해지는 것은 아마 몹시 고통스러울 터였다. 그리고 일단 그렇게 되기 시작하면 오래도록 그 상태가 유지될 것 아닌가! 끝에 가서 인생이 좋지 않게 되어버린다고 상상해보라. 젊을 때의 두세 배만큼 긴 시간 동안 늙은 모습이라고 상상해보라. 짜증 나고 짜증 난다. 모든 게 짜증 났다. 캐럴라인은 하고 싶은 게 단 하나도 없었다. 하고 싶지 않은 건 수천 가지나 됐다. 회피, 침묵, 눈에 띄지 않음, 가능하다면 무의식 상태 등. 한때 캐럴라인은 이런 부정적인 것들만 간절히 원했다. 그리고 여기, 심지어 여기에서조차 잠깐의 평화도 허락되지 않았다. 그리고 지금 앞에 있는 저 황당한 여자는 캐럴라인이 아프다고 생각하고는 캐럴라인에게 억지로 피마자유를 마시게 한 다음 자러 가게 할 요량이었다.

"제대로 된 방법을 찾아야지요. 당신 어머니가 해줄 만한…… 어머니 있어요?" 돌에서 한기가 올라와 오래 앉아 있을 수 없을 것 같다고 느끼며 피셔 부인이 말했다.

캐럴라인은 살짝 놀랐다. 어머니가 있냐고? 어머니를 뺀 무엇으로 캐럴라인을 설명할 수 있을까. 어머니가 없을 수 있다는 생각을 캐럴라인은 해본 적이 없었다. 캐럴라인의 어머니는 중요한 후작부인이었고(주변에 많고 많은 후작부인이 있었으므로 캐럴라인보다 그들을 잘 아는 사람은 없었다), 궁정에서도 지위가 높았다. 한창때는 캐럴라인의 아버지 역시 지명도가 상당했다. 그러나 전쟁 중에 심각한 실수를 몇 가지 저질렀고 지금은 나이까지 들어 전성기에서 살짝 벗어났다. 그럼에도 캐럴라인의 아버지 역시 상당히 유명했다. 캐럴라인은 자기 가족에 대해 들어보지 못했거나 적어도 자신과 부모님을 연결하지 못하는 사람을 만나 오히려 엄청나게 마음이 편했다.

캐럴라인은 피셔 부인이 좋아지기 시작했다. 아마 다른 두 여자도 자신에 관해서 전혀 알지 못할 것이다. 처음 그들을 만나 신청서를 쓸 때 캐럴라인은 당연히 자기가 누군지 그들이 알 거라고 생각했다. 데스터라는 위대한 이름을 가진 사람들은 끊임없이 살생을 저질렀고 영국 역사에서 혈관 같은 역할을 했으니까. 그리고 섀프츠베리 면접 때 그들이 신원보증서를 요구하지 않아서 분명 자기를 안다고 확신했다. 이미 알고 있으니 신원보증서가 필요하지 않다고 생각했던 것이다.

캐럴라인은 용기가 났다. 산 살바토레에 있는 사람 누구도 자신에 관해 들어본 적이 없다면, 한 달 내내 자신을 숨길 수 있다면, 자신과 관련된 모든 것에서 벗어날 수 있다면, 들러붙어 있고 막힌 모든 것과 온갖 잡음을 잊을 수 있다면, 맙소사, 결국 이 여행을 성공적으로 끝낼 수 있을 것 같았다. 어쩌면 생각도 하고, 기분 전환도 하고, 결론에 도달하게 될 수도 있었다.

"제가 여기서 하고 싶은 일은 결론에 도달하는 거랍니다. 그게 다예요. 큰 걸 원하는 것도 아니잖아요. 그뿐이에요." 캐럴라인은 피셔 부인이 자신에 관해 아무것도 모른다는 사실이 너무 기뻐 의자에서 앞으로 몸을 숙이며 무릎을 손으로 감싸 쥐고는 조금 높은 위치에 앉아 있는 피셔 부인을 올려다보며 말했다.

캐럴라인은 피셔 부인을 바라보며 어떤 결론에든 도달할 수 있을 것 같다고 생각했다. 중요한 건 표류하기를 멈추고 뭔가를 찾고, 꽉 붙잡는 일이었다.

피셔 부인이 작은 눈으로 찬찬히 캐럴라인을 살폈다. "당신 같은 젊은 여자가 원하는 건 남편과 아이들이겠죠?"

"음, 그것도 생각은 해봐야겠지요. 하지만 그게 결론은 아닐 거예요." 캐럴라인이 상냥하게 말했다.

피셔 부인이 돌의 냉기를 피해 자리에서 일어나며 말했다. "여하튼 나라면 그런 생각들로 골머리를 앓지는 않겠어요. 여자는 그런 걸 생각하라고 머리가 있는 게 아니거든요. 난 좀 누워서 쉬어야겠어요."

"전 괜찮아요." 캐럴라인이 말했다.

"그럼 왜 아프다고 했어요?"

"제가 안 그랬어요."

"그러면 내가 공연히 여기 온 거군요."

"그래도 밖으로 나왔을 때 제가 아픈 것보다는 괜찮다는 걸 확인해서 더 좋지 않으세요?" 캐럴라인이 미소 지었다.

피셔 부인조차 그 미소에 매료되었다.

"당신은 예뻐요. 당신이 50년 전에 태어나지 않은 게 아쉽네요. 내 친구들이 당신을 보면 좋아했을 것 같거든요." 피셔 부인이 너그럽게 말했다.

"그러지 않아 얼마나 다행인지 몰라요. 전 사람들이 쳐다보는 게 싫거든요."

"허튼소리." 피셔 부인이 다시 근엄해지며 말했다. "당신 같은 젊은 여자들한테는 그게 가장 좋은 일이지요. 그것 말고 뭐가 있겠어요. 장담하건대 내 친구들마저 당신한테 홀렸다면 아무리 위대한 사람이라도 당신을 보지 않고는 못 배겼을 거예요."

"전 그렇게 훌륭한 사람들은 싫어요." 캐럴라인이 눈살을 찌푸렸다. 최근에 사건이 있었다. 정말 유력한 사람들이…….

"나는 젊은 현대 여성이 빼기는 게 정말 싫어요. 어리석고 가련해요. 일면 측은해 보이기도 하고요."

그러고는 피셔 부인은 지팡이로 자갈을 딱딱 짚으며 가버렸다.

"괜찮아." 캐럴라인은 혼잣말을 하며 쿠션에 머리를 대고 난간에 발을 올려 다시 편한 자세를 취했다. 사람들이 멀리 가버려도 캐럴라인은 그들이 가버린 이유에 관해서는 조금도 신경 쓰지 않았다.

"우리 캐럴라인이 조금, 아주 조금 이상해진 것 같지 않아요?" 캐럴라인이 산 살바토레로 가겠다고 말하기 직전에 캐럴라인의 어머니가 남편에게 물어본 말이었다. 어머니는 딸이 이상한 말만 하고, 나이가 든 탓인지 아주 젊은 남자, 아니 거의 소년에 가까운 남자들 말고는 가능하면 아무도 만나려

하지 않고 사람이 없는 곳으로 숨어드는 데 충격받았고 마음이 불편했다.

"에? 뭐라고? 이상해? 그러고 싶다면 그러게 놔둬요. 저렇게 생긴 여자는 원하는 대로 할 수 있잖소." 딸에게 푹 빠진 아버지의 대답이었다.

"나도 뭐라곤 안 해요." 캐럴라인의 어머니가 순순히 말했다. 설혹 그렇게 하지 않은들 다를 게 없었다.

피셔 부인은 레이디 캐럴라인에게 신경 쓴 걸 후회했다. 부인은 공연히 화가 나서 지팡이로 돌바닥을 내리치면서 개인 응접실로 향하는 복도를 따라 걸어갔다. '공연히 어리석은 짓을 했어.' 피셔 부인은 견딜 수 없었다. 할 수 있든 없든 현세대 젊은이들은 확실히 위대하고 좋은 것들을 공개적으로 비난함으로써, 그리고 아무리 나빠도 다르기만 하면 모조리 칭송함으로써 똑똑하다는 명성을 얻으려 했다. '멍청한 것들 같으니라고.' 피셔 부인은 생각했다. '멍청이, 멍청이.' 그러고 응접실에 갔더니 거기에도 멍청이들이 있었다. 어쩌면 지금 자신의 기분 때문에 더 그렇게 느껴졌는지도 모른다. 아버스넛 부인은 조용히 앉아서 커피를 마시고 있었고, 그런가 하면 윌킨스 부인은 피셔 부인이 너무나 아끼는 필기용 테이블에 앉아 프린스 오브 웨일스 주택가에서 가져온 부인 전용 펜으로 뭔가를 쓰고 있었다. 피셔 부인의 방에서, 피셔 부인의 펜으로.

"여기 정말 멋지지 않아요? 우리도 방금 여길 발견했어요."

아버스넛 부인이 공손하게 말했다.

"전 멜러시에게 편지를 쓰고 있어요." 윌킨스 부인이 고개를 돌려 역시 공손하게 말했다. 피셔 부인은 그 여자가 누구한테 편지를 쓰는, 멜러시라고 부르는 사람이 누구든 전혀 관심이 없었다. "제가 여기 잘 도착했다는 걸 멜러시도 알고 싶어 할 거예요." 주변 환경 덕에 낙천적이 된 윌킨스 부인이 말했다.

11

산 살바토레 도처에서 나는 달콤한 향기만으로도 화합을 이끌어내기에 충분했다. 흉벽에 핀 꽃에서 나는 향기가 응접실로 들어와 방 안에 있던 꽃향기와 만나 서로 성스러운 키스로 인사를 나누는 장면이 눈에 그려지는 듯했다. 이렇게 온유한 분위기에서 누가 화를 낼 수 있을까? 이렇게 천지가 아름다운 곳에서 누가 낡고 거친 런던의 방식으로 물욕에 사로잡히거나 이기적일 수 있을까?

그러나 피셔 부인은 이 세 가지 모두에 해당하는 것 같아 보였다.

아름다움이 넘쳐나 모두를 충족시키고도 남을 정도여서 그걸 더 얻고자 노력하는 것 자체가 헛된 행동 같았다.

그러나 피셔 부인은 더 얻으려 했고, 자기만 사용하려고 어느 부분을 막아버렸다.

지금쯤이면 벗어나야 할 텐데, 윌킨스 부인은 평화롭고 비범한 분위기에서 하루 이틀 있다보면 피셔 부인도 반드시 회복되리라 확신했다.

그러나 피셔 부인은 확실히 극복할 기미조차 보이지 않았고, 윌킨스 부인과 로즈를 분노 비슷한 표정으로 바라보며 서 있었다. 분노. 욕망. 윌킨스 부인은 키스가 난무하는 방과 키스를 주고받는 사람들을 보면서 피셔 부인도 자신이나 로즈만큼 엄청나게 낡고 긴장되고 어리석은 런던식 감정을 느꼈으리라 짐작했다.

"우리가 여기 있는 게 싫으신 것 같군요." 윌킨스 부인이 자리에서 일어나 진실을 직시하며 말했다. "이유가 뭐죠?"

피셔 부인이 지팡이에 몸을 기댄 채 말했다. "당신네가 그게 내 방이란 걸 알 거라고 생각했어."

"사진 때문에요?" 윌킨스 부인이 말했다.

아버스넛 부인도 놀라서 약간 얼굴을 붉히며 일어났다.

"편지지. 런던 주소가 쓰인 편지지. 저 펜……." 피셔 부인이 펜을 가리켰다. 펜은 아직 윌킨스 부인의 손에 들려 있었다.

"아, 부인 거군요. 죄송합니다." 윌킨스 부인이 펜을 테이블 위에 내려놓았다. 그러고는 편지가 참 잘 쓰이던 참이었다고 웃으며 말했다.

"그런데 왜 우리는 여기 있으면 안 돼요? 응접실이잖아요." 조금도 미안해하거나 고민하지 않는 피셔 부인의 태도를 어이없어하며 아버스넛 부인이 물었다.

"다른 응접실이 있잖아요. 당신 둘이 응접실 두 개를 다 차지하면 안 되지. 내가 당신들 공간을 침범할 생각이 없는데 왜 당신들은 내 공간을 범하려 하는지 알 길이 없군."

"하지만 왜?" 아버스넛 부인이 또 이의를 제기하려 했다.

"그게 자연스럽겠네요." 로즈는 타협할 생각이 없어 보여서 윌킨스 부인이 끼어들어 피셔 부인을 돌아보며 말했다. 뭐든 친구들과 함께해야 즐겁지만, 프린스 오브 웨일스 주택가의 생활 태도에 젖은 피셔 부인이 아직 그걸 원치 않는 것도 이해는 할 수 있었다. 그러나 조금 있으면 그런 태도를 버리고 꽤 달라질 거라고 기대했다. "곧 부인도 자연스럽게 우리와 나눠 쓰기를 원하실 거예요." 윌킨스 부인이 확신에 찬 어조로 말했다. "음, 심지어 제게 펜이 없다는 걸 아시면 저더러 부인 펜을 쓰라고 권하는 단계까지 갈 수도 있어요."

피셔 부인은 이 말을 듣고 제어할 수 없을 정도로 이상한 기분에 사로잡혔다. 햄프스테드 출신의 남루한 젊은 여인이, 말하자면 등을 토닥이듯 자신이 곧 나아지리라고 확신에 찬 어조로 가볍게 말하는 걸 듣고 피셔 부인은 어느 날 자기 남편이 보기와 다르다는 사실을 발견한 이래로 그 어느 때보다 더 마음에 동요가 일었다. 윌킨스 부인은 확실히 억눌러야 했다. 그러나 어떻게? 윌킨스 부인은 웬만해선 잘 휘둘리지 않을 것 같았다. 예를 들어 그때 윌킨스 부인은 전혀 무례한 말을 하는 게 아니라는 듯 근심 걱정 하는 기색 하나 없이 밝게 미소를 지었다. 그런 사람이 자기가 제약을 당하고 있다는 사실을 알아채기나 할까? 만약 알지 못하면, 너무 무감해서 그걸 느끼지도 못하면, 그땐 어떻게 해야 하지? 방법이 없다. 피하는 수밖에. 정확히 자신의 개인 응접실 외에는 없다.

"나는 노인네라 나만의 방이 필요해요. 지팡이 때문에 마구 돌아다닐 수 없거든. 돌아다니지 못하니 앉아 있어야 하잖아요. 내가 런던에서 이미 그럴 거라고 말했잖아요. 그런데 왜 내가 방해받지 않고 조용히 있을 수 없단 거요? 사람들이 종일 떠들고 문을 열어둔 채 들락거리면, 조용하게 지낼 수 있다던 조건을 당신들이 깨는 겁니다." 피셔 부인이 말했다.

"하지만 우리는 조금도 방해를……." 아버스넛 부인이 말을 시작하자 이번에도 윌킨스 부인이 끼어들었다.

"부인이 마음에 드는 방을 가지게 돼서 저희도 기쁠 따름이에요. 저희가 그걸 몰랐어요. 그뿐입니다. 들어오지 않을게요. 그러니까 부인이 저희를 초대하실 때까지는 어쨌든 안 올게요." 윌킨스 부인이 쾌활한 표정으로 피셔 부인을 내려다보며 말을 마쳤다. "곧 초대해주시기를 기대합니다." 그러고는 편지를 집어 들고 아버스넛 부인의 손을 잡더니 문으로 데려갔다.

아버스넛 부인은 가고 싶지 않았다. 여자치고도 가장 온화한 편인 부인이 나가지 않고 방에 남아서 끝까지 싸우고 싶다는 이상하고 터무니없는 욕망에 사로잡혀 있었다. 물론 실제로는 그랬을 리 없고, 공격적인 말조차 못 했을 것이다. 부인은 그저 피셔 부인에게 조곤조곤 이유를 따져 묻고 싶었을 뿐이다. 어쨌든 무슨 말이든 들어야 할 것 같았다. 자기가 나쁜 짓을 하다 학교 당국에 걸린 여학생처럼 평가되거나 내몰리게 내버려둘 수는 없었다.

그러나 윌킨스 부인이 워낙 거칠게 문으로 데려갔고, 이번에도 로즈는 로티의 균형 감각과 부드럽고 상냥한 성질에 놀랐다. 영국에서는 분명 상당히 거센 편이었다. 이탈리아로 온 순간부터 로티는 더 어른스러워 보였다. 확실히 아주 행복해 보였고, 더할 나위 없이 기뻐 보였다. 행복이 저 정도로 완벽하게 사람을 보호할 수 있다니! 저토록 독보적이고 현명하게 만들 수 있다니! 로즈도 행복했지만, 저 정도는 아니었다. 분명 그렇지는 않았다. 왜냐하면 로즈는 피셔 부인과 맞서고 싶기도 했지만 다른 뭔가를 원하기도 했다. 이 사랑스러운 장소 이상의 무엇, 이곳을 더 완벽하게 만들어줄 어떤 것이 필요했다. 로즈는 프레더릭을 원했다. 살면서 처음으로 완벽한 아름다움에 둘러싸이자 그걸 프레더릭에게 보여주고 그와 함께하고 싶다는 일념에 사로잡혔다. 로즈는 프레더릭을 원했다. 간절히 그를 원했다. 아, 프레더릭만 있다면…….

"참 안됐어요. 이렇게 좋은 날에." 윌킨스 부인이 의기양양해하는 피셔 부인을 두고 부드럽게 문을 닫으며 말했다.

"진짜 무례하지 않아요?" 아버스넛 부인이 말했다.

"곧 괜찮아지겠죠. 우리가 그 방에 가서 앉을 생각을 한 게 잘못이죠, 뭐."

"그곳이 제일 좋잖아요. 자기 것도 아니면서." 아버스넛 부인이 말했다.

"다른 장소도 많은데요, 뭐. 부인은 너무 불쌍한 노인네고요. 그냥 거기 있게 해요, 우리. 뭐든 상관없잖아요."

윌킨스 부인은 우체국이 어디 있는지 알아본 뒤 멜러시에게 편지를 부치러 마을에 갈 거라며 로즈한테 함께 가자고 했다.

"계속 멜러시 생각을 했어요." 전날 밤 비를 맞으며 좁고 구불구불한 길을 앞뒤로 나란히 걸을 때 윌킨스 부인이 말했다.

윌킨스 부인이 앞섰고, 이제는 아주 자연스럽게 아버스넛 부인이 뒤를 따랐다. 영국에서는 반대였다. 로티는 너무 꼴사납게 불쑥 튀어나오거나 소심한 표정으로 주저했고 가능하면 차분하고 합리적인 로즈 뒤만 따라다녔다.

"멜러시 생각이 자꾸 나요." 로즈가 못 들은 것 같았는지 윌킨스 부인이 어깨 너머로 같은 말을 반복했다.

"그래요?" 로즈가 약간 언짢은 듯한 목소리로 말했다. 멜러시를 만났을 때의 일 때문에 그를 좋게 기억할 수 없었던 것이다. 로즈가 멜러시를 속였기 때문에 그를 좋아할 수 없었다. 이것이 멜러시를 싫어하는 이유라는 걸 로즈는 인지하지 못했고, 이유가 있다면 그에 대한 하느님의 은혜가 크지 않은 탓이리라 여겼다. 그러면서도 그렇게 느끼는 자신이 잘못됐고 주제넘는다며 스스로를 책망했다. 틀림없이 로티의 남편이 자신보다 훨씬 더 신에 가까울 터였다. 그럼에도 로즈는 멜러시가 기껍지 않았다.

"내가 너무 못된 년이었어요." 윌킨스 부인이 말했다.

"못된 뭐요?" 아버스넛 부인이 귀를 의심하며 물었다.

"남편을 그렇게 따분한 곳에 내버려두고 나만 여기 와서 꿈 같은 시간을 보내고 있잖아요. 남편도 부활절에 나를 이탈리아로 데려올 계획이었기든요. 내가 그 얘기 했어요?"

"아뇨." 사실 은연중에 남편에 관한 얘기를 못 하게 했다. 로티가 남편 얘기를 꺼내려 할 때마다 로즈는 대화 주제를 바꿔버렸다. 삶에서뿐만 아니라 대화에서도 누군가의 남편이 등장하면 반드시 다른 사람의 남편도 따라 나오게 마련이다. 로즈는 프레더릭에 관한 얘기를 할 수도 없고 하기도 싫었다. 남편이 있다는 뻔한 사실 말고는 남편 얘기를 전혀 하지 않았다. 멜러시가 방해를 했다는 얘기 정도는 오고 가야 했지만, 로즈는 남편에 관한 얘기를 필요 이상으로 쏟아내지 않기 위해 애썼다.

"그랬어요. 전에는 한 번도 그런 적이 없었거든요. 그래서 무서웠어요. 생각해봐요. 나 혼자 그 일을 하려고 계획한 바로 그때."

로티는 가던 길을 멈추고 로즈를 올려다보았다.

"네." 로즈는 다른 얘깃거리를 찾으며 건성으로 대답했다.

"이제 내가 왜 못된 년이라고 하는지 알겠죠? 남편은 휴가를 나랑 이탈리아에서 보낼 계획이었고, 난 남편을 집에 혼자 두고 이탈리아에서 보낼 생각이었잖아요." 로티가 로즈의 얼굴을 빤히 쳐다보며 계속 말을 이었다. "멜러시가 화나고 속상할 이유는 충분해요."

로즈는 깜짝 놀랐다. 로티가 그녀의 눈앞에서 한시가 다르게 이타적인 사람이 되어가는 게 영 불안했다. 로티는 놀랍게도 성자와 비슷해져갔다. 이곳에서 로티는 멜러시에게 애정을 느꼈다. 그날 아침만 해도 그들이 바다에 발을 담그고 있는 동안 로티는 멜러시가 가볍고 투명한 천이나 정확한 빛깔을 알 수 없는 한낱 무지개 같다고 말했었다. 그게 불과 그날 아침이었다. 그리고 점심을 먹을 때쯤에는 다시 편지를 쓰기 시작하더니 마침내 편지를 다 써낼 만큼 그가 형체 있는 사람으로 발전했다. 그리고 몇 분이 지난 지금은 멜러시가 화나고 속상할 이유가 충분하다며 스스로를 못된 년(흔치 않은 용어였지만 회한을 표현하기에는 충분했다)이라고 칭했다.

로즈는 놀란 눈으로 로티를 바라보았다. 만약 계속 이런 식이라면 곧 머리 주변에 원광이 나타날 것만 같았고, 로티의 옅은 갈색 머리에 스미는 빛이 나무둥치 사이로 비치는 태양이라는 것을 모르는 사람은 이미 로티에게 원광이 존재한다고 생각할 수도 있을 듯했다.

사랑하고, 친구가 되고, 모두를 사랑하고, 모두와 친해지려는 거대한 욕망, 순수한 선의에 대한 욕망이 로티에게 침투하고 있는 것 같았다. 로즈의 경험으로는 선의나 선한 상태는 고난과 고통이 있어야만 도달할 수 있었다. 거기에 이르는 데는 오랜 시간이 걸렸다. 사실 사람은 절대 그런 상태에 도달하지 못하거나 오직 그 순간에만 가능했다. 그 길을 가는 데는 극단적인 인내가 필요했고, 내내 의심이 따랐다. 그런데 로티는 훌쩍 뛰어넘어버렸다. 분명 충동을 완전히 없애지는 못했으리라고 로즈는 생각했다. 단지 방향만 바꾼 것이다. 로티는 지금 성급하게 성자가 되어가고 있었다. 사람이 실제로 그렇게 극단적으로 신함에 도달할 수 있을까? 어딘가에는 폭력적인 반응도 있지 않을까?

"글쎄요." 로즈는 로티의 밝은 눈동자를 내려다보며 조심스럽게 말했다. 길이 가팔라서 로티는 로즈보다 훨씬 아래에 있었다. "그걸 그렇게 빨리 확신할 순 없어요."

"하지만 난 확신해요. 그래서 남편한테 편지로 그렇게 말했어요."

로즈가 멀뚱멀뚱 바라보다 말했다. "맙소사, 하지만 오늘 아침만 해도……."

"이 안에 다 들어 있어요." 로티가 말을 끊고는 만족스러운 표정으로 봉투를 두드렸다.

"뭐…… 다 들어 있다고요?"

"광고며 내가 예금한 돈이 여행 경비로 들어간 것까지 다 썼냔 말이죠? 아, 아뇨, 아직은 아니에요. 하지만 남편이 오면 다 얘기할 거예요."

"남편이 오면?" 로즈가 놀라서 반문했다.

"여기 와서 함께 있자고 초대했어요."

로즈는 계속 멍하니 로티를 바라볼 수밖에 없었다.

"적어도 그 정도는 할 수 있잖아요. 게다가…… 이거 보세요." 로티가 손을 흔들었다. "그걸 말하지 않다니 역겨워요.

남편만 놔두고 떠나다니 내가 못된 년이었어요. 하지만 아무리 못된 년이어도 멜러시한테 이리 와서 함께 즐기자는 말 정도는 해야 할 것 같아요. 내 비상금으로 남편도 함께 즐겨야 조금이라도 면목이 서죠. 어쨌든 남편이 수년 동안 날 재워주고 먹여줬잖아요. 사람이 그런 은혜를 모르면 안 되죠."

"근데 남편이 올까요?"

"그랬으면 좋겠어요." 로티가 간곡하게 말하고는 덧붙였다. "불쌍한 사람!"

그 말을 듣고 로즈는 주저앉고 싶었다. 멜러시가 불쌍하다고? 몇 시간 전에는 존재조차 흐렸던 그 멜러시가? 길모퉁이에 자리가 있어서 로즈는 거기 가서 앉았다. 거기서 숨을 돌리며 시간을 벌고 싶었다. 시간이 있으면 성큼성큼 달려가는 로티를 따라잡아 지금 로티가 안타까워하는 일을 저질러버리기 전에 멈추게 할 수 있을지도 몰랐다. 산 살바토레에 멜러시라니. 로티가 최근까지도 그렇게 고통스러워하며 벗어나고 싶어 했던 그 멜러시를 초대해?

"여기 올 거란 걸 알아요. 내 눈엔 보여요." 로티가 로즈의 생각에 답하듯 말했다.

로즈가 걱정 어린 눈으로 로티를 바라보았다. 로티는 매번 저렇게 확신에 찬 목소리로 말했다. 로티가 '보여요'라고 말한 건 반드시 이루어졌다. 그러니 윌킨스 씨도 틀림없이 오게 되리라는 얘기였다.

"나도 이해할 수 있으면 좋겠네요." 로즈가 걱정스러운 투로 말했다.

"애쓰지 말아요." 로티가 미소 지으며 말했다.

"내가 사랑하는 로티니까 애는 써야죠."

"오, 로즈." 로티가 재빨리 몸을 굽혀 로즈에게 키스했다.

"어쩜 그렇게 빠르죠? 얼마나 빨리 발전하는지 따라잡지를 못하겠네요. 프레더릭과 만약……."

로즈가 갑자기 말을 끊더니 겁에 질린 표정이 되었다.

로티가 알아채지 못하는 것 같아 로즈가 계속 말을 이었다. "우리는 기본적으로 도망치기 위해 이곳에 온 거예요. 안 그래요? 그래서 우리가 도망쳤잖아요. 그런데 고작 하루 있고는 편지를 쓴다고요? 바로 우리가……."

로즈가 말을 멈췄다.

"바로 우리가 벗어나려 했던 사람들이죠." 로티가 말을 마저 끝냈다. "맞아요. 어리석고 비논리적이에요. 하지만 난 너무 행복하고, 너무 잘 지내고 있어요. 대단히 건강해진 느낌이에요. 이곳은 뭐랄까, 나를 사랑으로 충만하게 해요."

그러고는 몹시 놀라며 로즈를 내려다보았다.

로즈는 잠시 침묵한 뒤에 말했다. "윌킨스 씨한테도 똑같은 효과가 있을 거라고 생각해요?"

로티가 소리 내어 웃었다. "글쎄요. 하지만 설혹 그렇지 않다 해도 소위 50명의 윌킨스 씨를 푹 잠기게 할 만큼 사랑이 넘쳐흐르잖아요. 사랑으로 충만하다니 대단하잖아요. 집에서는 알았지만 적어도 여기에서는 모르겠어요. 누군가 사랑하기만 하면 그 자체가 중요한 거죠. 집에서 난 쩨쩨한 사람이었어요. 늘 재고 계산만 했죠. 난 정의에 대해 이상한 강박관념이 있었어요. 정의가 중요하기라도 한 것처럼요. 복수와 정의가 구별될 수 있는 것처럼 말이에요. 선한 건 사랑뿐이에요. 집에서는 내가 사랑한 만큼 멜러시가 똑같이 돌려주지 않으면 나도 멜러시를 사랑하지 않으려 했어요. 그게 공평하다고 생각했죠. 무슨 그런 일이! 그리고 멜러시가 내 사랑을 받아주지 않았기 때문에 나도 그랬어요. 그러니 집이 얼마나 무미건조했겠어요! 건조하고……."

로즈는 아무 말도 하지 않았다. 로티에게 크게 놀랐다. 산 살바토레가 이상한 영향력을 행사했는지 로티는 갑자기 확신에 찬 말을 자유자재로 구사했다. 로티가 햄프스테드에서는 절대 쓰지 않은 말들이었다. 못됐다느니 쩨쩨하다느니 하는 말은 거의 하지 않았다. 말에서도 로티는 해방된 것이다.

그러나 어떻게 로즈마저 남편에게 편지를 써서 오라고 말할 수 있겠는가. 윌킨스 부부, 특히 멜러시가 아무리 젠체하고, 로즈에게 그가 아무리 거만해 보여도 그들 부부는 로즈 부부보다 더 자연스럽고 건강한 기반 위에 있는 것 같았다. 로티는 멜러시에게 편지를 쓸 수 있고 답도 받을 것이다. 그러나 로즈는 프레더릭에게 편지를 쓸 수 없었다. 그가 답장하지 않으리란 걸 너무 잘 아니까. 답장하더라도 편지를 보내줘서 고맙다는 형식적인 말만 마지못해 끼적끼적 몇 자 적어 보낼 게 뻔했다. 그건 아예 답장을 안 하는 것보다 더 나

뻘 터였다. 남편이 직접 봉투에 쓴 주소와 자기 이름을 보면 가슴이 찔린 듯 아릴 테니까. 또한 초창기에 그들이 주고받았던 편지들이 소환될 게 뻔했다. 이별에 쓸쓸해하며 그가 보낸 편지들, 사랑과 그리움으로 아파하며 그가 보낸 편지들. 분명 겉봉은 이런 초창기 편지들과 별반 다르지 않겠지만, 열어보면 필시 이런 내용일 것이다.

로즈에게

편지 고마워. 잘 지내고 있다니 다행이오. 서둘러 돌아올 필요 없소. 돈이 더 필요하면 말하시오. 여긴 다 편하오.

당신의 프레더릭

안 된다. 이러면 견딜 수 없을 것이다.

"오늘은 함께 마을에 가지 못할 것 같아요." 로즈가 갑자기 어두워진 낯빛으로 로티를 올려다보며 말했다. "생각을 좀 하고 싶을 것 같네요."

"알았어요." 로티가 서둘러 길을 내려가기 시작하며 말했다. "하지만 너무 오래 생각하지는 말아요." 그러면서 어깨 너머로 소리 질렀다. "당장 편지 써서 오라고 해요."

"누굴요?" 로즈가 놀라서 물었다.

"당신 남편 말이에요."

12

저녁 식사 자리에 캐럴라인이 나타났다. 식당 테이블에 네 사람이 함께 둘러앉은 건 그때가 처음이었다.

캐럴라인은 황홀하다고까지 말할 수 있는 만찬 드레스 혹은 다과회 드레스 비슷한 옷을 입고 시간에 딱 맞춰 모습을 드러냈다. 드레스를 입은 캐럴라인의 모습은 정말 황홀했다. 윌킨스 부인도 맞은편에 앉은 매력적인 얼굴에서 눈을 떼지 못했다. 조개껍데기 같은 분홍색 옷이 마치 옷을 입어주는 사람을 감싸 안듯 사랑스러운 캐럴라인에게 마침맞게 들러붙어 있었다.

"드레스 정말 아름다워요!" 윌킨스 부인이 진심으로 감탄사를 터뜨렸다.

"뭐, 이 낡은 거적때기 말예요?" 캐럴라인이 자기가 무슨 옷을 입고 있는지 확인하듯 아래를 내려다보며 말했다. "100년이나 입은걸요." 그러고는 수프를 먹는 데 집중했다.

"그거 입고 춥겠는데요." 피셔 부인이 심술궂게 말했다. 캐럴라인의 몸이 훤히 드러났기 때문이다. 팔은 전체가 다 드러났고, 덮인 곳도 옷이 너무 얇아서 안이 훤히 들여다보였다.

"누구, 저요? 아, 아녜요." 캐럴라인이 잠시 위를 올려다보며 말했다.

그러고는 계속 수프를 먹었다.

"감기 걸리면 안 돼요." 아버스넛 부인이 그렇게 아름다운 사람은 무슨 수를 써서라도 보호해야 마땅하다는 생각으로 말했다. "해가 지면 날씨가 완전히 달라져요."

"덥기만 한걸요." 캐럴라인이 부지런히 수프를 먹으며 응수했다.

"안쪽엔 아무것도 안 입은 것 같구먼." 피셔 부인이 말했다.

"안 입었어요. 거의요." 캐럴라인이 수프를 다 먹고 그릇을 물리며 말했다.

"너무 경솔하고 매우 부적절하군요." 피셔 부인이 말했다.

그 말에 캐럴라인이 피셔 부인을 빤히 쳐다보았다.

피셔 부인은 저녁 식사를 하러 올 때까지도 레이디 캐럴라인에게 호감이 있었다. 적어도 캐럴라인은 자기 방에 쳐들어와 자기 테이블에 앉아 자기 펜을 쓰지는 않았다. 그래서 캐럴라인은 행동이 바른 사람이라고 생각했다. 그런데 이렇게 옷을 입고, 아니 이렇게 옷을 입지 않고, 식사하러 오는 걸 보니 그렇지 않은 것 같았다. 그런 행동은 아주 부적절할 뿐 아니라 사려 깊지도 않았다. 그 경솔한 캐럴라인이 감기에 걸려서 다른 사람들에게 감염시킬 수도 있기 때문이다. 피셔 부인은 다른 사람들이 감기에 걸리는 데 반감을 가졌다. 감기는 어리석음의 결과였고, 감기에 걸릴 만한 짓을 전혀 하지 않은 자신에게도 옮아올 수 있었다.

'바보 멍청이로군.' 피셔 부인은 레이디 캐럴라인을 심각하게 재고해보았다. '머리에 허영밖에 없는 여자야.'

"여긴 남자가 없잖아요. 그러니 부적절할 것도 없죠, 뭐. 남자들이 없으면 부적절하기도 어렵다는 걸 모르셨어요?" 윌킨스 부인이 듣지 않은 척 애쓰고 있는 피셔 부인에게 질문했다.

피셔 부인은 대답하지 않았고 윌킨스 부인을 쳐다보지도 않았지만, 캐럴라인은 윌킨스 부인을 바라보며 미소로 반응해주었다. 금련화가 꽂힌 화병 너머로 보이는 캐럴라인이 보조개까지 지어가며 살짝 웃는데 정말 아름다웠다.

'저 사람은 얼굴에 생기가 넘치네.' 캐럴라인은 윌킨스 부인에게 관심이 생겨 주의 깊게 관찰했다. 부인의 얼굴은 빛과 그림자가 쓸고 지나간 옥수수 밭 같았다. 그 여자와 얼굴이 까무잡잡한 여자 둘 다 이제 보니 옷을 갈아입은 상태였지만 그래봤자 실크 점퍼였다. 그들이 옷을 제대로 입으려면 많은 노력이 필요하겠다고 캐럴라인은 생각했다. 당연히 점퍼를 입은 그들은 아주 이상하게 보였다. 피셔 부인이 무엇을 입었는지는 중요하지 않았다. 실제로 부인은 깃털 장식이 없는 옷을 입었는데, 그 정도가 유일하게 언급할 만한 점이었다. 그러나 다른 두 사람은 아직 꽤 젊고 상당히 매력적이었다. 실은 굉장히 예쁜 얼굴들이었다. 그들이 관리를 대충하는 대신 최대치까지 끌어올리면 그들의 삶이 얼마나 달라질까. 그러다 캐럴라인은 갑자기 따분해져서 생각을 거두고 멍하니 토스트만 먹었다. 그게 뭐가 중요하다고. 최대한 잘 꾸미면 한잔하자고 덤비는 사람들만 주변에 꼬일 텐데.

"오늘 정말 멋진 하루를 보냈어요." 윌킨스 부인이 눈을 빛내며 말을 시작했다.

캐럴라인은 눈을 내리깔며 생각했다. '아, 또 한껏 떠벌리겠군.'

'누가 자기한테 관심이나 있는 줄 아나.' 피셔 부인도 눈을 내리깔고 생각했다.

사실 윌킨스 부인이 말할 때마다 피셔 부인은 일부러 눈을 내리깔았다. 그런 식으로 못마땅함을 표하곤 했다. 눈으로 할 수 있는 안전한 방법은 그것뿐인 듯했다. 아무도 재갈을 벗은 저 생물이 다음에 무슨 말을 할지 알 수 없었기 때문이다. 예를 들어 방금 윌킨스 부인이 그녀에게 남자 운운했던 건 도대체 무슨 뜻이었을까? 추측하지 않는 게 낫겠다고 피셔 부인은 생각했다. 눈을 아래로 깔고 있었지만 레이디 캐럴라인이 키안티• 병에 손을 뻗어 또 잔을 채우는 게 보였다.

또? 캐럴라인은 이미 한 잔 마셨으니 이제 막 도를 넘어가는 중이었다. 구성원 중에서 꽤 쓸 만한 아버스넛 부인도 그걸 알아채고 있다는 걸 느낄 수 있었다. 피셔 부인은 아버스넛 부인이 점잖고 좋은 사람이리라 바랐고 또 믿었다. 아버스넛 부인도 응접실에 침입하기는 했지만, 윌킨스 부인에게 끌려왔으리라 믿어 의심치 않았다. 아버스넛 부인에게 안 좋은 점이 있다 해도 거의 없는 수준일 거라고 생각했다. 물만 마시는 걸 보면 알 수 있었다. 그것만 봐도 훌륭했다. 사실 그 점에서는 주근깨 있는 부인에게도 점수를 주고 싶었다. 그 나

• 이탈리아 토스카나 지방 특산의 레드 와인.

이에 딱 맞게 행동을 하는 거니까. 피셔 부인도 와인을 마시기는 했지만 절제할 줄 알았다. 식사 한 번에 한 잔. 예순다섯 살에는 그 정도가 적당했고, 간혹 와인의 도움을 받고 싶으면 두 잔 정도는 마셔도 괜찮았다.

윌킨스 부인이 얼마나 즐거운 시간을 보냈는지 말하는 틈을 타 피셔 부인이 와인 잔을 가리키며 레이디 캐럴라인에게 말했다. "저거 마시면 안 좋아요."

그러나 레이디 캐럴라인이 팔꿈치를 테이블에 올린 채 윌킨스 부인의 얘기를 들으며 계속 와인을 홀짝거리는 것으로 보아 그 말을 못 들은 모양이었다.

'저 여자는 뭐라고 떠들어대는 거야? 누굴 초대해서 머물게 한다고? 남자?'

피셔 부인은 귀를 의심했다. 그러나 분명 남자였다. 윌킨스 부인이 '그'라고 말했으니까.

갑자기, 그리고 처음으로(이건 아주 중요한 문제이므로) 피셔 부인이 윌킨스 부인을 바로 지목했다. 부인은 예순다섯 살이고 한 달 동안 어떤 여자들과 함께하게 될지는 크게 신경 쓰지 않았지만 남자들과 엮이는 건 전혀 다른 문제였다. 부인은 이용당하지 않을 생각이었다. 부인의 시각으로 볼 때 분명 경솔한 행동을 허락할 수는 없었다. 런던에서 처음 만났을 때 남자에 관한 얘기는 전혀 없었다. 그런 말이 오갔다면 당연히 오지 않았을 것이다.

"그 사람 이름이 뭡니까?" 피셔 부인이 퉁명스럽게 끼어들었다.

윌킨스 부인이 약간 놀란 얼굴로 돌아보며 말했다. "윌킨스요."

"윌킨스?"

"네."

"당신 성이잖아요."

"그 사람 성이기도 하죠."

"관계는?"

"혈연관계는 아니에요."

"그렇다면?"

"남편이죠."

피셔 부인은 다시 눈을 내리깔았다. 윌킨스 부인에게 말을 할 순 없었다. 그녀가 말한 '남편'에 뭔가가 있었다. 여러 명 중에 하나라는 뜻이 될 수도 있었다. 항상 모든 것에는 기대치 않은 반전이 있었다. 왜 저 여자는 '내 남편'이라고 말하지 않지? 게다가 이유는 모르겠지만 피셔 부인은 햄프스테드의 젊은 여자 둘이 사별했다고 생각했다. 전쟁으로. 남편이 있다면 사전에 얘기를 하는 게 자연스러울 텐데 그런 언급이 전혀 없었다. 그리고 남편이 관계있는 사람이 아니라면 무어란 말인가? '혈연이 아니라고?' 말하는 꼴하고는. 남편이야말로 모든 관계의 시작이지. 피셔 부인은 러스킨이 한 말을 잘 기억하고 있었다. 아, 러스킨이 아니구나. 남자는 부모를 떠나 아내와 합해져 둘이 한 몸이 되는 존재라고 말한 것은 성경이었다. 즉 결혼이 혈연 이상의 관계가 된다는 의미였다. 그리고 남편의 부모는 아내와 비교할 때 남편에게 아무것도 아닐진대 아내의 부모는 남편과 비교할 때 아내에게 아무것도 아님은 지극히 당연한 일 아닌가. 피셔 부인은 남편과 하나가 되기 위해 부모를 떠나지는 않았다. 결혼할 때 이미 부모님이 살아 계시지 않았기 때문이다. 그러나 부모님이 살아 계셨더라도 분명 그들을 두고 떠났을 것이다. 혈연이 아니라니. 되지도 않는 소리.

저녁 식사는 훌륭했다. 즙이 많은 것들이 역시 풍요로웠다. 코스탄차는 첫 주에 크림이나 달걀과 관련해서 자신이 선택한 대로 일단 밀어붙인 뒤, 한 주가 끝나 경비를 지불할 때 무슨 얘기가 나오는지 보기로 했다. 경험상 영국인들은 비용에 관해서 조용한 편이었다. 그들은 말을 아꼈다. 그리고 쉽게 믿었다. 게다가 이곳에서 모든 걸 책임지는 사람은 누구인가? 꼭 집어 누구인지 알 수 없는 상황에서 코스탄차는 스스로 책임자가 되는 게 낫겠다고 생각했다. 그래서 저녁 식사에 관한 한 자기가 결정한 대로 했고, 결과는 매우 좋았다.

그러나 네 사람은 그들만의 대화에 푹 빠져서 저녁 식사가 얼마나 훌륭한지 알아차리지 못했다. 그런 문제에 적극적인 피셔 부인조차 신경을 쓰지 않았다. 전체적으로 아주 훌륭한 요리가 그렇지 않은 듯 치부되었다. 그것만 봐도 지금 피셔 부인의 마음이 뒤숭숭하다는 것을 알 수 있었다.

피셔 부인은 불쾌했다. 윌킨스 부인 때문이었다. 누구든 기분 상하게 할 만한 사람이었다. 그리고 윌킨스 부인은 키안티 와인에 취한 레이디 캐럴라인 덕분에 분명 용기백배한 것 같았다.

피셔 부인은 지금 남자가 없는 게 매우 기뻤다. 만약 있었다면 분명 레이디 캐럴라인 때문에 바보가 되었을 테니까. 캐럴라인은 남자들의 마음을 뒤흔들 만한 젊은 여자였다. 특히 저런 순간에는. 아마 지금도 키안티가 그녀를 일시적으로 더 돋보이게 했겠지만, 캐럴라인이 아주 매력적이라는 사실은 부인할 수 없었다. 피셔 부인은 조금 전까지만 해도 실재하는 일에 관해 진지하고 흥미롭게 이야기를 나누던 지적이고 지각 있는 남자들이 머리가 빈 미녀가 걸어 들어왔다는 이유만으로 멍청이처럼 히죽거리는 걸 목격하는 일이 세상 무엇보다 싫었다. 부인은 실제로 그렇게 정신을 잃고 헤헤거리는 남자들을 많이 봐왔다. 심지어 일찍이 피셔 부인의 머리에 경건하게 손을 얹어주어 잊지 못한 기억을 남긴 위대한 정치가 글래드스턴 같은 사람도 아마 캐럴라인을 보기만 하면 이치에 닿는 말 대신 친근한 농담을 시작할 것 같았다.

"있잖아요." 윌킨스 부인이 말했다. 거의 모든 문장을 시작할 때 부인이 사용하는 우스꽝스러운 추임새였다. 피셔 부인은 매번 이렇게 말하고 싶었다. '도대체 있긴 뭐가 있어. 난 없어!' 그러나 공연히 문제를 일으킬 필요는 없었다. "있잖아요." 윌킨스 부인이 레이디 캐럴라인 쪽으로 몸을 기울이며 말했다. "우리 런던에서 만약 누군가가 원하면 각자 손님 한 명을 초대할 수 있다고 했었잖아요. 그래서 제가 그러려고요."

"난 그런 기억 없는데." 피셔 부인이 접시에 눈을 박은 채 말했다.

"한 적 있어요. 로즈, 우리 그랬잖아요. 맞죠?"

"네, 난 기억해요. 그걸 원하는 사람이 있을까 의아하기는 했지만요. 다들 친한 사람들한테서 벗어나려고 이리 온 거잖아요."

"남편들한테서도요."

또 꼴사납게 복수형을 쓰다니. 도대체 어쩌면 똑같이 저럴 수 있는지 피셔 부인은 이해가 되지 않았다. 저런 식의 암시를 하다니. 아버스넛 부인의 얼굴이 빨개진 걸 보면 저 사람도 분명 같은 족속이었다.

"그리고 가족의 사랑에서도 멀어지고 싶었죠." 레이디 캐럴라인이 말했다. 아니, 키안티가 말을 하고 있다고 해야 하나? 분명 키안티 탓이었다.

"그리고 가족의 사랑이 없어서이기도 하죠." 윌킨스 부인이 말했다. 부인은 자신의 가정생활과 실제 인물을 콕 집어 얘기하고 있는 것 같았다.

"그렇게 나쁠 건 없겠네요. 난 동의해요. 방 하나면 되잖아요." 레이디 캐럴라인이 말했다.

"아, 안 돼요. 끔찍해요. 마치 사람이 옷을 안 입은 거 같잖아요." 윌킨스 부인이 외쳤다.

"난 그게 좋은데." 레이디 캐럴라인이 말했다.

"나 원 참……." 피셔 부인이 한탄했다.

"물건을 없애면 기분이 좋죠." 다른 두 사람에겐 관심도 기울이지 않고 윌킨스 부인과 둘이서만 대화하던 레이디 캐럴라인이 말했다.

"아, 하지만 매서운 바람이 부는데 아무것도 안 입고 있고, 입을 옷도 없으면 점점 추위에 떨다가 결국 얼어 죽잖아요. 자기를 사랑하지 않는 누군가와 사는 게 그와 같죠."

그들을 온전히 맹물로 만들어놓고 윌킨스 부인이 변명 한마디 없이 이렇게 확신에 차 있는 걸 보고 피셔 부인은 어이가 없었다. 계속 안절부절못하고 있는 걸로 보아 아버스넛 부인도 피셔 부인처럼 그 의견에 동의하지 않는 것 같았다.

"하지만 그 사람이 그렇지는 않았잖아요?" 레이디 캐럴라인이 윌킨스 부인처럼 창피한 줄도 모르고 수다스럽게 물었다.

"멜러시 말이에요? 그 사람은 그렇지 않았어요."

"좋군요." 레이디 캐럴라인이 중얼거렸다.

"나 원 참……." 피셔 부인이 말했다.

"나는 전혀 좋다고 생각하지 않았어요. 그저 참담했어요. 그리고 여기 온 뒤로 비참한 나 자신을 그냥 물끄러미 바라봐요. 비참함 그 자체를요. 그리고 멜러시를요."

"멜러시가 그 정도 가치가 없었다는 말이군요."

"나 참……." 피셔 부인이 또 혀를 찼다.

"아뇨, 그런 건 아니에요. 내가 갑자기 그를 다시 좋아하게 됐다는 말이에요."

레이디 캐럴라인이 잔 손잡이를 손가락으로 천천히 돌리며 맞은편에 앉은 부인의 환한 얼굴을 찬찬히 살폈다.

"좋아지고 나니 나 혼자 여기 앉아 즐길 수는 없더라고요. 남편을 빼놓고 나만 행복할 순 없어요. 나눠야 해요. 난 축복받은 여인•이 어떤 기분이었는지 정확히 이해해요."

"축복받은 여인이 뭐예요?" 캐럴라인이 물었다.

"원 참……." 피셔 부인이 또 말했다. 이번에는 강조해서 말하는 바람에 레이디 캐럴라인이 돌아보았다.

"그거 알아야 하는 거예요? 전 자연사는 몰라요. 그거 꼭 새 이름 같은데."

"시예요." 피셔 부인이 유난히 쌀쌀맞은 목소리로 말했다.

"아!"

"그 시집 빌려줄게요." 윌킨스 부인이 얼굴 가득 웃음을 지으며 말했다.

"아뇨." 캐럴라인이 말했다.

"우리 아버지 서재에 자주 찾아오던 시인이었어요. 감히 오라 가라 할 수 없는 사람이었는데." 피셔 부인이 여전히 냉랭하게 말했다.

"아휴, 따분해라. 어머니도 늘 그러거든요. 저자들 초대하는 거 말이에요. 난 작가들 싫어요. 그 사람들이 책을 쓰든 말든

• 영국의 시인이자 화가인 단테이 게이브리얼 로세티(1828~1882)의 시 제목이자 그에 대한 그림의 제목.

나랑 무슨 상관이람. 멜러시 얘기나 계속해봐요." 캐럴라인이 윌킨스 부인을 돌아보며 말했다.

"나 참……." 피셔 부인이 말했다.

"빈 침실이 많으니." 윌킨스 부인이 말했다.

"무슨 빈 침실요?" 캐럴라인이 물었다.

"이 집에 있는 거요. 물론 누구든 행복한 누군가를 그 안으로 들일 수 있죠. 침실이 여덟 갠데 사람은 넷뿐이잖아요. 욕심이 과해서 모든 걸 혼자 누리는 건 안 될 말이죠. 로즈도 남편을 초대하면 좋겠어요. 당신과 피셔 부인은 남편이 없지만 친구한테 즐거운 시간을 선사해도 되잖아요."

로즈는 입술을 깨물었다. 얼굴이 붉으락푸르락했다. 로티가 제발 입을 다물어주면 좋겠다고 생각했다. 갑자기 성자가 되어 모두를 사랑하려는 건 좋지만 저렇게 눈치가 없어서야. 로즈는 자신의 약점이 낱낱이 까발려지고 있는 것 같았다. 로티가 입만 다물면…….

그리고 레이디 캐럴라인이 '축복받은 여인'을 모르는 것 때문에 더 쌀쌀맞아진 피셔 부인이 말했다. "이 집에 임자 없는 침실은 하나밖에 없어."

"하나밖에 없어요?" 윌킨스 부인이 놀라서 되물었다. "그럼 다른 방엔 다 누가 있어요?"

"우리가 있지." 피셔 부인이 말했다.

"하지만 우리가 침실을 다 차지한 건 아니잖아요. 최소 여섯 개는 있죠. 그렇다면 침실 두 개는 남는 거고, 주인 말로도 여기 침실이 총 여덟 개라고 했고요. 그렇죠, 로즈?"

"침실은 여섯 개지." 피셔 부인이 말했다. 도착하자마자 부인과 레이디 캐럴라인이 집의 어느 부분이 제일 편할지 확인하기 위해 샅샅이 살펴본 결과 침실은 여섯 개고 그중 두 개는 아주 작았다. 이 작은 방 중 하나를 프란체스카가 썼고 의자와 서랍장이 있었다. 다른 방에도 가구는 비슷하게 있었고 쓰는 사람은 없었다.

윌킨스 부인과 아버스넛 부인은 풍경에 취해 야외에서 주로 시간을 보내느라 집은 거의 둘러보지 못했고, 처음 산 살바토레를 얻으려 할 때는 마음만 들떠서 주인이 침대가 여덟 개 있다고 한 말을 침실 여덟 개로 들어버렸던 것인데, 사실은 그렇지 않았다. 침대가 여덟 개였고, 그중 네 개가 윌킨스 부인과 아버스넛 부인의 방에 있었다.

"침실이 모두 여섯 갠데 우리가 네 개를 차지하고, 프란체스카가 하나, 그리고 하나가 비어 있지." 피셔 부인이 말했다.

"그러니 아무리 우리가 누군가를 초대하고 싶어도 불가능하다는 말이군요. 차라리 잘되지 않았어요?" 캐럴라인의 말이었다.

"하지만 한 사람이 묵을 방이 하나 있긴 하잖아요." 윌킨스 부인이 세 명의 얼굴을 둘러보며 말했다.

"맞아요. 그리고 남편은 부인과 방을 같이 쓸 거고요." 캐럴라인이 말했다.

윌킨스 부인이 놀라서 움찔했다. 침대 관련 문제는 전혀 뜻밖이었다. 윌킨스 부인은 멜러시를 초대해서 자기가 있다고 상상했던 여유분의 방 네 개 중 하나에 묵게 할 작정이었다. 방이 많고 하인이 넉넉한데 집이 작고 하인은 둘밖에 없는 집에서처럼 같은 방을 쓸 이유는 없었다. 사랑, 보편적인 사랑, 부인에게 지금 넘쳐흐르는 사랑을 시험에 들게 해서는 안 된다. 부부간에 성공적인 잠을 위해서는 상당한 인내와 삼가는 태도가 필요했다. 평온한 마음과 확고한 신념, 이 두 가지가. 윌킨스 부인은 그들이 밤에 한 공간을 쓰지 않아야 아침에 창문을 여닫거나 씻는 문제로 의견 차이를 보이지 않을 수 있고, 어떤 일이 둘 중 한 사람에게 불공평해 보여서 터무니없이 분노할 염려 없이 친구처럼 기꺼운 감정으로 아침에 다시 만날 수 있을 거라고 생각했다. 그래야 부인은 멜러시를 훨씬 더 좋아하게 될 테고 멜러시도 부인을 그다지 꺼리지 않으리라 확신했다. 자신이 느끼는 행복, 그리고 모든 사람과 친해질 수 있는 능력은 갑자기 찾아온 새 자유와 평화의 결과라고 느꼈다. 그런데 밤에 멜러시와 한 공간에 있게 되면 그런 평화와 자유가 유지될 수 있을까? 아침에 느낀 것처럼 멜러시에게도 무조건적인 자애로움이 발휘될 수 있을까? 부인은 천국에 그리 오래 있지 않았다. 남편을 붙임성 있게 대할 수 있을 만큼 천국에 오래 있었던 게 아니었다면? 잠이 깨서 혼자인 걸 발견하고 깨끗한 침구를 기분 좋게 끌어당기며 특별한 기쁨을 느낀 게 그날 아침만의 일이라면?

프란체스카가 윌킨스 부인을 불렀다. 부인은 너무 집중한 나머지 푸딩이 와 있는지도 몰랐다.

윌킨스 부인은 건성으로 식사를 하며 계속 생각에 빠졌다. '만약 멜러시와 방을 같이 쓰면 내가 지금 그에게 느끼는 모든 감정을 잃어버릴지도 몰라. 반면 빈방을 쓰게 하면 피셔 부인과 레이디 캐럴라인이 다른 사람을 들이려는 걸 막을 수 있어. 지금은 별생각이 없어 보이지만, 두 사람 중에서 누군가 금방이라도 지인을 초대하고 싶어질지 누가 알아. 일단 멜러시가 그 방을 쓰게 되면 그들은 다른 생각을 못 하게 되는 거지.'

"문제네." 윌킨스 부인이 미간을 찌푸리며 큰 소리로 말했다.

"뭐가요?" 캐럴라인이 물었다.

"멜러시를 어디에 묵게 할지요."

캐럴라인이 물끄러미 쳐다보며 물었다. "방 하나로 충분하지 않아요?"

"네, 그렇긴 하죠. 만약 멜러시가 다른 방을 쓰면 혹시 누가 지인을 초대하고 싶어도 남는 방이 없잖아요."

"난 누굴 초대할 생각 없어요." 캐럴라인이 말했다.

"부인은요?" 윌킨스 부인이 피셔 부인에게 말했다. "물론 로즈는 계산에서 빼요. 당연히 남편과 방을 같이 쓰고 싶어 할 테니까요. 얼굴에 다 쓰여 있어요."

"나 참……." 피셔 부인이 말했다.

"나 참 뭐요?" 이번에는 왠지 도움이 되는 제안을 하기 위한 추임새 같아서 윌킨스 부인이 희망에 찬 표정으로 피셔 부인을 돌아보며 물었다.

그러나 아니었다. 그냥 튀어나온 말이었다. 부인은 여전히 쌀쌀맞기만 했다.

피셔 부인은 어이없는 자신의 심정을 딱 한 문장으로 정리했다. "진짜 내가 제대로 이해하고 있는 거 맞아요? 진짜 하나밖에 남지 않은 방을 당신 가족이 쓰게 하려고 맡아두려는 게 맞냐고요."

"제 가족은 아니죠. 제 남편이에요. 아시다시피……." 윌킨스 부인이 말했다.

"뭘 알아 알기는." 이번에는 피셔 부인이 윌킨스 부인의 말버릇을 견디지 못하고 잘라버렸다. "대체로 난 몰라요. 조금도."

그러나 윌킨스 부인은 피셔 부인이 걱정한 것만큼 비난에 휘둘리지 않았고, 바로 지루한 공식을 반복해가며 멜러시란 작자가 묵기에 최고로 좋은 장소에 관해 무례할 만큼 긴 주장을 펴기 시작했다.

멜러시(왕년에는 토머스나 존스나 앨프리드나 로버츠같이 이름이 평범한 사람들이 다 잘나갔었다는 걸 기억하고는 멜러시라는 세례명도 썩 괜찮다고 생각했다)는 윌킨스 부인의 남편인 듯하고, 그러면 그의 자리도 이미 정해진 거나 다름없었다. 이런 얘기가 왜 필요할까? 피셔 부인이 멜러시가 올 것을 예상이라도 한 것처럼 손수 윌킨스 부인의 방에 침대를 하나 더 가져다놓지 않았는가. 인생에는 말하지 않고 바로 행동에 옮기게 되는 것들이 있다. 남편과 관계된 것들은 대체로 굳이 말로 하지 않는 법이다. 그리고 남편이란 사람이 어디에서 자느냐에 관한 문제를 저녁 식사 테이블에 올리는 것은 품위에 위배되는 짓이었다. 남편이 어디에서 어떻게 잘지는 오직 아내만 알면 되었다. 간혹 아내들이 모르기도 하는데, 그러면 결혼 생활이 덜 행복하다고 보면 된다. 그러나 그럴 때조차 겉으로 말할 성질은 못 된다. 품위는 계속 유지되어야 한다. 적어도 피셔 부인의 시절에는 그랬다. 윌킨스 씨가 자기 부인과 함께 자든 말든, 같이 자면 왜 같이 자고, 같이 자지 않으면 왜 그런지에 관해 듣는 일은 재미도 없고 무례했다.

레이디 캐럴라인이 없었다면 피셔 부인은 예의범절을 강조하며 대화 주제를 쉽게 돌려버렸을 것이다. 캐럴라인이 윌킨스 부인의 용기를 북돋웠고 윌킨스 부인만큼 스스럼없이 조금씩 대화에 참여하면서 일이 이 지경까지 되어버렸다. 분명 키안티 때문이겠지만, 이유야 어떻든 일이 그렇게 흘러가고 있었다. 그리고 성격대로 레이디 캐럴라인은 윌킨스 부인이 하나밖에 없는 여유 공간을 차지하는 데 대찬성이었다. 그걸 당연하게 받아들였다. 다른 방법은 없을 거라고 말했다. 캐럴라인의 표정은 상스러웠다. 피셔 부인은 도대체 저 여자는 성서를 읽은 적이나 있는지 묻고 싶은 충동을 느꼈다. 그리고 윌킨스 부부는 일심동체일까? 그렇다면 당연히 한방에 있게 해야 했다. 그러나 피셔 부인은 묻지 않았다. 심지어 그런 말을 결혼하지 않은 누군가에게 내비치고 싶지도 않았다.

그러나 윌킨스 씨를 응당 있어야 할 곳으로 가게 하고 난

국까지 타개할 방법이 하나 있었다. 피셔 부인 자신도 친구를 초대할 작정이었다고 말하는 것이다. 그건 어디까지나 부인의 권리였다. 모두 그렇게 말했다. 적절한지 적절하지 않은지 따지지도 않고 윌킨스 부인이 남은 방 하나를 독점하겠다고 하는 것은 말이 안 됐다. 자기 방에 남편에게 필요한 모든 것이 다 있는데. 어쩌면 피셔 부인이 누군가를 초대, 아니 초대 말고 그저 오라고 권할 수도 있었다. 가령 케이트 럼리를 부를 수도 있다. 케이트라면 얼마든지 와서 자기 몫을 지불할 형편이 됐고, 같은 시대를 살았기에 피셔 부인이 알고 지낸 사람 대부분을 알았다. 물론 케이트는 평생 비주류였다. 작은 모임이 아닌 큰 모임에만 불려 다녔는데도 그랬다. 절대 비주류를 벗어나지 못하는 사람이 더러 있는데, 케이트가 그런 경우였다. 그러나 간혹 그런 사람들이 다른 사람들보다 함께 있기에 더 좋기도 했고, 그런 상황을 늘 고마워했다.

맞아. 케이트를 진지하게 고려해볼 수도 있겠다. 그 불쌍한 영혼은 결혼하지 않았지만, 당시에는 모두가 결혼하기를 기대할 순 없었고, 형편도 꽤 넉넉한 편이었다(굉장히 넉넉하지는 않았지만 오게 되면 고마워하면서 자기 경비를 낼 정도는 됐다). 그래, 케이트가 해결책이었다. 케이트가 오면 단번에 윌킨스 부부는 관례대로 하게 될 것이고 윌킨스 부인은 자기 몫 이상을 가지지 못하게 될 터였다. 거기다 피셔 부인도 고독, 정신적인 고독에서 벗어날 것이다. 부인은 식사 시간 사이에 물리적으로 혼자 있기를 바랐지만 정신적으로 고독하고 싶지는 않았다. 부인은 이 괴상한 세 명의 젊은 여인들 틈에서 자기 혼자 정신적인 고독을 느끼게 될까봐 두려웠다. 윌킨스 부인과의 우정 때문에 아버스넛 부인조차 어쩔 수 없이 이질적일 때가 있었다. 케이트가 온다면 지지를 얻을 수 있을 것 같았다. 케이트는 다루기 쉬운 사람이어서 부인의 응접실을 침입하지 않으면서도 식사 시간 사이에 그녀를 지지해주는 역할을 해줄 듯했다.

당시에는 피셔 부인이 아무 말도 하지 않았지만, 지금 응접실 난로 주변에 모두 모여 앉아 있고(자기 전용 응접실에는 벽난로가 없다는 사실을 발견했으므로 해가 지고 추울 때는 하는 수 없이 다른 방에서 시간을 보낼 수밖에 없었다), 프란체스카가 커피를 가져다주었으며 레이디 캐럴라인이 담배 연기로 공기를 흐리는 가운데 윌킨스 부인이 편안하고 즐거워 보이는 틈을 타 말을 꺼냈다. "저 방 아무도 필요 없고 안 쓸 거면 멜러시가 차지해도 나쁘진 않겠죠."

"당연히 그래야죠." 레이디 캐럴라인이 말했다.

그때 피셔 부인이 말했다.

"실은 친구가 하나 있어요." 피셔 부인이 굵은 목소리로 말하자 갑자기 모두 조용해졌다.

"케이트 럼리라고."

역시 아무도 말이 없었다.

"혹시 케이트 알아요?" 피셔 부인이 레이디 캐럴라인에게 물었다.

캐럴라인은 케이트 럼리를 알지 못했다. 다른 두 사람은 알 턱이 없으므로 아예 물어보지도 않았다. "케이트를 이리로 초대하고 싶어요."

정적이 흘렀다.

그때 캐럴라인이 윌킨스 부인을 돌아보며 말했다. "그럼 멜러시 거처는 정해졌네요."

"애초에 그게 왜 문제인지 이해는 가지 않지만, 어쨌든 윌킨스 씨 문제는 그렇게 하는 수밖에 없겠지." 피셔 부인이 말했다.

"그렇게 해야겠네요. 안 그러면 못 올 테니까요." 레이디 캐럴라인이 다시 윌킨스 부인에게 말했다.

윌킨스 부인은 천국에 안정적으로 정착한 게 아니었는지 이맛살을 찡그리며 좀 불편한 투로 이렇게 말했다. "여기 올 거예요."

13

표면상으로만 특별한 일 없는 날들이 쏟아지는 햇살 속에서 사라져갔다. 네 명의 숙녀를 지켜본 하인들은 그들에겐 거의 생명력이 없다는 결론에 도달했다.

하인들의 눈에는 산 살바토레 자체가 고요히 잠든 것 같아 보였다. 아무도 차를 마시러 오지 않았고, 그렇다고 어디 다른 데 차 마시러 가는 것도 아니었다. 여느 봄의 여느 손님들은 훨씬 더 활동적이었다. 흥분과 모험이 있었다. 그들은 배를 타러 다녔고, 소풍을 떠났으며, 베포의 마차가 연신 불려 왔다. 메차고에서 사람들이 와서 하루 종일 머물기도 했다. 집은 사람들의 목소리로 들썩거렸고 때론 샴페인도 등장했다. 인생은 다채로웠고, 흥미로웠다. 그러나 이번에는? 이게 뭐지? 하인들을 꾸짖는 사람조차 없었다. 그들은 철저히 그들끼리 놀았다. 지겨워서 하품이 났다.

남자가 전혀 없다는 것도 이상했다. 저렇게 예쁜 사람들 옆에 어떻게 신사들이 없을 수 있지? 아닌 말로 늙은 부인은 뺀다 해도 젊은 부인 세 명은 신사들이 좋아할 만한 어마어마한 매력이 있었다.

또 숙녀분 각자가 다른 사람들과 떨어져 긴 시간을 보내고 싶어 하는 기색이 역력했는데 하인들은 그 역시 어리둥절했다. 결과적으로 식사 시간을 제외하면 집 안은 절간처럼 조용했다. 삶의 소리가 있어서 망정이지 안 그랬으면 겨울만큼이나 황량할 뻔했다. 노부인은 자기 방에 혼자 앉아 있었다. 레이디 캐럴라인은 혼자 어슬렁거렸다. 이해할 수 없을 정도로 자주 바위틈에서 일하다 우연을 가장해 캐럴라인과 마주치곤 했던 도메니코가 사람들에게 그 사실을 말해주었다. 얼굴이 희고 매우 아름다운 부인은 꼭대기 정원에 있는 낮은 의자에 혼자 누워 있었다. 상대적으로 미모는 덜하지만 나름 예쁜 부인은 언덕에 올라가 몇 시간이나 혼자 그곳에서 머물렀다. 태양은 매일 천천히 집 주위를 데웠고, 저녁이 되면 바다로 사라졌으며, 아무 일도 일어나지 않았다.

하인들은 하품을 했다.

올해의 방문객 네 명에겐 선혀 활기가 없었다. 피셔 부인은 주로 앉아 있었고, 레이디 캐럴라인은 누워 있었고, 아버스넛 부인은 어정거렸으며, 윌킨스 부인은 언덕으로 혼자 올라갔다. 그러나 마음만은 유난히 바빴다. 밤에도 마음이 분주했고, 그들이 꾸는 꿈은 집에서 꾸는 무거운 것들과는 달리 선명하고 얕고 기억에서 빨리 사라졌다. 산 살바토레의 공기는 원 거주자들을 제외한 모두에게 마음의 적극성을 부여했다. 주변이 아무리 예뻐도, 풍성한 계절이 또 어떤 신기한 조화를 부려도 그들에게 익숙한 것 이상을 생각하지 못하게 했다. 그들이 평생 해마다 보았던 일상과 4월의 정원에서 반복되던 광경, 그리고 관습 때문에 그들은 많은 것을 보지 못했다. 그들은 햇볕 따스한 곳에서 잠든 도메니코의 강아지처럼 주변의 아름다움을 제대로 보지 못하고 깨닫지 못했다.

방문객들은 그걸 못 보기가 어려웠다. 특히 런던에서 축축하고 음울한 3월을 보낸 후에는 이곳이 더욱 매력적일 수밖에 없었다. 갑자기 대기가 너무 고요해서 숨을 멈추게 되는 곳, 빛이 너무 찬란해서 평범한 모든 것이 섬세함과 따뜻함과 향기로 어우러지는 곳, 오래된 회색 성이 배경이 되는 곳, 멀리 페루지니• 그림의 배경으로 쓰인 고요하고 깨끗한 언덕이 보이는 곳 모두가 3월의 런던과 놀라운 대조를 이루었다.

세상 모든 곳에 다녔고 모든 것을 보았으며 평생 아름다움에 익숙한 레이디 캐럴라인조차 그 광경에는 놀라움을 금치 못했다. 그해는 산 살바토레의 봄, 그중에서도 4월이 단연 최고였다. 5월은 덥고 나른했고, 3월은 밝지만 사람을 가만히 있지 못하게 해서 힘들고 춥기까지 했다. 그러나 4월은 축복처럼 부드럽게 다가왔고, 화창한 4월은 너무 아름다워서 다른 기분이 들고 동요되고 감동하지 않기가 불가능했다.

앞에서 본 대로 윌킨스 부인은 거기에 즉각적으로 반응했다. 달리 표현하면 그녀는 당장 옷을 모두 훌훌 벗어 던지고 감탄사를 터뜨리며 조금도 주저하지 않고 황홀경에 곧바로 풍덩 빠진 격이었다.

아버스넛 부인은 감동하고 감화했지만, 좀 달랐다. 제대로 묘사할 수 없는 기이한 감정이 들었다.

나이가 많은 피셔 부인은 더 직접적이긴 하지만 침투하기에는 좀 더 어려운 질감인 듯했고, 저항도 많았다. 그러나 부인 역시 뭔가 설명하기 어려운 이상한 감정에 사로잡혔다.

이미 아름다운 집과 기후를 충분히 알고 있는 레이디 캐럴라인에게는 이 모든 것이 똑같은 놀라움으로 다가올 수는 없었지만, 윌킨스 부인만큼이나 빠르게 반응했다. 그곳은 캐럴라인에게도 거의 즉각적인 영향을 미쳤고, 이 영향의 일부를 그녀는 알고 있었다. 이곳에 온 첫날 저녁부터 캐럴라인은 생

● 이탈리아 태생의 영국 낭만주의 화가 찰스 퍼루지니(1839~1918).

각을 하고 싶어졌고, 기묘하게도 양심 같은 것이 생겨나는 느낌이 들었다. 이 양심이란 것이 놀랄 만큼 끈질기게 캐럴라인에게 알아채라고 압력을 가하는 듯했다. 레이디 캐럴라인은 그 단어를 받아들이기 주저했지만 무작정 머릿속으로 밀고 들어오려고 해서 어지러웠다.

캐럴라인은 그것을 생각해내야만 했다.

처음으로 다 같이 저녁을 먹은 다음 날 아침, 캐럴라인은 잠에서 깨자마자 전날 밤에 윌킨스 부인에게 말을 너무 많이 했다고 후회했다. 무엇 때문에 그랬는지 의아하기만 했다. 이제 당연히 윌킨스 부인은 가까이 와서 떨어지려 하지 않을 것이다. 사 주 동안 계속 들러붙어 있을 걸 생각하니 기절할 것 같았다. 용기백배한 윌킨스 부인은 캐럴라인이 밖에 나올 때를 노려 꼭대기 정원에서 길을 막고 기다리고 있다가 쾌활한 목소리로 그녀를 부를 것이다. 캐럴라인은 아침 특유의 쾌활함으로 반기는 것을 엄청나게 싫어했다. 전혀 반갑지 않았다. 전날 밤 윌킨스 부인에게 용기를 심어주지 말았어야 했다. 용기를 주기에는 치명적인 사람이었다. 용기를 불어넣지 않는 것도 나쁘긴 마찬가지였다. 거기 멍하니 앉아 아무 말도 하지 않는 것도 보기에 좋지 않았지만, 그렇다고 적극적으로 개입해 부추기는 것은 자살행위와도 같았다. 도대체 왜 그랬을까? 이제 캐럴라인은 조용히 침잠해서 자신에게 솔직해질 소중하고 귀중한 시간을 윌킨스 부인을 따돌리는 데 써야 할 판이었다.

캐럴라인은 옷을 입은 뒤 최대한 자갈 소리가 나지 않게 까치발로 조심해가며 몰래 밖으로 나갔다. 다행히 정원은 비어 있었다. 굳이 따돌릴 필요도 없었다. 윌킨스 부인이나 다른 누구도 보이지 않았다. 오로지 캐럴라인 혼자뿐이었다. 이번에도 밖에 나와 주변을 어슬렁거리며, 특히 캐럴라인 가까이 있는 식물에 듬뿍 물을 주는 도메니코를 제외하면 아무도 주변에 얼씬거리지 않았다. 캐럴라인은 뭔가 잡힐 것 같다가도 금방 빠져나가버리는 생각의 조각들을 좇는 데 지쳐 까무룩 잠에 빠져가며 한참을 보냈고, 허기를 느껴 시계를 보았더니 3시가 넘었으며, 아무도 점심을 먹자고 굳이 부르지 않았다는 사실을 깨달았다. 즉 따돌려지는 사람이 있다면 바로 자신이었다.

음, 그러나 너무 기쁘고 엄청나게 새로웠다. 이제 드디어 방해받지 않고 온전히 생각할 수 있게 된 것이다. 잊힌다는 건 얼마나 기분 좋은 일인가.

하지만 배가 고팠다. 전날 밤 그렇게 친한 척했던 윌킨스 부인이라면 적어도 점심이 준비되었다는 말 정도는 해줘야 했다. 캐럴라인은 멜러시가 남은 방을 차지해야 한다며 실로 과하게 친근함을 표하지 않았던가. 보통 캐럴라인은 의견을 내는 데 관심이 없었다. 사실상 그런 일에 흥미가 돋아본 적이 없었다. 그러므로 캐럴라인은 윌킨스 부인의 말에 동의하려고 거의 비상한 노력을 기울였다고 볼 수 있다. 그런데 윌킨스 부인은 그런 성의도 모르고 캐럴라인에게 점심을 먹을

지 말지 물어보지도 않았다.

캐럴라인은 배가 고팠지만 다행히 한 끼 거르는 건 개의치 않았다. 살면서 늘 먹게 되는 게 밥 아닌가. 사람들은 식사하느라 인생에서 어마어마하게 많은 시간을 썼다. 끼니마다 식탁에 오래 머무는 사람 중 하나가 피셔 부인인 것 같았다. 여태 피셔 부인과 두 번 같이 식사했는데 부인은 셀 수 없이 많은 견과류를 천천히 씹어 먹었고, 결코 끝나지 않을 것처럼 와인을 느릿느릿 들이켠 뒤 힘겹게 자리를 뜨곤 했다. 점심 거르는 걸 습관으로 삼아도 좋겠고, 아침을 방에서 먹듯 차도 방으로 가져다달라고 하면 하루에 딱 한 번만 식당 테이블에 앉아 줄기차게 견과류를 먹는 피셔 부인을 견딜 수 있을 것 같았다.

캐럴라인은 머리를 쿠션에 편히 기대고 낮은 난간에 발을 꼬아 얹은 다음 더 많은 생각에 잠겼다. 그러고는 오전 내내 이따금 했던 혼잣말을 했다. "이제 난 생각을 해야겠어." 그러나 살면서 생각이라곤 해보지 않았으므로 쉽지 않았다. 어쩜 이렇게 주의가 산만한지, 어쩜 이렇게 마음이 옆으로 새버릴 수 있는지 놀라웠다. 캐럴라인은 미래에 대한 생각보다 우선 과거를 돌아보기로 하고, 일단 '저속하다'라는 고통스러운 단어의 합당한 근거를 찾아보기로 했는데, 바로 다음 순간 윌킨스 씨에게로 관심이 옮아가 있다는 것을 알게 되었다.

윌킨스 씨에 관해 생각하는 건 즐겁지는 않지만 꽤 쉬웠다. 캐럴라인은 그가 오는 것이 불안했다. 남자가, 그것도 어떤 사람일지 확신할 수 있는 윌킨스 씨 같은 남자가 일행에 포함되는 것 자체가 생각지도 못한 따분하고 엄청난 일이었다. 그러나 무엇보다 무수히 많은 경험에서 얻은 변치 않는 결과로 미루어보건대 그가 캐럴라인과 어울리고 싶어 할 것 같아 그게 두려웠다.

확실히 윌킨스 부인은 그런 가능성을 생각해보지 않은 듯했고, 그런 일에 주의를 기울이기도 어려울 것 같았다. 너무 얼이 빠져서 제대로 살기 어려울 지경이 아니라면 그런 생각을 하지 않을 터였다. 캐럴라인은 윌킨스 씨가 그 끔찍한 법칙의 멋진 예외이기를 바랐다. 만약 윌킨스 씨가 그런 예외적인 사람이라면 어쩔 수 없이 그를 아주 좋아할 수도 있을 거라고 믿었다.

그러나 캐럴라인은 염려가 되었다. 그 사람이 꽁무니를 좇아다녀서 사랑스러운 꼭대기 정원에 못 가게 되면 어쩌나. 윌킨스 부인의 수상쩍고 불안정한 얼굴에 어린 환한 빛이 꺼져버리면 어쩌나. 캐럴라인은 윌킨스 부인에게 그런 일이 생기면 특히 더 싫을 것 같았지만, 한편으로 자기는 아내가 있는 남자를 조금도 원하지 않는다는 사실을 이해해주는 부인을 여태 한 번도 만나보지 못한 게 불만이었다. 가끔 자기 남편을 원하지 않는 아내들을 만나기는 했지만, 그렇더라도 다른 여자가 남편을 원한다고 생각하면 분한 모양이었다. 윌킨스 부인도 남편이 캐럴라인의 꽁무니를 좇아다니거나 캐럴라인이 자기 남편을 가지려 한다고 생각하면 분명 화를 낼 게 뻔했다. 가지려 하다니! 생각만으로도, 그런 상황을 단지 상상하기만 했는데 캐럴라인은 너무 따분해져서 바로 잠이 들어버렸다.

캐럴라인은 잠에서 깨어나 다시 윌킨스 씨를 생각했다.

만약 윌킨스 씨 역시 예외가 아니고 흔하디흔한 방식으로 행동하면 윌킨스 부인은 이해할 수 있을까, 아니면 그냥 단순히 휴가를 망치는 정도로 그칠까? 윌킨스 부인은 눈치가 빨라 보였지만 이런 일에도 그럴까? 그녀는 이해심이 있는 듯했지만, 남편에 관한 일도 속속들이 이해할 수 있을까?

경험 많은 캐럴라인은 의심이 많았다. 그녀는 난간에 올려둔 발의 위치를 바꾸고 쿠션을 잡아당겼다. 윌킨스 씨가 도착할 때까지 남은 며칠 동안 윌킨스 부인에게 설명해보는 게 나을지도 몰랐다. 그런 일에 대한 자신의 입장을 두리뭉실하고 다소 애매하게 대략적으로 얘기하는 식으로. 또 윌킨스 부인에게 자신은 다른 사람의 남편에게는 전혀 관심이 없고, 적어도 여기 와 있는 한 달 동안은 부디 혼자 있고 싶다고 설명해야 할 수도 있었다.

그러나 캐럴라인은 이 부분에도 의심이 들었다. 그런 얘기를 한다는 것 자체가 어느 정도 친하다는 뜻이고, 윌킨스 부인과 우정을 시작한다는 의미다. 그리고 만약 윌킨스 부인과 친하게 지내서 윌킨스 부인에 관해 많은 부분을 알게 됐는데, 윌킨스 씨가 교활한 사람으로 판명되어(사람들은 어떤 일을 몹시 원하면 아주 교활해지는 법이다) 기어이 꼭대기 정원으로 숨어드는 위험한 상황이 되면 윌킨스 부인은 캐럴라인이 사기를 쳐서 자기가 쉽게 넘어갔다고 믿을 것이다. 사기라니! 그것도 윌킨스 씨와 관련해서. 아내들은 참 한심했다.

4시 반에 캐럴라인은 서향나무 덤불 다른 쪽에서 컵받침 소리를 들었다. 누가 차를 가져오고 있나?

아니었다. 소리는 더 이상 가까워지지 않고 집 근처에서 끊겼다. 차는 정원에, 자신의 정원에 놓일 모양이었다. 캐럴라인은 누군가 정원에서 차를 마실 요량이면 적어도 방해가 되지 않는지 물어는 봤을 거라고 생각했다. 모두 캐럴라인이 그곳에 있다는 사실을 알았으니까.

누군가 구석에 있는 캐럴라인에게 차를 가져다주려는 걸지도 몰랐다.

아니, 뭔가를 가져오는 사람은 아무도 없었다.

음, 캐럴라인은 너무 배가 고파 오늘은 다른 사람들과 식사를 하러 가겠지만, 다음을 위해 프란체스카에게 엄한 명령을 내려야겠다고 생각했다.

캐럴라인은 자리에서 일어나 그녀에게 있는 어마어마하게 많은 매력 가운데 하나인 우아함을 십분 발휘해가며 찻잔 부딪치는 소리가 나는 곳을 향해 천천히 걸어갔다. 배가 매우 고프기도 했지만 윌킨스 부인과 또 얘기하고 싶은 마음도 들었다. 전날 밤 관계를 개선했는데도 윌킨스 부인은 종일 자신을 찾아오지 않았다. 물론 윌킨스 부인은 특이한 사람이고 저녁을 먹으러 가면서 실크 점퍼를 입었지만, 집착하지는 않았다. 이것은 굉장한 점이었다. 캐럴라인은 윌킨스 부인이 있기를 기대하며 티 테이블을 향해 걸어갔다. 그러나 사람이 있을 만한 곳까지 갔지만 피셔 부인과 아버스넛 부인밖에 없었다.

피셔 부인은 차를 따르고 있었고 아버스넛 부인은 피셔 부인에게 마카롱을 건네고 있었다. 피셔 부인이 아버스넛 부인에게 컵이나 우유나 설탕을 건넬 때마다 아버스넛 부인은 유별날 정도로 바지런하고 고집스럽게 마카롱을 권했다. 게임인가? 캐럴라인은 궁금해하며 자리에 앉아 마카롱을 집어 들었다.

"윌킨스 부인은 어디 계세요?" 캐럴라인이 물었다.

그들은 알지 못했다. 적어도 캐럴라인이 물을 당시에 아버스넛 부인은 몰랐다. 그 이름을 듣고 피셔 부인은 애써 관심없다는 표정을 지었다.

윌킨스 부인은 아침 식사 이후로 모습을 보이지 않은 것 같았다. 아버스넛 부인은 윌킨스 부인이 아마도 나들이를 갔을 거라고 생각했다. 캐럴라인은 윌킨스 부인이 그리웠다. 캐럴라인은 잠자코 엄청나게 많은 양의 마카롱을 먹어치웠다. 여태 먹어본 것 중에서 가장 크고 맛있는 마카롱이었다. 윌킨스 부인 없이 차를 마시자니 지루했다. 아버스넛 부인은 캐럴라인의 인생을 단계별로 따라다녔던 사람처럼 캐럴라인을 어루만져서라도 편하게 해주고 싶어 했고, 이미 대놓고 마구 먹고 있는 캐럴라인을 구슬려 더 먹게 하는 등 치명적인 모성애를 보여주었다. 사람들은 왜 다른 사람을 그냥 내버려두지 못할까? 캐럴라인은 누가 부추기지 않아도 원하는 음식을 양껏 먹을 수 있었다. 캐럴라인은 아버스넛 부인을 퉁명스럽게 대함으로써 그 열정에서 벗어나려 했다. 그러나 소용없었다. 무뚝뚝함이 제대로 드러나지 않았다. 악감정이 고스란히 담겨 있는데도 사랑스러움의 베일에 가려 밖으로 뚫고 나오지 못했다.

피셔 부인은 돌부처처럼 앉아서 어느 누구에게도 관심을 두지 않았다. 부인은 아주 이상한 하루를 보냈고 조금 걱정이 됐다. 셋 중 누구도 점심을 먹으러 오지 않아 철저히 혼자였고, 아무도 그들이 오지 않을 거라고 굳이 말해주지 않았다. 그 뒤로 아무 일도 없었다는 듯 차를 마시러 온 아버스넛 부인은 레이디 캐럴라인이 합류해 정신을 빼놓을 때까지 이상한 행동만 했다.

피셔 부인은 가르마 탄 머리와 부드러운 표정 덕분에 여성스럽고 참해 보이는 아버스넛 부인을 싫어할 준비가 돼 있지 않았지만, 아버스넛 부인에게는 분명 좋아하기 힘든 습관이 있었다. 음식과 음료를 권하면 곧바로 그 사람에게 뭔가를 도로 권하곤 했는데, 그녀에게 기대되는 모습은 아니었다. '차 더 드시겠어요?'라는 질문에는 단순히 '네' 또는 '아니오'로 대답하면 될 텐데 아버스넛 부인은 전날 아침 식사 때 했던 것처럼 '네', '아니오'라는 대답에 '드시겠어요?'라는 사족을 붙였다. 아버스넛 부인은 그날 아침 식사 때도 그러더니 지금도 차를 마시면서 똑같이 행동했다. 피셔 부인은 그 두 끼 식사를 모두 주도했고 말도 많이 했다. 아버스넛 부인은 왜 그랬을까? 피셔 부인은 이해할 수 없었다.

그러나 피셔 부인이 걱정하는 것은 이게 아니었다. 이건 단지 여담일 뿐이었다. 걱정되는 건 그날 아버스넛 부인이 하릴없이 거실에서 흉벽까지 왔다 갔다 하는 것 외에는 어떤 일에도 제대로 집중하지 못했다는 점이다. 하루를 그렇게 헛되게 보내다니. 피셔 부인은 허송세월하는 걸 아주 싫어했다. 부인은 책을 읽으려 했고, 케이트 럼리에게 편지를 쓰려 했지만 몇 단어도 읽지 못했고 몇 줄도 쓰지 못했다. 결국 다시 자리에서 일어나 흉벽에 나가 바다를 바라보았다.

케이트 럼리에게 보낼 편지를 쓰지 못하는 건 문제가 되지 않았다. 편지 쓸 시간은 충분했다. 다른 사람들은 이미 케이트가 오는 걸 기정사실로 받아들였다. 오히려 잘된 일이었다.

덕분에 윌킨스 씨는 방을 따로 잡지 않고 아내와 같은 방에 있게 될 터였다. 케이트 건은 나중에 결정하면 됐다. 일단 유보는 시켜둘 수 있었다. 유보된 케이트는 실제로 산 살바토레에 온 케이트만큼 영향력이 있었고, 실제 케이트로는 놓칠 수도 있는 점이 유보된 케이트에게는 엄연히 있었다. 예를 들어 피셔 부인이 불안할 것 같으면 케이트가 오지 않는 게 차라리 나았다. 안절부절못하고, 앞뒤로 왔다 갔다 하면 권위가 떨어져 보였다. 그러나 이미 고인이 된 위대한 친구들의 글을 한 문장도 제대로 읽지 못하는 건 문제였다. 심지어 이탈리아에 오래 머물렀던 브라우닝의 글이나 배경이 된 곳 가까이에서 다시 읽으려고 챙겨 온 러스킨의 《베네치아의 돌》도 읽지 못했다. 그뿐만 아니라 불쌍한 독일 황제의 가정생활을 그린 90년대의 흥미로운 책 역시 한 문장도 읽을 수 없었다. 지금은 문제가 되지만 당시에는 아직 저지른 죄 이상으로 비난받지 않았으므로 책에는 그의 탄생과 오른팔, 그리고 산부인과 의사에 대한 흥미로운 일화들이 넘쳐나서 책을 내려놓고 창가로 가서 바다만 하염없이 바라보지 않고 재미있게 읽을 수 있으리라 굳게 믿었었다.

독서는 매우 중요했다. 마음을 제대로 훈련하고 성장시키는 일은 무엇보다 중요한 의무였다. 끊임없이 들고나면서 어떻게 책을 읽을 수 있겠는가. 이런 마음의 동요가 이상했다. 어디가 아프려고 이러나? 아니, 부인의 몸 상태는 괜찮았다. 실제로 대단히 좋았다. 그래서 지팡이 없이도 아주 빠른 걸음으로 안팎을 드나들 수 있었다. 곶 너머 스페치아만에 화려하게 핀 보라색 히아신스 무리의 윗부분을 보면서도 부인은 가만히 있을 수 없는 게 이상해서 얼굴을 찌푸렸다. 지팡이에 의지해 간신히 걸었던 사람이 갑자기 빠른 걸음으로 걷는다는 게 아주 기이했다.

누군가에게 말해보면 좋을 것 같았다. 케이트 말고 낯선 누군가에게. 케이트라면 그녀를 보고 차 한 잔을 권하기만 할 것이다. 케이트는 항상 차를 권했다. 게다가 케이트는 반응이 밍밍했다. 전에는 불쾌하고 무례할 정도로 입이 가벼워 주제넘다고 느껴졌던 윌킨스 부인이라면 이제, 좀 짜증 나기는 해도 피셔 부인이 무엇 때문에 이러는지 알 것 같기도 했다. 그러나 윌킨스 부인에게는 아무 말도 할 수 없었다. 그녀는 가치를 인정하기가 좀처럼 어려운 사람이었다. 자존심이 그걸 못 하게 막았다. 윌킨스 부인에게 비밀을 털어놓는다? 절대 안 될 일이었다.

차 마시는 자리에서 싫다는 캐럴라인에게 굳이 엄마 역할을 자청한 아버스넛 부인도 이상한 하루를 보낸 것 같았다. 피셔 부인처럼 활발했지만, 피셔 부인과는 달리 정신적으로만 적극적이었다. 아버스넛 부인의 몸은 아주 조용했지만 마음만은 절대 고요하지 않고 과할 정도로 활동적이었다. 수년간 부인은 생각할 시간을 가지지 못했다. 교구에서 정해진 삶을 살다보니 추억이나 욕망이 침투할 겨를이 없었다. 그날은 온갖 잡념이 들끓었다. 실의에 빠졌고, 주위에 즐거운 요소만 가득한 곳에서 낙담해야 한다는 사실에 더 허탈해하며 차를 마시러 돌아왔다. 하지만 혼자서는 도무지 즐길 수 없었다. 어떤 사람이 혼자서 즐기고 기뻐하고 감사할 수 있을까? 로티를 제외하고. 로티는 그럴 수 있어 보였다. 로티는 아침 식사 후 혼자, 그러나 분명 즐거운 표정으로 언덕을 내려갔다. 로즈한테 같이 가자고 말도 꺼내지 않은 채 노래까지 흥얼거리며 가버렸다.

로즈는 온종일 혼자 양손으로 무릎을 껴안고 앉아서 앞만 똑바로 바라보았다. 그녀가 보고 있는 것은 회색 검처럼 생긴 용설란이었고 용설란의 긴 줄기 위로 핼쑥한 붓꽃이 피어 있었으며, 그 너머 회색 잎과 파란색 꽃 사이로 바다가 보였다. 그녀가 찾아낸 장소는 햇빛을 받은 돌에 백리향이 잔뜩 핀 숨은 모퉁이였는데, 아무도 오지 않을 것 같았다. 집은 보이지 않았고 아무 소리도 들리지 않았다. 길에서도 벗어났다. 곶 끝과 가까웠다. 워낙 조용히 앉아 있어서 이내 도마뱀들이 로즈의 발 위로 올라왔다. 부리가 짧은 작은 새들이 처음에는 놀라서 달아났지만 이내 다시 돌아와 마치 로즈가 거기 없는 것처럼 주변 덤불을 돌아다녔다. 정말 아름다운 풍경이었다. 그러나 함께 있고 싶은 사람, 서로에게 의미가 있는 사람, '저거 봐'라고 말할 수 있는 사람이 옆에 없으니 아무 소용이 없었다. 보통은 이런 풍경을 보고 "자기, 저거 봐"라고 말할 것이다. 그래, 사랑하는 사람에게는 그런 다정하고 달콤한 단어를 써서 기쁘게 해줄 것이다.

로즈는 앞만 똑바로 바라보면서 미동도 없이 앉아 있었다. 이런 곳에서 기도를 하고 싶지 않다는 게 이상했다. 집에선 그렇게 끊임없이 기도했던 사람이 여기서는 전혀 할 수 없었다. 첫날 잠에서 깨자마자 하늘에 대고 짧은 감사 기도를 하고는 바로 창가로 가서 주변이 어떤지 둘러보았다. 감사 기도를 공처럼 던져버린 뒤 더는 생각하지도 않았다. 그날 아침 이걸 기억해내고는 부끄러워서 작심하고 무릎을 꿇었지만 자연스럽게 우러나와서 하는 기도가 아니어서인지 무슨 말을 해야 할지 생각나지 않았다. 자기 전 기도도 마찬가지였다. 다른 생각에 몰두하다보니 기도는 까마득히 잊어버렸다.

한번은 침대에서 깜빡 잠이 든 뒤 밝고 열은 꿈속을 헤매다 한참 만에야 비로소 몸을 뻗고 잠이 들었다.

로즈에게 무슨 일이 일어난 걸까? 왜 기도의 닻을 내리지 못했을까. 그리고 로즈는 자신이 돕는 가난한 사람들도 잘 기억해내지 못했다. 심지어 그런 사람들이 있다는 것조차 잊었다. 당연히 휴가는 좋고 모든 사람에게 도움이 된다고 여겨지지만 그 정도로 완벽하게 현실을 파괴하고 애써 기억을 지우는 게 옳은 걸까? 가난한 사람들을 잊는 게 건강에는 좋을지 모른다. 더 큰 열정을 품고 돌아갈 테니까. 그러나 기도를 잊는 건 좋은 일일 수 없고, 마음에 두지 않는 건 더더구나 좋을 리 없었다.

사실 로즈는 마음에 두지 않았다. 스스로 별로 신경 쓰지 않는다는 것도 알고 있었다. 그리고 그게 더 나빴다. 이곳에서 로즈는 여태 자신의 삶을 채워왔고 수년간 행복이라 여겼던 것들에 철저히 무관심했다. 아름답고 새로운 주변 환경을 즐길 수만 있다면, 적어도 무관심을 단념할 수만 있다면, 그냥 무시할 수만 있다면 좋을 텐데 그럴 수 없었다. 로즈는 일이 없었고, 기도하지 않았고, 공허했다.

로티는 그 전날처럼 그날도 로즈의 하루를 망쳐버렸다. 로티가 자기 남편을 초대하면서 로즈에게도 남편을 초대하라고 제안했기 때문이다. 전날 로티는 프레더릭을 로즈의 마음속에 다시 들여놓고는 가버렸다. 오후 내내 로즈는 혼자 남아 생각에 잠겼다. 그때 이후로 생각은 항상 프레더릭에 머물렀다. 햄프스테드에서 남편은 오직 로즈의 꿈에만 찾아왔지만, 이곳에서 그는 로즈의 꿈을 자유롭게 풀어주었다. 대신 낮에 찾아왔다. 그리고 그날 아침 남편을 생각하지 않으려 애를 쓰고 있는데 로티가 노래를 흥얼거리며 길을 내려가다 말고 로즈에게 아직 남편에게 초대의 편지를 쓰지 않았냐며 묻는 바람에 그길로 다시 프레더릭이 마음속으로 뛰어들더니 당최 나가지 않았다.

어떻게 남편을 초대할 수 있을까? 관계가 소원한 지 수년이나 되어서 로즈는 편지에 무슨 말을 써야 할지도 몰랐다. 게다가 남편은 오지 않을 것이다. 올 이유가 없었다. 남편은 로즈와 함께 있는 것을 좋아하지 않았다. 두 사람이 무슨 얘기를 할 수 있단 말인가. 둘 사이에는 남편의 일과 로즈의 신앙이라는 장벽이 있었다. 로즈는 남편의 일을 견디고, 그에 맞춰 살아낼 수 없었다. 순수함을 믿고 다른 사람들에게 행하는 행동의 결과에 책임을 지는 로즈는 그럴 수 없었다. 처음에 남편은 분개했고, 다음으로는 로즈의 종교를 지루해했다. 남편은 로즈를 떠나보냈다. 포기해버렸다. 더는 신경도 쓰지 않았다. 남편은 로즈의 종교를 이미 정해진 사실로 무관심하게 받아들였다. 프레더릭은 종교와 로즈에게 싫증이 났다. 로즈는 산 살바토레에서 4월의 깨끗한 빛을 받으며 마음이 투명해져서 갑자기 진실을 보게 된 것이었다.

그날 아침 처음으로 이 사실을 깨달았을 때 당연히 로즈는 마음에 들지 않았다. 너무 싫어서 잠시 이탈리아의 아름다음이 전부 의미 없게 느껴졌다. 하지만 로즈가 어떻게 했어야 할까? 로즈는 선함을 믿었고, 악을 좋아하지 않았다. 그 기본을 포기할 수 없었다. 남편의 글감이 되는 사람들이 아무리 고인이고 신분이 높은 사람이었어도 간음을 생활의 방편으로 삼는 것은 죄악이 틀림없었다. 게다가 만약 로즈가 자신의 성장기를 포함한 과거 전체와 지난 10년 동안 한 일을 모두 희생했다면 남편은 로즈를 덜 지겨워했을까? 사람이 한번 누군가를 철저히 싫어하게 되면 그 사람을 다시 좋아하기란 불가능에 가깝다는 사실을 로즈는 뼛속 깊이 느꼈다. 한번 싫으면 끝까지 싫은 것이다. 특히나 원래 지루한 사람이라면 더더욱.

이제 로즈는 촉촉해진 눈으로 바다를 바라보며 종교에 매달리는 게 더 낫겠다고 생각했다. 그게 매달릴 게 아예 없는 것보다는 나으며, 이러한 자신의 생각이 비난받을 일이라고는 거의 깨닫지 못했다. 그러나, 아, 로즈는 뭔가 실체가 있는 것에 매달리고 싶었다. 살아 있는 무언가를 사랑하고 싶었다. 가슴에 기댈 수 있는 무언가, 볼 수 있고 만질 수 있고, 무언가를 할 수 있게 해주는 누군가가 필요했다. 불쌍한 아기가 죽지만 않았어도……. 아기는 절대 사람을 권태롭게 만들지 않았다. 자라서 사람을 알아보기까지 오랜 시간이 걸렸다. 그리고 어쩌면 아기는 절대 부모 덕을 알아주지 않을지도 몰랐다. 사람은 아무리 나이가 들고 수염이 자라도, 아무리 특별하고 다른 사람과는 달라도 그러기 십상이었다. 그리고 다른 이유 없이는 소중함을 완벽하게 알지 못했다.

흐린 눈으로 바다를 내다보며 로즈는 자기만의 어떤 것을 가슴에 꼭 안고 싶은 갈망을 느꼈다. 로즈는 몸집이 작았고 성격만큼이나 몸매도 잘 드러나지 않았지만(어떻게 설명할까?) 젖가슴으로는 묘한 감각을 느꼈다. 산 살바토레에는 젖가슴을 어루만지는 듯한 느낌이 들게 하는 뭔가가 있었다. 로즈는 자기 가슴에 기댄 사랑하는 이의 머리를 부드럽게 쓰다듬으며 사랑의 속삭임을 들려주고 보호해주며 편안하게 쉬게 해주고 싶었다. 프레더릭, 프레더릭의 아이여, 로즈에게 와서 기대어다오. 그들은 불행하니까, 그들은 마음을 다쳤으니까……. 아이들은 마음이 아프면 로즈가 필요할 테고, 불행하면 로즈한테 사랑받으려 할 테니까.

아이는 가버렸고, 다시는 오지 않을 것이다. 그러나 어느 날 프레더릭이 늙고 지치면…….

아버스넛 부인은 산 살바토레에서의 첫날 혼자 이런 회상과 감정에 사로잡혔다. 그러다 수년간 한 번도 그런 적이 없었는데 그날만은 실의에 빠진 채 차를 마시러 돌아왔다. 산 살바토레는 로즈가 조심스럽게 만든 행복 비슷한 것을 빼앗아 가버리고 공허함을 주었다. 아니, 갈망을 대신 주었다. 통증과 염원, 이상한 감정을 주었다. 공허함보다 오히려 더 나빴다. 그래서 집에서는 절대 짜증을 내지 않고 항상 친절했으며 균형감이 있던 로즈가 낙담하자 그날 오후 차 마시는 자리에서 안주인 자리를 꿰찬 피셔 부인을 보고 견딜 수 없었던 것이다.

그런 사소한 걸로 로즈가 예민해지리라고는 상상하지 못했을 테지만 분명 그랬다. 로즈의 천성이 변하고 있는 것일까? 프레더릭을 염원했던 때로 마음이 되돌아갔을 뿐 아니라 사소한 일에도 티를 뜯고 싶은 사람으로 바뀌어버린 것일까? 차를 마신 뒤 피셔 부인과 레이디 캐럴라인이 다시 사라져버려 아무도 자신을 원하지 않는 게 확실해지자 외부에 펼쳐진 따뜻하고 장엄하고 화려한 자연의 장관과 가슴속 공허함 사이의 괴리에 압도되어 로즈는 전보다 더 낙심했다.

그때 로티가 온종일 자외선에 노출된 채 웃고 떠들고 아무 걱정 없는 상태로 과묵할 필요 없이 돌아다녔다는 것을 증명이라도 하듯 주근깨가 더 많아진 얼굴로 저녁을 먹으러 돌아왔다. 그리고 차 마시는 동안 매우 조용했던 레이디 캐럴라인은 다시 활기를 되찾았고, 피셔 부인은 별로 주목할 거리가 없었다. 아주 오래오래 걷고 샌드위치를 먹는 것 말고는 별로 한 일이 없을 텐데도 들뜬 목소리로 그날 있었던 일을 이야기하는 로티에게 전염되었는지 로즈도 조금씩 기력을 차리기 시작했다. 그러다 갑자기 로티가 로즈에게 눈을 맞추고는 말했다. "편지 보냈어요?"

로즈는 얼굴을 붉혔다. 눈치 없기는…….

"무슨 편지요?" 캐럴라인이 반색하며 물었다. 캐럴라인은 양쪽 팔꿈치를 테이블에 올려놓고 손으로 턱을 괴고 있었다. 견과류의 시간이 돌아왔고 피셔 부인이 견과류 깨기를 마칠 때까지 최대한 편한 자세로 앉아 기다리는 것 외에는 할 일이 없었던 것이다.

"남편을 이리로 초대하는 편지 말이에요." 로티가 말했다.

피셔 부인이 고개를 쳐들었다. '남편이 또 온다고? 저들의 끝은 도대체 어디야! 이 사람도 그럼 사별한 게 아니란 말인가.' 그나마 로즈의 남편은 분명 정중한 부름에 호응하는 점잖고 예의 바른 사람일 것이다. 피셔 부인은 윌킨스 씨에게는 별 기대하는 바가 없었다. 그래서 그가 뭐 하는 사람인지조차 묻지 않았다.

"보냈어요?" 로즈가 아무 말도 하지 않자 로티가 재촉했다.

"아뇨."

"아, 그럼 내일 보내면 되죠, 뭐." 로티가 말했다.

로즈는 이 말에 다시 '아뇨'라고 말하고 싶었다. 로티가 로즈의 입장이라면 그렇게 말했을 테고, 게다가 이유까지 다 까발렸을 것이다. 그러나 로즈는 속을 내보일 수도, 들어와서 속을 보라고 할 수도 없었다. 너무 많은 것을 아는 로티가 어떻게 그녀의 가슴에 박힌 못을 보지 못하고 프레더릭이라는 급소를 자꾸 찔러대는 것일까?

"당신 남편은 누군가요?" 피셔 부인이 호두 까는 도구 사이에 호두를 하나 조심스럽게 맞춰 넣으며 물었다.

"아버스넛 씨 아니면 누구겠어요?" 촉새처럼 튀어나온 로티의 말에 피셔 부인은 짜증이 났다.

"내 말은 뭐 하는 사람이냐고?"

로즈는 이 말에 고통스러운 듯 얼굴을 붉히며 잠시 뜸을 들인 뒤 말했다. "제 남편이죠."

당연히 피셔 부인은 격분했다. 부인은 머릿결이 부드럽고 목소리가 예쁜 아버스넛 부인마저 이렇게 무례할 수 있다는 사실을 차마 믿고 싶지 않았다.

14

그 첫 주에 등나무는 시들기 시작했고 박태기나무와 복숭아꽃은 떨어져 땅을 장밋빛으로 물들였다. 그다음은 프리지어가 모두 사라졌고 아이리스도 거의 남지 않게 되었다. 그동안 중국산 장미가 피었고, 큰 여름 장미가 벽과 격자 구조물들을 타고 오르며 자태를 뽐냈다. 데이비드 오스틴 영국 장미도 아주 아름다웠다. 이어 능수버들과 서향나무가 만발했고, 백합도 클 대로 컸다. 주말에는 무화과나무 잎이 자라 웅달을 드리웠다. 매화꽃은 올리브 사이에서 시들어갔으며 얌전한 병꽃나무들이 분홍 옷을 입고 나타났고 바위에는 잎이 두꺼운 별 모양의 꽃들이 제멋대로 퍼져나갔다. 화려한 자주색도 있었고 깨끗하고 옅은 레몬색도 있었다.

주말에는 윌킨스 씨도 도착했다. 그의 아내가 올 거라고 예상했듯 결국 온 것이다. 아내의 제안을 남편이 얼마나 열렬히 받아들였는지 알 수 있는 징후도 있었다. 윌킨스 씨는 아내의 편지에 답장을 쓰기가 감질났는지 바로 전보를 보냈다.

그건 틀림없이 간절함이었다. 확실히 재결합을 원한다는 바람을 보여준 거라고 캐럴라인은 생각했다. 윌킨스 부인의 행복한 얼굴에서 멜러시도 휴가를 즐겨야 한다던 부인의 간절한 바람을 읽은 캐럴라인은 윌킨스 씨가 다른 사람 일을 걱정하느라 허송세월하면 아주 특이한 바보일 거라고 혼잣말했다. '그 사람이 아내에게 잘해주지 않으면 전쟁터에 끌려가 급습을 당할 거야'라고 캐럴라인은 생각했다. 주말 새 두 사람은 서로 편하게 캐럴라인과 로티라 부르기로 했고, 친구가 됐던 것이다.

윌킨스 부인은 친구라고 믿어 의심치 않았지만, 캐럴라인은 조금 거리를 두고 싶었다. 조심하려고 최선을 다했지만 윌킨스 부인 앞에서는 어려웠다. 캐럴라인은 그 모든 노력에서 벗어나 거리낌 없이 속을 터놓았고, 곧 자기가 무슨 일을 하는지도 모르는 사이에 허물이 없어져버렸다. 그리고 일단 족쇄에서 풀려나자 캐럴라인만큼 스스럼없는 사람도 없었다.

로티에게 불만이 있다면 거의 항상 어디론가 가버린다는 점이었다. 당최 마주칠 수가 없었다. 꼼짝 못 하게 붙잡아놓고 이야기를 할 수 없었다. 돌이켜보면 로티를 사로잡지 못해 캐럴라인이 두려워하는 게 기가 막혔다. 어쨌든 로티를 잡아둘 방법이 없었다. 저녁 식사 때나 저녁 먹은 후에만 로티를 제대로 볼 수 있었다. 온종일 모습을 보이지 않다가 늦은 오후나 돼야 아주 볼만한 몰골로 돌아오곤 했다. 머리에는 이끼 범벅이었고 주근깨는 한층 더 많아졌다. 아마 로티는 멜러시가 도착하기 전에 최대한 시간을 들여 원하는 일을 다 해치우고, 나중에는 최고로 좋은 옷을 말끔히 차려입고 남편과 온전히 시간을 보내려는 의도 같았다.

캐럴라인은 자기도 모르게 흥미가 생겨서 로티를 지켜봤다. 너무나 하찮은 일에 그처럼 행복해한다는 게 몹시 대단해 보였다. 산 살바토레는 아름답고, 날씨가 훌륭했지만, 경치나 날씨는 캐럴라인에게 별것이 아니었다. 그러나 곧 그곳을 떠나 햄프스테드 생활로 돌아가야 하는 사람에게는 경치나 날씨가 큰 역할을 할 것이다. 또 로티에게는 최근에 도망치려 했던 멜러시라는 절박한 위험도 있었다. 사람이 감정을 나누고 아름다운 동행을 계획하고 행하는 건 아주 좋은 일이지만, 캐럴라인이 알기로 아름다운 동행이 반드시 사람을 행복하게 하지는 않았다. 다른 사람의 대상이 되는 것을 진실로 좋아하는 사람은 아무도 없었고, 계획하는 사람의 노력에 응답하는 것일 뿐이었다. 그렇지만 로티가 크게 노력하지 않는다는 점은 인정해야 했다. 로티는 말하고 행동하는 데 노력을 들이지 않고도 그저 한없이 행복해했다.

윌킨스 부인은 그랬다. 멜러시와 함께 있어도 계속 평화로울 수 있을까 하는 의문은 주중에 이미 사라졌고 이젠 아무것에도 흔들리지 않을 수 있다고 느꼈다. 윌킨스 부인은 어떤 것에도 준비가 돼 있었다. 굳게 마음먹었고, 뿌리를 내렸으며, 천국에 붙박였다. 멜러시가 무슨 말을 하거나 행동을 하든 윌킨스 부인은 천국에서 단 1센티미터도 벗어나지 않을 것이고 단 한순간도 그 밖으로 벗어나 화를 내지 않을 터였다. 반대로 부인은 남편을 자기 곁으로 끌어당겨 두 사람이 함께 환한 곳에 편안하게 앉아 햄프스테드에 있을 때 부인이 남편을 얼마나 두려워했는지, 두려움 때문에 자신이 얼마나 정직하지 못했는지 토로하고 소리 내 웃을 것이다. 멜러시는 크게 끌려갈 필요도 없을 것이다. 하루나 이틀 후면 신성한 공기와 향기로운 미풍에 자연스럽게 동화될 터였다. 그리고 별이 가득한 곳에 앉아 다른 많은 생각의 조각 가운데 이따금 밝은 시의 조각도 띄우게 되리라 생각했다. 윌킨스 부인은 중산모자를 쓰고 검은색 코트를 입은 명망 있는 가족 사무 변호사 멜러시가 별을 보며 서 있는 모습을 상상하곤 혼자 웃음을 터뜨렸다. 고급스러운 옷을 입은 남편이 얼마나 멋질지 머릿속으로 그려가며 모성애에 가까운 애정 어린 웃음을 터뜨린 것이다. '불쌍한 사람!' 윌킨스 부인은 사랑을 듬뿍 담아 혼자 중얼거렸다. "확실히 남편에겐 휴가가 필요해."

그 주의 첫 사흘 동안은 이런 식이었다. 그 주 후반부가 시작되는 날이 저물어갈 무렵 윌킨스 씨가 도착했다. 윌킨스 부인은 이제 자신이 분위기에 지배받을 수 없을 만큼 속속들이 무르익었고, 흔들리지 않을 것이며, 더는 생각하거나 깨닫지 않아도 되는 상태가 되었다고 확신했다. 이렇게 말하면 어떨지 모르지만, 윌킨스 부인은 자신뿐 아니라 레이디 캐럴라인에게도 천상의 다리를 찾아주었다고 생각했다.

피셔 부인의 예상과는 달리(윌킨스 부인에게 다른 뭔가를 기대할 수 있을까?) 윌킨스 부인은 메차고로 남편을 만나러 가지 않고 베포가 마차에서 남편과 남편의 짐을 내려주고 간 카스타네토까지만 마중 나갔다. 피셔 부인은 윌킨스 씨가 오는 게 싫었고 윌킨스 부인과 결혼할 수 있는 사람이라면 최소한 지혜롭지는 못할 거라고 생각했지만, 그가 어떤 사람이든 남편이 온다고 하면 제대로 맞아야 한다고 생각했다. 피셔 씨는 늘 제대로 된 영접을 받았다. 피셔 부인은 결혼 생활 중 한 번도 역에 남편을 마중 나가지 않거나 배웅하러 가지 않은 적이 없었다. 이런 의식과 예절이 결혼 관계를 굳건하게 해주었고, 남편에게 아내가 항상 그 자리에 있다는 믿음을 갖게 했다. 항상 같은 자리에 있다는 건 아내에게 꼭 필요한 기본적인 덕목이었다. 만약 피셔 부인이 이런 생각도 하기 싫은 원칙에 따라 행동하지 않았다면 피셔 씨는 어떻게 되었을까. 안 그래도 그에게는 일이 많았다. 아무리 틀어막으려 해도 결혼 생활에는 틈이 있게 마련이었다.

그러나 윌킨스 부인은 애쓰지 않았다. 그저 피셔 부인에게도 들리도록 노래를 부르며 언덕을 걸어 내려가 거리에 떨어진 핀을 주워 오듯 남편을 데려왔다. 아직은 자리에서 일어날 시간도 아니었으므로 침대에 있던 나머지 세 사람은 윌킨스 부인이 아침 기차로 오는 남편을 맞으려고 창문 아래를 지나 꼬불꼬불한 길을 걸어 내려가는 소리를 들을 수 있었다. 이에 캐럴라인은 미소를 지었고 로즈는 한숨을 쉬었으며 피셔 부인은 종을 쳐서 프란체스카에게 자기 방으로 아침을 가져다

달라고 주문했다. 그날 세 사람에게는 숨고 싶다는 공통된 본능이 작용해 모두 각자의 방에서 아침 식사를 했다.

캐럴라인은 항상 침대에서 아침을 먹었지만 그날 밖에 나가고 싶지 않기로는 다른 사람들과 똑같은 심정이어서 아침을 먹으며 하루 종일 방에만 있기로 계획을 세웠다. 그러나 다음 날은 몰라도 그날은 그럴 필요가 없을지도 몰랐다. 그날 멜러시는 할 일이 정해져 있을 것 같았다. 아마 목욕을 하고 싶어 할 텐데, 산 살바토레에서 목욕을 하기는 쉽지 않았다. 특히 뜨거운 물로 목욕을 하는 데는 엄청난 모험이 뒤따랐고 시간도 많이 걸렸다. 일손이 총동원되어야 했다. 도메니코와 주세페는 난로에 불을 붙인 뒤 활활 탈 때에 맞춰 풀무를 이용해 불길이 꺼지지 않게 했고 꺼지면 다시 불을 붙여야 했다. 프란체스카는 수도꼭지에서 물이 떨어지는 것을 조절하기 위해 걱정스럽게 한참을 서성거려야 했다. 수돗물이 너무 많이 나오면 물이 금세 식어버리고, 충분히 나오지 않으면 난로가 안에서 터져 집이 물바다가 돼버렸다. 코스탄차와 안젤라는 수도꼭지가 못다 한 일을 보충하기 위해 주방에서 뜨거운 물을 양동이에 퍼 담아 아래위로 오르내려야 했다.

이 목욕 시설은 최근에 설치된 즉시 하인들의 자랑거리이자 공포의 대상이 되어버렸다. 전매특허품이라 제대로 이해하는 사람이 아무도 없었다. 사용 방법에 대한 긴 지시 사항이 벽에 붙어 있었고, 거기에 이탈리아어로 '위험'이라는 단어가 여러 번 반복되었다. 피셔 부인은 도착하자마자 욕실에 갔다가 그 단어를 보고는 방에 돌아와 스펀지 목욕•을 하겠다고 선언했다. 다른 사람들도 욕실을 사용하려면 하인들이 그들만 따로 욕실에 놔두지 않고, 프란체스카는 한사코 등을 돌린 채 수도꼭지를 지켜보려 하며, 남은 하인들도 손님이 목욕을 안전하게 마치고 나올 때까지 문밖에서 안절부절못하고 기다려야 한다는 것을 알고는 그들 역시 방에서 스펀지 목욕을 하게 되었다.

그러나 남자인 윌킨스 씨는 시원하게 씻고 싶어 할 게 분명했다. 그러려면 한참 동안 바쁠 거라고 캐럴라인은 계산했다. 목욕을 한 뒤 짐을 풀 것이고, 밤새 기차에 시달린 다음이니 아마 저녁까지 잘 터였다. 그러니 그 일을 다 하려면 바빠서 저녁 식사 때까지는 밖에 나올 시간이 없을 것 같았다.

그래서 캐럴라인은 그날 정원에 있어도 괜찮으리라 결론 내리고 여느 때처럼 아침 식사 후 자리에서 일어나 옷을 입으며 어슬렁거렸다. 그러면서 윌킨스 씨가 도착해서 짐을 층계참 반대편에 있는 로티의 방으로 옮기는 소리, 윌킨스 씨가 로티에게 먼저 "내가 이 사람한테 뭘 줘야 하나?"라고 물은 다음 곧바로 "뜨거운 물로 목욕 좀 할 수 있을까?"라고 질문하는 교양 있는 목소리, 로티가 명랑한 목소리로 그 사람은 정원사이니 아무것도 줄 필요 없다고 말한 다음 목욕은 할 수 있다고

• 질병이나 노쇠로 인해 누워서 지내는 사람의 몸을 젖은 스펀지 등으로 닦아주는 일.

대답하는 소리, 곧이어 층계참으로 나무를 운반하는 소리, 물 가져오는 소리, 하인들이 달리는 소리, 고래고래 고함 지르는 소리 등 목욕 준비에 동원되는 소리를 귀 기울여 들었다.

캐럴라인은 옷을 다 입은 뒤 창가로 가서 윌킨스 씨가 욕실로 들어가는 소리가 들릴 때까지 기다렸다. 윌킨스 씨가 욕실로 들어간 게 확인되면 밖으로 나가 정원에 자리를 잡고 인생의 그럴싸한 의미를 다시 조사할 생각이었다. 캐럴라인은 질문을 계속 이어나가고 있었다. 전보다 훨씬 덜 졸았고, 자신의 과거를 설명하기에 '저속하다'는 단어가 합당하다는 데 스스로 동의하기 시작했다. 또한 미래가 암담할까봐 두려웠다.

그쯤 윌킨스 씨의 지적인 목소리가 다시 들렸다. 로티의 방문이 열렸고 윌킨스 씨가 욕실이 어디냐고 물으며 방에서 걸어 나오는 소리도 들렸다.

"사람들이 모여 있는 곳 보이죠? 거기예요." 로티가 여전히 명랑한 목소리로 대답하는 걸 듣고 캐럴라인은 다행이라 여겼다.

윌킨스 씨는 계단참을 따라 걸어갔고, 로티는 아래층으로 내려갔다. 욕실 문 앞에서 잠시 언쟁이 벌어진 것 같았다. 한쪽에서는 시끄럽게 소리 지르며 뭔가를 호소하는 것 같았고, 한쪽에서는 혼자 목욕하겠다고 무언의 결정을 하는 듯했다.

윌킨스 씨는 이탈리아어를 몰랐기에 '위험'이라는 표현을 무심코 지나쳤거나 봤더라도 몰랐을 터라 자연스럽게 벽에 붙은 경고를 무시하고 지나갔다. 그는 끝까지 설득하려고 애쓰는 도메니코에게 저항하며 하인들이 보는 앞에서 문을 쾅 닫고는 문을 안에서 걸어 잠갔다. 욕실에 들어가는 간단한 준비를 하는데 남자든 여자든 모두 그가 목욕하는 걸 보려는 이 외국인들의 독특한 기준을 윌킨스 씨는 법적으로 따져보고 있었다. 핀란드에서는 여성 원주민들이 실제로 욕실에 함께 들어갈 뿐 아니라 여행객의 몸을 씻어준다는 소리를 듣기는 했다. 그러나 어쨌든 훨씬 문명화된 이탈리아에서도 그렇게 한다는 소리는 들어보지 못했다. 사람들이 핀란드에 가지 않고 이탈리아에 가는 데는 아마 그런 이유도 있을지 몰랐다.

윌킨스 씨는 이탈리아와 핀란드의 문명화에 대한 주장을 치우치지 않게 살피고 균형을 맞춰가면서 욕실에 들어가 수도꼭지를 잠갔다. 당연히 그렇게 했다. 누구나 그렇게 하는 거니까. 그러나 붉은색으로 쓰인 지시 사항에는 난로가 켜져 있는 동안은 절대 수도꼭지를 잠그지 말라는 문구가 있었다. 세게 틀어둘 필요는 없지만 불이 완전히 꺼질 때까지 어쨌든 틀어두긴 해야 했다. 그러지 않으면, 여기 다시 '위험'이라는 단어가 등장했고, 난로가 폭발할 거라고 경고했다.

윌킨스 씨는 욕실에 들어가 수도꼭지를 잠갔고, 지시 사항에서 경고했던 대로 난로가 폭발했다. 다행히도 안쪽에서만. 그러나 폭발음이 엄청나서 윌킨스 씨는 욕조 밖으로 튀어나와 수년간 단련된 본능이 시키는 대로 수건만 낚아채고는 내달렸다.

문에서 나와 층계참을 반 정도 지나가던 캐럴라인도 폭발음을 들었다.

"맙소사, 저기 가는 게 윌킨스 씨구나!" 캐럴라인은 지시 사항을 기억해냈다.

그러고는 하인들을 부르기 위해 층계 머리를 향해 뛰어갔다. 바로 그때 윌킨스 씨가 수건을 붙잡고 밖으로 나오다가 두 사람은 서로 맞부딪쳤다.

"빌어먹을, 뭐 저런 욕조가 있어!" 윌킨스 씨는 한쪽 어깨와 반대쪽 다리가 훤히 드러나도록 수건으로 몸을 간신히 가린 채 아내에 대한 분노를 삼키고 이탈리아로 오게 만든 장본인인 레이디 캐럴라인 데스터를 맞닥뜨린 것이다.

로티가 남편에게 편지로 산 살바토레에는 자신과 아버스넛 부인 외에도 어떤 사람들이 더 있는지 말해주었고, 윌킨스 씨는 즉시 이게 다시는 일어나지 않을 기회임을 알아차렸다. 로티는 단지 '여기 묵고 있는 사람이 둘 더 있어요. 피셔 부인과 레이디 캐럴라인 데스터라고 해요'라고만 말했지만, 그거면 충분했다. 그는 드로이트위치 부부에 관해 훤히 알았다. 그들의 재산, 그들의 관계, 역사상 그들의 위치, 그리고 그들이 가진 권력까지. 그들이 권력을 행사하려 들면, 그들이 이미 고용한 사람들 틈에 윌킨스 자신도 넣어주면 또 다른 변호사를 행복하게 할 수 있었다. 지점 하나에 변호사 한 명을 고용하고, 다른 지점에는 또 다른 변호사를 쓰는 사람들이 종종 있었다. 드로이트위치 부부의 사업에는 분명 지점이 많을 것이다. 윌킨스 씨는 또한(이 역시 새겨두면 사업에 도움이 될 것 같아 잘 기억해두었었다) 그들의 외동딸이 굉장히 아름답다는 소문을 들었다. 드로이트위치 부부는 아니더라도 그들의 딸은 윌킨스 씨의 서비스가 필요할 수 있었다. 아름다움은 사람을 이상한 상황에 놓이게 하기 쉬웠다. 그럴 때는 분명 충고가 필요할 터였다. 그리고 부모도 딸도 그들의 어떤 영특한 아들도 그의 전문적인 능력이 필요하지 않을 수 있지만, 그들을 알아두면 분명히 아주 귀하게 쓰일 터였다. 관계는 지평을 열어주었다. 가능성을 높여주었다. 윌킨스 씨는 앞으로도 여러 해 동안 햄프스테드에 살 것이고, 그런 기회를 다시는 만날 수 없을지도 몰랐다.

그래서 아내의 편지를 받자마자 바로 전보를 보낸 뒤 짐을 쌌던 것이다. 이건 사업이었다. 윌킨스 씨는 일에 관한 한 지체하는 법이 없었다. 또 상냥함을 발휘할 수 있는 기회를 놓침으로써 위험에 처할 사람도 아니었다. 그는 아내를 상냥하게 대했다. 그런 상황에서는 나긋나긋함이 지혜임을 알기 때문이었지만, 이번에는 실제로 아내가 사랑스러웠다. 아주. 이번만은 로티가 그를 제대로 돕고 있었으니까. 그는 베포의 마차에서 내리자마자 애정을 듬뿍 담아 아내에게 키스했다. 그리고 아내에게 일찍 일어난다고 고생했을 거라며 걱정했다. 그는 가파른 길을 걸어 올라가면서도 아무런 불평을 하지 않았다. 여정에 관해 아내에게 즐겁게 얘기했고, 아내가 보라고 하면 주변 경치도 순순히 감상했다. 이 모든 게 그가 미리 잘 계획해둔 내용이었다. 첫날 그는 면도와 목욕을 끝내고 깨끗한 옷으로 갈아입고 나서 조금 잔 다음 점심을 먹으러 가서 레이디 캐럴라인에게 자신을 소개할 예정이었다.

기차에서 그는 아내한테서 얘기를 들은 사람들을 만났을 때 기쁨을 제대로 표현할 수 있도록 신중하고 세심하게 인사말을 골랐다. 캐럴라인의 저명한 부모님과 캐럴라인의 가족이 영국 역사에 기여하는 역할에 관해 눈치 있게 슬쩍 언급하고, 지난 전쟁에서 빅토리아 십자 무공훈장을 받은 캐럴라인의 큰오빠 윈치컴 경에 관해서 한두 문장 보태도 좋을 듯했다. 그러면 윌킨스 씨의 경력에 전환점이 되어줄지도 모르는 상황으로 한 발짝 다가가게 될 터였다.

그런데 지금 그는…… 이건 아니야. 이건 너무 끔찍해. 이보다 더 끔찍할 순 없어! 수건만 달랑 한 장 걸친 채 다리에서 물을 뚝뚝 떨어뜨리며 소리를 질러대는 꼴이라니. 윌킨스 씨는 당장 그 여인이 레이디 캐럴라인이라는 것을 알아봤다. 소리를 내지르는 그 순간 바로 알았다. 윌킨스 씨가 그런 말을 하는 경우는 거의 없었다. 여인의 면전이든 고객의 앞이든. 그것도 수건 한 장 달랑 두른 채……. 그는 왜 왔을까? 왜 잠자코 햄프스테드에 있지 않았을까? 이걸 만회하기란 불가능할 것 같았다.

그러나 윌킨스 씨는 캐럴라인을 속단하고 있었다. 실제로 캐럴라인은 그를 처음 보자마자 그 놀라운 상황에 웃지 않으려 노력하느라 얼굴이 일그러졌고, 가까스로 웃음을 억누르고는 다시 진지한 표정으로 돌아와 윌킨스 씨를 멀쩡하게 옷을 입고 있는 사람 대하듯 하며 태연하게 말했다. "처음 뵙겠습니다."

너무나 완벽한 기술이었다. 윌킨스 씨는 캐럴라인에게 경배할 수밖에 없었다. 이토록 절묘하게 모른 척을 해주다니. 역시 명문 출신은 달랐다.

윌킨스 씨는 고마움에 압도된 채 손을 내밀며 말했다. "처음 뵙겠습니다." 일상적인 말을 내뱉는 것만으로도 마법처럼 상황이 정상으로 복구된 듯한 느낌이었다. 실제로 그는 상당히 안도했다. 악수로 의례적인 인사를 나누는 게 꽤 자연스러워서 지금 수건만 걸치고 있다는 사실도 잊어버렸고 전문적인 태도가 되살아났다. 그는 자기가 어떤 몰골인지는 잊었지만 마주한 상대가 그로 하여금 당장 보러 오게 만든 레이디 캐럴라인 데스터란 사실은 잊지 않았다. 그리고 그는 캐럴라인의 사랑스럽고 영향력 있는 얼굴을 보면서 자신이 끔찍한 소리를 내질렀다는 사실도 잊지 않았다. 당장 캐럴라인에게 용서를 구해야 했다. 여인에게, 세상 어느 여인에게 할 수 있는 말이지만, 특히나 이 사람에게…….

"제가 차마 입에 올리지 말아야 할 말을 한 것 같습니다." 윌킨스 씨가 멀쩡히 옷을 입고 있기라도 한 듯 진지하게 격식에 맞춰 말하기 시작했다.

"그런 말이 나올 수밖에 없었잖아요." 거친 말에 익숙한 캐럴라인이 말했다.

윌킨스 씨는 이 대답에 믿을 수 없을 만큼 안도했다. 그럼 악의는 없다는 거군. 역시 명문 출신은 달라. 명문가 출신만이 저렇게 자유분방하고 너그러운 태도를 견지할 수 있는 법이지.

"제가 지금 마주하고 있는 분이 레이디 캐럴라인 데스터시죠?" 윌킨스 씨는 너무 기쁘고, 너무 다행이고, 용서받은 게 너무 즐거워서 평소보다 훨씬 더 점잖은 목소리로 물었다.

"네." 캐럴라인이 말했다. 아무리 애를 써도 웃지 않을 수 없었다. 어쩔 수 없었다. 캐럴라인은 당초 윌킨스 씨에게 미소 짓지 않을 작정이었다. 절대로. 그런데 무엇보다도 수건과 다리를 잊고 목사처럼 말하는 걸 보고는 웃지 않기가 어려웠다.

"제 소개를 하겠습니다." 윌킨스 씨가 응접실에서 하는 절차대로 말했다. "저는 멜러시 윌킨스입니다."

그러고는 두 번째로 느닷없이 손을 내밀었다.

"그런 것 같았어요." 캐럴라인은 두 번째 악수를 하며 두 번째로 웃지 않을 수 없었다.

옷을 입고 있지 않은 자신의 몰골을 의식하지 못한 윌킨스 씨가 기차에서 준비한 품위 있는 찬사를 시작하려는 찰나, 하인들이 계단 위로 뛰어 올라왔고, 동시에 피셔 부인도 거실 출입구에 모습을 드러냈다. 이 모든 일이 너무 순식간에 벌어졌고, 하인들은 멀리 부엌에 있었으며, 피셔 부인은 흉벽으로 가던 길이어서 그들은 소리를 듣고도 그들이 두 번째 악수를 할 때가 돼서야 나타났던 것이다.

하인들은 끔찍한 소리를 듣고 무슨 일이 일어났는지 바로 알았고 물바다가 되는 걸 막으려고 즉시 욕실로 뛰어가는 바람에 수건을 두르고 층계참에 서 있는 사람을 발견하지 못했지만, 피셔 부인은 그게 무슨 소리인지 궁금한 마음에 방에서 나와 문턱에 꼼짝 않고 서 있었다.

누구도 꼼짝할 수 없었다. 옷을 입었다면 틀림없이 윌킨스 부인의 남편이었을 사람과 레이디 캐럴라인이 악수를 하고 있고, 두 사람은 마치 아무 일 없다는 듯 대화를…….

그때 캐럴라인이 피셔 부인을 알아보았다. 당장 몸을 돌려 우아하게 말했다. "아, 멜러시 윌킨스 씨를 소개할게요. 방금 오셨어요." 그러고는 윌킨스 씨를 보며 덧붙였다. "이쪽은 피셔 부인이셔요."

그러자 윌킨스 씨가 매우 공손한 태도로 즉시 관례적인 공식대로 반응했다. 먼저 출입구에 있는 중년 부인에게 고개 숙여 인사하고는 젖은 발로 자박자박 걸어가 부인에게 손을 내밀었다.

"제 아내의 친구분을 만나게 돼서 영광입니다." 윌킨스 씨가 상당히 온화한 음성으로 말했다.

캐럴라인은 정원으로 나가버렸다.

15

이 사건으로 그날 저녁 식사 자리에서 피셔 부인과 레이디 캐럴라인은 윌킨스 씨와 일종의 묵약을 한 듯한 이상한 분위기를 풍겼다. 이제 그들에게 윌킨스 씨는 다른 남자들 같을 수 없었다. 옷을 입은 윌킨스 씨를 만났다면 응당 그들이 느꼈을 법한 느낌을 받기는 어려웠다. 서먹한 분위기가 깨진 것 같았다. 그들은 당장 친밀해졌고 서로에게 너그러워졌다. 간호사나 유모가 그에게 느낌직한 기분이 들었다. 환자나 어린 아이들을 씻기는 데 두 사람이 힘을 합한 느낌이랄까. 그들은 이미 윌킨스 씨의 맨다리를 공유하는 사이가 되었다.

그날 아침 피셔 부인이 맨 처음 충격을 받아 그에게 했던 말을 다른 사람은 결코 알 수 없을 테지만, 피셔 부인이 그의 상태를 다시 언급했을 때 윌킨스 씨가 피셔 부인에게 너무나 공손하게 사과했고 혼란 속에서도 매우 적절한 자세를 유지해서 결국 피셔 부인은 그를 불쌍히 여겨 화를 누그러뜨렸다. 결국 그것은 사고였고 누구도 사고를 어찌할 수는 없었다. 그리고 나중에 윌킨스 씨가 리넨 옷을 흠 하나 없이 손질해 입고 머리를 윤기 나게 빗은 상태로 식사 자리에 나타난 걸 보고 부인은 윌킨스 씨와 묵약한 듯한 특별한 감정을 느끼기도 했거니와 그의 외모에서 은근한 자부심까지 엿보게 되었다. 이제 그는 옷을 입고 있었고, 그가 하는 모든 말에는 개인적인 자랑이 미묘하게 묻어 있었다.

피셔 부인이 무슨 생각을 했든 간에 남자와 여자는 확실히 함께 있기를 좋아한다는 데는 의심의 여지가 없었다. 윌킨스 씨가 함께하며 대화에 참여하니 당장 저녁 식사를 하는 식당이 떠들썩하기만 한 장소에서 고상한 사교 모임으로 격상되는 듯했다. 그는 흥미로운 주제에 관해 남자의 언어로 말했고, 레이디 캐럴라인에게 아주 예의 바른 태도를 보였지만, 적어도 캐럴라인에게 말을 걸 때마다 바보 멍청이가 되는 것 같은 기미는 보이지 않았다. 사실 그는 피셔 부인에게도 정확히 똑같은 정도로 공손했다. 그리고 피셔 부인이 처음으로 테이블 정책을 소개할 때 그는 말하고 싶어 하는 피셔 부인의 얘기를 진지한 태도로 들어주었고, 부인의 의견을 응당 주의를 기울여 들어야 할 얘기로 다뤘다. 그는 피셔 부인이 로이드조지•에 관해 얘기할 때도 깊이 생각하는 것 같았고 문학에 관해서도 똑같은 관심을 보였다. 사실상 진정한 대화가 오고 갔고, 견과류도 좋아했다. 윌킨스 씨가 로티와 결혼했다는 게 수수께끼였다.

로티는 눈을 동그랗게 뜨고 상황을 지켜봤다. 멜러시가 이 단계에 이르려면 최소 이틀은 걸리리라 예상했는데 산 살바토레의 마법이 단박에 효과를 발휘했다. 멜러시는 다른 사람들과 식사할 때도 늘 유쾌해 보였지만, 둘이 따로 있을 때도 기분이 좋았다. 어찌나 기분이 좋던지 로티가 머리를 빗는 동안 그녀의 외모를 칭찬하며 키스까지 했다. 키스라니! 굿 모닝이나 굿 나잇 키스가 아닌 그냥 키스를!

● 영국의 정치가인 데이비드 로이드조지(1863~1945). 1916년 총리가 되어 제1차 세계대전을 승리로 이끌었다.

이런 식이고 보니 로티는 로즈가 이 집의 주인이 아니라는 사실과 비상금에 관한 얘기를 다음 날로 미루고 싶었다. 일을 망치기 싫었다. 남편이 피로만 풀고 나면 다 얘기하기로 했지만 첫날 멜러시의 기쁜 마음을 방해하고 싶지 않았다. 남편도 천국에 좀 더 확실히 적응하도록 놔두자. 일단 적응하면 어떤 것도 신경 쓰지 않을 테니까.

로티는 산 살바토레의 즉각적인 효과에 기뻐서 얼굴이 반짝반짝 빛났다. 정원에서 안으로 들어와 남편의 목욕 참사에 관한 얘기를 들었지만 굳이 남편에게 그 얘기를 꺼내 기분을 상하게 하지 않았다. 당연히 남편에게도 휴가가 필요했다. 멜러시가 앞장서서 자신을 이탈리아로 데려오고 싶어 했을 때 로티는 그에게 너무나 잔인했다. 하지만 비록 로티에게는 별 장점이 없다 해도 우연히 남편을 초대한 것이 결과적으로는 훨씬 더 좋았다. 로티는 남편에 대한 두려움이 조금도 남지 않은 상태로 기꺼이 남편과 이야기하고 웃었다. 심지어 남편의 티 한 점 없음에 감명받아 누구든 남편을 먹어치울 수도 있겠다고 말했다. 그 말에 캐럴라인이 웃었고 남편 역시 웃어넘겼다. 집에서 로티가 용기 내 그런 말을 했다면 남편은 언짢아할 터였다.

성공적인 저녁이었다. 캐럴라인은 윌킨스 씨를 볼 때마다 수건을 두르고 물을 뚝뚝 흘리던 모습이 생각났지만 대수롭지 않게 여겼다. 피셔 부인은 윌킨스 씨와 함께 있는 것을 즐거워했다. 윌킨스 씨의 눈에 로즈는 과묵하고 위엄 있는 안주인이었고, 로즈가 연장자인 피셔 부인을 위해 상석을 포기한 것을 보고 그는 감탄했다. 로즈 아버스넛 부인은 천성적으로 과묵한 사람인 모양이라고 윌킨스 씨는 생각했다. 세 여자 중에서 가장 내성적인 사람이었다. 그는 저녁 식사 전에 로즈가 응접실에 혼자 있는 걸 보고는 자신을 초대해준 데 대한 고마운 마음을 적절하게 표현했지만, 로즈는 별말이 없었다. 쑥스러웠던 걸까? 아마도. 로즈는 얼굴을 붉히며 겸손한 듯 중얼거렸고, 그때 다른 사람들이 안으로 들어왔다. 식사 중에도 로즈는 가장 말이 없었다. 윌킨스 씨는 며칠 더 있으면 로즈를 더 잘 알게 될 테고, 그 또한 재미일 거라고 확신했다.

한편 레이디 캐럴라인은 윌킨스 씨가 상상했던 것 이상으로 그의 말을 우아하고 솜씨 있게 받아주었다. 피셔 부인은 그가 일하면서 꼭 만나고 싶던 바로 그런 노부인이었고, 로티는 엄청나게 개선되지는 않았지만 확실히 레이디 캐럴라인과는 잘 통했다. 윌킨스 씨는 낮에 자신이 옷을 입지 않았다는 사실을 잊고 레이디 캐럴라인과 서서 대화를 나눴다는 게 생각나 너무 고통스러웠다. 결국 캐럴라인에게 깊이 사죄드리며 자신의 놀랍고 어이없는 행동을 부디 굽어살펴달라는 편지를 써 보냈다. 캐럴라인은 그 봉투 뒷면에 "걱정 마세요"라는 답장을 연필로 써 보냈다. 그래서 윌킨스 씨는 캐럴라인의 명령에 따라 걱정을 내려놓았다. 윌킨스 씨는 이제 매우 만족스러웠다. 그날 잠자리에 들기 전에 아내의 귀를 살짝 꼬집었다. 로티는 깜짝 놀랐다. 이런 애무가…….

게다가 아침이 되어도 윌킨스 씨는 이전으로 돌아가지 않았고, 두 번째 주의 첫날이자 경비를 지불하는 날이었는데도 그날 내내 최상의 컨디션을 유지했다.

비용을 지불하는 날이니 고백을 해야 했지만, 그 점에 대해서는 조금 더 미루고 싶어졌다. 로티는 두렵지 않았고, 말할 마음도 먹었지만 멜러시의 기분이 너무 좋아서 굳이 일찌감치 구름을 드리우고 싶지 않았다. 그러나 아침 식사 후에 코스탄차가 연필로 숫자를 가득 적은 작고 더러운 종이 뭉치를 들고 나타나 피셔 부인의 방문을 노크한 뒤 다시 레이디 캐럴라인의 방으로 갔고, 이번에는 로즈의 방문을 두드렸으나 로즈가 밖에 나가고 없는지 대답이 없자 이제 멜러시에게 집을 구경시켜주고 있는 로티를 막아섰다. 그러고는 계속 종이를 가리키며 매우 빠르고 큰 목소리로 무슨 말을 했다. 로티는 그제야 아무도 비용을 지불하지 않고 한 주가 지나갔고 그 순간에 이르렀음을 기억해냈다.

"이분이 왜 이러지?" 윌킨스 씨가 감미로운 목소리로 물었다.

"돈 때문이에요." 로티가 대답했다.

"돈?"

"체류 비용이죠."

"그럼 당신과는 상관없는 일이겠군." 윌킨스 씨가 태평스럽게 말했다.

"아, 네, 저……."

그러고는 고백이 쏟아져 나왔다.

멜러시는 그 고백을 선선히 받아들였다. 누가 들었으면 그가 비상금에 항상 후했다고 생각할 수도 있을 정도였다.

집에서 그 말을 들었다면 꼬치꼬치 캐물었을 텐데 그는 그러지 않았다. 멜러시는 아내가 쏟아낸 거짓말 등을 모두 받아들였다. 고백을 마친 뒤 아내가 "당신은 화낼 권리가 있어요. 하지만 화 안 내고 용서해주면 좋겠어요"라고 말하자 이 말만 했다. "멋진 휴가보다 더 이익되는 일이 뭐가 있겠소."

그 말에 윌킨스 부인은 남편의 팔짱을 꽉 끼며 말했다. "오, 멜러시, 당신 정말 너무 다정해요." 부인의 얼굴이 남편에 대한 자부심으로 빨개졌다.

멜러시가 이렇게 빨리 분위기에 동화돼서 친절뿐인 사람이 되는 걸 보면 확실히 아름답고 좋은 것에는 호감을 발휘하게 하는 힘이 있는 모양이었다. 그는 쾌적하고 고요한 이곳에 아주 자연스럽게 어우러졌다. 로티가 그를 잘못 판단한 게 이상할 정도로 남편은 본바탕이 밝은 사람이었다. 로티가 집을 떠나기 전에 했던 끔찍한 거짓말에도 괘념치 않는 걸 보라. 특별한 지적 없이 넘기는 걸 보라. 굉장했다. 그렇다면 전에는 그가 천국에 있지 않아서 굉장하지 않았던 걸까? 천국에서는 아무도 이미 끝난 일에는 신경 쓰지 않았다. 애써 용서하고 잊을 필요조차 없었다. 그만큼 행복했다. 로티는 감사한 마음에 남편의 팔을 더 꽉 잡았다. 멜러시는 팔을 빼내지 않았지만, 그렇다고 아내의 밀착에 반응하지도 않았다. 멜러시는 평소에도 밀착하는 것을 크게 좋아하지 않았다.

한편 윌킨스 부부가 말을 알아듣지 못한다는 사실을 알아챈 코스탄차는 적어도 이탈리아어를 이해하고 하인들의 눈으로 볼 때 나이로 보나 외모로 보나 돈을 지불하기에 적임자로 보이는 피셔 부인에게 다시 돌아갔다. 그러고는 산 살바토레에 도착한 뒤 사실상 처음으로 아래 정원에 산책하러 가려고 모자와 머릿수건과 깃털 목도리와 장갑으로 마지막 단장을 하고 있는 피셔 부인에게 지난주 비용을 지불하지 않으면 카스타네토 상점에서 그 주에 필요한 음식 재료를 외상으로 주지 않을 거라고 설명했다. 코스탄차는 이미 거래도 많이 했고, 빚진 친척 모두에게 얼른 외상을 갚고 싶어서 그들이 외상을 주지 않을 거라 힘주어 말했지만, 또한 이 손님들이 그날의 식사 메뉴를 어떻게 생각하는지 알고 싶기도 했다. 곧 콜라치오네•를 준비할 시간인데 육류와 생선, 계란 없이 어떻게 콜라치오네가…….

피셔 부인은 코스탄차의 손에서 청구서를 받아 들고 엄청난 총액에 깜짝 놀라 혹시 낭비는 없었는지 세세히 확인해보려고 필기용 테이블에 앉았다.

코스탄차는 아주 끔찍한 삼십 분을 보냈다. 영국인들이 돈에 그렇게 밝을 줄은 상상도 못 했다. 게다가 주방 사람들이 '라 베키아'••라 부르는 피셔 부인은 이탈리아어를 잘 알았

• 이탈리아의 아침 식사.

•• '할머니'라는 뜻의 이탈리아어.

고, 영국 귀족들은 절대 저런 행동을 하지 않을 줄 알았는데 놀랍게도 피셔 부인은 스스로 이해될 때까지 질문하고 설명을 들어가며 한 품목 한 품목을 세세히 살펴서 코스탄차를 부끄럽게 했다.

코스탄차는 누구도 통제하지 않는 상황 속에서 그저 자기가 정한 대로 신나게 한 주를 살았고, 이게 그 결과라는 것 외에는 아무 설명도 할 수 없었다.

이유를 설명할 수 없게 되자 코스탄차는 울었다. 앞으로 감독과 의심을 받으며 요리해야 한다고 생각하니 비참했다. 그리고 주문이 줄어든 걸 친척들이 발견하면 뭐라고 할지도 걱정이었다. 코스탄차가 전혀 영향력이 없다고 말할 것이고, 코스탄차를 경멸할 터였다.

코스탄차는 울었지만 피셔 부인은 끄떡도 하지 않았다. 지옥의 칸토•를 읊듯 느리고 장엄한 이탈리아어로 코스탄차에게 다음 주나 돼야 돈을 줄 수 있으며, 음식은 4분의 1 비용으로 전과 똑같이 좋아야 한다고 말했다.

코스탄차는 어이가 없어서 양손을 들어 올렸다.

다음 주에 이런 내용이 확인되면 다 지불하겠노라고 피셔 부인이 냉정하게 말했다. 그러지 않으면…… 부인이 잠시 말을 멈췄다. 그러지 않으면 어떻게 할지는 부인 자신도 몰랐던 것이다. 그러나 부인이 철옹성같이 장엄하고 위협적인 태도

• 장편 시의 한 부분.

로 말을 멈추자 코스탄차는 주눅이 들었다.

이제 피셔 부인은 코스탄차에게 나가보라고 손짓한 다음 레이디 캐럴라인에게 따지러 갈 생각이었다. 피셔 부인은 레이디 캐럴라인이 음식을 주문했고, 그러므로 그 비용에 책임이 있다고 생각은 해왔지만, 이제 보니 그들이 도착한 이래로 요리사가 내키는 대로 하는 걸 아무도 뭐라 하지 않았다는 게 드러났고, 물론 그것만도 망신스러운 일이었다.

캐럴라인은 방에 없었지만, 피셔 부인은 캐럴라인이 안에 있으면서 노크 소리를 듣지 못한 척하는 거라 의심하고는 문을 열어보았다. 방에서 아직 캐럴라인이 있는 것처럼 꽃향기가 났다.

"무슨 냄새지." 피셔 부인이 다시 문을 닫으며 킁킁댔다. 부인은 칼라일이 이 젊은 여인과 오 분간 진솔한 이야기를 나눌 수 있었다면 어땠을까 생각해보았다. 아마 그도…….

피셔 부인은 캐럴라인을 찾아 정원으로 가려고 아래층으로 내려갔고, 복도에서 윌킨스 씨와 마주쳤다. 그는 모자를 쓴 채 시가에 불을 붙이고 있었다.

부인은 전날 아침 윌킨스 씨를 만난 뒤로 마음이 많이 너그러워졌고, 그와는 유별나고 신비스러운 관계가 되었지만, 집 안에서 시가를 피우는 것까지 좋아할 수는 없었다. 옥외에서야 모르겠지만, 옥외도 굉장히 큰 장소일 때 말이지 실내에서 그 버릇을 유지하게 할 수는 없었다. 원래의 습관을 완강하게 고집하던 피셔 씨조차 결혼 직후에 그 버릇을 고쳤다.

그러나 윌킨스 씨는 피셔 부인을 보자마자 모자를 급하게 벗고는 바로 시가를 던져버렸다. 시가를 칼라가 꽂힌 큰 꽃병에 던졌고, 남자들이 금방 불붙인 시가를 얼마나 중요하게 생각하는지 잘 아는 피셔 부인은 이 즉각적이고 훌륭한 태도에 감동받지 않을 수 없었다.

그러나 시가는 물에 닿지 않았다. 이상하고 타락한 느낌의 시가가 칼라 꽃 사이에 떨어져서 연기가 났다.

"어디 가십니까. 나의 어여……." 윌킨스 씨가 피셔 부인에게 다가가 말을 붙이려다 때맞춰 말을 끊었다.

아침 공기에 혹해서 동요나 동화에나 나올 법한 단어로 피셔 부인을 부르게 된 걸까? 윌킨스 씨도 자기 입에서 그런 말이 튀어나올 줄 몰랐다. 정말 이상했다. 냉정하고 침착한 머리로 그 순간 어쩌면 그렇게 가벼운 말을 내뱉으려 했을까. 윌킨스 씨는 피셔 부인을 상당히 존경했다. 그리고 무슨 일이 있어도 아가씨라거나 예쁘다거나 하는 식으로 부인을 욕보일 생각은 없었다. 윌킨스 씨는 피셔 부인의 호감을 사고 싶었다. 부인은 재주가 많고 아마 재산도 많을 것이다. 아침 식사 때 그들은 가장 죽이 잘 맞았고, 윌킨스 씨는 피셔 부인이 유명한 사람들과 친밀한 관계라는 점이 마음에 들었다. 물론 다 빅토리아 시대 사람들이지만 햄프스테드 히스에서 처남이 여는 조지 왕조식 파티의 경직된 분위기를 경험한 바 있어서 빅토리아 시대에 관해 이야기하는 것이 편했다. 두 사람은 아주 사이가 좋다고 윌킨스 씨는 느꼈다. 피셔 부인은 이미 고객이 되고 싶어 하는 모든 징후를 보여주었다. 그러니 부인의 심기를 건드릴 이유가 전혀 없었다. 윌킨스 씨는 그럴 위험에서 가까스로 벗어난 것 같아 소름이 돋았다.

그러나 피셔 부인은 알아채지 못했다.

"나가십니까?" 윌킨스 씨가 동행할 만반의 준비가 되었음을 보여주며 공손하게 말했다.

"레이디 캐럴라인을 찾으러 가려고요." 피셔 부인이 꼭대기 정원으로 이어지는 유리문으로 향하며 말했다.

"기분 좋은 여정이군요. 제가 함께 가드릴까요? 그래도 된다면……." 윌킨스 씨가 부인을 위해 문을 열어주며 덧붙였다.

"캐럴라인은 주로 덤불 뒤 저 모퉁이에 앉아 있어요. 그리고 거기 가는 게 기분 좋은 여정인지는 모르겠네요. 캐럴라인이 비용을 끔찍하게 올려놔서 야단을 좀 칠 생각이거든요."

"레이디 캐럴라인이요?" 윌킨스 씨는 그런 태도를 따라갈 수는 없었다. "외람되지만 청구서와 레이디 캐럴라인이 무슨 관계가 있습니까?"

"캐럴라인이 비용을 담당하기로 했거든요. 우리 모두 비슷하게 돈을 나눠 내니까, 그건 말하자면 명예의 문제겠지만……."

"그런데 레이디 캐럴라인이 여기 있는 사람들을 위해 비용 담당을 맡아요? 제 아내를 포함한 사람들을 위해서요? 부인, 그 소리를 들으니 제가 할 말이 없군요. 그분은 드로이트위치 부부의 딸이잖습니까?"

"아, 맞아요." 피셔 부인이 자갈을 꾹꾹 밟으며 숨겨진 모퉁이로 향했다. "음, 어쩐지. 드로이트위치의 그 남자가 전쟁 중에 자기 부서에서 한 일은 국가적인 스캔들이었어요. 공금유용에 해당하죠."

"하지만 드로이트위치 부부의 딸도 그렇다고 하기엔……." 윌킨스 씨가 진지하게 변호를 시작했다.

"드로이트위치 부부야 어떻든 상관없어요." 피셔 부인이 말을 끊었다. "그러나 맡은 임무는 제대로 수행해야죠. 내 돈을 드로이트위치 사람 때문에 허비할 생각은 없습니다."

'고집불통 할멈이로군.' 윌킨스 씨가 바랐던 것처럼 피셔 부인은 다루기 쉽지 않을 것 같았다. 하지만 어마어마한 부자 아닌가. 돈이 많다는 것을 스스로 알고 있기에 드로이트위치 얘기를 이렇게 함부로 하는지도 몰랐다. 로티에게 물었을 때 로티는 피셔 부인의 상황을 잘 몰랐고, 그저 피셔 부인의 집을 금붕어가 헤엄치는 왕릉 같다고 묘사했는데, 이제 보니 확실히 피셔 부인은 그저 잘사는 정도 이상인 듯했다. 그럼에도 지금은 부인과 동행하고 싶지 않았다. 부인이 레이디 캐럴라인 데스터를 꾸짖는 자리에 함께 있기는 싫었다.

그러나 이번에도 그는 캐럴라인을 속단했다. 캐럴라인이 첫날 아침 자신의 모퉁이를 발견한 윌킨스 씨를 어떤 감정으로 올려다보았는지는 모르지만 표정만으로는 친절해 보였다. 캐럴라인은 피셔 부인이 거기에 앉자마자 난간에서 발을 내렸고, 부인이 무모하고 통제되지 않은 비용 지출에 자기 돈을 낭비하고 싶지 않다고 솔직하게 말하는 것을 심각하게 듣다 말고 갑자기 머리 뒤에서 쿠션을 하나 끌어당기더니 부인에게 건넸다.

"이 위에 앉으세요. 훨씬 편하실 거예요." 캐럴라인이 쿠션을 내밀었다.

윌킨스 씨가 서둘러 쿠션을 받으러 갔다.

"아, 고마워요." 피셔 부인이 하던 말을 멈추고 고마움을 표했다.

다시 몰입하기는 힘들었다. 윌킨스 씨는 쿠션을 살짝 높은 위치에 있는 피셔 부인과 난간의 돌 사이에 끼워 넣어주었다. 이번에도 피셔 부인은 고맙다는 말을 하기 위해 또 말을 멈춰야 했다. 게다가 레이디 캐럴라인은 자신을 전혀 변호하지 않았다. 그저 천사 같은 얼굴로 피셔 부인을 바라보며 진지하게 듣기만 했다.

윌킨스 씨는 저런 외모로 아무 말도 하지 않는 데스터를 야단치기는 어렵겠다고 생각했다. 다행히도 피셔 부인 또한 말을 계속하기가 어려운지 엄한 표정을 풀고 "자기가 감독을 안 하고 있으면 나한테라도 말을 했어야지"라고 변변찮게 말을 끝맺었다.

"제가 감독한다고 생각하시는 줄 몰랐어요." 아름다운 목소리였다.

"여기 있는 나머지 시간 동안 어쩔 작정인지 이젠 알고 싶네." 피셔 부인이 말했다.

"아무것도 안 할 거예요." 캐럴라인이 웃으며 말했다.

"아무것도 안 한다고? 그러니까 그 말은……."

"숙녀분들, 괜찮다면 제안을 하나 하겠습니다." 윌킨스 씨가 세련되고 전문적인 태도로 끼어들었다. 두 사람 다 처음 봤을 때의 윌킨스 씨를 기억하고는 너그러운 눈으로 그를 보았다. "비용에 관해 걱정하느라 즐거운 휴가를 망치지는 마셨으면 합니다."

"내가 원하는 것도 바로 그겁니다." 피셔 부인이 말했다.

"가장 합리적이기로는……." 윌킨스 씨가 말했다. "그러면 되지 않을까요? 어쨌든 뛰어난 요리사고, 1인당 경비는 너무 많으니 이 총액으로 요리사가 여러분들을 위해 음식을 해주게 하세요. 맞춤 음식일 뿐 아니라 그 어디에서보다 더 좋은 음식을 말이에요. 그러면 누구나 쉽게 산정할 수 있어요. 예를 들면 괜찮은 호텔의 비용을 기본으로 해서 반이나 4분의 1 정도를 생각하면 되지요."

"그래도 이번 주는 이미 지나갔잖아요? 이 첫 주에 청구된 끔찍한 비용은 어떻게 되는 거지요?" 피셔 부인이 물었다.

"그건 산 살바토레에 바치는 제 선물로 할게요." 로티가 마련한 비상금보다 훨씬 많은 돈이 들어갈 것을 걱정한 캐럴라인이 말했다.

잠시 침묵이 흘렀다. 피셔 부인은 허를 찔렸다.

"물론 당신이 돈을 쓴다면야……." 피셔 부인은 탐탁지는 않지만 끝내 크게 안도했다. 반면 윌킨스 씨는 역시 명문 출신은 다르다며 감탄했다. 예를 들어 돈 문제에 관한 한 다른 사람에게 걱정을 끼치지 않으려는 이 준비성과 화끈함은 누구나 존경할 만하고 어떤 자질보다 더 존중되어야 할 덕목이긴 하지만, 전문적인 계층에게는 특히 더 유용했다. 그런 상황을 만들어낸 캐럴라인은 따뜻한 환영으로 격려되어야 마땅했다. 그러나 피셔 부인은 따뜻한 사람이 아니었다. 받아들이기는 했지만 못마땅해하는 기색이 역력했다. 아마 비슷하게 돈이 많아서 그렇지 않을까 윌킨스 씨는 유추했다. 그래도 선물은 선물인데, 다른 사람들은 이런 식으로 받아들이지 않으리라 여겼다. 레이디 캐럴라인이 아내와 피셔 부인에게 한 주 동안 먹은 음식 전부의 비용을 기꺼이 선물한다면 우아하게 받아들이는 게 그들의 역할이었다. 선물하는 사람의 기를 꺾어선 안 된다.

그래서 윌킨스 씨는 아내를 대신해서 아내가 표현하고 싶어 할 말을 캐럴라인에게 해주었고(선물은 주는 사람이 당황스럽지 않을 정도로 받아들여져야 하므로 가벼운 어조로), 이렇게 되면 산 살바토레에 온 뒤로 아내를 공짜로 묵게 해준 사람이 되는 거라는 사실을 밝힌 다음 피셔 부인을 돌아보며 부인과 자기 아내가 이제 호의를 베풀어준 데 대한 관례적인 감사의 편지를 써야 한다고 지적했다. "콜린스."• 문학적으로 표현하는 방법을 아는 윌킨스 씨가 말했다. "그런 편지에는 숙식비

• 주로 영국에서 환대에 대한 인사장으로 부르는 말.

혹은 식비 같은 말보다는 콜린스라고 쓰는 게 낫겠습니다. 우리 그걸 콜린스라 부릅시다."

캐럴라인이 미소를 지으며 담뱃갑을 내밀었다. 피셔 부인도 어느새 마음이 누그러졌다. 부인은 그 돈을 내야 하는 것만큼이나 낭비하는 게 싫었는데, 윌킨스 씨 덕분에 돈 낭비를 하지 않을 방법을 찾았고, 또한 경비를 어떻게 감당하거나 나눌지에 대한 방법도 찾게 된 셈이었다. 잠시 피셔 부인은 이런 생각을 해봤다. 만약 아예 무관심하거나(레이디 캐럴라인의 경우) 이탈리아어를 할 줄 모른다는 이유로(다른 두 사람) 모두가 자신에게 경비 문제를 맡으라고 부담을 주려 한다면 결국 케이트 럼리를 부르는 게 옳을 것 같았다. 케이트라면 그 일을 할 수 있었다. 케이트와 피셔 부인은 함께 이탈리아어를 배웠다. 케이트는 오직 그 일을 하는 조건으로 산 살바토레에 오게 됐을 것이다.

그러나 윌킨스 씨가 제안한 이 방법이 훨씬 나았다. 역시 능력 있는 남자였다. 이렇게 똑똑하면서도 함께 있기에 유익하고 즐거우며 나이도 그리 어리지 않은 남자가 또 있을까. 그리고 피셔 부인이 일어서며 일이 해결됐으니 이제 점심 식사 때까지 산책이나 해야겠다고 말했을 때 윌킨스 씨는 부인이 아는 대부분의 남자가 그랬던 것처럼 레이디 캐럴라인과 있겠다고 하지 않고 함께 걸어도 되겠냐고 물어보았다. 그러니 그는 분명 얼굴을 맞대고 대화하는 것을 더 좋아하는 모양이었다. 영리하고 함께하기 좋은 남자였다. 똑똑하고 많이 배운 남자였다. 세상 물정에 밝은 남자였다. 남자. 피셔 부인은 일전에 케이트에게 편지를 쓰지 않은 게 매우 다행스러웠다. 케이트에게 무엇을 원했을까? 피셔 부인은 더 나은 동행을 발견했다.

그러나 윌킨스 씨가 대화를 하려고 피셔 부인과 함께 나선 것은 아니었다. 부인이 일어나기에 일어났고, 따라 나와 인사를 할 작정이었던 것이다. 레이디 캐럴라인은 다시 난간에 발을 얹고 머리를 쿠션에 비스듬히 기댄 채 눈을 감았다.

드로이트위치 부부의 딸은 잠들고 싶었다.

윌킨스 씨가 남아서 캐럴라인을 보호할 분위기가 아니었다.

16

그렇게 두 번째 주가 시작됐고 모든 게 조화롭게 흘러갔다. 윌킨스 씨가 산 살바토레에 오는 걸 세 사람은 두려워했고, 네 번째 사람은 산 살바토레가 남편에게 미칠 효과를 굳게 믿었기에 전혀 두려워하지 않았는데, 윌킨스 씨는 도착하자마자 기존의 조화를 방해하지 않고 오히려 분위기를 더 좋게 만들고 있었다. 윌킨스 씨는 잘 어울렸다. 즐기기로 작정했고, 기꺼이 즐겼다. 자기 아내에게 가장 상냥했는데, 밖에서만 그런 게 아니라 둘만 따로 있어서 굳이 원하지 않으면 그럴 필요가 없을 때도 똑같이 다정하게 굴었다. 윌킨스 씨는 그러고 싶었다. 어쩔 수 없다는 의무감도 있었고, 사실 아내와 있는 게 좋기도 했다. 레이디 캐럴라인과 안면을 트게 해주었다는 것만으로도 윌킨스 씨는 아내가 정말 사랑스러웠다. 그리고 자랑스러웠다. 그가 생각했던 것보다 아내에게 훌륭한 자질이 더 많았던 모양이라고 생각했다. 레이디 캐럴라인이 아내에게 애정이 있으며 아주 친하게 지내는 것만 봐도 그랬다. 그리고 아내가 실제로 굉장히 좋은 사람인 것처럼 대접을 더 잘하면 잘할수록 로티도 더 마음을 터놓았고 진짜 좋은 사람이 되었다. 그리고 그 보답으로 그가 또 영향을 받아 그 자신도 정말 좋은 사람이 되었다. 그렇게 그들은 돌고 돌았다. 악순환이 아닌 아주 바람직한 선순환이었다.

멜러시는 적극적으로 아내를 어루만졌다. 멜러시는 천성적으로 냉정한 사람이어서 쓰다듬는 행위를 별로 좋아하지 않았다. 그런데 산 살바토레의 영향인지 윌킨스 씨는 두 번째 주에 이르자 한쪽 귀 대신 양쪽 귀를 번갈아가며 꼬집었다. 로티는 빠른 속도로 과감해지는 애정 표현에 놀라서 귀는 두 개밖에 없는데 이런 식으로 나가다간 세 번째 주에는 남편이 어떻게 할지 궁금할 지경이었다.

멜러시는 침실에 놓인 세면대를 쓸 때면 특히 더 배려했고 작은 침실에서 공간을 많이 차지하지 않으려 노력했다. 로티는 남편에게 방해가 되지 않으려고 더 애를 썼다. 그래서 그 방은 '배려'의 애정 어린 싸움터로 변했다. 이런 과정을 거치며 두 사람은 서로 더 친밀해졌다. 그를 위해 욕실을 수리해

봤지만 그는 이제 욕실에서 목욕하는 대신 매일 아침 일어나 바다로 내려갔다. 밤새 수온이 내려가 차가웠지만 남자라면 응당 그래야 하는 것처럼 몸을 담갔고, 손을 비비며 피셔 부인에게 말했듯 뭐든 할 준비가 된 것 같은 기분으로 아침 식사를 하러 올라왔다.

산 살바토레의 쾌적한 환경이 주는 거부할 수 없는 영향력에 대한 로티의 믿음은 그리하여 분명히 확인되었다. 로즈는 두려운 사람으로 알았고 캐럴라인은 쌀쌀맞고 불친절하리라 상상했던 윌킨스 씨가 확실히 다른 사람으로 바뀌는 걸 보고 로즈와 캐럴라인은 산 살바토레가 사람을 정화하는 데 과연 효과가 있다는 로티의 주장을 다시 생각해보기 시작했다.

그들 역시 속으로는 이미 그런 효과를 느끼고 있었으므로 더 그렇게 생각하는 경향이 강했다. 두 번째 주가 되자 두 사람 모두 더 확신하게 되었다. 캐럴라인은 자신의 생각 중에서 상당히 많은 부분이 꽤 긍정적이 되었고 부모님과 친지들에게도 애정을 느낀다는 사실을 깨달았다. 그러면서 무엇인가에 의해 특별한 혜택을 받고 있다는 인식이 어렴풋이 들었다. 그 무엇이란? 운명? 신의 섭리? 뭐든 간에, 그리고 어떻든 그런 것을 받았음에도 캐럴라인은 행복해하지 않았으니 여태 낭비를 해온 셈이다. 그리고 로즈는 가슴속으로 꽤 간절히 염원했다. 전에도 그랬지만 이제는 목적을 가지고 염원했다. 단지 소극적으로 바라기만 하는 것은 아무 소용이 없으니 어떤 수단이라도 써서 소망을 멈추든 프레더릭에게 편지를 써서

와달라고 부탁하든 해야 했다. 가능성은 희박하지만, 그래도 최소한 기회는 줘봐야 한다는 결론에 이르렀다.

윌킨스 씨가 바뀔 수 있다면 프레더릭이라고 왜 안 되겠는가? 그에게도 산 살바토레가 효력을 발휘해 서로를 조금이라도 이해하고 친구라도 될 수 있게 해준다면 얼마나 좋을까. 정말 얼마나 좋을까. 여태 로즈는 성격상 그냥 포기하고 분열해버리기만 했는데 이젠 프레더릭의 책에 관해서 자기가 너무 고집스럽고 유연하지 못했으며 금욕적인 태도로 좋은 일에만 몰두한 것이 어리석었고, 심지어 나빴을지도 모른다고 생각하기 시작했다. 프레더릭은 남편인데 로즈는 그를 겁주어 쫓아내기만 했다. 사랑, 소중한 사랑을 쫓아내버렸으니 좋을 리 없었다. 며칠 전에 로티가 사랑 말고는 아무것도 중요하지 않다고 했던 말이 떠올랐다. 사랑으로 이루어지지 않으면 아무것도 의미가 없어 보였다. 그러나 한번 쫓겨난 사랑이 다시 돌아올 수 있을까? 그래, 저렇게 아름다운 분위기라면, 로티와 산 살바토레가 뿜어내는 행복한 분위기라면 그들에게도 멋지게 전파될지 모를 일이었다.

그러나 프레더릭을 이리로 오게 하는 게 먼저였다. 로즈가 편지를 써서 자신이 어디에 있는지 말하지 않으면 프레더릭은 당연히 이곳에 올 수 없었다.

편지를 쓸 것이다. 편지를 써야 한다. 로즈가 편지를 써야 최소한 프레더릭이 올 기회라도 생긴다. 편지를 쓰지 않으면 분명 아무것도 바랄 수 없다. 그리고 이렇게 사랑이 넘치고,

부드럽고 친절하고 달콤한 곳이라면 그에게 다른 뭔가를 부탁하고 노력하고 설명하기 더 쉬울 것이다. 적어도 단절의 공허함, 믿음을 거스른 거센 바람과 암울한 작품들이 주는 냉랭함 대신 적어도 훗날 그들의 삶을 위해 다른 무언가를 시도해볼 수는 있을 것이다. 세상에 단 한 사람, 얘기하고, 보살피고, 사랑하고, 관심 가질 수 있는 자기만의 단 한 사람은 의장들의 칭찬이나 단상 위에서 하는 온갖 연설보다 더 가치가 있었다. 또한 그게 어떤 기도보다 더 소중하리라는 생각을 로즈도 어쩔 수 없이 하게 되었다.

이런 생각들은 머리로 하는 것이 아니었다. 갈망과는 거리가 먼 캐럴라인은 항상 머리로만 생각했지만, 이는 가슴속 생각이었다. 가슴에 박혀 있는 생각이었다. 그래서 로즈는 가슴이 아팠고 지독하게 외로웠다. 여태 그랬던 것처럼 이번에도 용기를 내지 못해 프레더릭에게 편지를 쓸 수 없다면 윌킨스 씨를 보고 다시 기운을 차려보기로 했다.

윌킨스 씨는 확실히 변했다. 그는 매일 밤 불안해하는 로티가 있는 그 작고 불편한 방으로 들어갔다가 아침이면 거기에서 나왔다. 로티 역시 그곳에서 나왔으며, 둘은 들어갈 때처럼 서로에게 밝고 그늘 없는 모습이었다. 로티가 말하기로 집에서는 사소한 잘못에도 비판적이던 사람이 사드락,• 메삭, 아벳느고가 불에서 탈출할 때처럼 털끝 하나 다치지 않고 욕실 대참사에서 빠져나오지 않았던가. 이곳에서는 기적이 일어나고 있었다. 윌킨스 씨에게 그런 일이 일어날 수 있다면 프레더릭이라고 왜 안 되겠는가.

로즈는 얼른 자리에서 일어났다. 그래, 편지를 써야겠어. 가서 당장 편지를 써야겠어.

그러나 만약…….

로즈는 또 움찔했다. 답장을 보내주지 않으면 어쩌지? 답장조차 보내지 않는다면.

로즈는 좀 더 생각해보려고 다시 자리에 앉았다.

로즈는 두 번째 주의 대부분을 이렇게 주저하면서 보내버렸다.

그리고 피셔 부인도 그랬다. 두 번째 주에 이르자 부인은 더 불안해졌다. 더는 앉아 있기가 힘들어서 이럴 바에는 개인 응접실이 없는 편이 낫겠다고 생각할 정도였다. 부인은 십 분도 앉아 있지 못했다. 두 번째 주가 진행됨에 따라 피셔 부인은 불안과 초조를 넘어 자신이 점점 바보 멍청이가 되어간다는 이상한 기분이 들었다. 어릴 때, 특히 짧디짧은 봄날, 라일락과 물푸레나무가 단 하룻밤 사이에 서둘러 꽃을 피우는 계절에는 가끔 이런 기분이 들긴 했지만, 50년도 더 지난 지금 다시 그런 기분을 느낀다는 게 이상했다. 누군가에게 그런 감정을 내보이고 싶었지만 부끄러웠다. 이 나이에 그런 터무니

● 바벨론의 예루살렘 침공 때 다니엘, 메삭, 아벳느고와 함께 포로로 끌려간 유대인. 맹렬히 타는 풀무 불에 던져졌으나 하나님의 은혜로 목숨을 건졌다고 전해진다.

없는 감정이라니. 그러나 점점 더 자주, 매일 점점 더 확실하게 부인은 자기가 지금 쑥쑥 자라고 있는 것 같은 말도 안 되는 감정에 사로잡혔다.

부인은 그 부적절한 감정을 억누르려 애썼다. 사춘기가 틀림없군. 마른 석고와 죽은 나뭇가지에서 갑자기 새잎이 돋는다는 소리를 들었지만 그건 전설에서나 가능한 이야기였다. 부인은 전설 속 인물이 아니었다. 실은 무엇 때문인지 본인이 잘 알았다. 품위 있는 부인이 그 나이에 새잎과는 아무 상관이 없다는 것쯤 모를 리 없었다. 그러면서도 바로 이 순간 완전히 싹이 다시 나올지도 모른다는 느낌이 들었다.

피셔 부인은 화가 났다. 부인이 몹시 싫어하는 것이 여러 가지 있었는데, 나이 든 사람들이 스스로 젊다고 여기며 거기에 맞춰 행동하는 것이 그중 하나였다. 당연히 그들은 그렇게 상상만 하는 것이고, 스스로를 속이는 것에 불과했다. 그러나 그 결과는 너무나 개탄스러웠다. 부인은 다른 사람들처럼 꾸준하고 단단하게 나이 들었다. 갑자기 나이가 멈춘 듯했던 적도 없었고, 뒤늦게 회춘하는 것 같은 느낌이 든 적도 없었다. 이 나이를 먹고 부적절한 도발을 하는 거면 얼마나 낯부끄러운 일인가.

둘째 주에 피셔 부인은 케이트 럼리가 오지 않은 걸 정말 다행으로 여겼다. 케이트가 지켜보는 가운데 자신의 행동에 이상이 생기면 정말 불쾌했을 터였다. 케이트는 부인과 평생 알아온 사이였다. 부인은 자기가 자제력을 잃을 수도 있다고 느꼈다(이 부분에서 피셔 부인은 집중하려 안간힘을 쓰고 있던 책을 노려보았다. 저런 표현은 도대체 어디에서 나온 거지?). 오랜 친구보다는 차라리 낯선 사람 앞에서 자제력을 잃는 게 훨씬 덜 고통스러울 것 같았다. 부인이 책을 읽고 있기를 바라는 오랜 친구들은 사람을 예전 모습과 끊임없이 비교한다. 사람이 발전하면 항상 그런 짓들을 한다. 성장에 놀라 과거를 들먹인다. 그들은, 음, 쉰 살 이후에는, 인생의 마지막 날까지 가만히 있기를 기대한다.

눈으로는 한 줄 한 줄 계속 읽어 내려가는데 한 단어도 머리에 들어가 박히지 않는 건 친구들을 어리석게 여기는 거라고 피셔 부인은 생각했다. 그것은 사람에게 조기 사망 선고를 내리는 것이다. 사람은 얼마나 늙었든(당연히 위엄 있게) 성장을 계속해야 한다. 부인은 성장과 뒤늦은 성숙함을 반대하지는 않았다. 살아 있는 한, 더 정확히 말해 죽지 않은 한 성장하고 변화하고 성숙해가는 게 인생이라고 생각했다. 푸릇푸릇한 것으로 돌아가려는 미성숙은 지양했다. 그것만은 격하게 싫었다. 그런데 부인이 막 이런 걸 느끼기 시작한 것이다.

당연히 이것 때문에 불편했고, 끊임없이 몸을 움직여야만 정신을 다른 데 돌릴 수 있었다. 점점 더 불안해져서 더는 흉벽에 틀어박힐 수 없게 되자 부인은 더 자주 하릴없이 꼭대기 정원을 드나들어서 캐럴라인을 놀라게 했다. 특히 피셔 부인이 그저 몇 분 동안 멍하니 경치를 바라보다가 장미 덤불에서 죽은 이파리 몇 개를 떼어낸 뒤 다시 가버리는 걸 보면 꽤 걱정될 정도였다.

윌킨스 씨의 이야기를 들으며 부인은 잠시나마 안도감을 느꼈다. 그는 가능한 한 자주 부인과 함께해주려 노력했지만 세 명의 여인에게도 공평하게 관심을 나눠줘야 했으므로 항상 피셔 부인 옆에 있을 수는 없었다. 그래서 윌킨스 씨가 다른 데 있을 때는 그 사실을 받아들이고 혼자 생각을 조절해야 했다. 산 살바토레의 빛과 색이 너무 과해서인지 다른 곳은 모두 어둡고 깜깜해 보였다. 그리고 프린스 오브 웨일스 주택가는 너무 어둡고 좁았다. 부인의 집 또한 젊거나 살아 있는 생명 하나 없고, 거리만큼이나 어둡고 좁아서 다시 돌아가고 싶지 않았다. 금붕어가 있었지만 그걸 살아 있는 것 혹은 최대한 잘 봐줘도 반쯤 살아 있는 것으로 부르기는 어려웠고, 어리지도 않았다. 하녀들은 쉰내 나는 노땅들이었다.

'쉰내 나는 노땅.' 피셔 부인은 그 이상한 표현 때문에 잠시 생각을 멈췄다. 그건 어디에서 나온 걸까? 그런 말이 나온다는 게 도대체 어떻게 가능했을까? 윌킨스 부인이나 씀직한 경박한 말로, 거의 속어에 가까운 것을. 모르긴 해도 윌킨스 부인이 그런 말을 했을 것이고 그걸 피셔 부인이 듣고 무의식에 체화가 된 모양이었다.

만약 그렇다면 심각하고도 역겨운 일이었다. 그 멍청한 사람이 피셔 부인의 마음에 침투해서 자신의 성격을 심었다는 얘기니까. 윌킨스 부인과 똑똑한 남편은 분명 조화로웠지만, 피셔 부인으로서는 너무나 생소하고 여태껏 자기 취향과는 심하게 동떨어진 바람직하지 않은 문구를 자신에게 감염시켰다면 역겹기 짝이 없었다. 살다 살다 피셔 부인이 그런 문장을 떠올려보기는 처음이었다. 이전에는 하녀든 다른 누구든 쉰내 나는 노땅이라고 생각해본 적이 한 번도 없었다. 하녀들은 쉰내 나는 노땅들이 아니었다. 그들에겐 매주 토요일 밤에 욕실 사용을 허락할 만큼 굉장히 존경스럽고 깔끔한 여인들이었다. 나이야 들었지만 그건 부인도 마찬가지였고, 자기 집도 낡았고, 자기 집 가구도 오래됐으며, 자기 금붕어도 꽤 나이가 많았다. 모두 함께 자연스럽게 나이를 먹었다. 그러나 늙은 것과 쉰내 나는 노땅이 되는 것은 하늘과 땅처럼 달랐다.

'나쁜 말을 하면 행실이 나빠진다'라는 러스킨의 말은 진실 중의 진실이었다. 그런데 그 말을 한 게 러스킨이 맞나? 다시 생각해봐도 확신할 수 없었지만, 러스킨이 했음직한 말이니 어쨌든 진실이었다. 윌킨스 부인이 식사 때 내뱉는 나쁜 말을 흘려듣기는 하지만(신경 써서 듣지 않았다. 애써 듣지 않으려 했다. 그런데도 들어버렸다), 윌킨스 부인이 가끔 내뱉는 너무나 천박하고, 무례하고 불경하며, 말하긴 좀 그렇지만 항상 레이디 캐럴라인을 웃게 하는 그런 말들이 부인의 정신을 망가뜨리고 있었으므로 나쁜 말로 분류되어야 마땅했다. 곧 부인은 생각만 하지 않고 말을 하게 될지도 모른다. 그러면 또 얼마나 끔찍해질 것인가. 만약 꼴사납게 말이 터지기 시작해버리면 피셔 부인은 더 이상 침착하게 참고만 있을 수 없을 것 같았다.

이때쯤 피셔 부인은 그 어느 때보다 자신의 이상한 감정을 이해할 수 있는 사람과 이야기하고 싶었다. 그러나 윌킨스 부인 외에는 자신을 이해할 만한 사람이 없었다. 윌킨스 부인은 이해할 것이다. 그 여자라면 피셔 부인이 어떤 감정인지 당장 알 거라고 확신했다. 그러나 이건 불가능했다. 병을 막기 위해 병을 감염시키는 바로 그 미생물에게 간청하는 것과 다를 바 없어 비참한 기분이 들 것 같았다.

따라서 부인은 자신의 감정을 잠자코 견뎠고, 감정을 삭이기 위해 자주 하릴없이 꼭대기 정원에 모습을 드러내 캐럴라인의 관심을 불러일으켰다.

캐럴라인은 그걸 눈치챘고 막연하게나마 궁금해했다. 보통 윌킨스 씨는 캐럴라인이 의자에 앉을 때 도와주는 것을 특권으로 여겼는데 얼마 전에 쿠션을 바로 해주면서 혹시 피셔 부인에게 무슨 문제가 있지는 않냐고 물어보았기 때문이다.

그때 피셔 부인은 동쪽 난간 옆에 서서 손으로 차양을 쳐 눈을 가리고 멀리 있는 메차고의 하얀 집들을 유심히 바라보고 있었다. 그들에게는 서향나무 가지 사이로 피셔 부인이 보였다.

"글쎄요." 캐럴라인이 말했다.

"제가 보기에 피셔 부인은 마음속에 뭔가를 담아두지 못하는 사람입니다." 윌킨스 씨가 말했다.

"저도 그렇게 생각해요." 캐럴라인이 미소를 지으며 말했다.

"만약 그렇다면, 그리고 부인의 불안이 그런 식으로 나타나는 거라면 제가 조언을 좀 해드려도 좋을 텐데 말이지요."

"그러면 정말 도움이 될 것 같아요."

"물론 부인에겐 따로 고문 변호사가 있겠지만, 여기는 없으니까요. 저는 있고요. 바로 옆에 있는 변호사는 런던에 있는 두 사람 몫을 하는 법이지요." 레이디 캐럴라인에게는 최대한 말을 가볍게 하기로 작정한 윌킨스 씨는 이런 표현이 젊은 여인에게 쉽게 다가가리란 걸 알았다.

"가서 여쭤보세요."

"도움이 필요하신지 물어보라고요? 그렇게 충고하시겠습니까? 그런 질문은 좀, 그러니까 좀 신중하게 다뤄야 하지 않을까요? 속 썩이는 문제가 있냐고 물어야 하니까요."

"가서 말을 걸어보면 부인이 말씀하실 거예요. 피셔 부인은 분명 외로우실 것 같거든요."

"당신은 정말 사려 깊고 배려심이 있군요." 윌킨스 씨는 난생처음으로 자신이 외국인이면 좋겠다고 생각했다. 그렇다면 자리에서 물러나 피셔 부인의 외로움을 달래러 가는 길에 캐럴라인의 손등에 정중하게 키스할 수 있을 테니까.

캐럴라인이 윌킨스 씨를 자기 보금자리에서 몰아내기 위해 쓰는 방법은 정말 다양했다. 매일 아침 다른 방법을 찾아냈다. 덕분에 윌킨스 씨는 캐럴라인을 위해 쿠션을 정리해 준 뒤 기쁜 마음으로 퇴장할 수 있었다. 캐럴라인은 첫날 저녁 첫 오 분 만에 윌킨스 씨가 자신에게 집착하고 몹시 감탄하며 바라보지 않을까 하는 생각이 기우였음을 알아챘기 때문에 그에게 쿠션을 정리할 기회를 주었다. 윌킨스 씨는 다른 남자들과는 달랐다. 캐럴라인도 본능적으로 그렇게 느꼈고, 혹시 그런 마음이 들었더라도 그는 캐럴라인에게 감히 그런 식의 눈길을 보내지 않았다. 윌킨스 씨는 항상 공손했다. 캐럴라인은 눈썹 하나 까딱해서 그의 움직임을 이끌어낼 수 있었다. 윌킨스 씨의 한 가지 걱정은 그 무언의 명령을 따라야 한다는 것이었다. 캐럴라인은 윌킨스 씨가 자신을 다른 남자들과 같은 눈길로 바라보지 않기만 하면 그를 좋아할 만반의 준비가 되어 있었고, 실제로 그가 마음에 들었다. 캐럴라인은 그날 아침 수건을 두른 채 무방비 상태였던 윌킨스 씨를 잊지 않았고, 그는 캐럴라인을 기쁘게 해주었으며, 로티에게 상냥했다. 물론 캐럴라인은 윌킨스 씨가 옆에 없을 때 그를 가장 좋아했지만, 그건 누구에게나 똑같이 적용되었다. 확실히 그는 포식 동물의 눈으로 여자를 보지 않는, 경험상 드문 남자인 것 같았다. 이런 편안함과 단순함이 그곳에 와 있는 사람들 간의 관계에 지대한 영향을 미쳤다. 이런 관점에서 윌킨스 씨는 그야말로 이상적이었다. 그는 독특하고 귀했다. 캐럴라인은 윌킨스 씨에게 좀 지루한 면이 있지 않은가 생각해보았다. 캐럴라인은 이걸 기억해내고 중얼거렸다. "하지만 그게 귀한 점이잖아."

사실 윌킨스 씨가 산 살바토레에 머무는 동안 이루고 싶은 한 가지 목표도 귀한 존재가 되는 것이었다. 어떤 수를 써서라도 아내 아닌 세 여인이 자신을 좋아하고 신뢰하게 만들어야 했다. 그러면 세상에 문제없는 사람은 없으니, 이제 그들이 살면서 문제가 생겼을 때 윌킨스 씨가 얼마나 믿을 만하고 호감 가는 사람이었는지 기억해내고는 그에게 조언을 구하려 할 것이다. 윌킨스 씨가 가장 원하는 대상이 바로 마음속에 고민이 있는 여인들이었다. 레이디 캐럴라인에게 지금 당장은 걱정이 없는 듯했지만, 그 정도 미인은 분명 과거에 어려움이 있었을 테고 그게 해결되기 전에 더 많은 어려움이 생길 게 뻔했다. 과거에는 그가 가까이 있지 않았지만, 미래에는 캐럴라인 가까이에 있고 싶었다. 한편 전문가의 견해로 볼 때 다음으로 중요한 피셔 부인은 지금 하는 행동으로 보아 분명 잠재 고객이 될 가능성이 있었다. 피셔 부인이 뭔가로 골머리를 앓는다는 건 거의 틀림없었다. 윌킨스 씨는 부인을 조심스럽게 관찰해왔으므로 의심의 여지가 없었다.

세 번째, 아버스넛 부인은 너무 내성적이고 조용해서 지금껏 가장 파악이 덜 된 상태였다. 그러나 이런 내향성과 다른 사람을 피하려는 경향, 그리고 혼자 시간을 보내는 것 등도 역시 문제가 있다는 표시일 수 있었다. 그렇다면 아버스넛 부인도 그의 고객이 되는 건 시간문제였다. 부인과도 관계를 잘 쌓아야 할 터였다. 부인을 따라가 옆에 앉아서 속 얘기를 하도록 부추길 것이다. 로티에게 듣기로 아버스넛 씨는 대영박물관 직원이며 지금은 딱히 중요한 일을 하고 있지 않았다. 하지만 윌킨스 씨는 세상만사를 다 자기 일로 여겼다. 게다가

승진이라는 제도도 있지 않은가. 승진한 아버스넛 씨는 상당히 가치 있어질 것이다.

로티는 매력적이었다. 로티에게는 윌킨스 씨가 교제 기간 동안 예비 아내에게 있다고 믿었던 모든 자질이 실제로 있었으나 여태 고이 묻혀 있던 모양이었다. 레이디 캐럴라인이 로티에게 보여주는 애정과 존중으로 그가 로티에게 느낀 첫인상이 보증되는 셈이었다. 그런 문제에 관한 한 레이디 캐럴라인 데스터는 절대 실수하지 않을 사람이었다. 캐럴라인은 세상에 대한 이해, 오직 최고들과 끊임없이 이어온 관계 덕분에 한 치의 오차도 없었다. 로티는 결혼 전에 그가 믿었던 대로 분명 소중한 존재였다. 남편에게 캐럴라인과 피셔 부인을 소개해주는 가장 가치 있는 역할을 했다. 일하는 남자는 현명하고 매력적인 아내에게 큰 도움을 받을 수 있었다. 아내는 왜 좀 더 일찍 매력적이지 못했을까? 왜 이리 갑작스럽게 만개하는 것일까?

윌킨스 씨 역시 로티가 일찌감치 그에게 말해주었듯 산 살바토레에는 뭔가 특별한 분위기가 있다고 믿기 시작했다. 산 살바토레는 성장을 촉진시켰다. 숨어 있던 자질들을 밖으로 끌어냈다. 그리고 아내에게 점점 더 만족하고, 심지어 매력을 느꼈으며, 다른 두 사람과 맺은 관계의 진보에 매우 만족하게 되었다. 내성적인 세 번째 사람과도 곧 그런 관계를 기대하게 되자 윌킨스 씨는 이렇게 기분 좋은 휴가를 보낸 게 언제였는지 기억도 나지 않았다. 혹시 더 나아지기를 바랄 만한 것이 있다면 사람들이 윌킨스 씨를 부르는 방식 정도랄까. 레이디 캐럴라인에게 자신을 멜러시 윌킨스라고 소개했는데도(그때의 상황을 떠올리며 조금 움찔했다) 아무도 그렇게 부르지 않았다.

그렇지만 이건 걱정 축에도 끼지 않는 작은 문제였다. 그런 장소와 만남에서 걱정을 한다는 건 어리석었다. 그는 휴가 비용에 대해서도 신경 쓰지 않았고, 이미 자신의 경비뿐 아니라 아내 것까지 지불하려고 마음먹었으며, 끝에 가서 아내의 비상금을 돌려줌으로써 놀라게 해줄 작정이었다. 아내를 놀라게 할 준비를 하는 것만으로도 그 어느 때보다 더 아내를 향한 마음이 따뜻해짐을 느꼈다.

사실 윌킨스 씨는 늘 계획에 따라 의식적으로 자신의 행동을 결정했는데, 어느새 전혀 노력하지 않고 무의식에 따르고 있었다.

한편 아름답고 화려한 날들은 첫째 주와 똑같이 둘째 주에도 하루씩 부드럽게 사라져갔다. 그리고 마을 뒤 언덕배기에 만개한 콩밭의 향기가 바람이 불 때마다 산 살바토레로 건너왔다. 둘째 주에 정원에서는 시인의 눈을 사로잡는 수선화가 꼬불꼬불한 길가의 긴 풀숲에서 사라졌고, 대신 그 자리를 장밋빛의 가는 야생 글라디올러스가 차지했다. 경계에는 흰 패랭이꽃들이 매캐하고 달콤한 향기를 발하며 천지를 채웠고, 아무도 알아채지 못하는 사이 보라색 라일락이 덤불에서 향기를 내며 화려하게 피어났다. 봄과 여름이 조화롭게 섞인 모습은 그 정원에 살았던 사람을 제외하면 아무도 믿기 어려웠다. 모든 게 함께 피어났고, 영국에서는 6개월이나 걸려야 인색하게 번지던 것들이 한 달 만에 모여들었다. 심지어 윌킨스 부인은 어느 날 언덕 위 차가운 모퉁이에서 주로 여름에 피는 앵초를 발견했고, 그걸 산 살바토레의 제라늄과 헬리오트로프•가 있는 곳에 가지고 오자 그것들에 비해 꽤 수줍어 보였다.

17

셋째 주 첫날 로즈는 프레더릭에게 편지를 썼다.

또 망설이느라 편지를 못 부칠까봐 도메니코에게 편지를 맡겼다. 지금 편지를 부치지 않으면 남은 시간은 없었다. 산 살바토레에서 보낼 한 달 중 절반이 지나갔다. 짐과 여권을 챙기려면, 게다가 서둘러 올 생각이야 당연히 없겠지만 혹시라도 프레더릭이 편지를 받는 즉시 출발한다 해도 닷새는 걸려야 도착할 수 있었다.

편지를 보내놓고 로즈는 그러지 말았어야 했다고 후회했다. 남편은 오지 않을 테고 답장도 보내지 않을 터였다. 답장을 해도 바빠서 올 수 없네, 어쩌네 하는 진실 아닌 핑계만 들

• 연보라색 꽃이 피는 정원 식물.

이대서 결국 편지를 쓴 것 때문에 로즈는 전보다 더 불행해질 게 뻔했다.

어떤 일을 하기 싫을 때 사람들은 그런 핑계를 댄다. 프레더릭의 소생 혹은 프레더릭을 부활시키기 위한 이런 시도는 결국 아무런 결과도 맺지 못할 게 뻔했다. 로즈는 휴가차 멀리 오지 말았어야 했다고 후회했다. 휴가로 무엇을 얻으려 했을까? 일이 그녀를 구원했고, 일만이 사람을 보호해주며 안정되고 가치 있게 유지해주는 것을. 햄프스테드 집에서는 일에 몰두하느라 바빠서 프레더릭을 잊을 수 있었다. 그저 한때 사랑했지만 오래전에 관계가 끝난 사람 대하듯 조금 우울해하기만 하면 됐다. 그런데 지금 이 장소, 이 부드러운 장소에서 느긋이 지내다보니 몇 해 전에 조심스럽게 빠져나왔던 비참한 상태로 돌아간 것 같았다. 프레더릭이 와도 로즈는 그를 따분하게 만들기만 할 터였다. 산 살바토레에 도착한 직후 잠시나마 남편에게서 제대로 벗어났다고 생각했던 걸 보면 알 수 있었다. 그런데 그렇게 오랫동안 데면데면하게 지냈으면서 왜 지금은 남편을 지루하지 않게 할 수 있고, 정신의 열 손가락이 모두 엄지가 된 듯 말문 막힌 바보처럼 그의 앞에 서 있지는 않으리라 기대하는 걸까? 게다가 늘 간청해야 한다면 너무 절망적일 것 같았다. '잠시만 기다려봐요. 제발 짜증 내지 말고요. 어쩌면 이젠 내가 그렇게 지겨운 사람이 아닐지도 모르잖아요.'

하루에도 수천 번 로즈는 프레더릭을 가만히 내버려둘 걸 그랬다고 후회했다. 로티는 편지를 보냈는지 매일 밤 물어보았고, 마침내 그랬다는 대답을 듣더니 로즈를 껴안으며 기뻐서 소리쳤다. "이제 우린 완벽하게 행복해질 거예요." 열정적인 로티가 울부짖었다.

그러나 로즈에겐 모든 게 불확실하기만 했고, 그래서 점점 더 뭔가가 마음을 짓누르는 듯한 표정을 지었다.

어두운 표정의 이유가 궁금한 윌킨스 씨는 파나마모자를 쓰고 햇빛 속을 거닐며 우연을 가장해 로즈와 마주치기 시작했다.

"부인도 이 장소를 좋아하시는 줄 몰랐습니다." 윌킨스 씨가 모자를 예의 바르게 들어 올리고는 로즈 옆에 앉았다.

오후에 로즈는 다른 자리를 골랐다. 그리고 그곳에서 삼십 분이나 있었을까. 윌킨스 씨가 지팡이를 경쾌하게 돌리며 모퉁이를 돌아왔다.

"우린 걷다가 만날 운명이군요." 윌킨스 씨가 유쾌하게 말하고는 또 옆에 가 앉았다.

로즈는 아주 친절한 윌킨스 씨를 햄프스테드에서는 잘못 판단했다고 생각했다. 이 사람은 산 살바토레의 은혜로운 태양을 받아 잘 익은 과일 같은 진짜 남자였지만, 그럼에도 로즈는 혼자 있고 싶었다. 로즈가 프레더릭을 지루하게 만들지는 몰라도 모두를 따분하게 만들지는 않는다는 사실을 윌킨스 씨가 증명해준 것은 고마웠지만, 그렇다 해도 번번이 안에 들어갈 시간이 될 때까지 앉아서 말을 걸어주지는 않을 터였다. 실은 윌킨스 씨가 로즈를 따분하게 하는 것 이상으로 로즈도 윌킨스 씨를 지루하게 했다. 그러니 실은 슬프게도 로즈는 허영심 때문에 정신이 산란해진 것일 수도 있었다. 이제 허영심, 예민함, 과민함, 호전성 같은 이상하고 낯선 악마들이 무리 지어 로즈에게 몰려와 쓸쓸하고 텅 빈 마음을 차지해버려서 기도도 드릴 수 없는 상태가 되어버렸다. 로즈는 여태 한 번도 자만하거나 불안해하거나 호전적이지 않았다. 그렇다면 혹시 산 살바토레가 가끔은 역효과를 낼 능력도 있어서 윌킨스 씨를 성숙하게 만든 태양이 이번에는 로즈를 신랄한 사람으로 만들어버린 건 아닐까?

다음 날 아침 로즈는 이번만은 제대로 혼자 있기 위해서 윌킨스 씨가 아침 식사를 하며 피셔 부인과 유쾌한 시간을 보내는 사이 첫날 로티와 함께 앉아 있었던 바닷가 바위로 갔다. 지금쯤 프레더릭은 편지를 받았을 것이다. 프레더릭이 윌킨스 씨 같으면 로즈는 오늘 그가 보낸 전보를 받아야 했다.

로즈는 쓴웃음으로 허튼 희망을 잠재우려 애썼다. 그러나 윌킨스 씨가 전보를 보냈다면 프레더릭이라고 못 보낼 이유는 없었다. 산 살바토레의 마법은 편지지에도 숨어 있을지 모른다. 로티는 전보를 받으리라고는 꿈에도 생각하지 못했는데 점심을 먹으러 들어왔다가 그걸 발견했었다. 로즈도 점심시간에 돌아가 그곳에 편지가 놓인 걸 발견하면 얼마나 좋을까…….

로즈는 팔로 무릎을 꽉 감쌌다. 누군가에게 다시 중요한 사람이 되기를 얼마나 염원해왔던가. 연단에서 중요한 사람 말고, 조직의 자산으로 중요한 사람 말고, 다른 사람은 알거나 눈치채지 못할 정도로 아주 은밀하게 다른 누군가에게 사적으로 중요한 사람이 되기를 로즈는 바라고 또 바랐다. 사람들로 넘쳐나는 세상에서 수백만 명 중 딱 한 사람을 가지는 게 그리 큰 요구 같지는 않았다. 로즈를 필요로 하고, 로즈를 생각하며, 로즈에게 기꺼이 와줄 누군가. 로즈는 너무나 간절히 소중한 존재가 되고 싶었다.

로즈는 오전 내내 바닷가 소나무 아래 앉아 있었다. 아무도 가까이 오지 않았다. 오랜 시간이 천천히 흘러갔다. 상당한 시간이 지난 것 같았다. 그러나 점심 식사 전에는 일어나지 않을 작정이었다. 전보가 도착할 시간이 되기를…….

그날 캐럴라인은 로티의 설득도 있고 너무 오래 앉아 있었다는 생각도 들어 전용 의자와 쿠션에서 몸을 일으켜 로티와 함께 샌드위치를 들고 언덕을 올라가 저녁까지 있었다. 윌킨스 씨는 그들과 함께 가고 싶었지만 혼자 남은 피셔 부인의 기운을 북돋워주라는 캐럴라인의 충고에 따라 안에 머물렀다. 10시경까지 피셔 부인과 함께 있다가 외로운 여인들에게 시간을 공평하게 나눠야 했기에 이번에는 아버스넛 부인을 찾아 나섰다. 그러나 이번에는 아버스넛 부인이 몸을 숨기는데 성공해서 찾을 수 없었고, 윌킨스 씨는 이마를 닦으며 좀 전에 떠난 자리로 다시 돌아와 피셔 부인과 계속 시간을 보냈다. 윌킨스 씨는 안으로 들어오다가 로즈에게 온 전보를 보았다. 로즈가 어디 있는지 몰라 애가 탔다.

“우리 이거 열어볼까요?” 윌킨스 씨가 피셔 부인에게 물었다.

“안 돼요.”

“빨리 답장해야 할 수도 있잖아요.”

“다른 사람한테 온 서신에 손대는 건 옳지 않아요.”

“손대다니! 무슨 그런…….”

윌킨스 씨는 충격을 받았다. ‘뭐 그런 말이 다 있담. 손대다니.’ 윌킨스 씨는 피셔 부인을 굉장히 존경했지만, 가끔 꽤 어려운 사람이라고 느꼈다. 부인이 자신을 좋아한다고 확신했고, 고객이 될 가능성이 크다고 느꼈지만 옹고집에 속이 컴컴한 고객일까봐 두려웠다. 확실히 부인은 속을 알 수 없는 사람이었다. 윌킨스 씨가 한 주 내내 능숙한 솜씨로 맞장구를 쳐줬는데도 부인은 아직 걱정되는 부분에 대한 언질도 주지 않았다.

“불쌍한 노인네예요.” 혹시 피셔 부인의 문제를 알까 하여 물었을 때 로티가 한 말이었다. “피셔 부인에게는 사랑이 없어요.”

“사랑?” 윌킨스 씨가 어이없어하며 되물었다. “하지만, 맙소사, 그 나이에…….”

“남녀 간의 사랑만 사랑은 아니잖아요.” 로티가 말했다.

이제 그는 아내에게 의견을 구하고 아내를 존중했으므로, 그날 아침 아내에게 아버스넛 부인에게 무슨 문제가 있는지 물어보았다. 아무리 신뢰를 얻기 위해 최선을 다해도 아버스넛 부인은 여전히 입을 꾹 닫고 있었다.

"로즈는 남편이 오기를 바라고 있어요." 로티가 말했다.

"아, 그럴 만하군." 윌킨스 씨는 아버스넛 부인의 소심하고 조용한 우울을 재조명해보았다.

로티가 남편을 보고 미소 지으며 말했다. "그렇다니까요."

윌킨스 씨도 아내를 보고 웃으며 말했다. "그런가?"

로티가 다시 미소를 지어 보이며 말했다. "당연하죠."

아내에게 무척 만족한 윌킨스 씨가 애정 표현을 하기엔 부적절하고 이른 시각인데도 아내의 귀를 꼬집었다.

12시 반 직전에 로즈는 퍼걸러와 양쪽으로 동백이 핀 오래된 돌계단을 통과해 천천히 위로 올라갔다. 처음 도착했을 때 흐드러지게 폈던 페리윙클 꽃들은 온데간데없었고, 이제 믿을 수 없을 정도로 화려한 장미꽃 덤불이 자리 잡고 있었다. 로즈는 너무 빨리 실망하고 싶지 않아서 분홍색, 흰색, 빨간색, 줄무늬 장미들을 손가락으로 하나하나 훑으며 향기를 맡았다. 복도 테이블 위에 꽃병 외에 아무것도 없다는 걸 직접 보지 않는 한 아직 희망은 있었고, 전보가 자신을 기다리고 있으리라는 즐거운 상상을 할 수 있었다. 그러다 원예학에 관해 잘 아는 윌킨스 씨가 로즈를 찾아 나서려고 출입구에 서 있다가 동백꽃에 코를 대고 향기를 맡는 그녀를 발견하고는, 동백꽃에는 향기가 없다고 말했다. 그 소리에 로즈도 퍼뜩 그 사실을 깨달았다.

로즈는 윌킨스 씨의 목소리가 들리는 위쪽을 올려다보았다.

"부인한테 전보가 와 있습니다." 윌킨스 씨가 말했다.

로즈는 입을 떡 벌린 채 그를 바라보았다.

"부인을 찾아 구석구석을 다 뒤졌는데 못……."

아, 드디어 왔다. 로즈는 내내 그걸 확신하고 있었다. 그 순간 로즈는 젊음이 다시 불타오르는 것을 느꼈다. 로즈는 윌킨스 씨가 말을 끝내기도 전에 방금 만지던 동백꽃만큼 얼굴이 빨개지더니 계단을 뛰어 올라가 복도에 있는 전보를 뜯었다. 맙소사, 이런 일이 벌어질 수 있다면, 로즈와 프레더릭도 끝내는, 다시 함께…….

"나쁜 소식은 분명 아니죠?" 선 채로 전보를 읽더니 얼굴이 새하얗게 질리는 로즈를 보고 뒤따라온 윌킨스 씨가 물었다. 얼굴에서 그렇게 핏기가 천천히 빠져나갈 수 있다니 신기했다.

로즈가 전혀 모르는 사람을 대하듯 천천히 고개를 돌려 윌킨스 씨를 보았다.

"아뇨, 반대예요……."

로즈가 억지로 미소를 지었다. "저도 방문객이 올 거예요." 로즈가 전보를 내밀었다. 윌킨스 씨가 전보를 받아 들자 로즈는 점심이 준비됐는지 궁금해하듯 뭔가를 중얼거리며 식당으로 향했다.

윌킨스 씨는 전보를 읽었다. 그날 아침 메차고에서 보낸 것이었고, 내용은 이랬다.

지금 로마로 가는 길입니다. 오늘 오후에 찾아뵙고 인사드려도 되겠습니까?

토머스 브리그스

왜 저런 전보를 읽고 얼굴이 창백해지지? 전보를 읽자마자 로즈는 심한 충격을 받은 것처럼 얼굴이 창백해졌는데 윌킨스 씨로서는 그게 더 충격적이었다.

"토머스 브리그스가 누굽니까?" 윌킨스 씨가 로즈를 따라 식당에 들어가며 물었다.

로즈가 애매한 표정으로 윌킨스 씨를 보았다. "누구……." 로즈가 다시 생각을 정리하듯 되물었다.

"토머스 브리그스 말입니다."

"네, 그 사람은 주인이에요. 여기가 그 사람 집이지요. 아주 친절하신 분인데 오늘 오후에 오신대요."

바로 그 순간 토머스 브리그스가 오고 있었다. 그는 집이 잘 있는지 보고 싶어서가 아니라 로즈를 만나고 싶어서 산 살바토레로 가고 있다는 걸 그 검은 눈의 숙녀분이 알아주기를 간절히 소망하면서 마차를 타고 메차고와 카스타녜토 사이를 통과하고 있었다. 그는 사려 깊은 주인이라면 자고로 임차인을 불쑥 방문하지 않는 법이라고 여겼다. 그러나 그는 그날 이후 죽 그녀만 생각했다. 로즈 아버스넛. 정말 예쁜 이름이다. 그리고 너무나 예쁜 사람이다. 부드럽고 뽀얗고, 아주 좋은 의미로 엄마 같았다. 좋은 의미라는 건 로즈가 그의 엄마는 아니고, 부모는 자신보다 젊어질 수 없는 유일한 존재이므로 로즈가 노력한다 해도 불가능하다는 뜻이다. 그리고 하필 그는 집과 가까운 곳을 지나가고 있었다. 근처를 통과하면서 집에 들러 로즈가 편히 지내고 있는지 확인하지 않으면 안 될 것 같았다. 그는 자신의 집에 있는 로즈를 보고 싶었다. 그의 집이 로즈의 배경으로 쓰이고, 그의 의자에 로즈가 앉아 그의 컵으로 음료를 마시며, 그의 물건을 사용하고 있는 것을 보고 싶었다. 그녀는 작고 까만 머리를 응접실에 있는 진홍색의 큰 양단 쿠션 위에 대봤을까? 쿠션을 벤 그녀의 머리와 흰 피부는 사랑스러워 보이겠지. 그녀는 계단에 있는 자기 초상화를 봤을까? 그는 로즈가 그것을 마음에 들어 했을지 궁금했다. 그는 로즈에게 그 그림을 설명할 작정이었다. 만약 그녀가 그림을 그리지 않아서 잘 모르면 눈썹 모양과 약간 들어간 뺨을 정확히 알아채지 못했을지도 모른다.

그는 마차를 카스타네토에서 기다리게 하고는 그를 잘 아는 아이들과 개들이 난데없이 튀어나와 불러대는 가운데 광장을 가로질렀다. 서른 살이 채 안 된 활동적인 청년답게 구불구불한 길을 재빨리 걸어 올라가 오래된 체인을 당겨 사람이 왔음을 알린 다음 열린 문의 옆쪽에 서서 누가 나와보기를 기다렸다.

프란체스카가 그를 보더니 눈썹과 눈꺼풀과 손 등 올릴 수 있는 모든 것을 들어 올리며 화들짝 놀랐고, 모든 게 다 제자리에 있고 맡은 바 임무를 제대로 하고 있다고 열변을 토했다.

"알아요. 알아요." 브리그스가 말을 끊었다. "아무도 그걸 의심하지 않아요."

그러고는 프란체스카에게 자기 명함을 여자 손님 대표에게 전해달라고 부탁했다.

"어떤 손님요?" 프란체스카가 물었다.

"어떤 손님이라뇨?"

"네 분이잖아요." 프란체스카는 주인이 임차인을 얘기하는 부분에서 뭔가 이상한 점을 감지했다. 주인은 왠지 당황한 것 같았다. 그리고 한편으로는 그렇잖아도 사는 게 지겹고 따분한데 좀 재미있는 일이 생길 것 같아 기뻤다.

"네 명이라고요?" 그가 놀라서 같은 말을 반복했다. "그럼 모두에게 전해줘요." 그가 프란체스카의 표정을 눈치채고는 정신을 차려가며 말했다.

사람들은 꼭대기 정원의 반송 그늘에 앉아 커피를 마시고 있었다. 피셔 부인과 윌킨스 씨만 커피를 마셨다. 아버스넛 부인은 점심 식사 시간에 아무것도 먹지 않고 아무 말도 하지 않고 있다가 식사 시간 직후에 바로 사라져버렸다.

프란체스카가 토머스의 명함을 들고 정원으로 간 사이, 토머스는 이름이 알려지지 않은 초기 이탈리아인 화가가 그린 성모상 그림을 관찰하며 서 있었다. 그 화가는 그의 임차인 비슷한 관계였고 그가 오르비에토•에서 데려온 사람이었다.

• 이탈리아 움브리아주에 있는 도시.

그 그림은 로즈와 정말 기가 막히게 닮았다. 물론 로즈는 그 날 런던에서 모자를 쓰고 있었지만, 토머스는 로즈의 머리가 이마에서부터 꼭 저런 모양으로 흘러내리리라 확신했다. 진중하면서도 부드러운 눈의 표정은 정확히 똑같았다. 토머스는 로즈의 초상화를 늘 지니고 있게 될 생각에 흐뭇했다.

그는 발소리를 듣고 위를 올려다보았다. 바로 거기에, 그 장소에 있으리라 상상했던 것과 똑같은 모습으로 로즈가 흰 드레스를 입고 계단을 걸어 내려오고 있었다.

로즈는 토머스를 그렇게 빨리 만난 데 깜짝 놀랐다. 티타임에나 올 줄 알았고, 그때까지는 혼자 있을 수 있는 문밖 어딘가에 앉아 있을 작정이었다.

그는 로즈가 계단을 내려오는 모습을 지대한 관심을 가지고 지켜보았다. 곧 로즈가 초상화 옆을 지나오게 될 터였다.

"정말 특별하군요." 토머스 브리그스가 말했다.

"안녕하세요." 로즈가 환영한다는 뜻만 조심스럽게 담아 말했다.

로즈는 그를 환영하지 않았다. 프레더릭이 해주기를 간절히 바라는 일을 대신하면서, 그의 자리를 차지하면서, 전보로 로즈의 가슴을 쓰리게 해가며 그가 여기에 있는 거라고 생각했다.

"잠시 거기 서보세요……."

로즈가 자기도 모르게 멈춰 섰다.

"네, 아주 놀랍습니다. 혹시 모자 좀 벗어주시겠습니까?"

깜짝 놀란 로즈가 토머스의 말대로 모자를 벗었다.

"네, 그럴 줄 알았습니다. 확인해보고 싶었어요. 혹시 눈치 채셨……."

토머스가 그림과 로즈를 번갈아 바라보며 그림 속 얼굴에 손을 가져다 대고는 뭔가를 가늠하는 듯 이상하고 빠른 손짓을 했다.

로즈는 좀 전에는 깜짝 놀랐지만 이제는 재미있어서 미소를 짓지 않을 수 없었다. "저를 저것과 비교하러 오셨어요? 얼마나 많이 닮았는지 보려고?"

"얼마나 닮았는지 아시겠죠?"

"제가 저렇게 근엄해 보이는지 몰랐어요."

"아니에요, 지금은 아닙니다. 잠시 전에는 그랬어요. 아주 근엄해 보였지요. 맞아요. 아, 참, 안녕하세요." 토머스는 로즈가 손을 뻗은 것을 알아채고는 서둘러 말을 마쳤다. 그러고는 머리 뿌리까지 붉힌 채 웃으며 악수했다.

프란체스카가 돌아왔다. "시뇨라 피셔가 뵙기를 청하십니다."

"시뇨라 피셔가 누구죠?" 토머스가 로즈에게 물었다.

"이 집을 함께 쓰는 네 명 중 한 분이세요."

"그럼 모두 네 분이신가요?"

"네, 제 친구와 제가 이 집 빌리는 비용을 다 감당할 수 없어서요."

"아." 로즈 아버스넛이라는 예쁜 이름을 가진 사람은 돈을 낼 필요 없이 자신의 손님으로 원하는 만큼 산 살바토레에 머물게 하고 싶다는 생각에 브리그스는 당황하기 시작했다.

"피셔 부인은 꼭대기 정원에서 커피를 마시고 계셔요. 모시고 가서 소개해드릴게요." 로즈가 말했다.

"저는 가고 싶지 않아요. 모자를 쓰고 계신 걸 보니 산책 가시는 길 같은데 저도 가면 안 되나요? 부인께 주변을 꼭 보여드리고 싶습니다."

"하지만 피셔 부인이 기다리고 계시잖아요."

"계속 거기 계시지 않을까요?"

"네, 티타임까지는 계속 계실 거예요." 로즈가 첫날 토머스를 매혹시켰던 미소로 말했다.

"이탈리아어 할 줄 아세요?"

"아뇨, 왜요?"

그 말에 토머스가 프란체스카를 돌아보고는 빠른 속도로 (이탈리아어로 그는 꽤 구변이 좋았다) 꼭대기 정원으로 가서 피셔 부인에게 자신이 오랜 친구 아버스넛 부인을 만나 함께 산책을 가니 나중에 찾아뵙겠다고 전해달라고 말했다.

"차 마시는 데 저를 초대해주시겠습니까?" 토머스는 프란체스카가 떠나자 로즈에게 물었다.

"당연하죠. 여긴 브리그스 씨 집이잖아요."

"아니에요, 부인 집입니다."

"다음 주 월요일까지는 그렇군요." 로즈가 미소를 지었다.

"어서 주변 경치를 보여주시죠." 토머스가 간절하게 말했다. 자존감이 낮은 로즈는 적어도 브리그스 씨를 따분하게 만들지는 않은 것 같아 다행스러웠다.

18

두 사람은 백리향 향이 나는 따뜻한 모퉁이에 여러 번 앉아가며 아주 즐겁게 산책을 했다. 로즈는 브리그스 씨와 함께 대화하면서 그나마 오전에 느낀 쓰라린 실망을 많이 극복할 수 있었다. 브리그스 씨는 로즈의 회복을 도왔고, 로티가 남편과 겪은 것과 똑같은 과정이 일어났는지, 브리그스 씨가 매력적이라고 생각하면 생각할수록 로즈도 매력을 더해갔다.

브리그스는 가능한 한 시간을 낭비하지 않았고, 뭘 잘 숨기지 못하는 사람이었다. 그는 로즈에게 등대를 보여달라고 부탁했다. 거기로 가는 길은 두 사람이 어깨를 나란히 하고 걷기에 충분히 넓다는 것을 알았기 때문이다. 등대가 있는 곳 끝까지 간 뒤에 브리그스는 런던에서 로즈가 그에게 남긴 첫인상에 관해 이야기했다.

신앙심이 깊고 냉철한 여자들도 누군가에게 깊은 인상을 남기고 싶어 하고, 그것도 성격이나 장점이 아닌 외모나 분위기 때문이고 싶어 하므로 로즈는 브리그스와 대화하는 게 즐거웠다. 기뻐서 미소를 지었다. 미소를 짓는 로즈는 그 어느 때보다 매력적이었다. 뺨에 홍조가 돌아왔고 눈이 반짝였다. 로즈의 귀에도 자기가 하는 말이 아주 흥미롭고 심지어 경이

롭게 들렸다. 프레더릭이 지금 옆에 있다면 로즈가 아주 가망 없이 따분하기만 한 사람은 아니라고 느낄 것 같았다. 여기 잘생기고 젊고 분명 똑똑하기까지 한 남자가(로즈는 그가 실제로 똑똑한 사람이기를 바랐다. 그래야 그가 하는 칭찬이 더 대단할 테니까) 그녀와 얘기를 나누며 오후를 보내는 걸 아주 행복해하고 있었으므로.

그리고 브리그스 씨는 진심으로 로즈에게 상당한 관심이 있는 것 같았다. 그는 로즈가 산 살바토레에 도착한 순간부터 지금까지 했던 모든 일에 관해 듣고 싶어 했다. 그는 로즈에게 집 안에 있는 이것과 저것과 또 다른 것을 보았냐고, 어떤 게 가장 좋았냐고, 어느 방을 차지했냐고, 편하냐고, 프란체스카는 싹싹하냐고, 도메니코는 잘 보살펴주냐고, 제노바로 나 있는 태양 가득한 노란색 응접실에서 지내는 게 좋냐고 물었다.

로즈는 그 집 안에 있는 걸 속속들이 알지 못해서 부끄러웠고, 심지어 이미 본 것 중에서도 그가 신기하다고 하거나 아름답다고 말하는 것을 잘 알지 못해 민망했다. 프레더릭 생각에만 빠져서 산 살바토레에서 아무것도 눈에 들이지 않고 산 것 같았고, 이미 절반 이상이나 지나가버렸으니 이게 무슨 휴가인가 싶었다. 로즈는 햄프스테드 히스를 동경하며 멍하니 앉아 있었다고 하는 편이 맞을 것 같았다. 아니, 그러지 않았을지도 모른다. 그동안에도 로즈는 최소한 아름다움의 한가운데 있었고, 처음 동경한 것에서 벗어나 프레더릭과 함께 있고 싶다고 염원하게 된 것도 산 살바토레의 아름다움 덕분이었다.

그러나 브리그스 씨가 너무나 생동감이 넘쳐서 지금 이 순간 로즈는 프레더릭에게 관심을 할애할 수 없었다. 로즈는 그의 질문에 대한 대답으로 하인들을 칭찬했고, 사실은 한 번밖에 가보지 않았고 그것도 불명예스럽게 쫓겨났지만 그 말은 쏙 빼고 노란색 응접실이 아름답다고 칭송했으며, 자신은 그림과 진기한 것에 관해서는 아는 게 거의 없지만 누군가가 얘기해주면 더 잘 알 수 있을 것 같다고 말했다. 그리고 도착한 후로 매일 밖에서 지냈는데, 바깥에는 로즈가 여태 보아온 어떤 것과도 다른 매우 아름다운 것들이 많았다는 말도 했다.

브리그스는 그 순간만큼은 이 길이 그의 것이 아니라 로즈의 것이라 믿었고, 길을 따라 로즈와 나란히 걸으며 가족생활의 기쁨은 이런 게 아닐까 생각했다. 그는 고아였고 외동이었으며 따뜻하고 가정적인 성정을 지녔다. 상황이 달랐다면 그는 누이를 사랑했을 테고 어머니의 응석받이로 자라며 이때쯤이면 결혼을 생각하기 시작했을 것이다. 보통의 경험과는 반대로 그가 많이 사랑한 사람들은 하나같이 끝에 가서 그의 헌신적인 친구로 바뀌어버렸다. 그런 결과에도 그는 만족했지만, 아이들을 좋아했기 때문에 그의 맏아들이 스무 살이 될 때쯤 너무 늙지 않기를 바란다면 이제 정착할 나이가 되지 않았나 생각했다. 최근에는 산 살바토레가 조금 쓸쓸하게 느껴졌다. 브리그스는 그곳을 걸을 때 성이 메아리친다고 상상했다. 거기에서 외로움을 느꼈다. 너무 외로워서 올해는 봄이 오지 않고 그냥 지나쳤으면 좋겠다고 생각했다. 그 안에 아내가 있으면 얼마나 좋을까. 따뜻함과 아름다움이라는 단어를 제외하고는 아내를 생각할 수 없었으므로 그는 따뜻하고 아름다운 손길을 원했다. 놀랍게도 그는 이미 막연한 아내와 엄청난 사랑을 하고 있는 것 같은 착각에 빠졌다.

브리그스는 등대로 향하는 길을 걸으며 예쁜 이름을 가진 여인과 엄청난 속도로 친해지고 있었고, 이제 그녀에게 자신에 관한 모든 것과 과거의 행적들과 미래의 희망을 얘기하게 되리라 확신했다. 그리고 이렇게 빠른 속도로 신뢰가 커간다는 생각을 하며 웃었다.

"왜 웃어요?" 로즈가 토머스를 바라보고는 미소 지으며 물었다.

"꼭 집에 온 것 같아서요."

"여기가 집이니 당연하죠."

"제 말은 진정한 집에 온 것 같다는 말이에요. 그러니까 가족에게 온 것 같달까. 전 가족이 있어본 적이 없거든요. 고아라서요."

"아, 그래요?" 로즈는 적당히 동정심을 표하며 말했다. "오래된 일은 아니었으면 좋겠네요. 아니, 제 말은 오래전에 그렇게 된 게 아니었으면 좋겠다는 말이었어요. 아니, 그런 말을 듣게 돼 유감이라는 것 말고는 무슨 말을 해야 할지 모르겠어요."

브리그스가 다시 소리 내어 웃었다. "아, 전 거기 익숙해요. 전 아무도 없어요. 누이도 형제도 없어요."

"그럼 외동이군요." 로즈가 총명하게 돌려서 말했다.

"네, 그리고 당신에겐 제가 가족에 관해 생각하는 것과 정확히 일치하는 뭔가가 있어요."

로즈는 놀랐다.

"참…… 아늑해요." 브리그스가 적당한 단어를 찾아 로즈를 보며 말했다.

"햄프스테드 우리 집을 보면 그런 소리 안 할 거예요." 소외되고 천대받는 뒤바리 소파 말고는 부드러운 것을 하나도 떠올릴 수 없는 수수하고 건조한 집을 떠올리며 로즈가 말했다. 잠시 냉정하게 따져보니 프레더릭이 그런 집을 피하는 것도 당연하다는 생각이 들었다. 남편의 가정에는 아늑한 것이 하나도 없었다.

"당신의 집이 당신과 닮지 않았다니 믿을 수 없네요." 브리그스가 말했다.

"산 살바토레가 저와 비슷하다고 가정해줄 순 없나요?"

"당연히 그럴 수 있죠. 이곳이 아름답다는 건 확실히 인정하는 건가요?"

브리그스는 그와 비슷한 여러 가지 말을 했다. 로즈는 이렇게 걷는 것이 좋았다. 연애 시절 이후로 이렇게 즐겁게 걸어본 적이 언제였는지 기억도 나지 않았다.

로즈는 꽤 달라진 얼굴로 브리그스 씨를 데리고 차를 마시러 돌아왔다. 그때껏 로즈의 모습을 봐오던 윌킨스 씨는 변화를 금세 감지했다. '문제군. 바로 여기 문제가 있어.' 윌킨스 씨는 속으로 쾌재를 불렀다. 윌킨스 씨는 자신이 충고해줄 때가 곧 임박했음을 알 수 있었다. 한편에는 아버스넛이 있었고, 다른 편에는 브리그스가 있었다. 문제가 태동했고, 조만간 터질 것이다. 하지만 왜 브리그스의 전보에 로즈는 한 대 얻어맞은 것처럼 반응했을까? 기쁨에 겨워 창백해졌다면 문제는 윌킨스 씨가 예상했던 것보다 더 가까이 있었다. 이제 로즈는 창백하지 않았다. 여태 보아온 것보다 훨씬 더 로즈라는 이름에 가까웠다. 음, 그는 문제를 위해 존재하는 사람이었다. 물론 사람들이 그런 상황에 접어드는 건 안타까웠지만, 그래야 그가 그들의 남자가 될 수 있었다.

그리고 일이 최우선인 윌킨스 씨는 이런 생각들에 기운을 얻어 브리그스 씨를 접대하는 데 도움을 주기 위해 나섰다. 산 살바토레의 임시 주인 자리를 공유하고 어려움을 도울 조력자의 자질도 가진 사람으로서 브리그스 씨를 크게 환대했으며 그 장소의 다양한 특색들을 소개해가며 그를 난간으로 안내해 만을 가로지른 메차고를 보여주었다.

피셔 부인 역시 상냥했다. 이곳은 이 젊은이의 집이었다. 그는 돈 많은 남자였다. 부인은 돈을 좋아했다. 그리고 돈 많은 사람을 좋아했다. 또한 그렇게 젊은 나이에 재산이 많은데 특장점이 있는 것 같았다. 당연히 유산이겠지. 재산을 물려받는 게 취득하는 것보다 훌륭했다. 그건 조상들의 힘을 보여주었다. 부인이 이제 더는 재산을 가지거나 원할 수 없는 나이여서 이 점이 더 좋아 보였는지도 모른다.

따라서 모두 정감 넘치고 기뻐하는 가운데 즐거운 식사 시간을 보냈다. 브리그스는 피셔 부인이 고상한 노부인이라고 생각했고, 그런 생각을 고스란히 드러냈다. 그랬더니 이번에도 마법이 통했는지 부인이 고상한 노부인으로 변했다. 부인은 그에게 인자함을 발휘했고, 찬찬히 관찰해가며 차를 마시고 난 다음에는 장난기 섞인 자애로운 태도로 그를 가리켜 '우리 아들'이라고 부르기까지 했다.

피셔 부인의 입에서 나오기에는 이상한 말이었다. 부인이 평생 그런 말을 해보기는 했을까 의심스러웠다. 로즈는 경악했다. 지금은 정말 좋은 사람들이었다. 언제쯤이면 사람을 잘못 보는 실수를 하지 않을 수 있을까. 로즈는 피셔 부인에게 이런 면이 있으리라 의심해보지 않았기에 자기가 알고 있는 피셔 부인의 다른 면들도 어쩌면 결국은 자신의 호전적이고 짜증 나는 기분 상태에 따른 결과가 아니었을까 하는 생각이 들기 시작했다. 아마 그럴지도 모른다. 그렇다면 자신은 정말 몰인정한 사람이었다. 자신에게 매력적인 사람이 나타난 순간, 피셔 부인의 눈 밑이 진정 환하게 피어나는 것을 보고 로즈는 크게 뉘우쳤다. 그리고 피셔 부인이 방금 큰 소리로 웃었을 때는 부끄러워서 땅으로 꺼져버릴 것 같았고, 그 충격으로 인해 귀에 들리는 모든 소리가 생소하게만 느껴졌다. 이전에는 로즈도, 그리고 다른 누구도 피셔 부인이 소리 내 웃는 걸 들어본 적이 없었다. 피셔 부인은 그렇게 많은 사람이 하나같이 못마땅했던 것일까? 그들은 모두 웃었고, 다른 사람들은 도착한 후로 적어도 한두 번은 웃었지만 피셔 부인만은 웃지 않았다. 지금 피셔 부인의 웃는 얼굴을 보면 이전까지는 전혀 즐겁지 않은 모양이었다. 아마 로티를 제외하고는 아무도 피셔 부인이 즐겁든 말든 신경도 쓰지 않았을 것이다. 그렇다. 로티는 신경을 썼고, 피셔 부인을 기분 좋게 해주고 싶어 했다. 그러나 로티는 역효과만 낳은 듯했다. 반면 로즈는 부인에게 맞서거나 도발하고 싶을 때 외에는 오 분도 부인과 함께 있지 않았다.

로즈는 그간 정말 못되게 굴었다. 용서받지 못할 행동을 했다. 로즈는 참회하는 뜻에서 수줍고 공손한 태도로 피셔 부인을 걱정해주었는데, 덕분에 이를 본 브리그스는 로즈를 훨씬 더 천사 같은 사람으로 받아들였다. 그리고 자기가 잠시라도 노부인이 돼서 로즈 아버스넛에게 그런 대접을 받기를 소망했다. 그는 로즈의 다정함에는 끝이 없다고 생각했다. 브리그스는 로즈 아버스넛이 약을 들고 그에게 몸을 구부려줄 수만 있다면 아무리 위험한 약이어도 기꺼이 받아먹을 수 있을 것 같았다.

그을린 피부 때문에 더욱 밝아 보이는 맑고 푸른 눈을 깜빡이며 자신을 응시하는 브리그스에게 로즈가 미소 지으며 무슨 생각을 하고 있는지 물었다.

그러나 그는 잘 설명하지 못했고 다음과 같이 덧붙였다.

"언젠가."

'문제야, 문제.' 이 광경을 보고 윌킨스 씨가 또 마음속으로 쾌재를 불렀다. '흠, 저들에겐 내가 필요해.'

"우리가 들어주지 못할 생각은 없을 텐데." 피셔 부인이 상냥하게 말했다.

"일주일 안에 제 모든 비밀을 다 말씀드리게 될 것 같습니다." 브리그스가 말했다.

"그러면 매우 안전한 사람한테 말하게 되는 거야." 피셔 부인이 그런 아들 하나 있으면 얼마나 좋을까 싶은지 자애롭게 말했다. "그러면 나도 내 얘길 해주지."

"아, 안 돼요." 윌킨스 씨가 농담조로 말했다. "이거 불공평한걸요. 저한테 우선권이 있잖아요. 제가 더 오랜 친구인걸요. 전 피셔 부인을 안 지 열흘이고 브리그스 씨는 하루도 채 안 됐잖아요. 부인의 비밀은 제가 먼저 들을 자격이 있다고 봅니다." 윌킨스 씨가 정중하게 고개를 숙이며 덧붙였다. "제가 의심해볼 만한 비밀이 있다면 말이죠."

"아, 나한테도 그런 게 있긴 할 텐데!" 피셔 부인이 그 푸른 잎을 떠올리며 외쳤다. 부인이 그렇게 소리를 지를 수 있다는 것 자체가 놀라웠다. 유쾌하게 외칠 수 있다는 게 기적이었다. 로즈는 놀라서 부인을 쳐다봤다.

"그럼 제가 살살 캐내보겠습니다." 브리그스가 똑같이 쾌활한 목소리로 말했다.

"크게 캐내고 자시고 할 것도 없어. 내가 그걸 터져 나오지 못하게 막는 게 문제거든." 피셔 부인이 말했다.

로티가 한 말과 관련된 것일 수도 있었다. 윌킨스 씨는 이런 경우를 대비해 가지고 다니는 외알박이 안경을 쓰고 피셔 부인을 주의 깊게 살폈다. 로즈는 피셔 부인의 불안정한 미소가 무엇 때문인지 잘 몰랐지만, 피셔 부인이 재밌어하는 것 같아서 웃을 수밖에 없었다. 경외감을 불러일으키는 면도 없지는 않지만 즐거워하는 피셔 부인은 굉장히 낯설었는데, 이제는 익숙해져야 할 것 같았다.

피셔 부인은 자기가 이제 막 꽃봉오리에서 튀어나올 것 같은 이상하고 흥분된 느낌이 든다고 말하면 그들이 얼마나 놀랄까 하는 생각을 하고 있었다. 그들은 아마 부인을 완전히 어리석은 노파라고 생각할 테고, 부인 역시 이틀 전까지만 해도 그렇게 생각했다. 그러나 이제 그 느낌에 익숙해졌고, 친애하는 매슈 아널드가 말했듯 이젠 더 길이 들었다. 그리고 외모와 감각이 일치하면 더할 나위 없이 좋겠지만, 그렇지 않다 해도 사람이 모든 걸 가질 순 없으니 모든 면에서 늙는 것보다는 어딘가 젊은 기운이 있는 게 더 좋지 않을까 생각했다. 부인은 프린스 오브 웨일스 주택가에 있는 자신의 석관으로 돌아가면 외모뿐 아니라 속까지 모조리 다시 늙어버릴 것 같았다.

그러나 브리그스가 오지 않았다면 피셔 부인은 아마 모든 걸 껍질 속에 꼭꼭 숨겨만 놓았을 것이다. 다른 사람들은 부인을 엄한 사람으로만 알았다. 특히나 세 젊은 여자는 부인이 갑자기 위엄을 흐트러뜨리면 오히려 견디기 어려웠을 것이다. 그러나 이제 브리그스라는 웬 낯선 사람이 와서 어떤 젊은 남자도 하지 못한 방식으로 부인을 사로잡았고, 진정성 있고 분명한 감사를 표함으로써 부인을 껍질에서 벗어나게 해주었다. 가정생활이나 그와 관련한 것들에 굶주린 브리그스는 피셔 부인 같은 할머니가 있었으면 좋겠다고 생각했다. 그리고 로티가 예상했던 것처럼 이 지점에서 마침내 부인은 활기차고 유머러스하고 자애롭게 다시 태어났다.

소풍을 갔다가 삼십 분 늦게 돌아와 아직 차를 마실 수 있기를 바라며 꼭대기 정원으로 소리를 따라 들어온 로티는, 바로 그 순간 피셔 부인이 소리 내 웃고 있는 걸 보고 당장 무슨 일이 있었는지 알게 되었다.

'부인이 드디어 허물을 벗었군.' 로티는 생각했다. 그러고는 신속하고 충동적으로, 또한 부인을 걱정시키거나 기다리게 할 새도 없이 피셔 부인의 의자 뒤로 가서 몸을 기울여 키스했다.

"맙소사!" 산 살바토레에 온 뒤로 그런 일이 한 번도 없었으므로 피셔 부인은 다소 거칠게 소리를 질렀지만 곧 누그러졌다. 진심이 담긴 키스였고, 잠시였지만 이상하고 부드럽고 달콤한 느낌으로 피셔 부인의 뺨에 머물렀다.

피셔 부인은 키스한 사람이 누구인지 확인하고는 얼굴이 확 달아올랐다. 바로 윌킨스 부인이었다. 다만 키스는 너무 다정한 느낌이었으며…… 비록 그러고 싶었어도 부인은 고마운 브리그스 씨가 있는 자리에서 예의 엄중함을 되찾아 윌킨스 부인을 다시 힐책할 수는 없었다. 또한 그러고 싶지도 않았다. 피셔 부인이 그토록 싫어했는데도 피셔 부인에게 키스할 생각을 하다니 어떻게 그게 가능했을까? 차갑게 방어막을 친 피셔 부인의 가슴으로 기묘하고 조심스러운 온기가 스며들었다. 젊은 사람이 부인에게 키스하고, 젊은 누군가가 부인에게 키스하고 싶어 하고……. 부인은 얼굴이 완전히 시뻘게져서 자신이 이상한 일을 했다는 것도 잊은 채 남편의 소개로 브리그스 씨와 악수를 나눈 뒤 마치 평생 알아온 사이인 것처럼 바로 그와 다정하게 대화를 시작하는 이상한 생명체를 바라보았다. 확실히 이상한 생명체였다. 정말 이상한 생명체. 저렇게 이상하니까 사람이 잘못 판단할 수밖에…….

"차 드실 거죠?" 브리그스가 로티를 열렬히 환대하며 말했다. 브리그스는 로티를 유쾌하지만(주근깨로 보나 소풍을 다녀온 것으로 보나) 깔끔하지는 못하다고 생각했다. 저런 누이라면…….

"식었네요." 브리그스가 찻주전자에 손을 대보고는 말했다. "프란체스카에게 차를 새로……."

브리그스가 말을 뚝 그치더니 얼굴을 붉혔다. "주인이 아닌 척하려 했는데 잘 안 되네요." 브리그스가 소리 내 웃고는 사람들을 둘러보았다.

"아주 자연스럽습니다. 아주 자연스러워요." 윌킨스 씨가 브리그스를 안심시켰다.

"제가 가서 프란체스카에게 말할게요." 로즈가 일어나며 말했다.

"아뇨, 아닙니다. 가지 마세요." 그러더니 브리그스가 입에 손을 대고 소리쳤다.

"프란체스카!"

프란체스카가 달려왔다. 경험상 그들이 불렀을 때는 프란체스카가 저렇게 민첩하게 달려온 적이 없었다.

"주인이 부르니까." 윌킨스 씨가 말했다. 제대로 생각한 거였다.

"차 다시 끓여 와요." 브리그스가 이탈리아어로 명령했다. "어서, 어서." 그러고는 다시 자신의 입장을 기억해내곤 얼굴을 붉히며 모두의 용서를 구했다.

"자연스럽습니다. 아주 자연스러워요." 윌킨스 씨가 그를 안심시켰다.

브리그스가 이미 로즈에게 한 번, 다른 두 사람에게 한 번, 총 두 번 말한 내용을 로티에게 설명했다. 로마에 가는 길인데 메차고에서 내려 그들이 잘 지내고 있는지 보려고 들렀고, 메차고에 있는 호텔에서 머문 뒤 다음 날 여정을 계속할 거라고.

"그런데 진짜 웃기네요. 당연히 여기서 머무셔야죠. 여긴 당신 집이잖아요. 케이트 럼리의 방이 있어요." 로티가 피셔 부인을 돌아보며 말을 이었다. "브리그스 씨가 하룻밤 거기서 지내도 괜찮겠죠? 케이트 럼리가 오지 않았으니까요." 로티가 다시 브리그스를 돌아보고 웃으며 말했다.

피셔 부인도 놀라서 웃음을 터뜨렸다. 다른 때였다면 이 말이 굉장히 꼴사납게 들렸을 텐데 지금은 그저 우습게만 여겨졌다.

피셔 부인은 케이트 럼리가 그 방에 오지 않을 거라고 확인해주었다. 아주 다행스럽게도 케이트는 지나치게 넓은 사람이고 방은 너무 좁아서 케이트 럼리가 거기에 들어갈 수는 있지만, 그게 다라고 말했다. 일단 들어가면, 너무 꽉 끼어서 아마 다시는 나올 수 없을 거라고. 그러니 그 방에서 자고 말고는 전적으로 브리그스 씨가 결정할 문제였고, 부인은 집주인인 그가 호텔에 가는 어리석은 짓은 하지 않기를 바랐다.

이 말을 듣고 놀란 로즈의 눈이 휘둥그레졌다. 피셔 부인이 그 말을 하면서 여러 번 크게 웃었던 것이다. 로티도 매우 크게 웃었고, 다 웃고 나서는 다시 한번 허리를 굽혀 부인에게 키스했다. 그것도 여러 번이나.

"그러니 알겠지, 우리 아들. 여기 머물면서 우리를 기쁘게 해줘."

"정말 많이." 윌킨스 씨도 힘주어 말했다.

"아주 많이." 피셔 부인은 만족스러워하는 어머니처럼 같은 말을 반복했다.

"그렇게 해요." 브리그스가 물어보듯 돌아보자 로즈가 말했다.

"여러분, 정말 감사합니다." 브리그스가 환하게 웃으며 말했다. "그럼 기꺼이 여기에 묵겠습니다. 아주 새로운데요. 세

분의…….”

그는 말을 끊고 주위를 둘러보았다. “어, 네 번째 안주인은 왜 안 계시죠? 프란체스카가 네 분 계신다고 했거든요.”

“아, 한 명은 레이디 캐럴라인이에요.” 로티가 말했다.

“그럼, 그분도 절 초대하고 싶을지 확인하는 게 좋지 않을까요?”

“네, 하지만 분명…….” 로티가 말을 시작했다.

“드로이트위치의 딸은 충동적인 환대는 원치 않을 것 같기도 합니다.” 윌킨스 씨가 말했다.

“어느 분의 딸…….” 브리그스가 확인하다 말고 깜짝 놀라 말을 멈췄다. 문간에 드로이트위치의 딸이 있었기 때문이다. 아니, 어두운 문간에서 나와 석양의 후광을 입고 그를 향해 다가오는 여인은 평생 본 적도 없고 오로지 꿈만 꾸던 너무나 사랑스러운 그의 이상형이었다.

19

캐럴라인이 말을 시작하자 가련한 브리그스에겐 다른 가능성이 없었다. 그는 망해버렸다. 캐럴라인은 윌킨스 씨가 브리그스를 소개하자 “처음 뵙겠습니다”라고만 말했지만 그거면 충분했다. 그 말 한마디에 브리그스는 망가졌다.

브리그스는 생기와 다정함이 넘쳐흐르는 쾌활하고 말 많고 행복한 젊은이에서 관자놀이에 땀이 송골송골 맺힌 조용하고 엄숙한 사람이 되었다. 또한 어설프기까지 해서 캐럴라인에게 컵을 건네다 찻숟가락을 떨어뜨렸고 마카롱을 잘못 집어서 바닥에 나뒹굴게 했다. 그는 매혹적인 얼굴에서 잠시도 눈을 떼지 못했다. 브리그스 씨가 스스로를 설명하지 못하자 윌킨스 씨가 대신 캐럴라인에게 그를 소개했다. 그는 산 살바토레의 주인인 브리그스 씨이고 로마로 가는 길에 메차고에서 잠시 내려 어쩌고저쩌고, 그리고 다른 세 명의 부인은 어느 모로 보나 그가 호텔보다는 자기 집에서 묵는 게 낫다며 초대를 했고, 브리그스 씨는 이제 네 번째 안주인인 캐럴라인의 승인만 기다리고 있다고 말해주었다. 윌킨스 씨는 교양 있는 자기 목소리에 만족해가며 문장을 잘 골라 아주 명료하게 레이디 캐럴라인에게 이런 상황을 설명했고, 그사이 브리그스는 앉아서 말 한마디 하지 않았다.

깊은 우울이 캐럴라인을 덮쳤다. 방금 온 집착남이 보이는 증상은 너무 익숙하고 뻔했으며, 만약 브리그스가 하룻밤을 머물면 그녀의 안정요법은 끝장나리란 걸 알았다.

그때 케이트 럼리 생각이 났다. 캐럴라인은 케이트를 지푸라기 잡듯 잡았다.

"그거 좋겠네요." 캐럴라인이 브리그스를 보면서 희미하게 웃으며 말했다. 예의상 웃지 않을 수 없어 조금 웃었지만, 그 정도로도 보조개가 생겨 브리그스는 전보다 더 정신을 못 차리고 캐럴라인에게 눈길을 고정했다. "그런데 방이 있는지 모르겠네요.”

“있죠. 케이트 럼리의 방이 있잖아요.” 로티가 말했다.

“부인 친구분이 바로 오신다고 하지 않았어요?” 캐럴라인이 피셔 부인에게 말했다. 브리그스는 여태 그렇게 아름다운 목소리를 들어본 적이 없는 것 같았다.

“아, 아니에요.” 피셔 부인이 이상하게 차분한 어조로 말한다고 캐럴라인은 생각했다.

“럼리 양, 아니 부인인가요?” 윌킨스 씨가 피셔 부인에게 물었다.

“케이트는 결혼한 적이 없어요.” 피셔 부인이 만족스러운 듯 말했다.

“그렇군요. 럼리 양은 오늘 무슨 일이 있어도 오지 못합니다. 그리고 브리그스 씨는, 이렇게 말해도 될지 모르겠지만 불행하게도 내일 여행을 계속해야 합니다. 그러니 브리그스 씨가 하루 머물러도 럼리 양의 동선에는 전혀 방해가 되지 않을 겁니다.”

“그럼 당연히 저도 초대 대열에 껴야죠.” 캐럴라인이 브리그스에게 신의 은총처럼 들릴 말을 했다.

브리그스가 얼굴이 새빨개져서는 뭐라고 말을 더듬거렸고 캐럴라인은 고개를 돌려버렸다. 그러나 그 행동으로 브리그스는 캐럴라인의 옆모습을 보게 됐고, 세상에서 캐럴라인의 정면보다 더 사랑스러운 게 존재한다면 그것은 그녀의 옆모습이라고 생각했다.

'음, 오늘 오후와 저녁만이면 되겠지. 분명 날만 새면 떠날 거야. 로마에 도착하려면 몇 시간은 걸리니까. 밤 기차 때까지 있겠다고 하면 큰일인데.' 캐럴라인은 로마로 가는 주요 특급은 밤에도 지나간다고 들은 것 같았다. '왜 케이드 럼리라는 여자는 아직 안 온 거야?' 그 사람에 관해서는 까맣게 잊고 있었는데 지금 생각해보니 초대하자는 말이 나온 게 벌써 이 주 전이었다. '케이트는 도대체 어떻게 된 거지?' 이 남자를 일단 들이면 런던에서도 찾아올 테고, 캐럴라인이 갈 만한 곳에 불쑥불쑥 나타날 것이다. 그에겐 끈질기고 집요하게 물고 늘어지는 기질이 있다는 걸 캐럴라인은 그간의 경험으로 간파했다.

윌킨스 씨가 브리그스의 얼굴과 갑작스러운 침묵을 살피며 생각했다. '이 젊은 자식과 아버스넛 부인 사이에 무슨 일이 있었다면 이제 문제가 될 텐데. 내가 우려하는 것과는 다른 성질의 문제이긴 하고, 거기에선 아버스넛이 주요한 역할, 그러니까 소송인 역할을 할 테지. 하지만 공개적으로 문제되고 있지는 않으니 다소간 도움과 조언이 필요할지도 몰라. 열정적인 브리그스는 캐럴라인의 아름다움에 넋을 놓고 갈망하게 될 거야. 캐럴라인은 자연스럽게, 그리고 적절하게 그를 밀어낼 거야. 내버려진 아버스넛 부인은 분해서 겉으로도 화를 내겠지. 아버스넛은 도착하자마자 자기 아내의 이유 모를 눈물을 보게 될 거야. 이유를 물어도 차가운 반응만 돌아오겠지. 그러면 더 많은 문제가 있을 수 있고, 그들이 나를 찾아

조언을 구할지도 몰라. 로티 말로는 아버스넛 부인이 남편을 원하고 있다고 하지만 틀렸어. 아버스넛 부인이 원하는 사람은 브리그스야. 그런데 겉으로는 부인이 그를 잡지 않으려는 것처럼 보인단 말이지. 어쨌든 그들에겐 내가 필요해.'

"브리그스 씨, 짐은 어디 있지?" 피셔 부인이 모성애 가득한 목소리로 물었다. "가져와야 하지 않나?" 이제 태양은 거의 바닷속으로 떨어졌고 해가 사라짐과 동시에 번지는 달콤한 4월의 습기가 정원으로 스며들기 시작했다.

브리그스가 반문했다. "제 짐요? 아, 네, 가져와야죠. 메차고에 있습니다. 도메니코를 보낼 거예요. 제 마차가 마을에서 기다리고 있거든요. 그걸 타고 돌아오면 됩니다. 가서 얘기하고 올게요."

브리그스가 일어났다. 도대체 누구한테 말하고 있는 거지? 겉으로는 피셔 부인에게 말하는 것 같은데 눈길은 여전히 입을 꾹 다물고 아무도 바라보지 않는 캐럴라인에게 고정돼 있었다.

그때 브리그스가 마음을 가라앉히고 더듬거렸다. "정말 죄송합니다. 제가 계속 까먹고 있어서…… 얼른 가서 직접 가져오겠습니다."

"우리가 도메니코를 보내면 쉽겠네요." 로즈의 다정한 목소리에 브리그스가 고개를 돌렸다.

아, 저기 예쁜 이름의 여인이 있었다. 하지만 그녀는 어쩌면 이렇게 단시간에 바뀔 수 있지? 로즈가 저렇게 창백하고 애매해 보이고 흐릿하고 유령 같아 보이는 건 으스름한 불빛 탓인가? 물론 이름이 예쁘고 착하고 좋은 유령이지만 유령은 유령 아닌가.

브리그스는 로즈에서 캐럴라인에게로 다시 고개를 돌렸고, 로즈 아버스넛의 존재를 잊었다. 꿈이 실현되는 것을 직접 목격하는 이 첫 순간에 어떻게 다른 사람이나 다른 것에 신경을 쓸 수 있겠는가?

브리그스는 꿈에 그리던 아름다운 사람이 실제로 존재할 거라고는 상상도 하지 못했고 기대도 갖지 않았다. 지금껏 비슷한 사람조차 만난 적이 없었다. 예쁘고 매력적인 여자는 많이 만나봤고 적절히 감탄했지만 진짜 여신 같은 사람을 만난 건 처음이었다. 그는 '완벽하게 아름다운 여인을 만난다면 죽을 때가 된 것이다'라고 생각하곤 했는데, 지금 완벽하게 아름다운 여성상으로 상상만 하던 여인을 만났는데도 죽지 않았다. 단지 죽은 사람처럼 자신의 일을 제대로 처리하지 못하고 있긴 했지만.

다른 사람들이 브리그스를 위해 모든 것을 준비해주어야 했다. 질문을 해서 짐이 메차고역의 물품 보관소에 있다는 것을 알아냈고, 도메니코를 보냈으며, 가만히 앉아 아무도 바라보지 않고 있는 캐럴라인을 제외한 모든 사람이 재촉하고 권유해 겨우 마차에 가서 그의 물건을 가지고 오게 했다.

브리그스가 몰락하는 건 아주 딱한 광경이었다. 모두의 눈에 그게 감지됐다. 심지어 로즈한테도.

'내 사전에 예쁜 여자가 사랑스러운 남자 하나를 완전히 멍청이로 만드는 방식은 참을 수 없다는 말이 있지'라고 피셔 부인은 생각했다.

그리고 공기가 쌀쌀해지는 걸 느낀 데다 넋이 나간 브리그스가 아파하는 걸 보고 피셔 부인은 애초에 그 불쌍한 남자를 이곳에 묵게 한 걸 후회하며 그가 묵을 방을 준비하기 위해 안으로 들어갔다. 피셔 부인은 흥을 깨는 레이디 캐럴라인의 얼굴은 그 순간 잊었고, 윌킨스 씨에게는 어떤 나쁜 효과도 없었기 때문에 그 매력적인 젊은이도 하고 싶은 대로 하게 내버려둬도 될 것 같았다. 브리그스가 자기 좋을 대로 하게 놔두지 않는다고 레이디 캐럴라인을 비난할 수는 없었다. 캐럴라인은 그에게 전혀 관심이 없었으니까. 그러나 그건 아무 도움이 되지 않았다. 다른 면으로는 똑똑한 남자들이 꼭 어리석은 나방처럼 예쁜 얼굴을 한 무표정한 촛불 주위로 훨훨 날아든다. 피셔 부인은 남자들이 그러는 것을 수없이 봤다. 정말 자주 봤다. 부인은 브리그스 옆을 지나가면서 그의 금발에 엄마처럼 손을 얹을 뻔했다. 불쌍해라!

그때 담배를 다 피운 캐럴라인이 일어나 안으로 들어갔다. 캐럴라인은 왜 거기 앉아서 브리그스 씨의 눈요깃거리가 돼야 하는지 이유를 알 수 없었다. 밖에 더 오래 있고 싶었다. 서향나무 덤불 뒤에 있는 자기만의 공간에 가서 해 지는 하늘을 보고, 마을의 불빛이 하나씩 켜지는 걸 보고, 밤의 달콤한 습기를 맡고 싶었다. 하지만 그랬다간 분명 브리그스 씨가 따라올 것 같았다.

오래되고 익숙한 횡포가 또 시작됐다. 평화롭고 자유롭던 휴가가 방해받았다. 아마 다 끝났을지도 모른다. 브리그스 씨가 내일 갈지 안 갈지 누가 알겠는가? 케이트 럼리에게 밀려 집을 떠날지는 모르지만 마을에 방을 얻어놓고 매일 올라오겠다고 하면 막을 방법이 없었다. 다른 사람에게 행하는 한 사람의 횡포! 캐럴라인은 끔찍하도록 예뻐서 얼굴을 찡그려도 오해를 살 수밖에 없었다.

혼자만의 공간에서 저녁을 보내는 이 시간을 사랑한 캐럴라인은 이걸 못 하게 하는 브리그스 씨에게 분개해서 한번 거들떠보거나 말 한마디 붙이지 않고 정원과 그를 등진 채 집 쪽으로 가버렸다. 그러나 캐럴라인이 무엇을 하려는지 깨달은 브리그스는 얼른 일어나 캐럴라인에게 방해되지도 않는 의자를 낚아채서 옆으로 치웠고, 한쪽에 있는 발 받침대를 차내버렸으며, 문으로 뛰어가 이미 활짝 열린 문을 굳이 잡아주고는 복도까지 따라 들어가 캐럴라인과 나란히 서서 걸었다.

브리그스 씨를 어떻게 해야 하나? 이곳은 그의 복도였다. 그가 걷겠다면 캐럴라인은 막을 방법이 없었다.

"저는……." 브리그스는 캐럴라인에게서 눈을 떼지 못한 채 걷다가 보통 같으면 잘 피했을 물건에 마구 부딪혔다. 책장 모서리와 골동품 조각 장식장에 부딪혔고, 꽃이 놓인 테이블을 건드려 물이 쏟아졌다. "당신이 이곳에서 아주 편했으면 좋겠습니다. 안 그러면 제가, 제가 하인들을 혼내겠습니다."

브리그스의 목소리가 떨렸다. 도대체 브리그스 씨를 어떻게 해야 할까? 캐럴라인은 물론 아프다고 말하고 내내 방에 있으면서 저녁 식사에 나타나지 않을 수도 있었다. 그러나 이번에도 이 횡포성이…….

"전 사실 매우 편해요." 캐럴라인이 말했다.

"만약 당신이 오실 줄 알았다면……." 브리그스가 말을 시작했다.

"멋지고 예스러운 곳이에요." 캐럴라인이 최대한 무심하고 접근하기 어렵게 들리도록 노력했지만 성공할 희망은 보이지 않았다.

그 층에 부엌이 있었고 조금 열린 문틈으로 하인들이 그들을 볼 수 있었다. 그들은 서로 '아하'나 '오호' 같은 무례한 감탄사를 터뜨려가면서 표정과 눈빛으로 의견을 교환했다. 거기에는 피할 수 없는 상황에 대한 그들의 감상과 예견, 그리고 완벽한 이해와 승인이 포함되어 있었다.

"위층으로 가십니까?" 캐럴라인이 계단 끝에서 발을 멈추자 브리그스가 물었다.

"네."

"어느 방에 계실 건가요? 응접실 아니면 작고 노란 방?"

"제 방에요."

그렇다면 브리그스가 따라갈 수는 없었다. 그러면 캐럴라인이 다시 나올 때까지 기다리는 수밖에 없었다.

그는 자기 집에 있는 방을 캐럴라인이 '내 방'이라 불러준 것에 전율했다. 캐럴라인이 안에 있는 장면을 상상할 수 있도록 어떤 방이 캐럴라인의 것인지 묻고 싶었다. 그는 캐럴라인에 대한 경의로 이미 가슴이 벅찬 상태라 혹시 그게 자신의 방일지도 몰라 궁금했지만 감히 물어보지 않았다. 나중에 프란체스카나 다른 사람에게 물어보면 될 일이었다.

"그럼 저녁 식사 때까지는 못 뵙는 건가요?"

"저녁 시간은 8시예요." 캐럴라인이 얼버무리듯 대답하고 위층으로 올라가버렸다.

브리그스는 그녀가 가는 것을 망연히 바라보았다.

캐럴라인은 로즈 아버스넛의 초상화인 성모 마리아를 지나갔고, 브리그스는 캐럴라인이 지나가자 너무나 다정하다고 생각했던 성모 마리아의 검은 눈이 창백하고 보잘것없어진 듯한 느낌을 받았다.

캐럴라인이 계단 굽이를 돌자 지는 해가 서쪽 창문을 통해 들어와 그녀의 얼굴을 찬란하게 비추었다.

캐럴라인은 사라졌고 태양도 가버려서 계단은 어둡고 텅 비어버렸다.

브리그스는 캐럴라인의 발소리가 사라질 때까지 귀를 기울였다. 문이 닫히는 소리로 그녀가 어느 방으로 들어가는지 알아내고 싶었다. 그런 다음 하릴없이 복도를 걸어 나와 다시 꼭대기 정원으로 돌아갔다.

캐럴라인은 창문에 서서 정원에 있는 브리그스를 보았다. 로티와 로즈가 캐럴라인이 가 있고 싶은 난간에 앉아 있었고,

윌킨스 씨가 브리그스에게 정원 중간에 있는 협죽도에 관한 이야기가 분명한, 브리그스가 전혀 듣고 싶어 하지 않을 소리를 늘어놓고 있었다.

브리그스는 자기 협죽도와 자기 아버지에 관한 이야기인 줄 알면서도 잠자코 얘기를 들었는데, 캐럴라인은 그게 차라리 멋지다고 생각했다. 윌킨스 씨의 몸짓으로 보아 분명 그 얘기를 하고 있었다. 캐럴라인은 그 얘기를 도착한 직후 도메니코에게 들었고, 피셔 부인 역시 듣고는 윌킨스 씨에게 말해주었다. 피셔 부인은 이 이야기를 아주 귀하게 여겨서 자주 얘기하곤 했다. 벚나무 지팡이에 관한 일화였다. 브리그스의 아버지가 그 지팡이를 들고 그 자리를 쿡쿡 찌르며 당시 정원사였던 도메니코의 아버지에게 말했다. "여기에 협죽도가 생길 거야." 그러고는 브리그스의 아버지가 도메니코의 아버지에게 그 말을 상기시키기 위해 지팡이를 그 자리에 두었더니 아무도 기억하지 않는 오랜 세월이 흐른 뒤 지팡이에 싹이 터 협죽도가 되었다.

불쌍한 브리그스 씨는 거기에 서서 어릴 때부터 귀가 닳도록 듣던 이야기를 인내심 있게 듣고 있었다.

아마 그는 다른 생각을 하고 있었을 것이다. 캐럴라인은 그게 두려웠다. 사람이 다른 사람을 사로잡아버리겠다고 결심하다니 얼마나 불행한 일인가. 그들이 자기 발로 더 꿋꿋이 서게 할 수 있다면 좋을 텐데. 왜 브리그스 씨는 좀 더 로티 같을 수 없을까. 로티는 사람에게 어떤 것도 원하지 않았고 스스로 완벽했으며 다른 사람의 완전함도 존중해주었다. 사람들은 로티와 함께 있는 것을 좋아했다. 로티와 함께 있으면 자유롭지만 친밀한 느낌이 들었다. 브리그스 씨도 아주 괜찮은 사람 같았다. 그가 과도하게 자신을 좋아하지 않기만 하면 캐럴라인도 그를 좋아할지 모른다고 생각했다.

캐럴라인은 우울했다. 브리그스 씨 때문에 시원한 정원 대신 오후의 태양이 안으로 쏟아지는 답답한 침실에 갇혀 있다니.

참을 수 없는 횡포가 자행되고 있었다. 캐럴라인은 견딜 수 없을 것 같았다. 어찌 됐든 밖으로 나가 보석 같은 진정한 남자인 윌킨스 씨가 브리그스 씨를 잡고 협죽도 이야기를 하는 틈을 타 아래층으로 내려간 다음 앞문으로 집을 탈출해 구불구불한 길의 그늘에 숨어들고 싶었다. 거기에서는 아무도 그녀를 볼 수 없었다. 아무도 그곳에서 캐럴라인을 찾아볼 생각을 하지 않을 것이다.

캐럴라인은 한동안 밖에 있을 테고 저녁 식사 때도 돌아오지 않을 생각이어서 숄을 챙겼다(캐럴라인이 쫄쫄 굶어 허기지면 그건 고스란히 브리그스 씨 탓이다). 그러고는 누가 보고 있지는 않은지 확인하기 위해 창밖을 한 번 더 슬쩍 보고는 살금살금 밖으로 나가 구불구불한 길의 우거진 나무숲으로 가서 경사진 길을 숨차게 올라오는 사람들을 돕기 위해 길 굽이마다 놓인 자리에 앉았다.

아, 너무 좋다. 캐럴라인은 안도의 한숨을 내쉬었다. 정말 좋아. 향기는 또 왜 이리 좋은지. 소나무 줄기 사이로 작은 항구에 갇힌 잔잔한 바다와 반대편 집들에서 새어 나오는 빛과 주변 풀밭에 핀 장밋빛 글라디올러스와 하얀 데이지 군락에 내려앉는 파란 땅거미가 보였다.

아, 정말 사랑스러웠다. 너무나 조용했다. 나뭇잎 한 장, 꽃자루 하나 움직이지 않았다. 언덕 위 아득한 어딘가에서 개가 왕왕 짖는 소리가 들렸고, 광장에 있는 작은 레스토랑의 문이 열리고 닫히면서 소음이 밀려 나왔다 이내 사라지는 소리만 들릴 뿐이었다.

캐럴라인은 만족스럽게 숨을 깊이 들이마셨다. 아, 너무…….

캐럴라인은 숨을 들이마시다 말고 멈췄다. 저게 뭐지?

긴장한 채 몸을 앞으로 숙이고 소리에 귀를 기울였다.

발소리였다. 구불구불한 길을 올라오는. 브리그스가 그녀를 찾으러 나섰나?

도망쳐야 할까?

아니, 발소리는 아래로 향하지 않고 올라오고 있었다. 마을에서 누가 올라오고 있었던 것이다. 안젤라가 음식 재료를 사 들고 오는 것일지도 몰랐다.

캐럴라인은 다시 긴장을 풀었다. 그러나 발소리로 보아 안젤라가 아니었다. 안젤라라면 빠르고 탄력 있는 젊은 사람의 발소리였을 것이다. 그런데 지금 이 소리는 느리고 신중했으며 몇 걸음마다 멈춰 서곤 했다.

'언덕에 자주 올라와보지 않은 사람이야.' 캐럴라인은 생각했다.

집으로 돌아가고 싶지는 않았다. 사랑 말고는 살면서 두려운 게 없었다. 도둑이나 살인자 같은 것들은 드로이트위치 부부의 딸에게는 아무 위협이 되지 않았다. 도둑과 살인자가 본연의 일을 멈추고 사랑을 하려 한다면 두려울 수는 있겠지만.

다음 순간 발소리가 캐럴라인이 있는 길모퉁이를 돌더니 우뚝 멈췄다.

'모퉁이를 돌았네.' 캐럴라인은 돌아보지 않고 생각만 했다.

발소리로 보아 분명 남자일 듯한 그 사람이 움직이지 않자 캐럴라인은 고개를 돌렸고, 놀랍게도 그곳에는 런던에서 최근에 굉장히 자주 봤던 사람이 서 있었다. 바로 흥미로운 회고록을 쓰는 유명한 작가 퍼디낸드 어런들이었다.

캐럴라인이 물끄러미 바라보았다. 누군가가 뒤를 따라오는 것은 이제 더 이상 놀라울 것도 없지만, 캐럴라인이 어디에 있는지 그 사람이 발견해냈다는 건 놀라웠다. 캐럴라인의 어머니는 아무에게도 말하지 않겠다고 철석같이 약속했었다.

"당신이?" 캐럴라인이 배신감을 느끼며 말했다. "어떻게?"

그가 캐럴라인에게 다가와 모자를 벗었다. 가파른 길을 오르는 데 익숙하지 않아서였는지 이마에 땀이 송골송골 맺혀 있었다. 그는 죄지은 헌신적인 개처럼 수줍고 애원하는 듯한 표정을 지었다.

"용서해주십시오. 어머님께서 여기 있다고 말씀해주셨습니다. 우연히 로마 가는 길에 메차고에서 내리면 잠시 들러 뵐 수 있을 것 같았습니다."

"제가 휴양 중이라고 어머니가 말씀하지 않으셨나요?"

"네, 그러셨습니다. 그래서 좀 더 이른 시각에 오지 않은 겁니다. 하루 종일 주무시다가 느지막이 일어나 식사하실 것 같았거든요."

"하지만……."

"압니다. 변명하지 않겠습니다. 저도 어쩔 수 없었습니다."

'작가들을 점심 식사에 초대하고, 나는 실제의 나보다 더 예쁘고 사랑스러워야 한다고 우긴 어머니 때문이야.' 캐럴라인은 생각했다.

캐럴라인은 퍼디낸드 어런들에게 상냥했다. 적어도 그가 싫지는 않았다. 그는 쾌활하고, 담백하며, 순한 개처럼 눈이 선했다. 또한 그가 캐럴라인을 흠모한다는 게 명백한데도 런던에서는 전혀 집착하지 않았다. 단지 대화하기에 좋은 성격 좋고 악의 없는 사람이었고, 점심 식사를 흥겹게 해주는 편이었다. 이제 보니 그 역시 집착광이었다. 여기까지 쫓아오다니 놀라웠다. 아무도 그런 짓까지는 하지 않았다. 아마 캐럴라인의 어머니는 그를 전혀 무해한 사람으로 여겼을 테고, 오히려 집까지 데려와줄 수도 있다는 바람으로 주소를 주었을 것이다.

뭐, 어떻든 그 사람은 아마 브리그스 씨 같은 적극적인 젊은 남자와는 달리 애를 먹이지는 않을 것이다. 완전히 넋이 빠진 브리그스 씨는 무모하고, 무슨 일이든 서슴지 않을 것이며, 공개적으로 망신을 당할 것 같았다. 브리그스 씨는 줄사

다리를 타고 밤새 캐럴라인의 창문 아래에서 정말 힘들고 불편한 자세로 노래하는 모습이 상상될 정도였다. 어런들 씨는 그렇게 무모한 사람 같지는 않았다. 너무 오래, 그리고 너무 잘살았으니까. 그는 노래를 부르지도 못하고, 부르고 싶어 하지도 않으리라 확신했다. 적어도 마흔 살은 됐을 테니까. 남자 나이 마흔이면 훌륭한 식사를 얼마나 많이 해왔겠는가. 그리고 그 시간 동안 운동 대신 앉아서 책을 썼으니 자연히 지금의 어런들 씨처럼 모험보다는 대화에 능한 얼굴이 됐을 것이다.

브리그스를 보고 우울해졌던 캐럴라인은 어런들을 보고 철학적이 되었다. 여기 있는 그는 그런 사람이었다. 캐럴라인은 저녁이나 먹이고 그를 쫓아내야 할 것 같았다. 음식 정도는 대접해야 했다.

캐럴라인은 어차피 이렇게 된 이상 피할 수 없다면 최대한 즐기기로 했다. 게다가 그는 브리그스 씨에게서 도피할 일시적인 피난처가 될 터였다. 적어도 캐럴라인은 퍼디낸드 어런들을 알고 있었고, 그에게서 어머니와 친구들의 소식도 들을 수 있었으며, 그와 얘기하다보면 다른 사람이 접근할 수 없는 방어막이 쳐질 수도 있을 것 같았다. 그것도 저녁 한 번이면 되고, 그가 캐럴라인을 잡아먹지는 않을 터였다.

그래서 캐럴라인은 다정한 태도를 유지했다. 어런들이 하는 마지막 말을 무시하고 이렇게 말했다. "저 8시에 저녁 먹는데 올라가서 같이 드시죠. 이제 앉아서 땀 좀 식히면서 다들 어떻게 지내는지 말씀해주세요."

"제가 저녁을 같이 먹어도 됩니까? 이런 여행자 숙소에서?" 어런들이 옆에 앉기 전에 이마에서 땀을 닦아내며 말했다.

'정말 믿기지 않을 정도로 사랑스럽군.' 어런들은 생각했다. 한 시간 동안 그녀를 바라보는 것만으로, 그녀의 목소리를 듣는 것만으로 족하다고 내내 두려워하며 먼 길을 온 보람이 있었다.

"당연하죠. 마차는 마을에 두고 오셨을 거고 메차고에서는 밤 기차로 가실 것 같은데, 맞나요?"

"아니면 메차고에 있는 호텔에서 자고 내일 갈 수도 있고요." 어런들이 사랑스러운 옆모습을 잠자코 바라보며 말했다. "이제 당신 얘길 해봐요. 런던은 특히 지루하고 텅 빈 느낌이었어요. 드로이트위치 부인 말씀이 여기서 모르는 사람들과 함께 계신다고요. 그 사람들이 잘해주겠죠? 휴양으로 얻을 수 있는 걸 다 얻은 것 같은 얼굴이십니다."

"다들 잘해주세요. 광고로 만난 사람들이에요."

"광고요?"

"친구를 만나기 좋은 방법이더라고요. 수년 동안 만난 사람들보다 여기서 만난 한 사람이 더 좋아요."

"그래요? 누군가요?"

"나중에 만날 테니 누군지 맞혀보세요. 이제 어머니 얘기를 해줘요. 언제 마지막으로 만나셨어요? 우린 특별한 일이 없으면 서로 편지하지 않기로 했거든요. 완벽하게 아무 일도 하지 않고 한 달을 보내고 싶어서요."

"그런데 제가 지금 와서 방해를 하는군요. 결국 와버렸고 어쩔 수 없었다는 게 너무 부끄럽네요."

"아, 아니에요." 캐럴라인이 서둘러 말했다. 곧 정신이 홀딱 빠진 채 그녀를 기다리고 있을 브리그스를 만나게 될 텐데 어런들이 있어서 어떻게든 도움이 될 듯했던 것이다. "전 정말 어런들 씨가 오셔서 기뻐요. 어머니 얘기 해주세요."

20

캐럴라인이 어머니에 관한 소식을 몹시 궁금해하자 어런들은 곧 이야기를 지어내야 했다. 그가 캐럴라인의 어머니를 만나 이야기를 들었다면 캐럴라인이 원하는 뭐든 이야기해줄 수 있었으련만, 그는 드로이트위치 부부에 관해서는 거의 아는 게 없었다. 부부의 친구들은 규모가 훨씬 더 큰 모임에 나가 문학 얘기를 주고받았으며 그곳에서 점심과 저녁 식사를 즐겼으므로 어런들은 실제로 그들에 관해서는 아는 게 거의 없었다. 그들에게 그는 늘 어런들 씨였다. 아무도 그를 퍼디낸드라 부르지 않았다. 그가 아는 거라곤 석간신문이나 클럽 단골들에게만 통할 소문뿐이었다. 그러나 그는 뭐든 지어내는 데 능했고, 직접 경험한 소식을 전한 뒤로는 어떻게든 캐럴라인의 옆에 있고 싶어서 이야기를 지어내기 시작했다. 그가 끊임없이 생각해오던 재미있는 것 중 일부를 다른 사람에게 적용해 그들 이야기인 척하는 것은 아주 쉬웠다. 옆에 없을 때 부모님에게 더 큰 애정을 느끼는 캐럴라인은 소식에 목말랐고, 어런들이 조금씩 꺼내 전하는 이야기에 점점 더 관심을 보였다.

처음에는 평범한 소식들이었다. 그는 캐럴라인의 어머니를 여기에서 만났고, 저기에서 보았으며, 아주 좋아 보였다는 등 이런저런 얘기들을 했다. 그러나 지금 하고 있는 드로이트위치 부인에 관한 일화는 흔하지 않은 것들이었다. 이야기는 점점 놀라워지고 있었다.

"어머니가 그런 말을 했어요?" 캐럴라인이 놀라서 끼어들었다.

그리고 이제 드로이트위치 부인은 말에만 그치지 않고 놀라운 행동까지 서슴지 않았다.

"어머니가 그랬다고요?" 캐럴라인의 눈이 휘둥그레졌다.

어런들은 자기가 하는 일에 열중했다. 최근에 들은 것 중에 가장 흥미로운 이야기를 드로이트위치 부인에게 적용해 지어냈고, 최근에 했거나 했음직한 매력적이고 재미있는 것들까지 만들어냈다. 그가 상상하지 못할 얘기는 없었으니까.

어머니에 대한 애정 어린 자부심과 놀라움으로 캐럴라인의 눈이 동그래졌다. '세상에, 어머니가 그렇게 재미있고 상상을 초월하는 사람이었다니. 정말 끝내주는 분이셔요. 어머니가 정말로 그런 일을 했어요? 그렇다면 너무 사랑스러운 분이시

잖아요. 정말 그런 말을 했어요? 그런 생각을 해내다니 놀라워요. 로이드조지는 어떤 표정을 지었나요?'

캐럴라인은 웃고 또 웃었으며 어머니를 꼭 껴안아주고 싶었다. 이제 시간이 흘러 주변에 땅거미가 짙게 내리기 시작하더니 어둑어둑해졌고, 어런들 씨는 계속 캐럴라인을 놀라게 했다. 그러다 8시 십오 분 전에야 캐럴라인은 비로소 저녁 식사 시간을 기억해냈다.

"맙소사!" 캐럴라인이 펄쩍 뛰어 일어나며 소리쳤다.

"늦었군요." 어런들이 말했다.

"제가 얼른 가서 어런들 씨에게 하녀를 보낼게요. 전 뛰어야겠어요. 안 그러면 제때……."

그러고는 어리고 마른 사슴처럼 날렵하게 길을 뛰어 올라갔다.

어런들이 뒤따라갔다. 너무 헐떡거리며 도착하고 싶지는 않아서 천천히 걸어야 했다. 다행히 그는 꼭대기 근처에 있었다. 프란체스카가 퍼걸러 아래로 내려와 그를 안으로 안내했고, 어디에서 씻을 수 있는지 보여준 뒤 장작불 옆에서 땀을 식힐 수 있도록 그를 텅 빈 응접실에 데려다주었다.

어런들은 최대한 불에서 멀찌감치 떨어져 창틀 깊은 창가에 서서 먼 메차고에서 비치는 불빛을 바라보았다. 응접실 문은 열려 있었고 급하게 저녁 준비를 하느라 집 안은 조용했다. 그 시간에 거주자들은 모두 각자의 방에 틀어박혀 옷을 갈아입고 있었다. 브리그스는 자기 방에서 이 타이 저 타이 매본 뒤 집어 던지고 있었고, 캐럴라인은 자기 방에서 브리그스 씨가 자기를 좀 못 알아봐주기를 기대하며 검은색 드레스를 급히 입고 있었다. 피셔 부인은 낮에 입는 드레스를 벗고 이브닝드레스로 갈아입고는 러스킨이 결혼 선물로 준 브로치로 레이스 숄을 고정하고 있었다. '에스토 페르페투아'• 라는 금색 글씨 위에 파란색 에나멜 리본으로 묶은 진주 백합이 두 송이 새겨진 브로치였다. 윌킨스 씨는 침대 끄트머리에 앉아 아내의 머리를 빗기고 있었다. 삼 주 차가 되는 지금까지 그는 노골적인 애정을 계속 드러내고 있었다. 그사이 로티는 남편 앞 의자에 앉아 깨끗한 셔츠에 장식 단추를 꽂아주었다. 그리고 로즈는 옷을 다 차려입고 창가에 앉아 하루를 돌아보고 있었다.

로즈는 브리그스 씨가 왜 저러는지 잘 알았다. 만약 로즈가 그것 때문에 힘들어했다면 로티는 차를 마신 뒤 둘이서 벽 위에 앉아 솔직한 얘기를 나누어 고민을 해결해주었을 것이다. 로티는 비록 한쪽 방향이지만, 산 살바토레 덕분에 더 많은 사랑이 이루어지는 게 기뻤고, 이제 피셔 부인도 고집을 꺾고 조금씩 변하고 있으니 로즈의 남편만 이곳에 오면 세상에서 산 살바토레보다 더 행복에 겨운 곳은 없을 것 같다고 말했다.

로티가 발을 흔들며 말했다. "로즈의 남편도 곧 여기 올 거예요. 당장 출발하면 아마 내일 저녁쯤에는 도착할 테고, 집

• '영원할지어다'라는 뜻의 라틴어.

으로 돌아가기 전 마지막 며칠을 우리 모두 재충전해가며 눈부시게 보낼 수 있을 거예요. 누구도 다시는 이전과 같지 않을 거고요. 그리고 난 캐럴라인이 끝내 브리그스를 좋아하게 돼도 조금도 놀라지 않을 것 같아요. 공기가 그래요. 그러니 로즈 당신도 여기 있는 사람들이 좋아져야 해요."

로즈는 창가에 앉아 이런 것들을 생각하고 있었다. 로티의 낙관주의…… 그건 윌킨스 씨가 있어서 정당화되었다. 그리고 피셔 부인의 경우로도 증명이 되었다. 그런 일이 프레더릭에게도 실현된다면! 점심과 티타임 사이에 잠시 프레더릭 생각에서 멀어졌던 로즈는 저녁 식사 시간을 앞두고 훨씬 더 절실하게 남편을 생각하고 있었다.

잠시 브리그스에게 감탄의 대상이 되는 건 재밌고 기뻤지만, 캐럴라인이 나타나는 순간 당연히 지속될 수 없었다. 로즈는 자기 위치를 알았다. 로즈는 레이디 캐럴라인의 매우 독특한 사랑스러움을 누구 못지않게 잘 알았다. 그러나 감탄이나 감사 같은 것들이 얼마나 사람을 따뜻하게 하고, 얼마나 그들을 가치 있는 사람으로 여기게 하고, 얼마나 다르고, 얼마나 빛나게 하는지를 브리그스를 통해 잠시나마 느껴보아서 기뻤다. 그런 일은 뜻밖의 재능에 생명을 불어넣는 것 같았다. 로즈는 점심과 티타임 사이에는 자신이 아주 재미있고 예쁘기까지 한 사람이라고 확신했다. 예뻤다고 굳게 믿었다. 브리그스 씨의 눈에서 거울을 들여다보듯 명확하게 그걸 확인할 수 있었다. 아주 잠깐 냉랭한 방에 불을 피운 덕분에 즐거워 웽웽대던 무력한 파리 같았다는 생각이 들었다. 로즈는 그 기억만으로 아직 웽웽거렸고, 아직 저릿했다. 잠깐이라도 숭배자가 있어서 정말 재미있었다. 이상한 방식으로 사람을 생기에 넘치게 만드는 숭배자를 사람들은 당연히 좋아할 수 밖에 없었다.

비록 다 끝났지만, 로즈는 아직도 그 때문에 빛났고, 더 들떴고, 더 낙관적이었으며, 그 어느 때보다 더 많은 감정을 느꼈다. 로즈는 브리그스 씨가 더는 자기를 봐주지 않을 걸 알았지만 정성 들여 단장했다. 단장하는 동안 자신이 얼마나 예쁜지 알아 기뻤고, 멋을 낼 수 있어 좋았다. 하마터면 진홍색 동백꽃을 귀에 꽂고 나갈 뻔했다. 잠시 꽃을 꽂았더니 입술색과 조화를 이뤄 사악할 정도로 매력적이었지만, 미소와 한숨을 지으며 꽃이 응당 있어야 할 자리인 물병에 다시 꽂았다. 로즈는 바보같이 굴어선 안 된다고 스스로를 채찍질했다. '가난한 사람들을 생각해야지. 곧 그들에게 돌아갈 텐데, 그때 귀 뒤에 꽂은 동백꽃 따위가 어떻게 보이겠어? 아주 환상적일 거야. 그렇지?'

그러나 하나는 결심했다. 집에 가서 맨 먼저 프레더릭에게 다 터놓고 이야기를 할 작정이었다. 만약 프레더릭이 산 살바토레에 오지 않으면 집에 가서 맨 먼저 그렇게 할 것이다. 오래전에 이 일을 했어야 하는데 하지 않았다. 이야기를 함으로써 프레더릭을 더 좋아하게 되면 새로운 상처가 그녀의 가련하고 부드러운 가슴에 생길까봐 두려워 피하기만 했다. 그러나 이젠 그가 마음껏 상처를 주도록 내버려둘 것이고, 그에게 그간의 마음을 털어놓을 것이다. 프레더릭이 의도적으로 로즈에게 상처를 줬다는 말은 아니다. 절대 그럴 의도가 아니었다는 걸 로즈는 알았다. 책을 쓰는 사람치고 프레더릭은 상상력이 그리 풍부하지 않은 것 같다고 로즈는 생각했다. 어쨌든 로즈는 화장대에서 일어나며 이런 식으로는 안 된다고 혼잣말했다. 그에게 털어놓아야 했다. 이 생이별, 이 살을 에는 듯한 외로움을 로즈는 참을 만큼 참았다. 나라고 왜 행복하면 안 되나? 왜 도대체(그 에너지 넘치는 표현이 반항하고 싶은 기분과 잘 어울렸다) 나는 사랑을 받고 사랑하면 안 되나?

로즈는 작은 탁상시계를 보았다. 저녁을 먹기까지 아직 십 분의 시간이 있었다. 방에 있는 것도 지겨워 지금쯤 비어 있을 피셔 부인의 흉벽에 가서 바다 위로 달이 떠오르는 광경이나 볼 생각이었다.

사람 없는 위쪽 복도로 들어섰는데, 응접실의 열린 문을 통해 난로 불빛이 새어 나오는 걸 보고 그리로 다가갔다.

정말 생기가 넘쳤다. 불이 방을 바꿔놓았다. 낮에는 어둡고 지저분했는데 온기로 인해 분위기가 바뀌어 있었다. 아니, 어리석게 행동하지 말자. 가난한 사람들을 생각할 것이다. 그들만 생각하면 늘 냉철함을 되찾을 수 있었다.

로즈는 안을 들여다보았다. 불빛과 꽃. 그리고 창문 밖에는 밤의 푸른 장막이 드리워져 있었다. 정말 예뻤다. 산 살바토레는 정말 아름다운 곳이었다. 그리고 테이블 위에 있는 멋진

라일락…… 가서 얼굴을 들이밀고 향기를…….

그러나 로즈는 라일락에게 가지 않았다. 그쪽을 향해 한 발짝 다가가다 우뚝 멈춰 서고 말았다. 먼 구석에서 창밖을 내다보는 사람이 있었는데, 다름 아닌 프레더릭이었다.

로즈의 몸 안에 든 피가 모두 심장으로 몰렸고, 뛰기를 멈춘 것 같았다.

프레더릭이 왔다.

로즈는 가만히 서 있었다. 프레더릭은 로즈의 소리를 듣지 못했는지 돌아보지 않았다. 로즈는 가만히 서서 그를 바라보았다. 기적이 일어났다. 프레더릭이 왔다.

로즈는 숨을 참고 서 있었다. 그래, 프레더릭은 로즈가 필요했던 거다. 그래서 당장 온 것이다. 그렇다면 프레더릭 역시 로즈를 생각하고 염원해왔다는…….

뛰기를 멈춘 것 같던 심장이 이제 100미터 달리기를 끝낸 것처럼 로즈를 옥죄고 있었다. 그렇다면 프레더릭은 로즈를 사랑했던 것이다. 틀림없다. 아니면 왜 왔겠는가? 뭔가가, 어쩌면 로즈의 부재가 그로 하여금 로즈를 다시 생각하게 했고, 로즈를 원하게 했는지도 모른다. 그리고 이제 그와 함께 있기로 마음먹은 것을 이해하기가 꽤…… 아주 쉬웠을…….

로즈는 생각을 이어가지 못했다. 마음이 왔다 갔다 했다. 생각을 할 수 없었다. 그저 보고 느낄 수밖에 없었다. 어떻게 이런 일이 생겼는지 알 수 없었다. 이건 기적이었다. 신이 기적을 행한 것이다. 신이 이 일을 해냈다. 신이 할 수, 신이 해내, 신이…….

또 생각이 뒤죽박죽 섞이더니 끊겨버렸다.

"프레더릭……." 로즈는 남편을 부르려 했지만 소리가 나오지 않았다. 아니면 소리는 나왔지만 불이 탁탁 튀는 소리에 묻혔는지도 몰랐다.

더 가까이 가야 한다. 그를 향해 천천히 천천히 기다시피 다가가기 시작했다.

프레더릭은 움직이지 않았다. 듣지 못한 모양이었다.

로즈는 살금살금 가까이 다가갔고, 불은 탁탁 튀었으며, 프레더릭은 아무것도 듣지 못했다.

로즈는 숨쉬기가 어려워 잠시 걸음을 멈췄다. 두려웠다. 혹시나, 혹시나……. 그러나 왔잖아. 와 있잖아.

로즈는 다시 걸음을 떼 그의 곁으로 갔다. 심장이 너무 크게 뛰어 프레더릭이 그 소리를 들었을 것 같았다. 그러면 느낄 수 없거나 몰랐거나…….

"프레더릭." 로즈는 심장이 뛰고 목이 막혀서 겨우 속삭였다.

프레더릭이 발꿈치를 돌려 뒤를 돌아보았다.

"로즈!" 프레더릭이 멍하니 쳐다보며 외쳤다.

그러나 로즈는 그의 눈길을 보지 못했다. 남편의 목을 감싸 안는 바람에 서로 뺨이 맞부딪쳤기 때문이다. 로즈는 남편의 귀에 입술을 대고 더듬더듬 말했다. "올 줄 알았어요. 마음속으로 항상, 항상 오리라 믿고……."

21

이제 프레더릭은 될 수 있으면 상처를 주지 않아야 할 처지에 놓였다. 게다가 그는 완전히 갈피를 잡을 수 없었다. 아내가 세상 모든 곳 중에서 하필 여기에 있다는 사실뿐 아니라 수년간 해오지 않던 방식으로 매달려 사랑을 속삭이며 자신을 반겨 맞는 상황이 이해되지 않았다. 아내가 그렇게 반기는 걸 보면 자신이 올 것을 예상하고 있었음이 분명했다. 그런데 이상한 노릇이지만, 아내의 부드러운 뺨이 볼에 와 닿는 순간 오랫동안 잊었던 달콤한 향기가 느껴졌다는 것만이 이 상황에서 분명한 사실이었다.

프레더릭은 어안이 벙벙했다. 그러나 지금은 가능하면 상처를 주지 않아야 할 프레더릭 역시 아내를 껴안았다. 아내를 껴안고 그 역시 키스했다. 지금 그는 거의 아내만큼 부드럽게 키스하고 있었다. 그리고 지금 그는 아내에게 꽤 부드럽게 키스하고 있었다. 그리고 또 지금 그는 절대 끝내지 않을 것처럼 더 부드럽게 아내에게 키스하고 있었다. 그리고 또 지금…….

그는 얼떨떨했지만 그럼에도 키스는 할 수 있었다. 키스하는 일이 이상할 정도로 자연스럽게 느껴졌다. 마흔 살이 아니라 다시 서른 살이 된 것 같은 기분이 들었고, 로즈는 스무 살 로즈가 된 듯했다. 그가 하는 일을 자신의 기준으로 저울질하고, 저울추가 그에게 불리하게 작용하게 했으며, 이상하고 냉담하게 변하더니 점점 더 충격을 받고, 끝내 너무나 개탄스러워지기 전에 그가 사랑해마지않았던 그 로즈였다. 그 세월 동안 그는 아내에게 조금도 다가갈 수 없었다. 아내는 이해하려 하지 않았고, 이해할 수도 없었다. 아내는 모든 것을 자기가 신의 눈이라 부르는 것에 맞추려 했다. 늘 신의 눈으로 보아 그건 옳지 않다, 옳을 수 없다고 말했다. 아내의 원칙이 삶의 철학에 어떤 영향을 끼쳤든 간에 절대 자신을 행복하게 해주지는 못했다. 그는 참아야 한다는 노력으로 뒤틀린 아내의 작고 비참한 얼굴을 더는 견딜 수 없어서 가능한 한 아내와 멀리 떨어져 있었다. 아내는 저교회파• 목사이자 편협한 악마의 딸이 아니었어야 했다. 그런 성장 배경에 맞설 만한 강단은 없었던 것이다.

무슨 일이 있었는지, 왜 아내가 여기에 있는지, 어째서 예전의 사랑스럽던 로즈로 돌아갔는지 오리무중이었다. 그러면서도 프레더릭은 계속 키스했다. 사실 키스를 멈출 수가 없었다. 이제 예전처럼 향긋한 머리칼로 그를 간질이는 아내의 귀에 대고 사랑의 말을 속삭이기 시작한 사람은 다름 아닌 프레더릭이었다.

그리고 프레더릭은 아내를 가슴에 꼭 끌어안았고, 아내의 부드러운 팔이 자신의 목을 감싸 안자 기분 좋은 감각이 스

• 영국 성공회의 한 종파로, 전통적인 의식이나 형식보다 개인적 신앙과 예배를 더 중시한다.

며듦을 느꼈다. 처음에는 그게 뭔지 몰랐다. 이 부드럽게 퍼지는 따뜻함은 안도감이었다. 그래, 안도감. 이제 자신의 외모를 부끄러워할 필요도 없고, 다른 사람들의 말을 미연에 방지하기 위해 농담할 필요도 없으며, 자신은 거기 신경 쓰지 않는다는 걸 보여줄 필요도 없는 데서 오는 안도감. 언덕을 오르느라 얼굴이 벌게진 걸 부끄러워하지 않아도 되고, 아름답고 젊은 여인들에게 중년의 남자가 어떻게 보일지 신경 쓰면서 괴로워하지 않아도 되고, 그러면서도 그들에게서 멀어지지 못하는 자신을 황당해하지 않아도 되는 안도감. 로즈는 그런 것들을 전혀 신경 쓰지 않았다. 그녀와 함께 있으면 안전했다. 로즈에게 그는 연인이었다. 여전히. 남편이 늙어감에 따라 점점 세력을 넓혀갈 추악한 변화 따위를 로즈는 전혀 눈치채지 못하거나 신경 쓰지 않을 터였다.

그래서 프레더릭은 커져가는 안도감과 기쁨에 계속 아내에게 키스했고, 아내를 안고 있는 것만으로 다른 모든 것을 잊을 수 있었다. 사랑하는 아내가 기적적으로 돌아와 뺨에 볼을 비비며 세상에서 가장 달콤하고 낭만적인 목소리로 자신을 얼마나 사랑하는지, 그동안 얼마나 간절히 그리워했는지 속삭이는데 그가 어떻게 레이디 캐럴라인을 기억하거나 생각할 수 있을까? 하긴 짧은 순간 캐럴라인 생각을 하긴 했다. 심지어 사랑을 느끼는 순간에도 잠시이긴 하지만 분명 다른 곳에 있는 여성과 지금 품에 안겨 있는 아내의 아름다움을 비교했다. 하지만 딱 거기까지였다. 더는 아니었다. 캐럴라인은 아침

해가 뜨기 전에 달아나버리는 꿈과 같았다.

"언제 출발했어요?" 로즈가 프레더릭의 귀에 대고 속삭였다. 로즈는 남편을 놓아줄 수 없었다. 보내주지 않겠다고 말하는 순간에도.

"어제 아침." 프레더릭이 로즈를 바싹 끌어안으며 웅얼거렸다. 그 역시 아내를 놓아줄 수 없었다.

"아, 그럼 바로 출발했군요."

아리송한 말이었지만 프레더릭은 아내의 목에 키스하며 말했다. "응, 바로 출발했어."

"내 편지가 정말 빨리 갔군요." 로즈가 행복에 겨워 눈을 감고 웅얼거렸다.

"그랬나보군." 프레더릭도 어느새 눈을 감고 말했다.

편지를 보냈었구나. 그러면 분명 곧 빛이 그를 비췄겠구나. 한편 여러 해 만에 다시 로즈를 가슴에 안고 있으니 너무나 이상하고 감동적일 정도로 기분이 좋아서 어떤 것도 추측해보려는 노력을 하고 싶지 않았다. 오, 여러 해 동안 그는 행복했다. 그에게 불행이란 없었다. 게다가 살면서 그는 정말 많은 것에 관심을 가졌고, 친구도 많았고, 크게 성공했으며, 정말 많은 여인이 그가 생각을 잊는 걸 기꺼이 도왔다. 그는 그가 번 돈을 쓰지 않으려 하고, 그가 쓴 책을 끔찍해하고, 그에게서 점점 더 멀어지고, 그가 상황을 풀어보려 노력하면 그가 쓴 것들을 어떻게 생각하는지, 그리고 그렇게 사는 게 신의 눈에 어떻게 보일지 고집스럽게 물어오고, 많이 바뀌었고 겁에 질려 있으며 가련한 아내를 잊기 위해 다른 여자들의 도움을 받았다. 한번은 아내가 이렇게 말했다. "신이 읽고 싶어 하지 않을 책은 쓰면 안 돼요. 그건 시험이에요, 프레더릭." 그는 발작하듯 웃었고, 새된 웃음을 터뜨렸으며, 집에서 뛰쳐나가 아내의 엄숙하고 애처롭고 엄중한 얼굴에서 최대한 멀리…….

그러나 이 로즈는 다시 그를 젊음과 인생에서 최고였던 시절과 비전과 희망이 있던 때로 돌려놓았다. 그가 회고록을 쓰겠다고 덤비기 전에는 두 사람이 함께 꿈꿨고, 계획했고, 웃고, 사랑했다. 그들은 시의 한가운데에서 한동안 살았다. 행복한 낮이 지나면 행복한 밤이 찾아왔다. 로즈가 그의 가슴에 얼굴을 묻고 잠이 든 행복한 밤이었다. 그들은 깊고 행복한 잠에 푹 빠져 있었으므로 아침에 깨어나도 여전히 그의 가슴에 로즈가 안겨 있었다. 로즈를 안자, 로즈의 얼굴이 그의 뺨에 닿자마자 그 모든 것이 되살아나 놀라웠다. 로즈가 그에게 젊음을 되돌려줄 수 있다니.

"여보, 여보." 프레더릭이 회상에서 깨어나며 이번에는 자기가 로즈에게 매달려 중얼거렸다.

"사랑하는 자기." 로즈가 더없이 행복한 한숨을 내뱉었다.

저녁 식사 종이 울리기 몇 분 전에 브리그스는 레이디 캐럴라인이 혹시 그곳에 있는지 보러 들어왔다가 흠칫 놀랐다. 그는 로즈 아버스넛이 사별했다고 생각했고, 아직도 그렇다고 여겼기에 무척 당황했다.

'맙소사.' 브리그스는 창가에서 본 장면에 너무 놀라서 잠시 몰두하던 자신만의 혼란스러운 상황을 떨쳐버렸다.

그는 얼굴을 붉히며 큰 소리로 말했다. "아, 죄송합니다." 그러고는 잠시 다시 자기 침실로 돌아가야 할지 어떨지 고민하며 머뭇거렸다.

브리그스가 아무 말도 하지 않았다면 그들은 그가 거기에 있는 줄도 몰랐을 것이다. 그러나 용서를 구하는 바람에 로즈가 고개를 돌려 그를 보았고, 프레더릭 역시 처음에는 제대로 보지 않다가 드디어 바라보게 되었다.

브리그스가 보기에 그들은 그 상황을 전혀 쑥스러워하거나 괘념치 않는 것 같았다. 그렇다면 그 남자는 로즈의 오빠일 수 없었다. 오빠가 여동생의 얼굴을 그런 식으로 들여다보지는 않는다. 그건 매우 불편한 시선이었다. 그들은 신경 쓰지 않았지만, 브리그스는 몹시 거슬렸다. 그의 성모 마리아가 스스로를 망각하는 장면을 마주하고는 화가 났다.

"이 친구도 함께 묵는 사람인가?" 잠시 후 프레더릭이 로즈에게 물었다. 로즈는 그들 앞에 어색하게 서 있는 젊은 남자를 소개할 생각도 하지 않고 애정 어린 눈빛으로 남편만 계속 바라보았다.

"아, 브리그스 씨예요." 로즈가 그를 알아보고 말했다. "이쪽은 제 남편이고요."

브리그스는 악수를 하며 잠시 생각할 시간을 가졌다. 불과 얼마 전에 과부였던 사람이 남편이 있다고 하고, 잠시 후에는 레이디 캐럴라인이 그곳에 있을 테고, 그는 생각을 제대로 정리할 수 없어서 문에 눈을 고정하고 멍하니 있을 수밖에 없었다.

당장 문안으로 사람들이 몰려왔다. 먼저 레이스 숄과 브로치로 우아하게 차려입은 피셔 부인이 브리그스를 보고 온화한 미소를 짓다가 낯선 사람을 보고는 멈칫했다. 다음으로 지구상의 어떤 남자보다 더 깨끗하고 더 깔끔하고 더 공들여 옷을 차려입고 머리를 손질한 윌킨스 씨와 급하게 뭔가를 묶고 있는 윌킨스 부인이 들어왔다. 그러고는 아무도 들어오지 않았다.

레이디 캐럴라인은 늦었다. 캐럴라인은 어디 있는 걸까? 종소리를 듣긴 했을까? 다시 종을 울려야 하는 거 아닐까? 결국 식사하러 오지 않기로 했다면…….

브리그스는 오싹했다.

"소개해줘." 피셔 부인이 들어오는 걸 보고 프레더릭이 로즈의 팔꿈치를 잡으며 말했다.

"제 남편이에요." 로즈가 화려한 얼굴로 남편의 손을 잡으며 말했다.

'레이디 캐럴라인이 갑자기 소매를 걷어 올려 남편을 꺼내지 않는 한 더는 남편이라고 등장하는 사람은 없겠지?' 피셔 부인은 생각했다.

그러나 피셔 부인은 프레더릭을 상냥하게 반겨주었다. 그가 딱 남편처럼 생겼기 때문이다. 보통은 남편도 아니면서 남편인 척하며 해외를 돌아다니는 남자들이 많은데 이 남자는 그렇지 않았다. 피셔 부인은 프레더릭에게 이달 말에 아내를 집에 데려가기 위해 올 줄 알았다면서 이제야 산 살바토레가 제대로 꽉 차겠다고 말했다. "이제 드디어 본전을 뽑게 되겠군요." 피셔 부인이 브리그스를 보고 웃으며 덧붙였다.

브리그스는 누군가가 자신을 놀리고 있다는 것 정도는 깨달을 수 있어서 자기도 모르게 웃었지만, 실은 부인의 말이 들리지 않았고 부인의 얼굴도 보이지 않았다. 그는 문에 눈만 고정한 게 아니라 온몸을 집중하고 있었다.

다음으로 윌킨스 씨가 소개를 받고는 아주 호의적인 태도로 프레더릭을 '선생님'이라고 불렀다.

"자, 선생님." 윌킨스 씨가 다정하게 말했다. "이제 우리가 다 모였습니다." 그러고는 프레더릭은 문제가 생겼을 때 윌킨스 씨가 어떤 역할을 했는지 모르므로 자신이 충실하고 진실하고 신뢰할 만해서 진정 어려울 때 힘이 되는 친구임이 제대로 전달될 수 있도록 같은 남자로서 당당하게 프레더릭과 눈을 맞췄다. 아버스넛 부인은 얼굴이 홍시처럼 붉어졌다. 윌킨스 씨는 로즈가 그렇게 얼굴을 붉히는 걸 본 적이 없었다. '역시 저들에겐 내가 필요해.' 윌킨스 씨는 생각했다.

로티는 양손을 동원해 호들갑스럽게 인사했다. "내가 말했잖아요." 프레더릭이 로티의 손을 잡고 흔드는 동안 로티는 어깨 너머로 로즈를 보고 웃었다.

"아내에게 무슨 말을 하셨습니까?" 프레더릭이 무슨 말이든 하고 싶어서 물었다. 모두 자신을 환영하는 게 몹시 혼란스러웠다. 로즈만이 아니라 그들 모두 분명 그가 올 것을 기대하고 있었다.

갈색 머리의 사랑스러운 젊은 여자는 그의 질문에 대답하지 않았지만 그를 보고 굉장히 기뻐하는 표정이었다. 왜 저 여자는 그를 보고 그렇게 떨 듯이 기뻐할까?

"여긴 정말 기분 좋은 곳이군요." 프레더릭은 혼란스러운 가운데 처음으로 떠오른 말을 했다.

"사랑의 도가니죠." 연갈색 머리의 젊은 여자가 진지하게 말했는데 그 말 때문에 프레더릭은 더 혼란스러웠다.

그리고 노부인이 한 다음 말을 듣고는 혼란이 극에 달했다. "우린 기다리지 않을 겁니다. 레이디 캐럴라인은 항상 늦으니까요." 캐럴라인의 이름을 듣고서야 다시 레이디 캐럴라인을 제대로 기억해냈고, 그 사실 때문에 당혹스러웠기 때문이다.

그는 꿈속을 걷는 사람처럼 식당 안으로 들어갔다. 프레더릭은 레이디 캐럴라인을 만나려고 이곳으로 왔고, 그녀에게 그렇게 말했다. 그는 심지어 캐럴라인에게 자신이 얼이 빠져 있어서(사실 정말 혼이 나가 있었다) 오지 않을 수 없었다고 말했다. 캐럴라인은 프레더릭이 결혼한 줄 몰랐다. 그의 이름은 어런들이었다. 런던에 있는 사람들은 모두 그를 어런들로 알았다. 그 이름으로 너무 오랫동안 글을 써와서 자신조차 그렇게 생각할 정도였다. 캐럴라인이 정원에 그를 내버려두고 떠난 지 얼마 되지 않아 그는 로즈를 발견했고, 열정적으로 껴안았고 그녀의 품에 안겼으며, 캐럴라인은 까맣게 잊고 있었다. 레이디 캐럴라인이 식사에 늦는 것이 피곤하거나 따분해서 그런 거라면 그로서는 예사롭지 않은 행운이었다. 그러면 그는 도망칠 수도…… 아니, 그러면 안 된다. 프레더릭은 얼굴이 붉어지는 습관이 있는데, 그런 비겁한 생각을 했다는 것 때문에 평소보다 얼굴이 훨씬 더 붉어졌다. 아니, 저녁을 먹은 뒤 도망쳐서 기차를 타고 로마로 사라질 순 없었다. 로즈가 그와 함께 가주지 않는다면. 그러나 심지어 그렇다 해도 도망이라니. 아니, 그럴 순 없었다.

식당에 도착하자 피셔 부인이 테이블 상석으로 갔다. 그렇다면 여긴 피셔 부인의 집인가? 프레더릭이 자문했다. 그는 알 수 없었다. 그는 어떤 것도 알지 못했다. 일찍이 피셔 부인에게 반항했던 로즈는 맞은편 끝자리를 자기 자리로 정하고 프레더릭을 데려가 옆자리에 앉게 했다. 어디가 꼭대기고 어디가 끝인지 테이블을 봐서는 아무것도 구별할 수 없었다. 프레더릭은 로즈와 단둘이 있을 수 있으면 좋겠다고 생각했다. 단 오 분만 로즈와 단둘이 있어도 물어볼 수 있을 텐데.

그러나 아마 그는 로즈에게 어떤 것도 묻지 않고 계속 키스만 했을 것이다.

프레더릭은 주변을 둘러보았다. 연갈색 머리의 젊은 여인은 브리그스라고 불리는 남자에게 피셔 부인 옆에 가서 앉으라고 말했다. 그렇다면 이 집은 피셔 부인의 집이 아니라 연갈색 머리 여자의 소유인가? 그는 알 수 없었다. 어떤 것도 알지 못했다. 그리고 연갈색 머리의 여자는 로즈의 반대편,

그러니까 프레더릭의 맞은편이자 좀 전에 그들이 다 모인 것 같다는 사실만이 명확했을 때 “이제 다 왔군요”라고 말했던 다정한 남자의 옆에 앉았다.

프레더릭 옆, 그리고 그와 브리그스 사이에는 빈 의자가 있었다. 레이디 캐럴라인의 자리였다. 레이디 캐럴라인이 프레더릭의 삶에 로즈가 존재한다는 사실을 알지 못하는 것 이상으로 로즈도 프레더릭의 삶에 레이디 캐럴라인의 존재가 있다는 것을 알지 못했다. 둘은 어떻게 생각할까? 그 또한 알 수 없었다. 프레더릭은 어떤 것도 알지 못했다. 아니, 그도 아는 게 있긴 했다. 그건 바로 아내가 자신과 갑자기, 기적적으로, 뚜렷한 이유 없이, 그러나 훌륭히 화해했다는 점이다. 그것 외에는 아무것도 알지 못했다. 상황은 그가 감당할 수 없는 식으로 흘러갔다. 상황이 그를 어디론가 끌고 갔다. 그는 부유할 수밖에 없었다.

프레더릭은 잠자코 수프를 먹었고, 맞은편에 앉은 젊은 여자는 큰 눈을 반짝이며 무언가를 간절히 물어보고 싶은 듯한 표정으로 그를 계속 보았다. 눈이 매우 지적이고 매력적이었으며, 뭔가를 궁금해한다는 것만 빼면 완벽했다. 그녀는 아마 프레더릭이 말을 해야 한다고 생각하고 있는지도 몰랐다. 그러나 모든 것을 다 안다면 그렇게 생각할 수 없을 터였다. 브리그스 역시 아무 말이 없었다. 그는 불편해 보였다. 브리그스의 문제는 뭘까? 로즈도 말하지 않았다. 그러나 그건 자연스러웠다. 로즈는 말을 많이 해본 적이 없었다. 최고로 사랑스러운 표정만 짓고 있었다. 레이디 캐럴라인이 들어오면 얼마나 오래 저 표정이 유지될 수 있을까? 그는 몰랐다. 그는 어떤 것도 알지 못했다.

그러나 피셔 부인의 왼편에 앉은 상냥한 남자는 모두에게 적당히 말을 건네고 있었다. 저 사람은 교구 목사가 됐어야 했다. 설교단에는 그와 같은 목소리를 가진 사람이 서야 했다. 그러면 여섯 달 만에 주교직을 맡을 것이다. 그가 브리그스에게(그는 자리에서 안절부절못하고 있었다. 왜 저러고 있을까?) 아버스넛과 같은 기차로 온 게 틀림없다고 설명하고 있었다. 브리그스가 말을 하지 않고, 동의하지 않는다는 듯 몸을 비틀자 상냥한 남자는 그에게 증명해 보이려고 더 길고 분명한 문장을 이어갔다.

"지금 말하는 사람 누구야?" 프레더릭이 로즈에게 귓속말로 물었고, 맞은편에 앉은 젊은 여자가 그 둘의 말을 알아듣고는 잽싸게 대답했다. "제 남편이에요."

"그럼 통상적인 규칙에 따라 아내가 그의 옆에 앉아야 하는 것 아닙니까?" 프레더릭이 기운을 되찾으며 말했다.

"저야 그러고 싶죠. 저도 남편 옆에 앉고 싶어요. 여기 오기 전에는 안 그랬거든요."

프레더릭은 이 말에 어떻게 대꾸해야 해야 할지 생각이 나지 않아 그냥 미소만 지었다.

"여기가 그런 곳이에요. 이곳은 사람을 이해하게 만들어요. 아버스넛 씨도 여기 오기 전에는 이렇게 많이 이해하게 될 줄 몰랐을걸요." 맞은편의 젊은 여자가 프레더릭에게 고개를 끄덕이며 말했다.

"확실히 그러기를 바랍니다." 프레더릭이 열정적으로 말했다.

수프 그릇이 치워지고 생선 요리가 나왔다. 빈 의자 맞은편에 앉은 브리그스는 어느 때보다 불편해 보였다. 브리그스는 왜 저럴까? 생선 요리가 싫은가?

프레더릭은 만약 자기가 브리그스라면 꼼지락거려서 무엇을 하려 할지 궁금했다. 프레더릭은 계속 콧수염을 닦았고 접시에서 고개를 들 수 없었지만 최대한 자기가 느끼는 감정을 내보였다.

그는 고개를 들지 않았지만 맞은편에 앉은 젊은 여자가 그를 탐조등처럼 훑어보고 있다는 걸 느꼈다. 로즈 역시 그를 보고 있음을 알았지만, 아내의 눈길은 무조건적이고, 아름다운 축복 같았다. 레이디 캐럴라인이 그곳에 나타나면 그 눈빛들이 얼마나 오래 지속될까? 그는 알 수 없었다. 그는 어떤 것도 알지 못했다.

그는 쓸데없이 벌써 스무 번째 콧수염을 닦았고 손을 잠시도 가만히 두지 못했다. 맞은편에 앉은 젊은 여자는 프레더릭이 손을 가만히 두지 못하는 것을 주시했다. 왜 저 여자는 끈질기게 그를 훑어볼까? 그는 알 수 없었다. 그는 어떤 것도 알지 못했다.

그때 브리그스가 벌떡 일어났다. 저 사람은 또 왜 저럴까? 아, 그렇구나. 캐럴라인이 나타났다.

프레더릭도 콧수염을 닦으며 일어났다. 이제 그에게 불행이 닥쳤다. 우스꽝스럽고 기막힌 상황이. 음, 무슨 일이 생기든 그는 표류할 수밖에 없었다. 그리고 레이디 캐럴라인에게는 밍청이, 기만적일 뿐만 아니라 멍청이, 파충류처럼 믿을 수 없는 멍청이 같아 보일 수밖에 없었다. 캐럴라인은 이제 그가 정원에서 떨리는 목소리로(바보 멍청이!) 도저히 어쩔 수 없는 힘에 이끌려 왔다고 한 말을 두고 자신을 놀렸다고 생각할 것이다. 그런가 하면 레이디 캐럴라인이 자기가 그를 저녁에 초대했다고 소개할 때 로즈가 어떤 표정일지, 맙소사, 알 수 없었다. 맙소사, 신만이 알 일이었다.

그래서 프레더릭은 대참사가 일어나기 전에 마지막으로 콧수염을 닦고는 자리에서 일어났다.

그러나 그는 캐럴라인을 속단하고 있었다.

기량이 뛰어나고 경험 많은 캐럴라인은 브리그스가 잡아주는 의자에 들어가 앉았고, 다른 사람이 말을 거들기 전에 로티가 얼른 몸을 굽혀 말했다. "캐럴라인, 놀라지 마요. 로즈의 남편이 얼마나 빨리 왔는지 몰라요!" 캐럴라인은 놀란 기색 하나 없이 손을 내밀며 어린 요정처럼 환하게 미소 짓고는 말했다. "첫날 저녁부터 제가 늦어버렸군요."

아, 드로이트위치 부부의 딸이여!

22

그날 저녁에는 보름달이 떴다. 모든 꽃이 달빛을 받아 하얀, 정원은 그야말로 매혹적이었다. 백합, 서향나무, 오렌지꽃, 흰 스톡,• 흰 패랭이, 흰 장미가 낮만큼 두드러져 보였다. 그러나 색깔 있는 꽃들은 오직 향기로만 존재했다.

젊은 세 여인은 저녁 식사 후 꼭대기 정원 끝의 낮은 담에 앉았다. 로즈는 다른 사람들과 조금 떨어져 앉아 셸리••가 수백 년 전에 마지막 몇 달을 살았던 스페치아만 위로 천천히 움직이는 거대한 달을 바라보았다. 바다는 달을 따라 흔들렸다. 별은 떠는 듯 깜빡였다. 마을에서 새어 나오는 불빛에 반사되어 산맥은 뿌옇고 푸른 윤곽을 드러냈다. 정원에는 식물들이 공기의 흐름에 흔들리지 않고 조용하고 꼿꼿이 서 있었다. 유리문으로 들여다보이는 식당은 식탁 위의 촛불과 금련화와 천수국 같은 화려한 꽃들로 색의 마법 동굴처럼 반짝였고, 주변에 모여 담배를 피우는 세 남자는 바깥의 거대하고 차가운 고요와 침묵 속에서 이상할 정도로 생기 넘쳐 보였다.

피셔 부인은 난롯불이 있는 응접실로 가고 없었다. 캐럴라인과 로티는 고개를 젖혀 하늘을 보면서 가끔 귀에 대고 소

• 밝은색 꽃이 피고 향기가 좋은 관상용 식물.

•• 영국의 낭만파 시인인 퍼시 비시 셸리(1792~1822). 스페치아만을 요트로 항해하던 중 익사했다.

곤댔다. 로즈는 아무 말이 없었다. 로즈도 고개는 젖힌 상태였다. 별을 배경으로 윤곽을 드러낸 반송을 보고 있었는데, 주변과 잘 어울려 눈부시고 아름다웠다. 캐럴라인은 이따금 로즈를 말없이 바라보았다. 로티 역시 그랬다. 로즈의 모습이 사랑스러웠던 것이다. 그 순간 어디에 있어도, 아름다움을 뽐내는 어느 유명한 것들 틈에 있어도 로즈는 사랑스러울 터였다. 그날 저녁에는 아무도 로즈를 보잘것없게 만들 수 없었고, 로즈의 가슴에 피어난 불빛을 꺼뜨릴 수 없었다. 로즈는 찬란하게 빛나고 있었다.

로티가 캐럴라인의 귀에 대고 속삭였다. "사랑이에요."

캐럴라인이 고개를 끄덕이며 최대한 소리를 낮춰 말했다. "맞아요."

캐럴라인은 인정하지 않을 수 없었다. 로즈를 보면 이곳이 사랑으로 충만하다는 것을 알 수 있었다.

"사랑만 한 게 없죠." 로티가 귀엣말을 했다.

캐럴라인은 말이 없었다.

두 사람은 고개 젖힌 로즈를 지켜보았고, 잠시 후 로티가 속삭였다. "사랑하는 사람과 잘 지내는 건 굉장한 일이에요. 저렇게 놀라운 일을 가능하게 하는 게 세상에 또 있을까요."

그러나 캐럴라인은 아무 말도 하지 않았다. 하고 싶은 말이 있다 해도 언쟁하기엔 너무 아름다운 밤이었다. 오늘 같은 날은…….

캐럴라인은 몸을 바로 세웠다. '또 사랑이군. 어디나 사랑

이야.' 거기서 벗어날 방법은 없었다. 캐럴라인은 사랑에서 벗어나려고 이곳으로 왔는데 여기에 있는 모두가 각자 다른 사랑의 단계를 거치고 있었다. 피셔 부인조차 깃털 많은 사랑의 날개에 마음이 어루만져진 듯 보였고, 저녁 식사 때는 확실히 달라진 모습을 보였다. 브리그스 씨가 식사를 하지 않자 걱정스럽고 모성애 가득한 표정으로 그를 돌아보았다.

캐럴라인은 별들 사이에 미동도 없이 서 있는 소나무를 올려다보았다. 미인은 사람을 사랑하게 하고, 사랑은 사람을 아름답게 만든다…….

캐럴라인은 외부로부터 스스로를 보호하듯 숄을 몸에 단단히 둘렀다. 여기에서는 그러지 않기가 어려웠지만 감상적이 되고 싶지 않았다. 기적적인 밤의 공기가 모두의 틈새로 침투해 안으로 스며들었고, 캐럴라인이 원하든 원하지 않든 압도적인 감정을 느꼈다. 밤공기는 죽음과 시간과 허송세월에 관한, 영광스럽고 파괴적인 것들에 관한, 장엄하고 음산한 것에 관한, 황홀과 공포와 몰입에 관한, 가슴을 쥐어짜는 열망에 관한 것들을 생각하게 했다. 캐럴라인은 스스로가 작아 보였고 끔찍하게 외로웠다. 발가벗겨지고 무방비 상태에 노출된 것 같아서 저도 모르게 숄을 더 꽉 조였다. 얇디얇은 시폰으로 영겁의 시간으로부터 자신을 보호하려 했다.

로티가 속삭였다. "당신 눈에는 로즈의 남편이 그저 평범하고 성격 좋은 중년 남자로 보이겠죠?"

캐럴라인은 별을 보던 눈길을 거두고 다시 정신을 가다듬은 뒤 잠시 로티를 바라보았다.

"그저 약간 얼굴이 붉고 몸매가 둥근 남자 같잖아요." 로티가 속삭였다.

캐럴라인이 고개를 끄덕였다.

"그런데 아니에요. 로즈는 그걸 다 꿰뚫어 본 거죠. 그건 단지 단면일 뿐이에요. 로즈는 우리가 보지 못하는 걸 봐요. 남편을 사랑하기 때문이죠."

항상 그놈의 사랑이었다.

캐럴라인은 일어나서 숄을 단단히 여민 뒤 매일 들르는 모퉁이로 가서 벽에 혼자 앉아 다른 쪽 바다를 건너다보았다. 해가 지는 바다, 프랑스로 뻗는 아스라하고 어두운 바다.

그렇다. 사랑이 기적을 일으켰다. 그래서 로즈에게 어런들 씨(그의 다른 이름에는 도통 익숙해지지 않았다)는 사랑 그 자체였다. 그러나 사랑은 반대의 기적도 일으켰다. 캐럴라인이 익히 알 듯 사랑이 언제나 사람을 성자와 천사로 바꿔놓지는 않았다. 때로는 정반대로 작용한다는 것이 아픈 진실이었다. 캐럴라인은 살면서 그런 경우를 넘치도록 경험했다. 그녀에게도 그런 일이 없었다면, 적어도 자주 일어나지 않고 적당하기만 했어도 캐럴라인은 꽤 예의 바르고 관대하고 상냥한 인간으로 바뀌었을지도 모른다고 생각했다. 그리고 로티가 힘주어 강조하는 이 사랑 덕분에 그녀도 꽤 괜찮은 사람이 되었을지도 몰랐다. 캐럴라인은 합당한 설명을 찾아보았다. 그녀는 버릇없고, 심술궂고, 의심 많고, 이기적인 독신이었다.

식당의 유리문이 열리고 세 남자가 정원으로 나왔다. 윌킨스 씨의 목소리가 맨 앞에서 흘러나오고 있었다. 그가 모든 대화를 주도하는 것 같았다. 나머지 두 사람은 아무 말이 없었다.

캐럴라인은 로티와 로즈에게 돌아가는 게 나을 것 같았다. 그들에게 들키는 것도, 브리그스 씨 때문에 막다른 골목으로 몰리는 것도 피곤할 것 같았다.

브리그스 씨 때문에 좋아하는 곳에 있지 못하고 어디론가 가야 한다면 그를 용서할 수 없을 것 같아서 캐럴라인은 하는 수 없이 자리에서 일어났다. 그리고 자신이 지금 느끼는 만큼 황량하고 가혹해 보이기를 바라며 분노에 찬 엄한 표정을 하고 서향나무 덤불에서 빠져나왔다. 그러나 아무리 노력해도 그렇게 보이지 않는다는 걸 잘 알았다. 식사 시간에 브리그스는 술을 마시며 손을 떨었고, 캐럴라인에게 이야기할 때마다 얼굴이 확 달아올랐다가 싸늘하게 식었다. 피셔 부인은 아들에게 상처를 입히지 말아달라고 부탁하는 엄마처럼 캐럴라인에게 간절한 눈빛을 보냈다.

캐럴라인은 얼굴을 찌푸린 채 모퉁이를 빠져나오며 생각했다. 그의 젊음과 매력과 두뇌로 더 나은 것들을 할 수도 있을 텐데, 어떻게 신의 형상대로 만들어진 인간이, 남자가 이런 식으로 행동하는 걸까. 그는 머리가 좋았다. 캐럴라인은 저녁 식사 때 피셔 부인이 억지로 말을 걸어 브리그스와 대화하는 걸 옆에서 들으며 조심스럽게 관찰한 결과, 그의 머리가 상당히 좋다고 확신하게 되었다. 또한 그는 기품이 있었다. 이마와 머리 모양에 귀한 느낌이 있었고 친절했다. 그렇기에 더더욱 그가 단지 외모에 현혹돼 힘과 마음의 평화를 낭비하고 여자 꽁무니만 따라다니는 게 개탄스러웠다. 그가 만약 캐럴라인의 속을 들여다본다면, 겉을 감싼 것들을 꿰뚫어 볼 수 있다면 그는 마음의 병이 나을 것이고, 캐럴라인은 이 화려한 밤에 방해받지 않고 혼자 앉아 있을 수 있을 터였다.

서향 덤불 아래에서 캐럴라인은 몹시 서두르고 있는 프레더릭을 만났다.

"로즈한테 가기 전에 당신을 먼저 찾아야 한다고 생각했습니다." 그러고는 빨리 덧붙였다. "당신 신발에 키스하고 싶습니다."

"그래요? 그러면 가서 새 신발을 신고 와야겠네요. 이건 키스할 만큼 깨끗하지 않아서요." 캐럴라인이 미소 지으며 말했다.

캐럴라인은 프레더릭에게 아주 호의적인 느낌이 들었다. 적어도 그는 이제 더 이상 집착하지 않을 것이다. 그의 너무나 갑작스럽고 뜬금없던 집착은 이제 효력을 다했다. 친절한 남자이고, 기분 좋은 남자였다. 이제 캐럴라인은 확실히 그가 좋아졌다. 분명 그는 굉장히 혼란스러웠을 텐데, 식사 때 로티가 마침맞게 저지해준 덕분에 캐럴라인은 끔찍할 정도로 이상한 말을 하지 않고 지나갈 수 있었다. 그러나 프레더릭이 어떤 상황이었든 간에 이제는 거기서 벗어났다. 그와 로즈의 얼굴은 같은 빛으로 빛났다.

"이제 저는 영원히 당신을 사모하겠습니다." 프레더릭이 말했다.

"그러실래요?" 캐럴라인이 미소 지으며 반응했다.

"전에는 당신의 미모 때문에 사모했습니다. 지금은 당신이 꿈처럼 아름답기도 하지만 남자처럼 점잖아서 당신을 사모합니다."

프레더릭이 계속 말을 이었다. "그 성급한 젊은 여자가, 다행히도 그 성질 급한 여자분이 아슬아슬하게 때를 맞춰 제가 로즈의 남편이라고 내뱉어주었고, 당신도 남자가 자기 동성 친구 대하듯 저를 대해주었습니다."

"제가요?" 캐럴라인이 매력적인 볼우물을 지어가며 말했다.

"여인이면서 남자 같은 충성심을 가진다는 건 아주 드물고도 가장 가치 있는 조합입니다."

"그래요?" 캐럴라인이 약간 아쉬운 듯 미소를 지었다. 이거야말로 괜찮은 칭찬이었다. 자기가 진짜 그렇기만 하다면…….

"그래서 당신 신발에 키스하고 싶습니다."

"이편이 낫지 않을까요?" 캐럴라인이 손을 내밀었다.

프레더릭이 손을 잡고 얼른 키스하더니 다시 서둘러 멀리 사라져가며 한마디 했다. "신의 가호가 있기를!"

"짐은 어디 있어요?" 캐럴라인이 프레더릭의 등 뒤에 대고 외쳤다.

"아, 맙소사, 그러니까……." 프레더릭이 잠시 머뭇거렸다. "역에 있군요."

"가져오게 할게요."

프레더릭이 숲속으로 사라졌다. 캐럴라인은 지시를 내리기 위해 실내로 들어갔다. 그래서 도메니코는 이게 도대체 무슨 일인지 의아해하며 그날 저녁 벌써 두 번째로 메치고에 갔다.

이제 그 두 사람의 완벽한 행복을 위해 필요한 조치를 다 취한 뒤 캐럴라인은 생각에 깊이 몰두한 채 다시 정원으로 천천히 발걸음을 옮겼다. 사랑은 자신을 제외한 모두에게 행복을 가져다주는 것 같았다. 사랑은 자기만 빼고 그곳에 있는 모두를 다양한 모습으로 장악했다. 불쌍한 브리그스 씨는 가장 품위 없는 방식으로 사랑에 장악당했다. 불쌍한 브리그스 씨. 그는 불안함을 자아내는 문제 덩어리였고, 다음 날 그가 간다 해도 문제가 해결되지 않을 것 같아 두려웠다.

캐럴라인이 다른 사람들이 있는 곳에 도착했을 때 어런들 씨(캐럴라인은 그가 어런들 씨가 아니라는 사실을 자꾸 잊었다)는 이미 로즈와 팔짱을 낀 채 어디론가 가고 없었다. 아마 더 호젓한 아래 정원으로 갔겠지. 틀림없이 그들은 서로에게 할 말이 많을 것이다. 둘 사이에 틀어져 있던 뭔가가 갑자기 정리되었으니까. 산 살바토레, 산 살바토레가 행복의 마법을 부리고 있다고 로티는 말하곤 했다. 캐럴라인도 그 마법은 꽤 믿는 편이었다. 자신조차 그 어느 때보다 행복했다. 빈손으로 떠날 사람은 브리그스 씨뿐이었다.

불쌍한 브리그스 씨. 맞은편에서 사람들이 오고 있었는데, 브리그스는 행복하지 않기에는 너무 멋지고 젊었다. 그 장소의 주인이고, 그들 모두가 장소에 빚지고 있는데 이곳에서 혼자만 축복받지 못하고 떠나야 한다는 게 영 이상했다.

별안간 죄책감이 들었다. 캐럴라인은 브리그스의 집 정원에 누워 그의 꽃을 즐겼고, 그의 경치에 감탄했고, 그의 물건을 썼으며, 편안했고, 실제로 푹 쉬면서 회복해가며 즐거운 나날을 보냈다. 평생 가장 여유롭고 평화롭고 생각을 많이 한 시간이었다. 온전히 브리그스 씨 덕분에. 오, 그리고 그 사람 덕분에 누리는 갖가지 혜택에 비해 터무니없이 적은 돈을 지불하는데, 그 대가는 무엇이었나? 캐럴라인이 로티를 만난 것도 온전히 그의 덕분이었다. 그가 아니었다면 로티를 만날 수 없었을 테고 결코 그녀를 알지 못했을 것이다.

죄책감이 급속도로 캐럴라인을 사로잡았다. 갑자기 고마운 마음이 넘쳐흘렀다. 캐럴라인은 바로 브리그스에게 다가갔다.

"제가 빚진 게 너무 많군요." 캐럴라인은 모두 브리그스 덕분이라는 갑작스러운 깨달음에 사로잡혔고 오후와 저녁 식사 시간에 인색하게 군 게 부끄러웠다. 물론 브리그스는 캐럴라인이 까칠하게 행동하고 있다는 것을 알지 못했다. 당연히 캐럴라인 내부의 무뚝뚝함은 외부로 나오는 도중에 보통 때와 비슷해져버렸고, 캐럴라인도 그렇다는 걸 알았다. 캐럴라인은 인색했다. 여러 해 동안 모두에게 까칠하게 굴었다. 사람을 꿰뚫어 보는 눈, 아주 매서운 눈으로 보면 캐럴라인이 버릇없고, 심술궂고, 의심 많고, 이기적인 독신이라는 걸 알아챌 수 있었다.

이런 생각들로 겸손해진 캐럴라인은 바로 브리그스에게 다가가 진심을 담아 말했다. "제가 브리그스 씨에게 빚진 게 많아요."

브리그스가 놀라서 캐럴라인을 보았다. "뭘? 아닙니다. 제가…… 제가……." 브리그스가 말을 더듬었다. 그녀를 자기 정원에서…… 아무것도 없는…… 아니, 흰 꽃이 아니라 더 희고 더 아름다운 꽃을 보다니…….

캐럴라인이 훨씬 더 간절하게 말했다. "부디 진실만 남겨두고 다른 건 모두 마음에서 깨끗이 지워주시겠어요? 브리그스 씨는 제게 아무것도 빚진 게 없답니다. 당신이 어떻게……."

"제가 빚진 게 없다고요? 맙소사, 저는 첫눈에 당신이……."

"아, 모쪼록…… 모쪼록." 캐럴라인이 애원하다시피 말했다. "제발 평범해지세요. 그렇게 겸손하게 행동하지 마시고요. 브리그스 씨가 왜 겸손해야 하죠? 그건 말이 안 돼요. 브리그스 씨는 저보다 50배나 더 가치 있어요."

'어리석군.' 로티가 벽에 앉아 있는 동안 그곳에서 그 장면을 보고 있던 윌킨스 씨는 속으로 생각했다. 그는 놀랐고, 걱정됐고, 레이디 캐럴라인이 그런 식으로 브리그스를 격려하는 데 충격을 받았다. '어리석어…… 매우.' 윌킨스 씨는 고개를 절레절레 저었다.

브리그스의 상태는 이미 너무 나빠져서 그를 데려갈 유일한 방법은 불쾌하게 만드는 것밖에 없다고 윌킨스 씨는 생각했다. 미봉책은 브리그스에게 조금도 쓸모가 없었고, 다정하고 익숙한 말은 그 불행한 청년의 오해를 사기 십상이었다. 드로이트위치 부부의 딸은, 가정하기에는 무리지만, 그를 진심으로 격려하고 싶지는 않았을 것이다. 브리그스는 그럴듯해 보였지만, 브리그스는 브리그스였다. 그의 이름만으로도 그게 증명됐다. 레이디 캐럴라인은 자기 목소리와 얼굴의 효과를 제대로 알지 못하는 모양이었다. 그래서 그들이 나눈 평범한 말들이 얼마나 힘을 북돋워주었는지 모를 것이다. 그러나 이 말들은 그리 평범하지 않았다. 캐럴라인은 그 사실을 충분히 고려하지 않았을 게 뻔했다. 캐럴라인에게는, 참으로 정말이지, 조언자가 필요했다. 윌킨스 씨 같은 현명하고 객관적인 상담자가. 캐럴라인은 브리그스 앞에 서서 그에게 손을 내밀다시피 하고 있었다. 브리그스도 물론 감사를 받아 마땅했다. 그들이 그의 집에서 아주 기쁜 휴가를 보내고 있으니 말이다. 그러나 과하게, 그리고 레이디 캐럴라인에게만 감사를 받을 일은 아니었다. 바로 그날 저녁 윌킨스 씨는 다음 날 브리그스가 떠날 때 모두 그에게 감사의 뜻을 전하게 할 계획이었으므로 브리그스가 이런 식으로 미리 감사 인사를 받으면 안 된다고 생각했다. 정원에서 달빛을 받으며 홀딱 빠져 있는 여인에게 그런 말을 들어서는 안 되는 일이었다.

그래서 윌킨스 씨는 기지를 발휘해 레이디 캐럴라인을 이런 상황에서 벗어나게 해주려고 쾌활하게 말했다. "브리그스 씨가 감사 인사를 받아야 하는 건 맞습니다. 하지만 나도 고마운 마음을 표현해야 하고 내 아내도 당연히 그래야 합니다.

저녁 먹을 때 당신에게 감사 말씀을 전해야 했습니다. 브리그스 씨가 건배 제의도 했어야 하고요. 분명 어떤……."

그러나 브리그스는 윌킨스 씨가 뭐라고 하든 신경 쓰지 않았다. 마치 저런 여자는 처음 봤다는 듯 레이디 캐럴라인만 계속 바라보고 있었다. 윌킨스 씨가 보기에 레이디 캐럴라인도 자신에게 주목하고 있지 않았다. 그녀 또한 계속 브리그스만 보았다. 거의 간청하는 듯한 이상한 분위기로. '진짜 어리석군. 어리석어.'

반면 로티는 남편을 유심히 관찰하고 있다가 레이디 캐럴라인이 특별한 지원과 보호가 필요한 이 순간 벽에서 몸을 일으켜 남편의 팔짱을 끼고 끌어당겨야겠다고 생각했다.

"멜러시, 나 당신한테 할 말이 있어요." 로티가 때맞춰 벌떡 일어나며 말했다.

"좀 이따가." 윌킨스 씨가 아내를 옆으로 물리치며 답했다.

"안 돼요. 지금 해야 해요." 로티가 남편을 끌어당겼다.

윌킨스 씨는 마지못해 끌려갔다. 브리그스는 어떤 도움도 받을 수 없었다. 조금도.

"음, 뭐요?" 로티가 그를 데리고 집으로 가는 중에 윌킨스 씨가 조바심을 내며 물었다. 그는 레이디 캐럴라인을 난처한 상황에 남겨둬서는 안 된다고 생각했다.

"아니, 그렇지 않아요." 윌킨스 씨가 자기 생각을 크게 얘기하기라도 한 것처럼 로티는 남편을 안심시켰다. "캐럴라인은 지금 아주 좋다고요."

"전혀 괜찮지 않아. 저 젊은 브리그스는……."

"물론 그렇죠. 하지만 당신이 기대한 건 뭐예요? 피셔 부인이 있고 따뜻한 불이 있는 안으로 들어가요. 부인 혼자 있거든요."

윌킨스 씨가 뒷걸음질 쳐가며 말했다. "레이디 캐럴라인을 정원에 혼자 둘 순 없어."

"바보 같은 소리 마세요, 멜러시. 혼자가 아니잖아요. 게다가 당신한테 할 말도 있어요."

"그럼 말해."

"안에서요."

어쩔 수 없이 윌킨스 씨는 캐럴라인에게서 한 걸음 한 걸음 멀어졌다. 이제 그는 아내를 믿고 신뢰했지만, 이 경우에는 아내가 심각한 실수를 저지르고 있다고 생각했다. 응접실에는 피셔 부인이 난롯가에 앉아 있었다. 어둠이 내리고 나면 정원과 달빛보다 방과 불을 더 좋아하는 윌킨스 씨로서는 캐럴라인을 안전하게 안으로 들일 수만 있다면 바깥보다 안에 있는 게 더 좋았다. 그럼에도 하는 수 없이 안으로 들어갔다.

피셔 부인은 손을 무릎 위에 포갠 채 아무것도 하지 않고 불만 망연히 바라보고 있었다. 램프 불빛이 책 읽기에 편하도록 조절되어 있었지만 책은 읽고 있지 않았다. 그날 밤에는 이미 고인이 된 부인의 위대한 친구들마저 만날 가치가 없어 보였다. 항상 같은 말만 하고 또 하는 그들에게서는 더는 새로운 것을 챙길 수 없었다. 물론 그들이 지금 살아 있는 어떤 사람보다 더 위대하지만, 죽고 없다는 치명적인 단점이 있었다. 더는 죽은 사람들에게 아무것도 기대할 수 없었다. 반면 살아 있는 사람에게는 여전히 뭔가를 기대할 수 있지 않을까? 부인은 살아 있는 사람들, 발전하는 사람들에 목말라했다. 결정됐고 이미 끝난 사람들에겐 이제 지쳤다. 부인은 아들이 하나 있었으면, 브리그스 씨 같은 아들, 그런 사랑스러운 아들이 있어서 계속 나이를 먹어가며 애정을 주고 자신을 돌봐주고 사랑해준다면…… 하는 생각을 하고 있었다.

피셔 부인의 얼굴에 어린 표정을 보고 윌킨스 부인은 마음이 아팠다. '불쌍한 노인네.' 나이 듦의 외로움이 불현듯 느껴졌다. 세상에 폐가 될 만큼 오래 머문다는 외로움, 남이 눈감아주는 덕분에 사는 것 같은 외로움, 친구 사귀는 데 실패한 아이 없는 노인네의 완벽한 외로움. 사람들은 어떤 종류든 짝을 이뤄야 진정 행복할 수 있는 것 같았다. 반드시 연인일 필요는 없이 친구든, 어머니와 자식이든, 형제자매든. 피셔 부인의 반대편 짝은 어디에 가야 찾을 수 있을까?

로티는 부인에게 또 키스하는 게 좋을지도 모르겠다고 생각했다. 오늘 오후의 키스는 아주 성공적이었다. 키스했을 때 피셔 부인의 반응으로 바로 알 수 있었다. 그래서 앞으로 몸을 숙여 피셔 부인에게 키스한 뒤 명랑하게 말했다. "우리 왔어요."

이번에 피셔 부인은 실제로 손을 들어 올렸고, 로티의 뺨을 자기 볼에 끌어다 댔다. 애정이 넘치고, 따뜻하고, 피가 끓는 살아 있는 사람의 뺨이 느껴졌고, 부인은 그 이상한 생물체에게서 안온함을 느꼈다. 그리고 자신이 평소답지 않은 행동을 그렇게 자연스럽게 한 것에 지레 놀라서 로티를 당황하게 하고 싶지 않았다.

로티는 전혀 놀라지 않았다. 오히려 기뻤다. '내가 부인의 반대편 짝은 아닐까'라는 생각까지 들었다. '나일 거야. 피셔 부인과 끈끈한 친구가 될 사람은 틀림없이 나야!'

고개를 들어 올렸을 때 로티의 얼굴에는 웃음이 가득했다. 산 살바토레가 만들어낸 너무나 특별한 성장이었다. 로티와 피셔 부인이라니……. 그러나 로티는 그들이 친한 친구 사이가 되어가고 있음을 느꼈다.

"다른 사람들은 어디에 있죠?" 피셔 부인이 물었다. "아, 고마워요." 다리가 짧은 부인에게 로티가 알아서 발 받침대를 대주었다.

'내내 이런 모습을 그려왔나봐. 피셔 부인에게 발 받침대를 가져다주는…….' 로티는 생각했다.

몸을 바로 펴며 로티가 말했다. "로즈 부부는 아래 정원에 갔어요. 아마 사랑을 속삭이겠죠?"

"로즈 부부?"

"아, 프레더릭 부부가 더 좋으세요? 두 사람은 완전히 하나가 돼서 이제 떼놓을 수 없어요."

"아버스넛 부부는 어떨까, 여보?" 윌킨스 씨가 말했다.

"좋네요, 멜러시. 아버스넛 부부. 그리고 캐럴라인 커플……."

윌킨스 씨와 피셔 부인이 둘 다 흠칫했다. 보통은 자기통제가 잘되는 윌킨스 씨가 피셔 부인보다 더 놀란 것 같았다. 그는 도착하고 처음으로 아내에게 화가 났다.

"참 나……." 윌킨스 씨가 분개해서 말을 시작했다.

"아, 알았어요, 멜러시. 그럼 브리그스 커플이라고 하죠, 뭐."

"브리그스 커플!" 윌킨스 씨가 이제 불같이 화를 내며 소리쳤다. 왜냐하면 그에게 그 말은 데스터 전체, 죽은 데스터와 살아 있는 데스터, 그리고 아직 태어나지 않아 직접적인 해는 없는 미래의 데스터들에게 너무나 터무니없는 모욕을 주는 발언이었다. "정말……."

"마음에 안 들었다면 미안해요, 멜러시." 로티가 얌전한 척하며 말했다.

"마음에 들고 안 들고가 아니지. 당신 아예 정신 줄을 놨구먼. 오늘 전에는 서로 눈 한 번 맞춰보지 않은 사이잖소."

"맞아요. 하지만 그래서 두 사람이 이제 진도를 나갈 수 있는 거잖아요."

"진도!" 윌킨스 씨가 그 언어도단의 단어를 반복했다.

"마음에 들지 않았다면 미안해요, 멜러시……." 로티는 이번에도 똑같은 표현을 썼다.

로티의 회색 눈이 빛났고, 얼굴은 로즈와 처음 만났을 때 로즈를 놀라게 했던 확신과 빛으로 가득했다.

"쓸모없는 생각이에요. 내가 당신이라면 억지로 그러지 않을 거예요. 왜냐하면……."

로티는 말을 멈추고는 먼저 놀라고 엄숙한 얼굴 하나를 본 뒤 남편의 얼굴을 보았다. 로티의 얼굴에는 불빛만큼이나 웃음이 춤을 췄다.

"두 사람 브리그스 커플이 돼가고 있는 중이에요." 로티가 말을 끝냈다.

마지막 주에 산 살바토레에는 수수꽃다리가 피었고 모든 종류의 아카시아가 만개했다. 어느 날 새로운 향기가 정원을 가득 채울 때까지 그렇게 많은 아카시아가 있는지 아무도 알아채지 못했다. 등나무가 있던 자리에는 연약한 나무들이 떨리는 잎 사이에 꽃을 활짝 피운 채 매달려 있었다. 지난주에는 아카시아나무 아래 누워 시든 잎과 흰 꽃이 매달린 나뭇가지 사이로 푸른 하늘을 올려다보았었다. 잔잔한 공기의 흐름을 타고 아카시아 향기가 아래로 전해졌는데 정말 행복했다. 정원 전체에 핀 흰 패랭이와 흰 장미, 라일락과 재스민이 서서히 끝물이었고 드디어 아카시아 향기가 절정에 달했다. 산 살바토레를 떠나는 5월의 첫째 날, 그들이 언덕 아래 도착해 철문을 통과한 뒤 마을로 접어들 때까지도 아카시아 향기가 진동했다.

해설

유혹에 이끌려 구원받다

2월의 어느 비 오는 오후, 윌킨스 부인은 등나무와 햇살로 대표되는 이탈리아의 산 살바토레 성에서 4월 한 달을 살아 보라는 광고에 속수무책으로 이끌린다. 현실적으로 불가능한 일이라 체념하려 하지만 어느새 다시 성에 가 있는 자신의 모습을 상상하게 된다. 《4월의 유혹》의 첫 장면이다. 동서고금을 막론하고 현실에 대한 고려 없이 가장 하고 싶은 일을 고르라고 하면, '여행'은 절대로 선두 자리를 내놓지 않는다. 우리가 소설《4월의 유혹》에 빠져들 수밖에 없는 이유다.

근간이라 해도 무리가 없어 보이는 이 소설이 쓰인 때는 지금으로부터 100여 년 전인 1922년이다. 당시 런던을 포함한 유럽의 분위기는 어땠을까. 제1차 세계대전이 끝난 지 4년, 유럽은 전쟁의 여파에서 회복 중이었다. 심각하게 훼손된 경제적 인프라를 재건하기 위한 노력이 한창이었지만 인플레이션과 높은 실업률로 인해 전반적인 분위기는 몹시 불안했다. 세계대전과 스페인 독감으로 가족 관계는 악화되었고 사회는 파멸했다. 질서는 사라지고 깊은 심연이 남았다. 정치적 상황은 국가마다 달랐지만, 영국에서는 아일랜드가 독립을 요구하며 내전을 벌였다.

정치, 경제, 사회적으로는 어려움을 겪고 있었지만 문화적으로는 부흥기를 맞았다. 특히 런던은 예술과 지적 활동의 중심지로 발전해서 버지니아 울프, T. S. 엘리엇, D. H. 로런스와 같은 저명한 작가들이 문학계를 이끌었다. 또한 재즈 클럽과 극장이 성행했으며 블룸즈버리 그룹 같은 예술운동도 등장했다.

한편 전쟁은 특히 여성들에게 상당한 사회적 변화를 가져왔다. 많은 여성이 전쟁 물자를 만들거나 전장에서 의료 행위를 했으며 여러 조직을 통해 중요한 역할을 수행했다. 이 시기 동안 기울인 노력으로 여성들의 사회적 인식이 재형성되었고, 여성의 권리와 성 평등의 발전을 위한 기초가 마련되었다.

1922년에 출간된 이 소설은 이렇듯 스스로를 다시 이해하려는 세계관에서 일어나는 이야기를 그렸다. 《4월의 유혹》의 여성 주인공 네 명은 이런 변화와 역동적인 시기를 자신들만의 방식으로 사회의 기대에 맞춰 살아가고 있다. 윌킨스 부인은 사회적인 성공에만 혈안이 된 변호사 남편 멜러시와 사랑 없는 결혼 생활을 이어가고, 아버스넛 부인은 왕실의 추문에 관한 외설적인 전기문을 써서 돈을 버는 남편 프레더릭이 못마땅해 교회와 자선사업에만 몰두한다. 아름다운 사교계 여성 레이디 캐럴라인은 남자들의 관심에서 한시도 자유롭지 못해 만사에 흥미를 잃고 사람에 대한 신뢰마저 잃은 채 되는대로 살고 있으며, 우울한 과부 피셔 부인은 어린 시절에 알고 지내던 빅토리아 시대의 유명 작가들에 대한 기억에만 의지해 삶을 연명한다.

소설의 초반부에 남편들은 존재하지 않음으로써 중요한 역할을 한다. 윌킨스 부인은 고압적이고 자신을 무시하는 남편으로부터, 아버스넛 부인은 이해할 수 없어 서로에게 무관심하게 된 남편으로부터, 레이디 캐럴라인은 수많은 잠재적인 남편들로부터, 피셔 부인은 부도덕한 행동을 했던 과거의 남편으로부터 탈출을 감행한다. 이들은 혼자 여행하기로 결정함으로써 난생처음 삶의 대상이 아니라 주체가 된다. 남편의 그림자가 아닌, 독립적인 개인이며 빛나는 사람으로 거듭 태어나기로 한 것이다.

가장 먼저 산 살바토레(이탈리아어로 '구세주' 혹은 '구원'을 뜻한다)에서 '구원'을 받은 사람은 윌킨스 부인이다. 런던에서는 불안하고 산만하고 의존적이기만 했던 윌킨스 부인은 산 살바토레에 오는 즉시 모든 것을 이해하고 포용하고 아우르고 행동하는 적극적인 여성으로 변신한다.

금세 천국의 천사장이 된 듯한 윌킨스 부인과는 달리 아버스넛 부인은 피셔 부인과 겉돌며 사사건건 의견 충돌을 보인다. 스스로도 천성이 변해 사소한 일에도 티를 뜯고 싶은 사람으로 바뀌어버린 건 아닌지 걱정한다. 그러나 바로 옆에서

극적인 변화를 보이는 윌킨스 부인에게 자극받고, 처음 만날 때부터 자신에게 관심을 보인 산 살바토레 성의 젊은 주인 브리그스 씨 덕분에 조금씩 마음을 연다. 어이없는 상황으로 벌어진 결과이지만 남편 프레더릭과 화해할 수 있는 불씨도 지핀다.

도처에 넘쳐나는 흔하디흔한 사랑 때문에 버릇없고 심술궂고 의심 많고 이기적인 독신자가 된 캐럴라인은 평소에는 믿지 않던 사랑이 산 살바토레에서는 조금씩 제자리를 찾아가는 것을 보고 인간 자체에 대한 회의를 걷고 아버스넛 부인과 프레더릭의 관계가 개선되도록 조력자의 역할을 맡는다. 그뿐만 아니라 난생처음 철학과 사색을 하기에 이른다.

모두 자신만의 방식으로 런던의 답답한 공기에서 형성된 단단한 껍질을 연화해가지만, 가장 큰 변화를 겪는 사람은 단연코 피셔 부인이다. "늙은 개에게는 새로운 기술을 가르칠 수 없다"라는 서양 속담처럼 피셔 부인은 자신이 만들어놓은 틀에서 옴짝달싹하지 않는 사람이다. 산 살바토레에서도 원하는 공간을 차지해야 하고 식사 시간을 지켜야 하며 하인들에게 정확하게 지시를 내려야 직성이 풀린다. 보수적이고 사회규범에 엄격하고 다음 세대에 비판적이며 어렸을 때부터 저명한 인사들과 교류한 것을 큰 자랑으로 여기고 그 시절을 그리워한다.

피셔 부인은 죽은 남편을 마카로니에 비유한다. 생긴 건 벌레 같고 입에 넣으려 하면 포크 끝에서 미끈거리고 꼼지락거려서 여간 성가시지 않은 게 영락없는 남편 같아서 마뜩잖아 한다. 그러나 런던에서는 피했던 마카로니를 산 살바토레에서는 굳이 마다하지 않는다. 과거를 회피하지 않음으로써 과거로부터 벗어나려는 노력이 시작된 것이다.

산 살바토레의 꽃과 바람과 햇살도 한몫해서 피셔 부인은 스스로도 이해할 수 없을 만큼 자신의 내부에서 뭔가가 꿈틀거림을 느낀다. 처음에는 미약하지만 점점 더 자주, 더 확실하게 자신이 쑥쑥 자라고 있다는 터무니없는 감정에 사로잡힌다.

낡고 거친 런던의 방식대로 욕심 많고 이기적이던 피셔 부인은 어리석고 비논리적이지만 행복하고 건강하고 사랑으로 충만한 윌킨스 부인에게 전염되어 서서히 과거의 틀에서 벗어난다. 자신이 가장 경멸했던 윌킨스 부인이 이해와 사랑으로 과거의 그림자에서 벗어나도록 인도해준 것이다.

> 그날 밤에는 이미 고인이 된 부인의 위대한 친구들마저 만날 가치가 없어 보였다. 항상 같은 말만 하고 또 하는 그들에게서는 더는 새로운 것을 챙길 수 없었다. 물론 그들이 지금 살아 있는 어떤 사람보다 더 위대하지만, 죽고 없다는 치명적인 단점이 있었다. 더는 죽은 사람들에게 아무것도 기대할 수 없었다. 반면 살아 있는 사람에게는 여전히 뭔가를 기대할 수 있지 않을까? 부인은 살아 있는 사람들, 발전하는 사람들에 목말라했다. 결정됐고 이미 끝난 사람들에겐 이제 지쳤다.

이제 피셔 부인은 새로운 것을 받아들일 수 없는 늙은 개에서 길을 잘 아는 늙은 말("늙은 말이 길을 안다"라는 서양 속담이 있다)이 된 것이다. 소설 속 인물들은 하나같이 몇 뼘씩 자라지만 피셔 부인이 가장 많은 변화를 겪는다. 어른도 노인도 마음의 문만 열면 바뀔 수 있다는 성인용 성장소설의 모범적인 캐릭터로 등극하는 순간이다.

산 살바토레에서 4월 한 달을 보내고 모두가 떠나는 날, 아카시아 잔향이 오래도록 은은히 주변을 감싸며 소설은 끝이 난다. 이는 산 살바토레에서 화려하게 빛난 여성 주인공들이 현실로 돌아가서도 휴가의 영향을 오래 간직할 것임을 함축적으로 의미한다. 산 살바토레라는 이름이 시사하는 대로, 4월 한 달의 휴가가 실제로 그들에게는 '구원자'가 되어 런던의 칙칙한 삶에서 그들을 지켜줄 것이다.

《4월의 유혹》의 가장 뛰어난 미덕 중 하나는 삶에 대한 긍정성이다. 더 이상 아무것도 확실하지 않은 세상에서 이 소설의 매우 다른 네 명의 여성은(그리고 그들의 남성은) 새로운 종류의 가족을 형성해낸다. 소설이 쓰일 무렵 아르님은 프랭크 러셀과 두 번째 결혼을 하지만 결혼 생활은 평탄하지 않았다. 러셀은 아르님이 자전적 에세이《내 인생의 모든 개》에서 '운명'이라고 칭한 인물이다. 그들은 격렬한 갈등과 증오를 겪고도 결혼에 이르렀지만, 거의 같은 속도로 서서히 멀어져갔다. 러셀은 폭군처럼 군림했고 브리지와 코카인에 중독되었으며 아내의 수입에 의존하기 위해 아르님을 집 안에 가두려 했다고 전해진다. 이 소설에서 남성들은 한결같이 어수룩하고 여성들은 모두 남성에 실망하고 지친 상태다. 아르님은 적어도 자신이 그려낸 세계에서는 행복한 결말을 창조해낼 수 있다는 점에 크게 의지했을지 모른다. 그래서 회개, 용서, 그리고 단순한 인생의 기쁨과 행복을 특유의 위트와 건강함으로 펼쳐낸다.

《4월의 유혹》은 영국에서 출간되자마자 즉각적인 성공을 거두었고, 특히 미국에서 큰 인기를 얻으며 소설의 배경인 포르토피노까지 유명한 관광지가 되었다. 아르님의 사촌이자 친구였던 캐서린 맨스필드는《4월의 유혹》을 읽고 "맛있는 책이다. 이 책을 쓸 수 있는 다른 사람은 모차르트뿐이다"라고 언급했으며 버지니아 울프는 개인적인 편지에서 아르님을 "웃음을 터트리게 만드는 사람"이라고 칭하며 어떻게 이런 재미있는 소설을 쓸 수 있느냐고 극찬했다.《4월의 유혹》은 1925년에 브로드웨이 연극으로 올려졌고, 1991년에는 마이크 뉴얼 감독이 영화로 만들어 피셔 부인 역을 맡은 조앤 플로라이트가 골든 글로브 여우 조연상을 수상했다. 그 외에도 여름 시즌 연극으로 장기 공연되는 등 여러 번 극화되었다.

《4월의 유혹》이 이렇게 공전의 대성공을 거두었고, 엘리자베스 폰 아르님 역시 평생 스무 권이 넘는 책을 써내 독자의 사랑을 받았지만 아쉽게도 그의 작품이 고전으로서 온전한 평가를 받지는 못했다. 매끄럽고 우아하지만 가볍게 흘러가는 듯한 아르님의 문체 때문일지도 모른다. 그러나 아르님은 인간사의 세부적인 부분까지 관찰하는 데 숙련된 대가였고, 사소해서 더 흥미로운 인간의 결함을 알아차리는 데 특화된 재능을 발휘했다. 다른 작가의 손에 플롯이 맡겨졌다면 당장 읽기에는 좋아도 결국은 잊히고 말았을 테지만 아르님의 작품은 사라질 만하면 다시 소환돼왔다. 오랫동안 많은 사람에게 널리 읽히고 생각할 거리를 주는 것이 고전의 사명일진대, 인간의 근원적인 모습을 위트 있고 유머러스하게 그려낸 아르님의 소설이 고전이 아니면 뭘까. 마침 《4월의 유혹》이 발간 101주년을 맞아 세계 각지에서 훌륭한 고전으로 재조명되고 있어 그나마 다행스럽다.

삶이 무료하거나 불만족스러울 때 누구나 자신만의 산 살바토레를 꿈꾼다. 그러나 지금 당장 일상을 벗어던지고 산 살바토레로 갈 수 없다면 《4월의 유혹》을 읽기를 권한다. 이 정교하고 유쾌하고 긍정적인 소설을 읽는 것만으로도 권태로운 일상에서 얼마간 '구원'받게 될 것이기에.

이리나

휴머니스트 세계문학 023

4월의 유혹

1판 1쇄 발행일 2023년 7월 17일

지은이 엘리자베스 폰 아르님
옮긴이 이리나

발행인 김학원
발행처 (주)휴머니스트출판그룹
출판등록 제313-2007-000007호(2007년 1월 5일)
주소 (03991) 서울시 마포구 동교로23길 76(연남동)
전화 02-335-4422 **팩스** 02-334-3427
저자·독자 서비스 humanist@humanistbooks.com
홈페이지 www.humanistbooks.com
유튜브 youtube.com/user/humanistma **포스트** post.naver.com/hmcv
페이스북 facebook.com/hmcv2001 **인스타그램** @booook.h

편집주간 황서현 **편집** 이성근 이은서 김대일 김선경 **디자인** 김태형
조판 아틀리에 **용지** 화인페이퍼 **인쇄** 청아디앤피 **제본** 민성사

ISBN 979-11-7087-018-0 04840
979-11-6080-785-1 (세트)

휴머니스트 세계문학

시즌 1. **여성과 공포**

001 프랑켄슈타인 메리 셸리 | 박아람 옮김
002 회색 여인 엘리자베스 개스켈 | 이리나 옮김
003 석류의 씨 이디스 워튼 | 송은주 옮김
004 사악한 목소리 버넌 리 | 김선형 옮김
005 초대받지 못한 자 도러시 매카들 | 이나경 옮김

시즌 2. **이국의 사랑**

006 베네치아에서의 죽음·토니오 크뢰거 토마스 만 | 김인순 옮김
007 그녀와 그 조르주 상드 | 조재룡 옮김
008 녹색의 장원 윌리엄 허드슨 | 김선형 옮김
009 폴과 비르지니 베르나르댕 드 생피에르 | 김현준 옮김
010 도즈워스 싱클레어 루이스 | 이나경 옮김

시즌 3. **질투와 복수**

011 폭풍의 언덕 에밀리 브론테 | 황유원 옮김
012 동 카즈무후 마샤두 지 아시스 | 임소라 옮김
013 미친 장난감 로베르토 아를트 | 엄지영 옮김
014 너희들 무덤에 침을 뱉으마 보리스 비앙 | 이재형 옮김
015 밸런트레이 귀공자 로버트 루이스 스티븐슨 | 이미애 옮김

시즌 4. **결정적 한순간**

016 노인과 바다 어니스트 헤밍웨이 | 황유원 옮김
017 데미안 헤르만 헤세 | 이노은 옮김
018 여행자와 달빛 세르브 언털 | 김보국 옮김
019 악의 길 그라치아 델레다 | 이현경 옮김
020 위대한 앰버슨가 부스 타킹턴 | 최민우 옮김